KB143512

밤은 눈을 감지 않는다

밤은 눈을 감지 않는다

Just The Nicest Couple

메리 쿠비카 장편소설
신솔잎 옮김

해피북스
투유

차례

프롤로그

헉하고 숨을 들이마시며 뒷걸음질 쳤다. 겁에 잔뜩 질린 채 손으로 입을 막았다.

머리는 도망치라고 소리치고 있었다. **도망쳐.**

몸을 움직일 수가 없었다. 충격과 공포에 완전히 사로잡힌 상태였다. 닻을 내린 배처럼 꼼짝도 할 수 없었다. 믿을 수 없는 광경에 두 눈을 부릅뜬 채로 그 자리에 얼어붙었다. 숨이 가빠지고 고동치는 심장이 목구멍과 귀에서 느껴졌다.

도망쳐. 머리가 소리쳤다. **움직여. 젠장, 도망치라고.**

내 앞에서 움직임이 느껴졌다. 그와 함께 어딘가 야만적이고 거친 소리가 전해졌다. 내 안의 일부는 지금 당장 도망치지 않는다면 이곳을 살아서 나가지 못할 거라고 말하고 있었다.

몸을 돌렸다. 순식간이었다. 좀 전까지만 해도 꼼짝도 할 수 없던 나는 어느샌가 세상이 흐릿한 형체와 색으로, 갈색과 파랑 그리고 초록의 빗금으로 스쳐 지나갈 정도로 빠르게 내달리고 있었다. 달리는 동안 다리와 발의 움직임이 느껴지지 않았다. 순식간에 발을 떼며 달려나간 나머지 내 신발이 지면에 닿는 마찰도 느끼지 못했다. 뒤를 돌아보지 않았다. 나밖에 없는 것인지 슬쩍 훔쳐보고 싶은 마음이 간절했다. 아무도 내 뒤를 쫓고 있지 않은지 확인하고 싶었다. 그렇지만 뒤를 돌아보지 않았다. 너무 위험했다. 뒤를 돌았다가는 내게 주어졌을지도 모를 귀중한 몇 초를 낭비하게 될 터였다. 뒤를 확인했다가는 자칫 그 몇 초가 내게 허락된 마지막 시간이 될지도 몰랐다.

소리가 가까워지고 있었지만 너무 큰 혼란에 빠진 터라 어느 방향에서 들리는 소리인지조차 파악할 수가 없었다. 아니면 내 맥박이 뛰는 소리, 내 몸에서 빠르게 피가 도는 소리였을까?

아니면 누군가 있는 걸까?

머리카락에 이어 척추에서 무언가 느껴졌다. 등이 앞으로 꺾였다. 홱 몸이 고꾸라지며 양손과 무릎이 땅에 세게 부딪혔다.

세상이 더는 움직이지 않았다.

그 순간, 오직 두 가지 생각밖에 들지 않았다. 살아남아야 한다는 것 그리고 일이 이렇게 흘러갈 줄은 몰랐다는 것.

크리스티안

집에 도착했다. 릴리는 거실에 있는 가죽 의자에 앉아있었다. 내게 등을 보인 상태였다. 내 쪽에서는 의자 뒤로 쏟아져 내린 아내의 긴 갈색 머리카락만 보였다. 아내는 맞은편 벽에 놓인 TV를 마주하고 있었지만 TV는 꺼져있었다. 까만 상자일 뿐인 TV 화면으로 릴리의 형체가 흐릿하게 반사되어 보였지만 아내가 눈을 뜨고 있는지 감고 있는지는 알 수가 없었다.

"나 왔어." 차고 문으로 들어온 나는 조용히 문을 닫고 신발을 벗었다. 핸드폰과 열쇠 꾸러미를 식탁에 올려둔 후 물었다. "오늘 하루 잘 보냈어?"

집 안에 어둠이 짙어졌다. 창밖으로 해가 뉘엿 기울고 있었다. 릴리가 불을 켜지 않아 집 안은 색을 잃고 잿빛에 휩싸였다. 아내는 동쪽을 마주하고 있었다. 예쁜 노을이 지는 하늘은 반대편이었다. 제아무리 아름다운 노을이라도 이 방향에서는 하나도 보이지 않았다.

릴리는 아무런 대꾸가 없었다. 의자에 앉은 채로 잠에 빠진 것이 분명했다. 처음 있는 일도 아니었다. 최근 들어 몸이 굉장히 피곤해 보였다. 온종일 서서 수업하는 거야 말할 것도 없고 임신 때문에 맥을 못 추고 있었다. 이 두 가지가 합쳐져 몹시 힘들어했다. 예전에는 내가 퇴근하고 들어오면 아내는 주방에서 요리를 하고 있었지만, 최근 몇 주간 아내는 집에 오자마자 곧장 쓰러졌다. 아내가 요리하지 않는 것이야 내게 전혀 문제가 되지 않았다. 나는 퇴근 후 꼭 집밥을 먹어야 하는 사람이 아니었지만 아내는 그렇게 자랐다. 아내의 어머니는 남편을 위해 저녁을 차리는 분이었기에 아내도 내게 그렇게 해줘야 한다고 생각했다. 아내는 저녁을 준비하지 못하는 데 미안해했지만 입덧으로 고생 중인 아내가 나를 위해 요리까지 할 필요는 전혀 없었다. 집으로 오는 차 안에서 이미 음식을 주문한 상태라 곧 도착할 터였다.

거실로 조용히 발걸음을 옮겼다. 아내의 앞으로 다가가 아내를 마주했다. 내 생각과 달리 릴리는 자고 있지 않았다. 눈은 뜬 상태였지만 무표정한 얼굴이었다. 아내의 안색은 집 안 공기처럼 생기가 느껴지지 않는 잿빛이었고 나는 집이 어두운 탓이라 여겼다. 릴리의 고개가 움직였다. 천천히 얼굴을 들어 나를 바라봤다.

"나 왔어." 웃으며 부드럽게 다시 한번 말했다. "괜찮아? 나 때문에 깼어?"

옆 테이블 위 조명을 켜자 빛에 움찔 놀란 아내의 눈이 적응하는 데 시간이 걸렸다. 불이 켜지자 집 안이 어두운 탓에 아내의 얼굴이 창백해 보였던 것이 아니라는 것을 깨달았다. 곧바로 아내에게 사과의 말을 전했다.

램프의 불빛이 전해주는 온기 아래 릴리의 머리카락이 젖어 있는 것이 눈에 들어왔다. 고동색 운동복 바지와 맨투맨 차림이었다. 퇴근 후 샤워를 하고 옷을 갈아입은 상태였다. 평소보다 일을 많이 한 것 같았다. 요즘 아내는 소파에 쓰러져 있다가 잠잘 시간이 되어서야 자리에서 일어나곤 했다. 나는 아내의 앞에 무릎을 꿇고 앉았다. 손을 뻗어 아내의 머리카락을 쓰다듬었다.

"피곤해 보이네, 당신. 침대로 갈래? 일으켜 세워줄게. 배달 음식이 곧 올 거야. 오면 방으로 가져다줄게."

정신을 차려보려는 듯 릴리는 눈을 세 번 깜빡였다. 아내가 입을 뗐다. 날뛰는 고등학생들을 대상으로 온종일 수학을 가르치는 일은 마치 축구장에서 온종일 소리를 지르는 것과 별반 다르지 않았다. 아내의 목소리가 갈라져 나왔다. "아니야." 아내가 고개를 저으며 말했다. "나 괜찮아. 그냥 피곤해서 그래. 오늘 좀 힘들었거든."

"정말이야? 나는 침대에서 밥 먹어도 괜찮은데." 나 또한 힘든 하루를 보냈지만 둘 중 한 사람만 또 다른 인간을 배 속에서 키워내는 상황에서 누구의 하루가 더 힘들었는지 비교하는 일은 옳지 않게 느껴졌다.

"지저분해질 것 같은데." 그녀가 말했다.

"깔끔하게 먹을게."

릴리가 미소를 짓자 내 심장이 녹아내렸다. 아내가 나를 향해 짓는 미소가 너무 좋았다. "당신이 깔끔했던 적이 있었어?"

"한 번도 없지." 내게 장난을 걸 여력이 아직 있는 것 같아 내 기분도 한결 나아졌다. 임신과 출산에 관해 나름 공부를 했다. 임신 첫 3개월간 여성들은 평생에서 가장 극심한 피로를 느낀다는 글을 읽었었다. 배 속에서 아이를 키우는 것은 힘든 일이다. 아이를 돌보는 것 또한 마찬가지겠지만 아직 우리는 그 단계에 이르지 않았다.

"뭐 필요한 거 있어?" 내가 묻자 아내는 고개를 저었다.

배달 음식이 도착했다. 나는 릴리에게 소파에 같이 앉자고 설득했다. 소파는 우리 둘이 충분히 함께 앉을 수 있는 크기였다. 우리는 TV를 시청했고, 그동안 나는 아내의 하루에 대해, 아내는 내 하루에 대해 물었다. 오늘 밤 아내는 평소보다 말수가 없었다. 대화는 주로 내가 이끌었다. 나는 시장 연구 분석가이고 릴리는 고등학교에서 대수학을 가르친다. 우리는 대학 때 수학을 좋아한다는 공통점으로 만나기 시작했다. 이 이야기를 다른 사람들에게 하면 다들 웃음을 터뜨렸다. 우리는 수학 너드들이었다.

잘 시간이 되자 릴리는 나보다 먼저 침실로 올라갔다. 아내가 세수하는 동안 세면대로 물이 흘러 내려가는 소리가 아래층에 있는 내 귀에도 들렸다. 나는 저녁을 먹고 난 후 뒷정리를 했다. 포장 용기를 쓰레기통에 버렸다. 현관 앞에 택배가 와있었다.

택배를 가지러 밖으로 나가자 주변이 캄캄했다. 하지만 하늘은 청명했다. 초승달이 떠있었다.

집에 들어왔을 때 릴리는 계단 꼭대기에 서있었다. 침실에서 새어 나오는 불빛을 역으로 받은 채 위층 복도의 어둠 속에 서있었다. 좀 전까지 입고 있던 고동색 운동복 차림이 아니었다. 이제는 내 셔츠를 걸친 상태였다. 하의는 입지 않은 채 짝다리를 짚고 서있었다. 머리를 하나로 묶은 아내의 얼굴에는 여전히 물기가 남아있었다.

"문 잠그는 거 잊지 마." 아내는 수건으로 얼굴을 두드리며 난간 아래를 향해 소리쳤다.

내가 문단속을 잊은 적은 한 번도 없었다. 릴리가 내게 상기시켜야 할만한 일이 아니었다. 몸을 돌린 나는 덧문이 단단히 잠겨있는지를 확인한 뒤 현관문을 닫고는 걸쇠 또한 잠갔다.

우리 집은 부지가 넓은 곳에 위치했다. 외관은 낡았지만 내부는 현대식으로 완벽히 개조했다. 집 주변으로 빙 둘러진 베란다, 기둥이 드러난 천장, 벽돌로 된 벽난로만이 아니라―처음 이 집을 둘러보던 날, 이 벽난로에 푹 빠진 릴리를 보고는 상당한 집값에도 불구하고 이 집을 거절할 수 없으리라는 것을 알았다―고급 냉장고와 스테인리스 가전들, 온돌 바닥, 특히 내가 더 열광했던 깊은 욕조 등 좀 더 현대적인 시설들까지 자랑할 만한 것들이 많았다. 집 앞 경관도 대단히 멋져 미학적으로 훌륭한 집이라고 말해도 전혀 지나치지 않았다. 말 그대로 있는 돈을 모두 털어 산 집이었지만 한동안 허리띠를 졸라매고 살아야 한다 해도 당시에는 이 집이 그만한 가치를 한다고 여겼다.

뒷마당에는 집 부지의 가장자리를 따라 강이 흘렀고 강 주변으로 산책로와 자전거 길이 나있었다. 이 길 때문에 처음 이사 왔을 때는 사생활이 없을까 봐 걱정했다. 산책로는 보행자들을 우리 집으로 인도했다. 낯선 이들과 스쳐 지나가는 사람들을 말이다. 하지만 1년 중 대부분 별문제가 되지 않았다. 나뭇잎들이 사생활을 보호해 주었다. 다만 잎이 모두 떨어지고 나면 우리는 발가벗은 듯 훤히 드러나는 상태가 되었지만 강을 향해 난 전망을 보고 있으면 작은 희생 정도는 감수할 가치가 있었다.

"다 했어." 아내에게 문단속을 마쳤다고 말하자, 아내는 보안 장치를 켰는지 물었다. 이 집에 몇 년째 살고 있지만 보안 장치를 켜는 일은 거의 없었다. 아내의 질문에 깜짝 놀랄 수밖에 없었다.

"당신 정말 무슨 일 있는 거 아니지?" 내가 물었다.

릴리는 이렇게 답했다. "응, 없어." 아내는 우리 집에 보안 장치가 설치되어 있으니 하는 말이라고 했다. 돈도 지불한다고. 그렇다면 사용하는 게 낫지 않느냐고. 틀린 말은 아니었지만 아내가 지금껏 보안 시스템을 켜자고 한 적이 없어 이상하게 느껴졌다.

보안 장치를 설정했다. 1층 이곳저곳을 다니며 불을 껐다. 1분쯤 걸렸다. 불을 모두 끈 후에는 침실이 있는 위층을 향해 계단을 올랐다. 릴리가 침실 불을 끈 상태였다. 아내는 문을 등진 채 어둠 속에서 창밖을 내다보고 있었다. 손가락으로 블라인드 틈을 벌린 채 어두운 밤을 응시하고 있었다.

나는 조용히 침실로 들어왔다. 릴리의 뒤로 다가가 등허리에 손을 대고 "뭐 보고 있는 거야?" 물으며 무얼 보는지 확인하려고 턱을 아내의 어깨에 기대었다.

순간 아내가 창가에서 비틀대며 물러났다. 블라인드를 잡고 있던 손을 떼었다. 블라인드가 시끄러운 소리를 내며 닫혔다. 내가 아내를 놀라게 한 것이었다. 아내는 본능적으로 방어 자세를 취하며 나를 칠 듯이 양손을 올렸다.

손이 닿기 전에 급히 몸을 뒤로 물리며 피했다. "워, 진정하라고 록키*." 아내의 팔로 손을 뻗었다. 아내의 손과 팔은 공중에 그대로 얼어붙은 채로 멈춰있었다.

"젠장, 미안해." 날 때리기 직전이었다는 것을 깨닫고는 아내가 말했다. 어찌나 간발의 차이였는지 우리 둘 다 놀랄 정도였다.

"무슨 일이야?" 조심스럽게 아내의 양팔을 내리며 내가 물었다. 아내는 이렇게 예민한 편이 아니었다. 아내가 이런 반응을 보이는 건 처음이었다.

아내가 말했다. "당신인 줄 몰랐어."

"누구라고 생각했던 거야?" 농담처럼 물었다. 이곳에 있는 사람은 아내와 나 둘뿐이었다.

아내는 대답하지 않았다. 대신 이렇게 말했다. "올라오는 소

---

* 무명 복서의 이야기를 다룬 영화 〈록키〉 시리즈의 주인공 록키 발보아.

리 못 들었단 말이야. 아직 아래층에 있는 줄 알았지."

그것으로는 설명이 되지 않았다.

"당신 뭐 보고 있었어?" 아내 너머에 자리한 창문을 바라보며 다시 한번 물었다.

"바깥에서 무슨 소리가 들렸던 거 같아서." 아내가 말했다.

"무슨 소리?"

아내도 잘 모르겠다고 답했다. 그냥 무슨 소리가 들렸다고. 우리는 그 자리에 가만히 서서 귀를 기울였다. 처음에는 아무 소리도 들리지 않았지만 바깥 어디선가 아이들의 목소리가 들렸다. 웃고 있었다. 이번에도 산책로에 모여 쓸데없는 짓이나 하는 10대들이었다. 이런 일이 처음은 아니었다. 아주 나쁜 짓을 하는 것은 아니었지만 담배꽁초들과 빈 술병들이 나오곤 했다. 화가 나거나 하지는 않았다. 나도 한때는 한심한 10대였으니까. 나는 그보다 나쁜 짓도 했었다.

나는 침대에 누웠다. 이불을 다시 매만졌다. "그냥 한심한 애들일 뿐이야, 릴리. 겁낼 거 없어. 침대로 와." 내 말에 릴리는 창가에서 벗어나 나와 함께 침대에 누웠다. 마음을 놓지 못하는 것이 느껴졌다. 아내는 내 말을 믿지 못하는 것 같았다.

니나

TV를 켜놓은 채로 잠이 든 모양이었다. 뭘 보고 있었는지는 몰라도 지금은 10시 뉴스가 흘러나오고 있었다. 요란하게 번쩍이는 화면이 어두운 집 안을 밝혔고 TV 소리는 불쾌할 정도로 크게 울렸다. 게슴츠레 뜬 눈으로 소파에 모로 누워 뉴스를 시청했다. 오늘 시내의 한 중층 빌딩에 불이 나 무너지는 사건이 있었다. 도시 남부에서는 총격 사건도 벌어졌다. 전부 나쁜 소식뿐이었다. 뉴스가 이런 소식을 보도하는 이유는 사람들이 그런 것들을 보고 싶어 하기 때문이다. 병적인 현상이었다. 이 세상이 본질적으로 나쁜 것도, 좋은 일보다 나쁜 일이 더욱 많이 일어나는 것도 아니다. 우리가 나쁜 일에 끌리는 것이다. 죽음이 팔린다. 뉴스를 껐다. 나는 뉴스를 싫어했다.

몸을 일으켜 소파에 바로 앉아 뻐근한 목을 문질렀다. 이상한 자세로 누워있었던 모양이다. 잠시 눈을 붙였음에도 쉰 것 같은 느낌이 들지 않았다. 도리어 더욱 피곤해졌다. 침대로 가야 했지만 제이크가 아직 집에 오지 않은 상태였고 그가 오기 전에 잠들고 싶지는 않았다. 그와 이야기를 나누고 싶었다. 격렬하게 오간 간밤의 대화가 이제는 후회되었다. 돌이켜 보니 내 잘못이 컸지만 당시에는 고집을 부렸다. 그때는 고집이라고 생각하지 않았다. 그에게 해선 안 될 말을 했고 그 때문에 온종일 마음이 괴로웠다. 몇 번이나 그의 직장으로 전화해서 사과할까 생각했지만, 사람의 생명을 살리는, 대단히 중요한 일을 하는 그는 병원에 있을 때면 너무도 바빴기에 방해하고 싶지 않았다. 그는 일하는 중에 내가 전화하는 것을 좋아하지 않았다.

채점 중이던 과제들이 커피 테이블에 널브러져 있었다. 겨우 몇 개만 채점을 마치고 깜빡 잠에 빠졌다. 영어 심화반 과제였다. 《1984》를 막 완독한 후였고, 학생들에게 우리 현대 사회의 어떤 면이 조지 오웰의 전체주의와 닮아있는지 글로 쓰라는 과제를 주었다. 아이들의 생각을 읽는 것이 즐거웠다. 이렇게 길게 잘 생각은 없었다. 잠깐 눈을 붙였다가 과제를 마저 채점할 생각이었지만 몇 시간이나 자고 말았다. 아이들에게 내일까지 채점을 마치겠다고 약속한 터라 죄책감이 들었다. 아이들이 굉장히 공을 들여 작업한 과제라 어떤 점수를 받게 될지 무척이나 궁금해했다. 심화반 아이들은 스스로 엄격했다. 하지만 벌써 밖이 어둑해졌고, 피곤했으며, 제이크에게 무슨 일이 생긴 것은 아닌지 걱정이 되었다. 그가 빨리 집에 돌아와 대화를 나눌 수 있기를 바랐다.

소파에서 일어나 커피를 마시러 주방으로 향했다. 밤샘을 안한 지는 오래되었지만, 오늘 밤 달게 자는 일은 기대하기 어려웠다. 커피 머신의 물탱크에 물을 채운 뒤 제자리에 끼운 후 예열을 기다리는 동안 제이크의 전화나 문자를 놓치지는 않았는지 핸드폰을 확인했다. 밤 10시 35분이었다. 남편이 왜 아직도 집에 들어오지 않는지 알 수가 없었다.

오늘은 제이크가 외래 환자를 보는 날이었다. 외래가 있는 날은 하루가 예측 가능하게 흘러갔다. 예정대로라면 일찍 퇴근하는 날이었다. 상담이나 수술 전 문진으로 찾아오는 환자들을 보는 날이었다. 예약 시간이 정해져 있고, 환자가 늦거나 외래가 밀릴 경우 조금씩 늦어지긴 했지만 결코 몇 분 이상으로 지연되지는 않았다. 진료가 끝나면 제이크는 서류 업무를 처리했다. 남편은 오히려 수술이 없는 날은 지루하다고 말할 정도였다. 그는 자신의 실력을 발휘할 수 있는 수술을 더 선호했다.

그가 수술을 좋아한다는 걸 감안해도 수술이 있는 날은 믿기 어려울 정도로 길고 힘든 하루를 보냈다. 남편은 알람과 함께 새벽 4시 30분에 일어났다. 본격적인 일은 동튼 직후부터 회진과 수술 전 검사, 수술 팀원들과 환자에 대한 토론으로 시작되었다. 그렇게 시작된 일과가 밤 9시나 10시가 다 되어서 끝날 때도 있었다. 수술이 있는 날은 가장 예측하기 어려운 날이기도 했다. 종양 제거처럼 이미 계획된 수술도 있지만, 지난주에는 머리에 총상을 입은 환자가 들어와 제이크가 예상치 못하게 목숨을 살리기 위해 몇 시간을 매달려야 했다. 총상 환자는 결국 목숨을 잃었다. 사실상 사망한 상태로 병원에 온 것이었다. 제이크는 그렇게 표현했다. 제이크는 환자들에 관해 거리를 두고 이야기했다. 그래야만 하니까. 너무 감정적으로 대할 수 없었고, 그가 그랬다면 훌륭한 외과의가 될 수 없었을 것이다. 제이크 같은 의사들은 자기 일을 하기 위해서는 심리적인 측면을 잘 통제해야 했다. 제이크의 경우 의대 때부터 그렇게 해왔는데, 그는 시체를 두고 사람이 아닌 사물처럼 표현했다. 그래야 칼을 대는 것이 더욱 수월했으니까. 대부분의 사람은 시체를 보는 일이 일생에 잊을 수 없는 엄청난 순간이겠지만, 제이크에게는 흔한 일이었다.

총상 환자의 경우 수술대에 오르기도 전에, 그가 칼을 대기도 전에 이미 끝나있었다고 제이크는 말했다. 생존 확률이 5퍼센트가량으로 극히 낮았고, 설사 목숨을 건진다 해도 양질의 삶을 누리게 될 확률은 그보다도 낮았다.

"당신 마음이 괴로웠겠어. 환자가 죽을 확률이 높다는 것을 알면서도 어쨌거나 수술을 해야 한다는 건 너무 허무하잖아."

공감하는 모습을 보여주려 이렇게 말했다. 지난 몇 달간 제이크와 나 사이에 균열이 있었기 때문이다. 우리 사이가 나빠진 것에 제이크는 내 탓을 했고, 나는 제이크와 있을 때는 그 외의 다른 일에는 관심을 두지 않으려고, 그와 함께 있는 순간에만 집중하려고 굉장히 노력하고 있었다.

환자 이야기를 할 당시 그는 위스키 사워를 마시고 있었다. 위스키 사워를 테이블로 내려놓은 그는 안경 너머로 나를 강렬하게 응시했다. 내가 한 말에 기분이 나빠진 거라 생각했다. 그가 하는 일이 헛되다는 뜻이 아니었지만 그는 그렇게 들었다. 내가 하는 일이야말로 헛될 때가 많았다. 반쯤 잠에 빠져 듣지도 않는 학생들에게 몇 시간이나 혼자 떠들어 대니까.

"그 환자가 살아남지 못했을 거라고 어떻게 그렇게 확신할 수 있어?" 내가 물었다.

"총상의 경우 부위와 총알의 궤적이 관건이야." 제이크가 어려운 단어들로 설명을 이었다. "당시 총알이 환자의 전방 측두엽으로 들어갔어. 뇌를 반으로 가로지르며 지나갔는데, 그리 이상적인 궤적은 아니지." 마치 뇌로 들어간 총알에 이상적인 궤적이 있는 것처럼 말했다. "들어간 총알이 나오지는 않았어. 두 뇌 양 반구의 네 개의 엽을 모두 가로지른 후 박힌 거야."

"수술 중에 죽었어?"

"그 후에."

"어떻게?"

"뇌간사로."

"그게 무슨 뜻인데?"

"뇌간은……." 어떻게 설명해야 내가 알아들을 수 있을지 생각 중인 게 보였다. 기분 나쁘기보다는 고마웠다. 그는 내가 당연히 알고 있어야 한다는 듯이 담창구, 청신경종 같은 단어들을 내뱉을 때가 있었다. 그는 이런 용어들로 편하게 대화를 나누는 동료들과 함께 하는 데 익숙해진 나머지 나는 의료진이 아니라는 것을, 몇 년 동안 의대를 다닌 사람이 아니라는 것을 잊을 때가 있었다.

"뇌간은 인간의 생존에 관여하는 모든 활동을 관장하는 기관이야. 호흡, 혈액순환, 소화 모두. 뇌간이 사망하면 죽은 거나 다름없어."

"식물인간 상태가 되는 거야?" 내가 물었다.

"아니." 그가 말했다. 나는 그의 설명이 이어지길 기다렸고 그는 위스키 사워를 한 모금 넘겼다. "좀 다른 건데, 식물인간 상태에 있는 사람은 뇌간이 기능하고 있다는 징후들이 아직 있거든."

"환자가 몇 살이었어?"

"스물아홉 살."

"누가 총을 쏜 거야?"

"남편이."

묻지 않은 게 좋을 뻔했다. 조금도 알고 싶지 않은 이야기였다. 제이크와 달리 나는 초연해질 수가 없었다. 이후 최소 하루 동안 두 사람 사이에 어떤 일이 있었기에 남편이 아내의 머리에 총을 쐈을까, 하는 생각에 사로잡혔다.

수술이 있는 날이면 제이크가 언제 퇴근할지 알 수 있는 방법이 전혀 없었다. 응급 수술이 잡히면 그는 수술이 끝날 때까지 병원에 있었다. 하지만 오늘은 수술이 있는 날이 아니다. 벌써 몇 시간 전에 집에 도착하고도 남아야 했다. 그에게 전화를 걸었지만 곧장 음성 사서함으로 넘어가는 걸로 봐서는 핸드폰을 꺼두었거나 전원이 나간 것 같았다. 핸드폰이 방전되게 두다니 제이크답지 않은 행동이었다. 그가 핸드폰을 충전하면 확인할 수 있도록 가벼운 톤으로 가능할 때 내게 전화를 달라는 음성을 남겼다. 걱정이 된다거나 어디 있는지 궁금하다는 이야기는 하지 않았다. 어쩌면 내가 일정을 헷갈려 오늘 수술이 있는 날이었을 수도 있으니까.

요즘 나는 정신이 좀 없는 상태였다. 엄마의 건강이 안 좋아지고 있었다. 시력을 잃어가는 중이었고, 이것으로도 부족하다는 듯 의료진이 엄마의 왼쪽 가슴에서 멍울을 발견했다. 조직 검사를 진행해 악성인지 양성인지 여부를 확인해야 했다. 비관주의자인 나의 머릿속에서는 이미 결과가 정해진 상태였다. 악성일 거라고 말이다. 만약 악성이라면 앞으로 어떻게 할지 결정해야 한다. 가슴을 유지할지, 제거할지 결정해야 한다. 엄마가 자신의 생명을 건 결정들을 내리기는 힘들었기에 모든 의사 결정은 내가 해야 한다. 엄마는 아직 이런 병을 겪을 나이가 아니었지만 황반변성*과 유방암 이렇게 두 개의 유전자를 갖고 있었고, 다시 말해 내게도 그런 유전자가 있다는 의미였다. 병원 방문은 끝도 없이 이어졌다. 일반의, 유방 조영술 의료진, 안과의에 이어 조만간 외과 종양 전문의도 만나야 했다. 병원을 다니려 며칠이나 휴가를 써야 할 정도였다. 수업을 하지 않을 때면 병원에 다녔고, 엄마와 함께 있지 않을 때도 엄마를 생각하고 걱정했다. 어떠한 결정을 내려야 할 때면 내가 자칫 잘못된 선택을 했다간 엄마가 죽을지도 모른다는 부담에 시달렸다. 종양

---

* 눈 안쪽 망막 중심부에 위치한 황반부에 변화가 생겨 시력장애가 생기는 질환.

절제술이냐, 유방절제술이냐 같은 고민을 강박적으로 했다.

　이 때문에 제이크와의 사이가 점점 소원해졌다. 이것이 결국 어젯밤 다툼의 원인이었다. 내가 그를 제외한 다른 모든 사람들과 일에만 신경을 쏟는다는 것이었다. 그건 사실이 아니었다. 하지만 그가 왜 그렇게 생각하는지는 이해할 수 있었다. 다만 어젯밤에는 그의 탓을 하고 말았다. 그의 감정을 인정하지 않았고 그 감정을 느끼는 것이 그의 잘못인 것처럼 몰아세웠다. 서로에게 소리를 지른 후 제이크는 베개를 챙겨 소파에서 잠을 청했다. 오늘 아침에 그는 나와 말도 거의 하지 않고, 인사도 하지 않은 채 집을 나섰다. 그런 그가 이제 집에도 오지 않고 전화도 받지 않았다. 그 이유가 짐작되는 나는 걱정이 되었다.

크리스티안

한밤중에 릴리가 울고 있었다.

"왜 그래, 여보? 무슨 일이야?" 나는 아내를 감싸안으며 물었다. 훌쩍임에 가까운 울음이었고 울음소리를 낮추려 애를 쓰고 있었다. 하지만 나는 잠귀가 밝은 편이었다. 사소한 것에도 잠에서 금방 깼다. 릴리의 울음소리가 들린 것도 있었지만 무엇보다 내 몸에 닿은 아내의 몸이 떨리는 것이 느껴졌다.

릴리는 내게 등을 보인 채로 누워있었다. 아내의 등이 내 품 안에 자리했다. 아내는 무슨 일 때문에 우는지 말해주지 않았다. "나쁜 꿈 꿨어?" 내가 묻자 내 가슴께에 닿은 그녀가 고개를 끄덕이는 것이 느껴졌다. "잠깐만, 물 좀 가져올게." 덮고 있던 이불을 걷어내며 말했다.

"아냐." 릴리가 내 손을 잡았다. "그냥 여기 있어, 크리스티안. 그냥 나랑 여기 있어."

나는 머리를 다시 베개에 기댔다. 침대에 누워 아내를 팔로 감싸안았다. 잘 모르는 사람이 봤다면 릴리가 겁에 질린 것처럼 보일 것 같았다.

* * *

아침에 일어나 보니 릴리는 나보다 먼저 깨어있었다. 늘 그랬다. 아내가 샤워를 하고 옷을 입은 후 아래층으로 내려가 어두운 주방, 아일랜드 식탁 앞에 선 채로 토스트 한 조각을 먹는 동안 나는 그제야 침대에서 나왔다.

"이제 말해줄 거야?" 아내가 자리한 아일랜드 식탁 맞은편에 서며 내가 물었다. "꿈 말이야."

마주한 릴리의 갈색 눈에서 머뭇거림이 느껴졌다. "꿈 안 꿨어." 아내가 고백했다.

나는 고개를 갸웃했다. "그럼 무슨 생각을 하고 있었던 거야? 어젯밤에 왜 그렇게 감정이 격해졌어?" 내가 물었다.

긴 침묵 끝에 릴리가 입을 열었다.

"어제 퇴근하고 산책하러 랭리 우즈에 갔었어." 릴리가 말했다. 랭리 우즈는 넓게 형성된 삼림 보호 구역이다. 함께 가보기도 한 곳이었다. 러닝을 하기도 했고 개를 키우던 시절에는 개를 산책시키러 갔었다. 집에서 멀지 않은 곳이었다. 규모가 작지만 댐에 가까운 형태의 폭포도 있고 16킬로미터가 넘는 등산로도 마련되어 있었다. "의사가 산책이 좋겠다고 했거든. 안전하다고." 아내는 아직 말하지 않은 무언가에 대해 변명하듯, 그곳에서 벌어진 일이 자신의 탓이 아니라고 선을 긋듯 의사의 말을 내게 상기시켰다.

릴리는 장거리 달리기를 즐겨했지만 임신 사실을 알게 된 후로는 달리기를 그만두었다. 전에 세 번 유산한 일이 있었고, 매번 첫 달을 넘기지 못했다. 릴리는 자신이 무언가를 해서 또는 무언가를 하지 않아서 아이가 유산되었다고 본인 탓을 했다.

"잘했네." 내가 말했다. "가볍게 운동도 하고 신선한 공기도 마시고. 잘했어." 차분한 목소리로 격려와 응원을 담아 말했다. 하지만 속으로는 아이가 잘못되었다는 이야기가 나올까 봐, 어제 아이를 잃었다는 이야기를 듣게 될까 봐 1분 전보다 심장이 빠르게 뛰고 있었다. 손바닥이 축축해지더니 땀이 배어 나오기 시작했다. 마지막 유산 때 릴리는 지금처럼 9주 차였다. 당시, 의사의 진료도 받은 후였다. 초음파를 했었고 아이의 심장 소리도 들었다. 의사는 태아의 심장 소리가 처음 감지되고 난 후에는 유산의 위험성이 기억은 잘 안 나지만 4퍼센트 또는 5퍼센트 정도로 낮아진다고 설명했었다. 그런데도 의사의 예상은 틀렸다. 그녀가 우리에게 잘못된 희망을 가득 심어준 셈이 되었다. 그 시점에서 우리는 나쁜 일이 벌어질 수 있다고 생각하지 못했다. 우리가 안일했다. 릴리는 그때 이미 습관성 유산이라는 이력이 있었다. 그 의사가 봐온 다른 여성들과는 달랐다. 4, 5퍼센트라는 그 작은 확률에 릴리가 포함되었다. 심장 소리를 듣고도 아이를 잃었으니까.

릴리는 일하던 중에, 특수아동 개별화 교육 계획 미팅 중에 다리 사이로 피가 흐르는 것을 느꼈다. 아내는 미팅이 끝날 때까지, 함께 있던 사람들이 모두 나갈 때까지 가만히 자리에 앉아있었다. 자리에서 일어난 아내가 아래를 내려다보니 의자에 피가 묻어있었다. 깜짝 놀랄 일은 아니었지만 그렇다고 가슴이 덜 아픈 것도 아니었다.

물병을 든 아내의 손이 떨리고 있었다. 아내는 물병 뚜껑을 돌려 연 후 입에 대고 한참 동안 물을 넘겼다. 카운터 위에 천천히 물병을 내려놓은 뒤 뚜껑을 닫았다. 시간을 끌고 있었다. 아내는 아이가 죽었다는 이야기를 내게 전하려고, 어제 랭리 우즈에서 아이를 잃었다는 이야기를 하려고 단어를 고르는 것이었다. 어제 아내는 집에 돌아와 샤워를 하며 피를 씻어냈을 것이다. 아이가 죽은 것이다. 그래서 아내는 어젯밤에 그토록 슬퍼했던 것이다. 남아있는 임신 산물을 배출하기 위해 소파수술도 진행해야 할 터였다. 낯선 일은 아니었다. 이미 해봤다. 우리에게 전혀 새로울 것이 없는 일이었다.

릴리는 떨리는 목소리로 말했다. "거기서 제이크 헤이스를 만났어." 내가 예상한 이야기가 아니었다. 유산에 대한 생각을 제이크의 얼굴로 전환하는 데 잠깐의 시간이 걸렸다.

"아, 그랬어?" 아기와는 무관한 일이라는 것을 깨닫고는 안도감이 차올랐다. 숨을 내쉬었다. 몸이 아래로 꺼지고 어깨가 처지는 게 느껴졌다. 긴장이 풀리고 나서야 그동안 얼마나 몸에 힘을 주고 있었는지 깨달았다. 신체적으로 경험하는 그 어떤 고통보다 정서적 고통이 크다는 이야기를 들은 적 있다. 정서적 고통에서 벗어난 지금 새삼 그 의미가 크게 와닿았다. 아기는 괜찮다. 내가 아빠가 될 거라는 사실에는 아직 변함이 없다. 모든 것이 괜찮다. "이야기도 나눴어?" 밝아진 목소리로 물었다. "잘 지낸대? 가만, 못 본 지가 한 6개월쯤 되었나?"

니나 헤이스는 릴리와 같은 고등학교에서 일하는 교사다. 그녀와 그녀의 남편 제이크까지 다들 알고 지내는 사이였다. 릴리는 거의 매일같이 니나를 보지만 우리 부부가 제이크를 못 본지는 꽤 되었다. 그는 외과의였다. 생명을 살리느라 바빠 우리와 어울릴 시간이 없었다.

릴리가 온몸을 떨고 있다는 것을 알아챘다. 손과 목소리에서 시작된 떨림이 온몸으로 번져나갔다. "당신 많이 추워 보이는데." 아일랜드 식탁을 돌아 릴리의 옆으로 다가간 나는 양손으로 릴리의 팔을 위아래로 쓸어주었다. 집이 춥게 느껴지지는 않았지만 나는 원체 열이 많은 편이었다. 12월에도 창문을 살짝 열고 지내는 사람이었다. 하지만 아직은 9월이었다. 밤에는 4도에서 10도 정도로 떨어진다 해도 낮에는 27도까지 기온이 올라가는 터라 난방을 틀기에는 너무 일렀다. "당신 괜찮아?" 아내의 이마에 손등을 대며 물었다. 열은 없었지만 아내에게 제안했다. "오늘 병가를 내면 어때? 하루 쉬어. 휴식을 좀 취하면서."

"그럴 수 없어." 릴리가 말했다. "내일 시험이 있거든. 아이들이 시험을 잘 치를 수 있도록 오늘 복습하기로 약속했거든." 릴리는 너무도 성실했다. 그게 아내의 단점이라면 유일한 단점이었다.

"보조 교사가 해줄 수는 없는 거야?" 내가 물었다.

릴리는 고개를 저으며 말했다. "안 돼. 보조 교사들도 훌륭한 분들이지만 내가 아니잖아. 정답을 모를 때도 있어. 정확하게 설명하지 못할 때도 있고. 아이들이 스트레스받는 건 싫어. 하루 쉬면 시험도 밀릴 테고 그럼 진도가 뒤처져."

"그럼 어때서?"

"그렇게까지 해서 쉴 건 아니야. 나 괜찮아." 내 손에서 멀어지며 아내가 단호하게 말했다. "출근할 수 있어. 퇴근하고 잠깐 눈 좀 붙일게."

"내일이면 벌써 수요일이야." 아내의 기분을 밝게 바꿔보려 말했다. "벌써 한 주의 이틀이 지났고, 이제 사흘만 버티면 당신이 48시간 동안 침대에 가만히 누워 지낼 수 있는 주말이야. 당신은 나한테 분부만 내리라고, 뭐든. 등 마사지, 발 마사지, 침대에서 아침 식사까지 전부 마음껏 시켜."

주말까지 사흘이라니. 위안을 전하기에는 한심하기 그지없었지만 내 나름대로 노력하고 있었다. 아내는 미소로 내 노력에 응답해 주었다. "너무 좋은데." 아내가 말했다. 릴리는 반만 먹은 토스트를 접시에 남기고 자리에서 일어났다. 물병을 챙긴 뒤 출근을 위해 차고 문으로 향했다. 아내는 요즘 바지를 자주 입었다. 날씨가 서늘해지면서 아내가 바지를 더욱 편하게 느끼는 듯했다. 오늘은 허리 부분에 신축성이 있는 레깅스 차림이었다. 아내는 500그램에서 1킬로그램가량 체중이 늘었는데, 본인 말고는 다른 사람은 모를 정도의 증량이었다. 아내는 아직 임신 소식을 아무에게도 밝히지 않았다.

아내는 레깅스가 무척이나 잘 어울렸다. 사실 아내는 무엇을 입든 예뻤다.

릴리는 문가에 놓인 가방을 집어 들었다. 가방을 어깨에 걸쳤다. 가방이 무거워 보여 차까지 들어다 줄 생각으로 다가갔지만 아내는 괜찮다며 마다했다.

"정말이야?"

"그럼. 정말이야. 좋은 하루 보내. 사랑해." 아내가 말했다.

"여보."

"응?"

"제이크 만난 이야기는 안 해줬는데." 그제야 기억이 난 내가 아내의 기억을 상기시켰다. 아내는 내게 등을 보인 채로 차고 문손잡이에 손을 얹고는 우뚝 멈췄다. "제이크는 잘 지낸대?" 내가 물었다.

아내가 천천히 몸을 돌렸다. 나를 한 번 보고는 내 뒤쪽의 벽 시계를 한 번 바라봤다. 나도 고개를 돌려 뒤를 쳐다봤다. 커다란 크기의 시계 작은 바늘이 로마 숫자 6을 가리키고 있었다. 학교에서 아내의 일과는 7시 전에 시작했다. 나로서는 도저히 이해가 가지 않았다. 아침 7시에 멀쩡한 정신으로 기능할 수 있는 고등학생이 있을까? 릴리는 밖이 어두컴컴할 때 출근했지만 그나마 유일한 장점이라면 나보다 몇 시간 앞서 오후 3시에 퇴근

한다는 점이었다. 아침에는 아내가 부럽지 않았지만, 오후 시간이 되면 부러워졌다.

"이제 가봐야 해." 아내가 말했다. "지금 출발 안 하면 지각할 거야. 오늘 밤에 이야기해도 될까?"

"알겠어." 내가 말했다. "사랑해." 릴리가 집을 나섰다. 집 밖으로 나온 나는 아내가 차 헤드라이트를 밝히며 차고에서 나와 거리로 사라지는 모습을 지켜봤다.

정신없는 하루가 이어졌다. 이후 여덟 시간 동안 나는 제이크 헤이스를 마주친 릴리가 그에 관해 어떤 이야기를 들려줄지에 대해서는 조금도 생각하지 않았다.

니나

제이크가 집에 들어오지 않았다.

머릿속에는 이 생각뿐이었다.

새벽 2시까지 과제를 채점했지만, 아니 채점에 집중해 보려 노력했지만 전부 마치지는 못했다. 혹시나 남편에게서 전화나 문자가 올까 봐 일하는 내내 핸드폰을 옆에 두었다. 그에게서는 아무런 연락이 없었다. 남편에게 전화나 문자를 또 하고 싶었지만 이미 문자도 세 통이나 보냈고 음성 메시지도 남긴 터였다. 그가 대화할 준비가 되면 전화를 줄 거라고 스스로를 다독였다. 그의 신경을 거슬러 상황을 더욱 악화시키고 싶지 않았다. 그가 집에 들어오지 않은 데는 이유가 있고 그 이유는 나였으니까. 나를 보고 싶지 않겠지. 남편은 나와 대화를 하고 싶지 않은 것 이다. 내가 일을 그르쳤고 제이크는 뒤끝이 길기로 악명이 높았 다. 그가 결국 나를 용서하지 않는다면 어떤 일이 벌어질지 걱정이었다.

이제 3교시에 접어들었고, 아이들은 에너지가 넘치고 지나치게 흥분한 상태였다. 누군가 식품 연구실에서 실수로 불을 내는 바람에 좀 전에 소방 경보가 울렸다. 소방서에서 출동했고 우리는 모두 바깥으로 대피해야 했다. 상황이 비교적 빨리 정리되었다. 밖에서 대기한 지 15분이 넘지 않았지만, 다시 교실로 들어온 아이들에게서 흥분된 에너지가 느껴졌다. 겨우 몇 명만 의자에 앉아있었다. 나머지는 걸음을 멈추고 친구들과 수다를 떨려고 느릿느릿 시간을 끌며 괜히 빙 돌아 자기 자리로 향했다.

"집중하자, 얘들아."

이렇게 말하며 박수를 두 번 쳤지만 나야말로 집중과는 거리가 먼 상태였다. 이번 수업은 아니, 어쩌면 오늘 하루는 수업을 포기한 것이나 다름없었고, 교실 뒤편에서 나를 지켜보는 교생이 아니었다면 영화나 틀어주고 끝냈을 것 같았다.

"여기 남은 자료들 다 훑어볼 시간이 몇 분밖에 없어."

3교시는 일반 영어 수업 시간이었다. 착한 아이들이지만 심화반 아이들처럼 의욕이 높거나, 성실하거나, 얌전하지는 않았다. 자리에 돌아가라고 세 번이나 말해야 했고 조용히 하라는 이야기도 한 번 해야 했다. 헛된 노력이었다. 아이들이 조용해지자마자 다음 수업종이 울렸다.

아이들은 다음 수업으로 이동하기 위해 급히 교실을 빠져나갔다. 나는 제이크에게서 전화가 왔는지 확인하려고 곧장 핸드폰이 있는 책상 첫 번째 서랍을 열었다. 그와 동시에 옆 반 교사인 라이언 슈뢰더가 고개를 들이밀었다.

"한바탕 소란이 있었나 봐요."

서랍에서 이미 핸드폰을 꺼내든 상태였다. 핸드폰부터 확인했다. 내 얼굴에서 실망감이 드러났을 게 분명했다. 라이언의 말이 들렸지만 텅 빈 화면이 너무 속상한 나머지 그를 쳐다볼 수도, 그의 말에 대답할 수도 없었다. 핸드폰 배경화면으로 해놓은 제이크와 내가 함께 찍은 사진만 덩그러니 보였다. 잠시 기다려준 라이언이 부드럽게 물었다.

"괜찮아요, 니나?"

제이크가 전화를 하지 않았다. 심장이 내려앉았고 급히 문자를 하나 더 작성하며 이를 마지막으로 그가 전화할 때까지 더는 문자를 보내지 않겠다고 다짐했다.

제이크, 전화 좀 줘. 내가 너무 미안해. 이야기 좀 나누자. 당신 말이 맞아. 내가 잘못했어. 보고 싶어. 사랑해.

제이크는 어젯밤 호텔에서 지냈을 터였다. 그는 민폐를 끼치며 친구 집 소파 같은 데서 하룻밤 지내는 성격도 아니었거니와 자신의 치부를 남에게 드러내는 쪽은 더더욱 아니었다. 멋진 방과 룸서비스에 마음껏 돈을 쓰는 쪽에 가까웠다. 내가 밤새 뜬 눈으로 과제를 채점하고 그를 기다리는 동안 룸서비스를 즐겼을 그를 떠올렸다. 지금 나는 거의 서있을 수도 없을 정도로 지쳐 간신히 오늘 하루를 버티고 있음에도 벌써부터 그가 오늘도 집에 오지 않으면 어떻게 해야 하나 걱정하고 있었다. 그는 언제까지 내게 쌀쌀맞게 대할 것이고 언제까지 내 전화와 문자를 모른 척할까?

이 와중에도 남편이 깨끗한 옷을 어떻게 조달했을지 궁금했다. 내가 출근한 후 아침에 집에 들러 옷을 갈아입었을까? 가게에 가서 새 옷을 샀을까, 아니면 그냥 병원 수술복을 입고 있을까? 비단 옷만 문제가 아니었다. 치약과 데오도란트도 필요했을 텐데. 집에서 이 물건들이 안 보이면 내가 집에 없는 동안 그가 다녀갔다고 생각하면 될 것이었다.

그날 밤 진심이 아닌 이야기들을, 최악의 말들을 하고 말았다.

이 집이 그렇게 진절머리 나면 그냥 나가버리면 되잖아?

말이 씨가 된다고들 했다.

그게 당신이 원하는 거지?

제이크가 물었다. 침실에 있던 우리는 침대를 사이에 두고 서서 싸움을 벌였다. 아니라고, 조금도 원하는 일이 아니라고, 사실 정말로 원치 않는 일이라고 말했어야 했지만 대신 나는 아무 말도 하지 않은 채로 그를 노려보기만 했다. 그는 내 침묵을 긍정의 의미로 받아들였다. 그전에도 부부싸움이야 있었지만 이 정도까지 싸움이 커진 것은 처음이었다. 내가 엄마와 시간을 너무 자주 보내는 것으로 싸움이 벌어지는 일이야 이제 제이크와 나 사이에서는 일상이 되었다. 예전에 그는 내가 엄마와 조금도 시간을 함께 보내지 않길 바랐다. 그는 나를 독차지하고 싶어 했다. 나 또한 내심 그의 그런 모습에서 기쁨을 느끼지 않왔다면 거짓말하는 것일 테지만, 엄마의 건강이 나빠지기 시작한 후에는 엄마를 모른 척할 수도 없었고 그러고 싶지도 않았다. 우리 엄마니까.

"니나?"

현실로 돌아왔다. 정신을 좀 차렸다. 남편의 화난 얼굴이 사라지고 안쓰러워하는 라이언의 얼굴이 그 자리를 메웠다. 이제 교실로 들어온 그는 고개를 갸웃하며 궁금하다는 듯 짙은 색의 눈으로 나를 살폈다. 그가 다시 물었다.

"괜찮아요?"

교생은 여전히 교실 뒤편에 앉아 노트에 무언가를 적으며 대화를 듣고 있지 않은 척했다. 스물하나 또는 둘쯤, 법적으로는 성인인 나이였음에도 짧게 깎은 금발에 몽환적인 초록색 눈, 얼굴에 보송하게 올라온 솜털과 용인할 수 있을 정도의 여드름까지. 남자의 몸에 갇힌 소년 같은 모습이었다. 언뜻 보면 학생들과 별반 다름없어 보였지만 아이들은 교생 선생님을 좋아했다.

"미안해요, 라이언." 나는 고개를 저으며 말했다. "잠깐 다른 생각 좀 하느라. 무슨 말 하던 중이었죠?"

"화재 대피요." 그가 이어 말했다. "이 반에서 한바탕 소란이 일었던 거 같다고요."

"미안해요." 또 한 번 사과했다. "아이들이 너무 흥분 상태였어요. 수업이 곧 끝날 때였어서 아이들을 단호하게 단속하지 못했어요."

"아니에요." 그가 말했다. "사과할 필요 없어요. 그냥 학생들이 선생님을 어디다 묶어놓았던 것은 아닌지 확인하려는 거였어요." 라이언이 웃었다. 나도 억지로 웃음을 지어 보였지만 교실 문을 닫아놓았음에도 옆 반까지 정신없는 소음이 전달되었다는 게 여전히 민망했다. 교생은 분명 날 한심한 교사라고 생각할 터였다. 나를 위해서가 아니라 규율이 선 학급이라는 좋은 본보기를 보이기 위해서라도 아이들을 조용히 시키기 위해 더욱 노력해야 했다. 혹시나 알림을 놓쳤을까 봐 다시 한번 핸드폰을 내려다봤다. 라이언은 이를 놓치지 않았다.

"정말 별일 없는 거죠?"

"네, 그럼요. 라이언이 괜찮다면 제가 지금 릴리를 좀 보러 가야 할 것 같아요."

"그럼요. 당연히 괜찮죠."

내가 나갈 수 있도록 길을 비켜준 라이언을 지나쳐 문으로 향했다. 4교시에는 수업이 없었다. 교생에게 곧 돌아오겠다는 말을 남기고는 수학 교실이 모인 복도에 자리한 릴리의 교실로 향했다. 아직 학생 이동 시간이었고, 해당 시간 동안 복도는 학생들로 만원을 이뤘다. 교사라도 빼곡하게 오가는 아이들 사이를 헤집고 나아가는 것이 거의 불가능할 정도였다. 고등학생들의 체격은 성인과 다름없었다. 내 차림새가 아니라면 고등학생과 교사를 구분하기가 어려울 때도 있었다. 170센티미터에 가까운 키에도 나는 학생들과 비슷해 보였다. 아이들은 내가 지나갈 수 있도록 길을 내어주지 않았다.

릴리의 교실 앞에 도착한 나는 열린 문틈 사이를 들여다봤다.

나와 달리 릴리는 4교시 수업이 있었다. 이동 시간이 1분쯤 남았고 자리는 3분의 1만 차있었다. 아이들은 아직도 복도에서 친구들과 수다를 떨고 있었다. 아이들은 휴식 시간을 알뜰히도 활용했다.

릴리는 자신의 책상 앞에 서있었다. 내 수업도 듣는 콜린 마이너와 대화 중이었다. 체구가 작은 릴리는 그의 옆에서 더욱 왜소해 보였다. 얼굴도 예쁜 릴리는 딱 본인 같은 사람만 소화할 수 있는 격자무늬의 레깅스 차림이었다. 벙벙해 보이지 않는 루즈한 핏의 반폴라 스웨터를 입고 있었다. 이런 옷에 딱 어울리는 몸매였다. 스웨터는 그녀의 허벅지 윗부분까지 내려왔고 웨이브 진 흑갈색 머리카락이 등을 덮었다. 그녀는 화장을 거의 하지 않았다. 릴리는 화장이 필요하지 않은 사람이었다. 릴리가 얼마나 예쁜지, 얼마나 좋은 사람인지 여학생들이 이야기하는 것을 우연히 들은 적이 있다. 그녀는 10대 학생들에게 큰 인기를 끌었는데, 호감을 얻기에 까다롭고 악명이 높은 10대들 사이에서 그것도 수학 교사임에도 인기가 좋다는 것은 대단한 일이었다. 수학을 좋아하는 사람이 거의 없다는 것은 다들 아는 사실이니까. 영어를 좋아하는 사람도 거의 없지만—10대들은 핸드폰과 친구들 외에는 좋아하는 것이 없다—적어도 영어는 대다수의 학생에게 대수학보다는 쉬운 과목이었다.

릴리와 콜린의 대화가 끝나기를 기다리며 문 앞에서 서성이는 나를 확인하고는 그녀가 미소 지었다. 릴리가 고개를 갸웃하고는 손을 흔들었고, 나는 그녀의 눈에서 걱정과 호기심을 읽었다. 내가 왜 여기에 있는지를 궁금해하고 있었다. 우리 교실은 같은 층이긴 했지만 다른 복도에 자리하고 있었다. 그래서 서로의 교실을 오가기에는, 특히 4분 동안 다른 교실로 이동해야 하는 학생들 사이를 뚫고 오가기 쉬운 거리는 아니었다. 일과 중에 내가 릴리의 교실에 들르는 일은 드물었다.

"니나, 안녕하세요." 콜린 마이너가 자리로 돌아가자 그녀가 내게 다가오며 인사했다.

"안녕." 가까이서 보니 릴리는 멀리서 볼 때만큼 완벽해 보이지 않았다. 내가 할 말은 아니었지만 그녀는 지쳐 보였다. 눈 밑에 다크서클이 생겼고 그녀가 매일 하고 다니는 작은 은색 링에 진주가 달려있는 귀걸이는 한쪽만 있었다.

"잠깐 이야기 좀 할 수 있을까? 둘이서?" 내가 물었다.

"네, 그럼요. 잠시만요." 그녀가 말했다.

수업종이 울리자 아이들 몇 명이 급히 뛰어 들어와 거의 몸을 던지듯 자리에 앉았다. 릴리가 아이들에게 할 일을 준 뒤 우리는 복도로 나왔고, 릴리는 교실 문이 잠기지 않도록, 교실 내부의 상황을 파악할 수 있도록 문을 잡고 있었다.

"무슨 일 있어요?" 그녀가 물었다.

"귀걸이 한쪽이 없는 것 같은데." 그녀에게 말했다.

그녀는 손으로 귓불을 만졌다. "어머." 릴리의 표정이 달라졌다. 귀걸이를 잃어버려 슬픈 것처럼, 속이 상한 것처럼 보였다. "고마워요." 그녀는 이렇게 말하고는 남은 귀걸이를 뺀 후 마개를 채워 손에 쥐었다. "무슨 일 없는 거죠?" 그녀는 팔짱을 끼며 물었다.

"아니." 내가 말했다. "있는 것 같아." 그럴 생각은 아니었는데 두 눈에 눈물이 차올랐다. 나는 잘 우는 편이 아니었다. 하지만 심한 피로와 수면 부족, 거기에 제이크와의 일은 치명적인 조합이었다. 릴리는 인정이 많은 사람이었고 눈물에는 전염성이 있다. 순간 그녀도 눈물을 쏟을 것 같은 표정을 지었다.

"니나." 그녀가 말했다. 릴리는 팔을 풀고 내 손을 꽉 쥐었다. 나도 그녀의 손을 맞잡았다. "왜 그래요?" 그녀가 물었다. "무슨 일이에요?"

릴리 앞이었기에 나는 눈물을 참지 않았다. 우리는 그저 직장 친구가 아니라 진짜 친구로 오랫동안 알고 지내온 사이였다. 서로에게는 거의 모든 것을 털어놓았다. 릴리는 나를 평가할 사람이 아니었다. 그녀도 크리스티안과 완벽한 결혼 생활을 누린다고는 할 수 없었다. 완벽한 부부란 없으니까. 누구나 싸울 때가 있다. 어떤 부부든 힘든 시기를 겪는다.

"며칠 전 밤에 제이크와 한심한 일로 다퉜어. 한심하기도 했지만 좀 심각하게. 내가 해서는 안 될 말을 해버렸어. 남편도 정말 상처가 되는 말들을 내게 했고. 부부싸움을 처음 하는 것도 아니었는데 이번에는 달랐어. 심각했어."

"뭐가 어떻게 심각했는데요?" 그녀는 교실을 가득 채운 10대 학생들이 그녀를 기다리고 있음에도 대화를 이어가려는 듯 물었다. 고마웠다.

"왜냐하면, 릴리." 하지만 릴리에게 솔직하게 이야기하는 것이 부끄러웠고, 입 밖으로 말해버리면 현실을 자각하게 될 것만 같아서 잠시 망설이다 입을 열었다. "어젯밤 남편이 집에 안 들어왔어."

릴리가 입을 벌렸다. 그녀의 두 눈이 커졌다. 내 손을 놓은 그녀의 두 팔이 툭 떨어지며 차렷 자세로 굳었다. 무심결에 한 행동 같았다. 그녀는 자신이 눈에 띄는 반응을 보였다는 것을 금세 깨닫고는 이미 심란한 내가 마음 상하지 않도록 수습하려 애썼다.

"세상에, 니나. 정말 유감이에요." 그녀는 이상할 정도로 천천히 말하고는 놀라움을 감춘 채 동정 어린 미소를 지으며 다시 내 손을 잡았다.

"안 좋은 거 맞지?" 내가 물었다. "남편이 집에 들어오지 않은 거 말이야." 아니라고 고개를 젓는 릴리를 향해 다시 물었다. "크리스티안이 집에 안 들어온 적 있어?" 내심 그렇다고 말해주길 바랐다. 그렇게 흔치 않은 일은 아닐 테니까. 사람들은 다들 싸운다. 싸우다 보면 마음이 상할 때도 있다. 다음 날 아무렇지도 않게 상대를 마주하며 아무 문제도 없다는 듯 행동할 수는 없다. 상황이 진정되기까지 시간이 필요하다. 제이크가 집에 들어왔다면 또 한 번 싸움을 벌였을 터였다. 우리 둘 다 감정이 아직 식지 않은 상태였을 테니까. 괜히 또 싸워서 좋을 것이 뭐가 있겠는가?

릴리는 잔인할 정도로 솔직했다. "전 그런 적은 없어요." 그녀가 말했다. "미안해요. 나도 그런 적이 있다고 답하고 싶은 마음이에요. 하지만 남편이 집에 안 들어온 적은 없었어요. 그런데 그건 크리스티안이고요, 니나. 싸움이 시작되면 일단 피하고 보는 사람이잖아요. 크리스티안은 맨날 미안하다고 해서 어떨 때는 진심인지 아닌지도 모르겠거든요. 그는 그냥 갈등을 싫어하는 사람이라 싸움만 피할 수 있다면 뭐든지 할 사람이에요."

감동적이었다. 크리스티안다웠다. 다정한 남자였다. 하지만 그래서 나와 제이크의 상황이 훨씬 더 안 좋게 느껴졌다. 릴리가 거짓말을 했더라면, 크리스티안도 집에 안 들어온 적이 있다고 말해주며 내 마음을 달래주었다면 좋았을 것이다. 거짓말을 한다 해도 내가 알 방법은 없으니까 말이다.

"전화는 해봤어요?" 그녀가 물었다.

"응. 여러 번. 자꾸 음성 사서함으로 넘어가."

"무슨 일로 싸웠는데요?" 그녀의 말에 답하기 전에 교실에서 고성이 터져 나왔다. 어떤 아이의 행동으로 학생들이 요란한 웃음을 터뜨린 게 분명했다. 몇몇 아이들은 자기 자리를 벗어나 있었고 릴리가 시킨 일을 하는 아이는 거의 없었다.

"있잖아요." 그녀가 말했다. "저 수업 들어가 봐야 할 것 같아요. 이따 다시 이야기해요, 네?" 그녀가 마지막으로 내 손을 꽉 쥐었고, 나는 그러자고 너무 오래 붙잡아 두어 미안하다고 사과했다. 하지만 일과가 끝난 후 대화를 나누기 위해 릴리의 반에 다시 찾아갔을 때 그녀는 이미 퇴근한 후였다.

크리스티안

릴리의 문자가 왔을 때는 오후 2시 20분이었다. 나는 회의에 들어가 있었다. 몇몇 직원들과 회의실 테이블에 둘러앉아 의뢰인을 위한 설문조사를 하고 있었다. 핸드폰을 내려다봤다. 릴리의 문자였다.

오늘 일찍 퇴근할 수 있어? 집에서 볼 수 있을까? 어려우면 괜찮아.

누구에게도 폐 끼치기 싫어하는 릴리다운 문자였다.

여전히 릴리의 문자에 시선을 떼지 않은 채, 최악의 상황을 머릿속으로 그렸다. 그러니까 릴리가 어제는 아니었을지라도 오늘은 아이를 유산했을 거라고 생각하며 동료들에게 말했다. 의뢰인과의 미팅이 아니어서 다행이라고 생각하며 의자를 밀고 자리에서 일어났다. 내가 없다고 해서 큰 문제는 아니었다. 소지품을 챙기고 의자를 밀어 넣었다. "죄송하지만 급한 일이 생겨서 가봐야겠어요."

5분도 채 지나지 않아 나는 차에 올라 주차장을 빠져나갔다. 2분 후에는 88 주간 고속도로를 타고 동쪽으로 향하고 있었고 속도계는 시속 140킬로미터에 가까워져 있었다.

　집에 도착하니 릴리는 가죽 의자에 앉아있었다. 회전의자였다. 오늘은 차고 문을 향해 앉아있던 터라 릴리는 내가 집에 도착하고 차고 문을 열쇠로 여는 모습을 지켜보고 있었다. 차고 문이 잠겨있는 일은 처음이었다. 우리가 차고 문을 잠그는 경우는 없었다. 릴리가 실수로 잠근 것이 분명했다.

　"왜 그래? 무슨 일이야?" 아일랜드 식탁에 열쇠 꾸러미를 던지고는 달려가듯 그녀에게 다가갔다. 예상대로 날이 따뜻한 하루였다. 해가 떠오르자 기온이 곧장 30도까지 올랐다. 이제 해는 집 뒤편 벽에 늘어선 창문으로 쏟아지며 릴리의 무릎을 비추고 있었다. 열기 때문에 탱크톱과 레깅스만 입고 있는 아내는 의자에서 양반다리를 하고 앉아있었다.

　아내의 팔과 어깨에 긁힌 상처가 있었고 몇몇은 제법 깊어 보이기도 했다. 처음 보는 상처들이었다. "무슨 일 있었어?" 몸을 낮춘 나는 손가락으로 상처들을 쓸어내리고는 따뜻한 눈빛으로 아내의 두 눈을 올려다보며 물었다. "넘어진 거야?"

　아내의 두 눈이 젖어있어 울고 있었다는 것을 알아차렸다. 릴리는 선뜻 입을 열지 못했다. 아내를 둔 채 나는 소독약과 항균 연고를 가지러 자리에서 일어났고, 다시 돌아와 아내의 팔을 소독해 주었다. 봉제 인형처럼 축 늘어져 있는 아내의 팔을 이리저리 움직이며 몸에 난 상처를 확인했다.

"말해봐, 릴리." 상처를 치료하며 물었다. "무슨 일인지 말해봐." 아내가 넘어지며 배를 부딪친 것이 확실했다. 아이가 유산된 거다. 그거밖에는 없었다. 아내는 아무 말도 하지 않았다.

"릴리. 나한테 왜 집에 오라고 했던 거야?" 내가 말했다.

"미안해. 당신 일 다 마칠 때까지 기다렸어야 했는데. 도중에 나오라고 해선 안 되었는데."

"괜찮아. 한가했어. 내가 지금 여기 왔잖아. 그러니까 말 좀 해줘."

사실 한가하지는 않았다. 오늘 오후 동료들과의 회의 외에도 오전에는 의뢰인들에게 연락을 돌리며 잠재 고객들의 이야기를 듣고 현 고객들에게는 지금 진행 중인 일에 대해 업데이트를 해주었다. 현재 여러 건의 프로젝트를 진행하는 중이었고 짬이 날 때마다 프로젝트가 전부 잘 진행되고 있는지를 확인해야 했다. 내 업무는 보통 오전 9시에서 오후 5시까지였지만─온종일 회의에 참석하기도 했고 일찍 퇴근하느라─오늘 마치지 못한 업무가 남아있었기에 저녁에는 마무리해야 했다. 그래도 상관은 없었다. 릴리가 가장 중요했다.

아내는 눈을 감았다. 이어 깊이 심호흡했다.

"제발, 릴리."

아내의 두 손은 주먹을 쥔 채로 무릎에 놓여있었다. 아내가 한 손을 펼쳤다. 손바닥에 귀걸이가 하나가 보였다. 몇 년 전, 5주년 결혼기념일에 내가 선물한 귀걸이였다. 5주년은 전통적으로 나무와 관련된 선물을 해야 하기에 나는 그녀의 이름을 새긴 원목 보석함에 귀걸이를 숨겨 놓았었다. 아내가 무척이나 마음에 들어 했다. 그날 이후로 아내가 매일 귀걸이를 착용하는 모습을 보며 정말 그 귀걸이를 좋아한다는 것을 느꼈고, 나를 사랑하는 마음을 표현하는 방법 중 하나라고 생각했다.

"미안해." 아내가 말했다. "정말 미안해. 하나를 잃어버렸어."

귀걸이 때문에 이토록 속상해했다는 것을 믿을 수 없어 릴리를 올려다봤다.

"괜찮아." 나는 고개를 저으며 말했다. "별일 아니야. 25달러 정도 하는 저렴한 거였어, 릴리." 거짓말이었다. 백금에 작은 진주가 달린 귀걸이였다. 200달러를 주고 구매한 것이지만 릴리와 아기만 괜찮다면 귀걸이쯤이야 전혀 중요한 게 아니었다. "새로 사줄게. 그런데 그것 때문에 우울했던 거야?" 그렇게 물으면서도 양팔의 긁힌 상처와 그녀의 텅 빈 눈을 보며 귀걸이 때문이 아니라는 것을 내심 알고는 있었다. 아내는 고개를 저었다.

"랭리 우즈에서 제이크 헤이스를 봤다고 말했잖아." 아내가 조심스럽게 말했고 나는 또 한 번 혼란스러울 수밖에 없었다. 아이에게 나쁜 일이 벌어진 거라고 생각했다. 그런데 다시금 제이크의 이름이 등장해 놀랄 따름이었다. 솔직히 말해 어제 릴리가 산책 중에 그를 봤다는 사실을 완전히 잊고 있었다.

나는 고개를 끄덕이며 답했다. "응, 그랬지."

아내는 창밖의 강으로 시선을 돌렸다. 햇볕을 받아 강물이 파랗게 빛났다. 밖에는 산들바람이 불고 있었다. 강 표면으로 작은 물결이 일었다. 강 위를 날던 갈매기들이 물고기를 잡으러 급강하했다.

릴리는 나를 바라보지 않은 채 말했다. "당신에게 다 못 한 이 야기가 있어."

"그랬구나." 내가 말했다. 나는 항생제 연고를 옆에 내려놨다. 아내의 뺨을 두 손으로 감싸고 시선을 맞추었다. "릴리, 내게는 무엇이든 말해도 되는 거 알잖아. 어떤 말을 해도 내가 당신을 사랑하는 마음은 변하지 않을 거야."

"산책을 하고 있었어. 의사가 권했던 것처럼. 가벼운 운동을 하면 속이 메슥거리고 피로한 게 나아질 수도 있다고 했거든."

"맞아. 나도 같이 들었잖아. 의사가 말했던 거 기억나."

"날씨도 좋았어. 산책하길 잘했다 싶었어. 조금이나마 기운이 있어서 다행이었고. 요즘 내내 피곤했잖아, 당신도 알지?" 나는 고개를 끄덕였다. 나도 알고 있었다. 아내가 무척이나 피곤해했다. "라일리 로드에 있는 주차장에 차를 세웠어. 1.5킬로미터에서 3킬로미터 정도만 걷고 돌아올 생각이었지. 무리하고 싶지는 않았거든. 다른 사람들도 있었어. 사람이 많았던 건 아니지만 나 혼자인 것도 아니었어. 주차장에도 차가 대여섯 대 정도 있었고. 산책로에서도 사람들을 마주쳤거든. 위험하다고는 생각하지 않았어."

나는 침을 삼켰다. 그녀가 말한 위험이라는 말이 무슨 의미인 걸까? 내 시선은 다시 아내의 팔로 향했다.

"무슨 일 있었어, 릴리?"

아내가 침을 삼키며 목울대를 움직였다. "거기서 제이크를 봤어. 처음에는 반가웠어. 놀라긴 했지만 반가웠어. 못 본 지 오래되었잖아. 대화를 나누기 시작하다 제이크가 힘든 하루를 보냈다고 이런저런 이야기를 했어. 환자가 사망했다고 말이야. 제이크는 이번 주에 환자 몇 명을 잃었다고 했어. 나는 그가 환자를 잃은 적이 있는지도 몰랐거든. 전부 다 살려낸 줄 알았어. 내가 잘못 알고 있었더라고. 환자들이 죽어서 그가 괴로워했어. 보통 때는 그렇지 않지만 이번 주에 잃은 환자들을 생각하니 다른 때보다 힘들다고 말했어. 제이크가 그런 이야기를 들려주었어. 그래서 나는 그 일 때문에 여기 온 거구나, 생각했지. 마음을 정리하고 머리도 식히려고. 잠깐 이런저런 근황 이야기를 하며 함께 걸었어. 그러다 제이크가 산책로가 아니라 숲에 난 산길로 내려가자고 했어. 아까 사슴을 봤는데 아직 그곳에 있는지 보고 싶다고, 내게 보여주고 싶다고 말이야. 어미와 새끼 점무늬 사슴 두 마리가 있었다고. 그의 제안을 거절했어야 했어. 하지만 제이크잖아? 그가 전혀 모르는 사람도 아니고 아는 사이니까."

릴리가 잠시 말을 멈췄다. 긴박감이 높아졌고 긴장감에 애가 닳을 지경이었다. 어떤 이야기가 나올지 알았다. 아니 알 것 같았다. 그런데도 아내에게 직접 들어야 했다.

"제이크가 무슨 짓을 했어, 릴리? 널 다치게 한 거야?"

"미안해, 크리스티안." 이렇게 말하는 아내의 목소리에서 경련과 떨림이 느껴졌다. 울고 있지는 않았지만 울음을 터뜨리기 직전이었다. 아내는 숨을 쉴 때마다 가슴이 거칠게 움직였고 폐가 호흡을 따라오지 못해 숨을 헐떡거렸다.

나는 두 손으로 아내의 얼굴을 감쌌다. 그리고 이렇게 이야기해 주었다. "당신이 내게 미안할 일은 전혀 없어."

이제 릴리는 수도꼭지에서 물이 콸콸 쏟아져 나오듯 급하게 말을 쏟아냈다. "제이크가 니나와 문제가 있다고 말했어. 그 이야기를 시작하면서 요즘 니나와 멀어진 것 같다고 말했어. 니나 어머니가 편찮으시거든. 다른 문제도 있지만 병원에서 종양을 발견했대. 내가 당신한테도 이야기해 줬을 거야. 심적으로 부담이 큰 일이잖아. 니나가 어머니를 돌보느라 제이크에게 신경 쓰지 못했대. 제이크는 니나에게서 인정과 애정이 필요했지만 아내가 항상 어머니와 함께 있으니까 그런 것들을 받지 못하고 있다고 말했어. 상황이야 그도 이해했고, 공감하고 있었지만 그렇다고 그가 남자로서 어떤 욕구들이 없는 것은 아니라고 말이야. 제이크가 내게 이런 이야기를 털어놨어. 나는 어떤 말을 해줘야 할지 모르겠더라고. 너무 개인적인 문제잖아, 크리스티안. 난 난감했어. 나한테 이런 이야기를 털어놓는 것도 좀 아닌 것 같다는 생각이 들었고 사실 나는 제이크가 아니라 니나의 친구니까. 이런 주제는 여자 친구들끼리 나누는 이야기잖아. 내가 아무 말 없이 듣기만 하자 제이크가 나한테 이야기를 참 잘 들어준다고, 고맙다고 했어. 니나가 나 같았으면 얼마나 좋았겠냐고 하면서." 릴리가 잠시 말을 멈췄다.

"제이크가 나한테 키스를 하려 했어, 크리스티안."

아내의 말에 자리에서 벌떡 일어난 나는 릴리가 아니라 그를 향한 분노에 말문이 막혔다. 제이크는 나와도 아는 사이였다. 몇 번 함께 밥을 먹기도 했다. 내가 두 사람의 집에 간 적도 있었고 두 사람이 우리 집에 방문한 적도 있었다. 친구 아내가 뇌종양 제거 수술을 받아야 해서 친구에게 제이크를 추천한 일도 있었다. 나는 그의 보증인으로 나섰는데 그는 내 아내에게 수작을 걸었다니.

"그 미친 새끼." 창가로 다가가 밖을 내다봤다. 그를 죽여버리고 싶었다. 제이크를 대체로 좋게 생각해 왔다. 굳이 말하자면 좀 건방지고 오만한 구석은 있었지만 그래도 좋은 사람이라고 생각했었다.

"문제는, 크리스티안." 자리에서 일어난 릴리가 다가와 내 팔을 잡으며 말했다. "내가 제이크를 다치게 했을지도 몰라."

"무슨 소리야?" 창을 바라보던 고개를 돌려 릴리를 쳐다보며 물었다.

"니나가 오늘 말해줬는데 제이크가 어젯밤에 집에 안 들어왔대. 제이크가 어디 있는지도 모르고. 제이크가 어제 아침에 출근한 것을 마지막으로 보질 못했대. 니나가 걱정하고 있었어."

"다치게 했다니, 어떻게?"

"나한테 키스하려 할 때 내가 제이크를 밀어냈어. 내가 거부하자 제이크가 언짢아했어. 내게 화를 냈어. 네가 나보나 나은 것 같아? 내가 너한테 부족한 것 같냐고. 이렇게 말하고는 내가 무슨 신호를 보내면서 자기를 꼬여냈다는 듯이 말했어. 나를 보고 매춘부라고 했어. 엄청 화를 냈고 나는…… 나는 무서워졌어. 산책

51

로에서 멀리 떨어진 산길에 있었거든. 주변에는 아무도 없었어. 제이크가 내 양팔을 이렇게 잡았어."

아내는 내 팔뚝을 작은 손으로 움켜쥐었고, 그제야 밝은 빛 아래서 아내의 팔뚝에 제이크의 손이 닿은 흔적이 보였다. 아내의 피부에 검푸른색 멍으로 남아있었다. 릴리는 흥분한 제이크가 자신을 밀어 바닥으로 넘어졌고, 그가 어쩌면 강간하려 들지도 모른다는 생각이 들었다고 설명했다. 아내는 양손과 무릎으로 땅을 짚고 기어서 도망치려 했지만 그가 아내의 양 발목을 잡아당기는 바람에 얼굴을 땅에 부딪쳤고, 얼굴만이 아니라 아기가, 우리 아기가, 내 아기가 자리한 복부도 땅에 부딪쳤다고 이야기했다.

아내가 당시의 상황을 설명하는 동안 나는 숨을 쉬지 못했다.

"돌이 하나 보였어. 내가 닿을 수 있는 거리에. 손안에 꽉 들어올 정도로 큰 돌이었어. 땅에 거의 박혀있다시피 해서 내가 꺼낼 수 있을지조차 자신이 없었어. 내가 무슨 짓을 하고 있는지 생각할 겨를도 없었어. 그 사람에게서 벗어나야 한다는 생각뿐이었어." 아내는 이 말을 끝으로 눈물을 쏟았고, 그 돌로 그를 어떻게 내려쳤는지는 내게 설명할 필요가 없었다.

"괜찮아, 괜찮아." 아내의 머리를 쓸어내리고는 내 쪽으로 당겨 안으며 달랬다. "당신은 옳은 일을 했을 뿐이야."

"그 사람 눈이 크게 열렸어. 이렇게." 아내가 눈을 크게 떠 보이며 말했다. "나 때문에 놀란 것처럼. 제이크가 비틀거리다 쓰러졌어. 머리에서 피가 흘러나왔어."

“얼마나?” 내가 물었다.

“꽤 많이.”

“의식은 있었어?”

“응. 그랬던 것 같아. 눈을 뜨고 있었어.”

“쓰러진 상태로?”

아내가 고개를 끄덕였다. “응.”

“몇 번이나 내려쳤어? 딱 한 번?”

“몇 번 되었던 거 같아, 아마도.” 아내가 말했다. “너무 순식간에 벌어진 일이라 반사적인 반응이었어. 거기서 벗어나기 위해서는 무엇이든 해야만 했어. 나를 지키기 위해서. 아기를 위해서.”

아내의 말이 지나치게 빨라지고 있었다. “그 사람이 어떻게 될지는 생각조차 하지 않았어. 그가 쓰러지고 난 곧장 최대한 빠르게 도망쳤어. 차까지 계속 달렸어. 뒤도 돌아보지 않았어. 그 사람이 일어나서 나를 따라올지도 모르니까. 그런데 그 사람이 왜 집에 들어가지 않은 걸까, 크리스티안? 내가 설마…….” 아내는 헉하며 숨을 들이마시고는 손으로 입을 가렸다.

“아닐 거야.” 나는 단호하게 말했다. 아내는 그를 죽이지 않았다. 나는 아내의 손을 잡았고 그제야 땅에 박힌 돌을 꺼내다 부러진 손톱들과 손톱 아래 낀 흙이 눈에 들어왔다. “아니야. 아닐 거야, 릴리. 그 망할 겁쟁이 새끼가 집에 들어갈 용기가 없었던 걸 거야. 머리에 상처가 생겼을 테니까. 멍이 들었을 거야. 안 그래? 그걸 어떻게 설명하겠어? 그리고 자기가 한 짓을 당신이 니나한테 알렸을 거라고 짐작했을 거고. 니나에게 말했어?" 내 물음에 아내는 머리카락이 눈을 가릴 정도로 거칠게 고개를 가로저으며 안 했다고, 생각은 해봤지만 니나에게 그런 상처를 주고 싶지 않아 차마 말할 수 없었다고 답했다. 제이크가 무슨 짓을 하려 했는지 안다면 니나는 굉장한 충격을 받았을 것이다.

이후 아내는 제이크 때문에 생긴 상처들을 내게 보여주었다. 팔만이 아니었다. 기어서 도망치느라 양 무릎과 한쪽 정강이가 벗겨져 있었다. 그가 아내를 바닥으로 밀쳤을 때 땅을 짚었던 손바닥에도 멍이 들어있었다. 릴리는 두려움에 떨고 있었다. 그날 일에 사로잡혀 있었다. 분노한 그가 어디선가 복수의 칼날을 갈고 있을 거라고 생각했다. 나는 아내에게 그런 건 아닐 거라고 말했다. 하지만 나도 제이크가 어디에 있는 것인지, 왜 니나에게 가지 않은 것인지는 알 수 없었다.

"당신이 그 사람 얼굴을 봤어야 해, 크리스티안." 아내가 몸을 떨었다. "난 그렇게 분노한 사람의 얼굴은 처음 봤어. 얼굴이 새빨개져 있었어. 땀에 젖어있었고 침을 막 흘렸어. 그 사람은 정말이지……."

아내가 고개를 저었다. 아내의 눈에 두려움이 서렸다. 그 순간을 다시 떠올리고 있었다.

"릴리, 이제 그만." 부드럽게 말했지만 아내는 말을 이었다.

"나도 모르겠어, 크리스티안. 그 사람이 갑자기 이성을 잃었어."

제이크는 이성을 잃었다. 그렇게 설명할 수도 있었다. 누구나 그럴 수 있을 것이다. 통제할 수 있는 수준을 벗어나 흥분에 휩싸이고 공격적으로 행동했던 순간들을 경험한 적이 있을 것이다. 격렬한 분노 말이다. 나 또한 한번은 내 차를 들이받은 스무 살 정도의 어린애에게 욕을 한 적이 있었다. 인터넷 페이지가 너무 늦게 열려 이를 기다릴만한 인내심이 없었던 나는 컴퓨터를 거의 부술 뻔한 적도 있었다. 고등학교 시절 농구 연맹전에서는 들어가면 이길 수 있었던 슛이 빗겨난 후 주먹으로 철망유리를 내리쳤었다. 결국 우리는 경기에서 패했다. 나는 손을 꿰매야 했다. 그 흉터가 아직도 있다. 하지만 제이크 헤이스는 도를 넘어도 한참 넘었다.

밤이 되자 릴리는 집 안에 있어도 밖에 너무 노출되어 있는 것 같은 기분이라며 강을 향해 나있는 창문에서 몸을 떼었다. 조명을 낮추었지만 완전히 끄지 않는 이상 여전히 밖에서 우리의 모습이 잘 보일 터였다. 아치형 천장인 거실에는 위아래로 창이 나있었다. 이사 왔을 때 이 창들을 어떻게 가려야 할지 판단할 수 없었던 우리는 그대로 두기로 했다. 창문에 아무것도 설치하지 않았다. 당시에는 시야를 가리지 않고 강과 나무들의 전경을 내다보는 쪽을 선호했었다.

하지만 지금은 제이크가 저기 어딘가에서 내 아내를, 우리를 지켜보고 있을 수도 있지 않을까, 하는 생각이 들었다. 이제 제이크가 집에 들어가지 않는 이유는 단 두 가지로밖에 설명할 수 없었다. 제이크가 어젯밤 집에 들어가지 않은 이유는 나나 때문일 것이다. 릴리가 고발할 경우 그가 아주 골치 아픈 문제에 처하게 될 수 있었고 어쩌면 교도소에 수감될지도 모른다는 사실을 알고 있었기 때문이다. 아니면 릴리로 인해 심각한 부상을 입어 집에 갈 수 없었던 것이거나.

"경찰에 신고해야 할까?" 릴리가 내게 물었다.

"왜?" 내가 되물었다. 반감 어린 질문은 아니었다. 아내가 신고하고 싶은 것인지 아니면 자신이 한 일을 자백하고 싶은 것인지 궁금했다. 한심한 질문은 아니었다. 나 또한 이 점을 고민하고 있었고 아직 결정을 내리지 못하고 있었다. 나는 릴리가 신고하길 바랐다. 제이크가 자신이 한 일에 대한 아니, 자신이 하려던 일에 대한 죗값을 받길 바랐다.

하지만 만약 릴리가 그를 크게 다치게 했거나 그보다 안 좋은 상황이라면, 아내가 피를 흘리고 있는 그를 그냥 두고 온 거라면? 그러고는 24시간이나 지나서 경찰에 알린다면 어떤 점에서는 아내도 잘못이 있는 셈이었다.

"하지 말자." 아내에게 말했다. "아직은."

"니나한테 문자를 보내봐야겠어." 아내가 말했다.

"왜?"

"제이크가 집에 왔는지 보려고. 니나가 괜찮은지도 확인하고." 나는 신중하게 생각해 봤다. 아내의 말도 일리가 있었다. 제이크가 사라졌고 아내가 그 일과 전혀 무관하다면 마땅히 니나에게 연락을 해볼 테니까. 친구의 안부를 확인할 테니까.

아내가 잠든 후 나는 세탁 바구니에 담긴 빨랫감들을 살폈다. 다른 옷들 아래 어젯밤 릴리가 입었던 옷이 보였다. 바지는 검은색이지만 셔츠는 하얀색이었다. 셔츠에는 흙과 낙엽 부스러기들이 묻어있었다. 셔츠의 단추 하나가 떨어져 나가 그 자리에 하얀색 실만 매달려 있었다. 이 흔적들을 보자 화가 치밀어 올랐다.

다만 가장 신경 쓰이는 점은 오른쪽 소매에 묻은 혈흔이었다.

니나

퇴근 후 엄마를 모시고 안과에 가야 했다. 엄마는 황반변성을 앓고 있다. 글자를 읽고 차를 운전하는 등 생활에 필요한 중심 시력이 저하되고 있다. 엄마는 겨우 예순두 살이었다. 그리 많은 나이는 아니다. 엄마는 사람들의 얼굴을 잘 알아보지 못했다. 엄마에게 무언가 심각한 문제가 있는 것 같다는 의심이 들었던 것도 이 때문이었지만, 사실 나는 처음에는 알츠하이머 같은 병을 의심했기에 황반변성이라는 진단이 나온 후 오히려 조금 안심이 되었다. 이제 엄마는 혼자서 식료품점조차 갈 수 없는 지경이 되었다. 시력이 안 좋아져 식료품점에 가서 필요한 물건을 찾는 것도 어려웠다. 정말 화가 나는 지점은 시력 저하에도 불구하고 엄마는 여전히 생활도 가능하고 명민한 사람이라는 것이었다. 엄마는 정신이 또렷했다. 불공평한 일이었다. 얼마 전까지만 해도 엄마는 대단히 독립적인 사람이었지만 이제는 내게 모든 것을 의지한다. 하룻밤 새 달라진 것처럼 느낄 정도였다.

엄마의 경우 습성 황반변성이었는데 더욱 나쁜 경우라고 볼 수 있었다. 망막에 출혈이 생겼다. 엄마는 병의 진행을 멈추거나 늦추는 효과가 있는 혈관 내피 성장 인자 억제 주사를 눈에 맞았다. 지켜보기가 끔찍했다. 나는 늙고 싶지 않다고, 젊을 때 죽고 싶다는 생각이 들 정도였다. 엄마는 주변시*가 있는 상태였다. 눈이 아예 안 보이는 것은 아니었다. 어디에 부딪히거나 하지는 않았다. 어느 정도는 볼 수 있었다. 엄마는 시야의 중심부에 크레용으로 마구 낙서를 해댄 것처럼 맹점이 생겼다고 설명했다.

진료 후 엄마를 집에 모셔다드렸다. 집 안까지 부축했다. "저녁 먹고 가지 그러니?" 엄마가 물었다.

"안 돼요. 미안해요. 오늘은 어려워요, 엄마."

"왜? 제이크도 집에 없을 텐데." 엄마는 제이크가 지금 일하는 중이라는 것도 알고 또 내가 엄마와 너무 오랜 시간 함께하는 것을 제이크가 그리 달가워하지 않는다는 것도 알고 있다. 그런데도, 나는 안 된다고 다시 한번 거절 의사를 밝혔다. 당장이라도 집에 가서 제이크가 집에 다녀간 흔적이 조금이라도 있는지 확인하고 싶었다. 엄마에게 이 이야기는 하지 않았다. 엄마는 내가 제이크와 싸운 것을 모르고 있었고, 엄마 때문에 벌어진 부

* 시야의 주변부에 대한 시력.

부싸움이라 나도 엄마에게 이야기하지 않을 생각이었다.

"채점해야 할 과제가 너무 많아서요." 대신 이렇게 말하자 엄마는 알겠다고 답하면서도 내가 집을 나설 때면 늘 그렇듯이, 슬퍼 보였다. 나 또한 엄마를 두고 집에 가는 것이 괴로웠다.

6시가 다 되어서야 집에 도착했다. 제이크가 집에 다녀간 흔적은 없었다. 그의 옷가지 중 사라진 것도 없었고, 세면도구도 그대로였다. 복부를 강타당한 기분이었다. 이제 어떻게 해야 할까. 멍해진 기분에 욕실 문틀에 몸을 의지한 채 서있었다. 밖이 점점 어두워지고 있었다. 해가 지고 있었다. 이 집에서 또 한 번 밤을 홀로 보내야 한다는 생각에 견딜 수 없었고, 제이크가 언제쯤 화를 풀 생각인지 궁금해졌다.

제이크가 없는 집에 들어오는 것은 익숙해진 상태였다. 낯선 일은 아니다. 혼자 있는 것은 익숙하지만 그가 결국에는 집에 올 것이라는 사실을 알 때와는 달랐다. 이전까지만 해도 혼자 있는 것이 싫었던 적은 없었고, 특히나 퇴근 후에는 하루의 긴장을 풀 나만의 시간을 보낼 수 있어 전혀 개의치 않았다.

하지만 제이크가 오늘 밤 오지 않을 수도 있다는 사실을 아는 채로 빈집에 서있자니 그 어느 때보다도 혼자라고 느껴졌고 외로워졌다. 집이 갑자기 텅 빈 것만 같았다. 우리 두 사람이 지내기에는 너무도 큰 이 집은 언젠가 제이크와 내가 아이를 원할 거라 생각했기에 구한 집이었다. 물론 나도 점점 나이가 들어가고 시간은 자꾸 흘러가고 있었지만. 제이크의 업무 계획 때문에 아직은 아이를 생각할 때가 아니었다. 제이크는 자신이 가장 원치 않는 것은 자신의 부친처럼, 아이와 함께 시간을 보낼 수 없는 아버지가 되는 것이라고 말했었다. 그가 레지던트를 할 때만 해도 아이는 생각조차 하지 않았었다. 하지만 이제 그는 레지던트를 마쳤고 아이에 대해 곰곰이 생각해 보기 시작하는 것 같았다. 그게 아니라도 적어도 내가 아이 이야기를 꺼내면 분위기를 맞춰주었다. 집에는 여분의 침실이 세 개 있었다. 세 침실을 모두 아이들로 채우고 싶은 것인지는 나도 잘 모르겠지만 한번쯤 엄마가 되는 경험을 해보기 위해 한 명 정도는 있어도 좋을 것 같았다.

혼자라는 생각을 지우기 위해 TV를 켰다. 사람들의 목소리가 마음의 위안을 주었다. 노트북을 챙겼다. 낮에 문득, 신용카드 사용 내역을 온라인으로 확인하면 제이크가 지난밤 어디에서 지냈는지를 확인할 수 있을 거라고 생각했다. 그걸 알아서 뭘 할 작정인지는 나도 모르겠다. 그 호텔로 찾아가 그가 나와 대화를 할 수밖에 없는 상황을 만드는 행동은 하지 않을 것 같았다. 상황이 더욱 악화될 수 있었다. 제이크는 자신이 원치 않는 일은 하지 않는 사람이지만 그의 소재라도 파악할 수 있다면 좋을 것 같았다.

식탁 의자에 앉았다. 은행 웹사이트에 들어가 로그인을 하고 최근 사용 내역을 훑어보았다. 제이크는 프랜차이즈 호텔에서 잘 바에야 차라리 죽겠다고 할 사람이기에 고급 호텔 이름을 보게 될 거라고 예상했다. 하지만 놀랍게도 최근 결제 내역에 호텔은 없었다. 결제 내역이 후에 전달되는 것일 뿐이라고 생각하려 했지만 호텔에서는 체크인을 할 때 추가 비용을 더한 금액을 결제한 후 체크아웃 때 추가로 잡은 보증금을 환불해 주는 방식이 일반적이었다. 내역이 후에 전달되는 일은 없을 거라고 생각했다.

더욱 걱정스러운 점은 지난 서른여섯 시간 동안 내가 쓴 것 외에는 아무런 결제 내역이 없다는 것이었다. 월요일 아침 이른 시간에 제이크의 진료실 근처 스타벅스에서 결제가 한 건 이뤄졌지만 그 이후로는 제이크가 잠적이라도 한 것처럼 아무런 흔적이 없었고, 그가 일부러 이러는 것인지 궁금해졌다.

당좌 예금 계좌를 확인하며 제이크가 현금을 찾았는지 살폈다. 어쩌면 현금을 쓰고 있어 내가 추적하지 못하는 것인지도 몰랐다. 호텔 숙박비도 현금으로 결제가 가능할까? 제이크가 숨어 지내려고 하는 것일지도 모른다는 가능성이 커지자 속이 울렁거렸다. 내가 자신을 찾아내지 않길 바라는 것이다. 그는 우리의 결혼 생활을 바로잡을 생각이 없는 것이다.

'제이크가 나를 완전히 떠나버린 거면 어떡하지?'

당좌 예금 계좌에서도 최근 현금을 인출한 내역이 없었다. 현금이나 신용카드를 쓰지 않고 어떻게 생활이 가능한 걸까? 결제를 어떻게 하는 거지?

그래도 은행 계좌가 그대로여서, 제이크가 나를 괴롭히려 돈을 어디 해외 계좌 같은 데로 이체하지 않아서 다행이었다. 나를 그 정도로 싫어하는 것은 아니었다. 나는 교사 연봉을 받는 사람이고 그는 신경외과 의사다. 가정의 생계를 부양하는 사람이 제이크라는 사실은 너무도 자명했다. 나는 내가 좋아하는 일을 직업으로 삼을 수 있어서, 돈에 대해 전혀 걱정하지 않아도 되어서 참 운이 좋은 사람이라고 생각했다. 나는 간호조무사로 야간 근무를 해야 했던 싱글맘 손에 자랐다. 우리는 돈이 별로 없었다. 가스비를 감당하기 어려웠던 적도 있었다. 나는 식비와 대출금, 공과금에 보탬이 되려고 열다섯 살 때부터 일을 시작했다. 제이크와 결혼한 이후로는 가격을 보고 두 번 고민하지 않고 물건을 살 수 있는 생활에 적응하기 시작했다. 어린 시절의 삶으로 돌아갈 수 있을지 자신이 없었다. 사실 제이크가 있으니 다시 그런 생활로 돌아갈 일은 없었다. 제발 아니길 바라지만, 설사 그가 나를 떠난다 해도 재산의 반은 내가 받게 될 것이다.

핸드폰이 울렸다. 그 소리에 의자에 앉아있다가 벌떡 일어났다. 이틀 만에 처음 울리는 전화였고 그것도 제발 '울려라, 울려라' 사정하고 애원한 끝에 마침내 온 전화였다. 너무 다행이었다. 제이크가 이성을 찾은 것이다. 이제 대화로 풀 준비가 된 것이다. 남편이 나를 용서한 것이다.

테이블 위에 엎어진 채 놓여있던 핸드폰을 집어 들었다. 제이크이길 바라며 핸드폰을 뒤집어 화면에 뜬 이름을 확인했다. 심장이 내려앉았다. 제이크가 아니었다. 우리 부부와 친구인 데미안이었다. 가장 먼저 든 생각은 전화를 받지 말자고, 혹시 제이크가 전화할지도 모르니 전화를 받지 말자는 것이었지만 그런데도 전화를 받았다. 어쩌면 내가 모르는 무언가를 데미안은 알고 있을 수도 있었다. 제이크가 누군가의 소파에서 신세를 진다면 그 상대는 데미안일 것이다.

"안녕하세요, 데미안." 내가 말했다.

"니나. 방해해서 미안해요." 그가 말했다.

"방해라뇨." 그에게 말했다. "전혀요. 애나는 잘 지내나요?" 식탁에서 일어나 와인 냉장고가 있는 팬트리로 향했다. 차가운 화이트 와인을 한 병 꺼내 한 잔 가득 따르고는 병을 치우지 않은 채로 와인잔을 입으로 가져갔다. 신경이 날카로워져 있었다. 어깨에 핸드폰을 고이고 와인병과 잔을 챙겨 식탁으로 향했다.

데미안의 흥분이 오롯이 전해졌다. "애나가 아이를 가졌어요!" 그가 말했고, 그들이 오랫동안 임신을 위해 노력했다는 것을 잘 아는 나는 데미안과 애나의 소식에 기뻐했다. 두 사람은 아이가 계속 생기지 않고 있었다. 연달아 실패를 경험했다. 배란촉진제를 맞았고 이후 인공 수정도 시작했다. 데미안과 애나는 이러한 과정과 어려움에 대해 우리 부부에게 굉장히 솔직하게 털어놓았는데, 아마도 제이크가 의사이고 친구 중 우리만 유일하게 자녀가 없는 부부였기 때문에 그랬던 것 같았다. 다른 친구들보다는 아무래도 우리에게 이야기하는 것이 좀 더 편할 테니까. 어느덧 우리가 아는 사람들 거의 전부가 아이가 있거나 아이를 가지려 하고 있었다. 우리만 제외하고 말이다.

마지막으로 들은 소식은 데미안과 애나가 시험관을 시도 중이라는 것이었다. 시험관은 말도 안 되게 비쌌다. 두 사람의 수입으로는 감당하기 어려웠다. 비용만으로도 두 사람이 임신을 포기할 충분한 사유가 될 정도였다. 이 부부가 시험관을 한 번만 시도하는 데 동의한 데는 한 번 이상 시도할 돈이 없는 것도 이유였다.

"정말 잘됐어요!" 그에게 말했다. "정말 너무 축하해요." 두 사람을 정말 축하하고 싶은 마음이었고 기뻤지만 내가 지금 행복하지 않은 상태라 억지로 기쁜 목소리를 내려 노력해야 했다.

"더 좋은 소식이 뭔지 알아요?"

"이보다 더 좋은 소식이 있을 수 있나요?" 내가 물었다.

"쌍둥이예요. 쌍둥이라고요, 니나."

정말 기뻤다. 친절함과 따뜻함이 배어 나오는 애나는 훌륭한 사람이었다. "애나는 정말 훌륭한 엄마가 될 거예요." 그에게 말했다. "타고난 엄마라고요. 지금 얼마나 되었어요?"

"13주요. 3개월이 되기 전까지는 주변에 알리지 않는 편이 낫다고 해서 참고 있었는데 이제는 길 가는 사람 아무나 붙잡고 자랑하고 있어요."

나는 미소 지었다. 그러면 충분히 그러고도 남았다.

"그런데요." 그가 말했다. "제이크는 별일 없죠?"

숨을 골라야 했다. "왜요?" 내가 물었다.

"월요일 오전부터 제이크한테 연락을 했는데 제 문자에 답장을 안 해요. 제이크답지 않잖아요." 데미안은 내가 무슨 말이라도 해야 한다는 듯 기다리고 있었지만 무슨 말을 해야 할지 알 수가 없었다. "별건 아니고요." 내 침묵에 그가 입을 열었다. "같이 있는지 궁금해서요. 옆에 있으면 전화 좀 바꿔줄 수 있을까요? 잠깐이면 되는데."

"제이크가 지금 집에 없어요." 제이크가 데미안의 문자에 답하지 않았다는 데 조금 놀란 상태였다.

"집에 없어요?" 그가 물었다.

"네. 집에 없어요. 병원에 있어요." 달리 할 말이 떠오르지 않아 이렇게 답했다. 거짓말은 아니었다. 저녁 7시였다. 수술이 있는 요일이었다. 제이크는 병원에 있을 터였다. 병원에 가서 대화를 시도해 볼 생각도 했지만 그러다 상황이 더 나빠질까 걱정이 되었다. 제이크가 말할 준비가 되면 나를 찾아올 것이다.

"네, 그렇군요. 제가 전화했다고 말씀 좀 전해주겠어요? 제게 전화 좀 달라고요." 데미안은 제이크에게 쌍둥이를 가졌다는 기쁜 소식을 전해주고 싶다고 했다. 데미안과 제이크는 각별한 사이다. 그들은 대학 친구였다. 남성들만 참여할 수 있는 사교 클럽 출신이었다. 20년 된 친구 사이였다. 우리가 결혼할 때 데미안이 신랑 들러리를 했고 그가 결혼할 때는 제이크가 들러리를 섰다. 당시 제이크의 결혼 축사는 말도 못 할 정도로 재밌었다. 사람들이 웃느라 배를 부여잡을 정도였다. 그 일을 지금도 또렷하게 기억하고 있지만 가끔 정말 오래전 일처럼 아득하게 느껴졌고 그때의 제이크는 지금보다 더욱 행복하고 자유로운, 지금과는 완전히 다른 사람처럼 느껴졌다. 어쨌거나 제이크가 화가 난 상대는 나인데 왜 데미안의 전화나 문자에도 답하지 않는 것인지는 이해가 안 되었다.

"네, 당연히 전해야죠." 심장이 너무 빨리 뛰어 거칠어진 호흡으로 답했다. "요즘 그이가 일이 너무 바빠서요." 제이크의 행동에 변명해야 할 것 같은 기분에 이렇게 덧붙였다. 와인잔을 들어 다시 한 모금 길게 넘기고는 와인병을 들어 다시 잔을 채웠다. 데미안과 마무리 인사를 나눴다. 제이크에게 전화하라는 말을 전하겠다고 다시 한번 약속했다. 선뜻 말은 했지만 가능할지는 알 수 없었다.

　나와 대화하려 들지 않는 제이크에게 내가 전할 수 있는 말은 없을 테니까.

크리스티안

한밤중에 릴리를 흔들어 깨웠다.

"응?" 의식이 반만 깬 아내가 물었다.

"그 돌은 어떻게 했어?"

돌이 어디 있을지, 릴리의 셔츠 소매에 묻은 핏자국처럼 돌에도 피가 묻어있는 것은 아닌지, 만약 그렇다면 릴리의 지문 또한 남았을 거라는 걱정에 침대에 누운 채로 뜬눈으로 밤을 지새웠다.

옆으로 누워있던 아내는 몸을 돌려 바로 누웠다. 내 질문에 아내의 눈이 반짝 떠졌다. 어둠 속에서 그녀의 흰자가 보였다. 자선단체인 굿윌에 기부하려고 정리해 둔 가방에서 아내는 내 오래된 셔츠를 여럿 꺼내어 자신이 입겠다고 말했었고, 그 옷들을 잠옷으로 입었다. 지금 입고 있는 옷은 플란넬 소재였다. 손에서 부드러운 감촉이 전해졌다. 키가 160센티미터 정도로 비교적 체구가 작은 아내에 비해 내 키가 훨씬 큰 터라 셔츠가 길게 내려왔다. 셔츠가 허벅지 윗부분까지 덮는 길이라 아내는 하의를 입지 않은 맨다리 상태였다. 내 다리를 아내의 다리 쪽으로 붙이자 아내의 피부가 느껴졌다. 도톰한 이불 아래 아내의 몸이 따뜻했다.

"떨어뜨린 거 같아." 아내는 잠이 덜 깨 느릿하게 말했다.

"어딘지 기억하겠어?"

"모르겠어."

나는 알겠다고 답했다. 다시 잠에 빠진 릴리가 느리고 고른 숨소리를 낼 때까지 기다렸다. 아내는 깨지 않도록 조용히 침대에서 빠져나왔다. 벽장에 있는 세탁 바구니를 뒤져 릴리가 어제 입은 옷을 찾았다. 하얀 셔츠, 바지와 속옷, 양말도 있었다. 옷들을 챙겨 아래층으로 간 나는 봉지에 넣어 잘 묶은 뒤 차고 문 옆에 두었다.

없애버려야 할 물건들이었다.

* * *

아침 일찍, 릴리에게 하루 휴가를 내라고 설득했다. 이미 상사에게 연락한 나는 아내에게 회사에 나가지 않을 거라고 알렸다. 보조 교사가 수학 시험을 진행할 수 있었다. 하루쯤은 아내 없이도 학생들은 잘 지낼 터였다. 아내가 전화로 병가를 알리며 무언가 잘못 먹었는지 탈이 난 것 같다고 설명하는 소리가 들렸다. 아내는 속이 불편한 상태였다. 릴리가 결근하는 일은 거의 없었다. 누구와 통화를 하는 것인지는 몰라도 상대는 릴리를 너그럽게 이해해 줄 뿐 아니라 안타까워하기까지 했다. 아직 임신한 사실을 아무도 모르기 때문에 임신 핑계를 댈 수 없었다.

릴리는 어젯밤 잠을 푹 잤다고 했다. 나는 잠을 거의 자지 못했다. 그런데도 생각에 빠진 듯 멍한 표정을 짓는 아내를 보며 나는 아내가 무슨 생각을 하는지, 제이크 헤이스가 아내를 밀쳐 넘어졌을 때를 떠올리고 있는 것은 아닌지 상상할 뿐이었다.

커피 한 잔을 따랐다. 자리에 앉은 나는 머그잔 너머로 릴리가 버터를 바르지 않은 토스트 한 조각을 억지로 넘기는 모습을 지켜봤다. 입덧을 가라앉힐 방법은 무언가를 먹는 거라고 전에 아내가 말한 적 있었다. 배가 고프면 입덧이 더 심해졌다. 식탁을 사이에 두고 릴리를 바라봤다. 이런 상태였는데도 아내는 바라만 봐도 기분이 좋아질 정도로 예뻤다. 동그란 얼굴에 통통한 뺨, 큰 눈에도 어느 한 곳 지나치게 각이 지거나 날카로운 구석이 없는 유순한 이목구비까지. 피부는 새틴 같았다. 아내의 고운 피부는 나이가 들어도 그대로일 것 같았고 우리는 그렇게 함께 늘어갈 것이다.

"왜?" 내 시선을 느낀 아내가 토스트에서 시선을 떼어 나를 올려다봤다.

나는 머그잔을 식탁에 내려놨다. "당신이 제이크한테 무슨 짓을 했다 해도 그건 오로지 당신 스스로를 지키기 위한 행동이었어."

아내의 마음을 달래주려, 아내의 머릿속에 울리는 목소리를 잠재워주려 말했다. 하지만 나의 말은 상황을 악화시켰다. 아무 말도 하지 말았어야 했다.

"나 때문에 그 사람이 죽었다고 생각하는 거지?" 아내의 눈이 커졌고 나는 차고 옆 봉지 속에 있는 아내의 셔츠 소매에 혈흔이 얼마나 묻어있었는지, 수치로 말하자면 어느 정도나 될지 생각했다. 혈흔의 양만큼 심각한 상황은 아닐 수도 있다고 생각했다. 릴리가 돌을 내려쳤을 때 그의 코가 부러진 것이라면 피가 그렇게 많이 묻는 것이 가능하다고, 가볍게 생각하려 했다. 코가 부러졌다면 출혈은 심했겠지만 목숨을 잃을 정도의 부상은 아니었다.

"당신이 무엇을 했건 안 했건, 죄책감을 느끼지 않아도 된다는 말이었어. 제이크가 당신을 난처한 상황으로 몰아넣은 거잖아. 당신이 맞서는 것 외에는 달린 선택권이 없는 상황을 만든 건 그자라고. 당신도 알잖아?"

아내의 양심이 아내의 판단력을 흐리게 하고 있었다.

"자꾸 그런 생각이 들어." 아내가 말했다. "그냥 비명을 질렀다면 누군가 들었을 거라고. 그게 아니라도 비명만으로도 그가 충분히 겁을 먹었을지도 모른다는 생각 말이야." 아내가 젖은 눈으로 고개를 가로젓자 손에 들린 토스트가 덩달아 흔들렸고, 아내는 토스트를 떨어뜨리기 전에 접시에 내려놓았다.

"내가 비명을 안 질렀던 거 같아, 크리스티안. 그때 상황을 기억해 내려고 계속 떠올려 봤는데. 내가 아무 말도 안 했던 것 같

아. 왜 비명을 지르지 않았을까?"

"방어하기 바빴으니까, 릴리. 소리를 지르는 것보다 그편이 낫고. 당신은 피해자가 되지 않으려고 맞섰던 거야."

아내는 아무 말 없이 나를 바라봤다. 고개를 끄덕이긴 했지만 내 말을 믿지 않고 있었다.

집을 나서기 전 나는 삽과 장갑, 쓰레기봉투 여러 장을 챙겨 트렁크에 실었다. 혹시 모르니까 말이다. 릴리는 눈치채지 못했다. 해가 뜨자 우리는 집을 나와 삼림 보호 구역으로 차를 몰았고 이내 우리 뒤로 도로와 고속도로에 차가 꽉 차기 시작했다.

"그곳에 왜 가려는 거야?" 릴리가 물었다.

"당신이 그 일이 있었던 장소를 내게 보여줬으면 해서."

"왜?" 릴리가 물었다.

"내 눈으로 직접 확인하고 싶어."

릴리에게 말하지 않았지만 그 피 묻은 돌을, 아내를 난감한 상황으로 몰아넣은 그 돌을 찾아야 했다. 아내가 잃어버린 귀걸이 한쪽도 함께 찾을 수 있다면 좋고. 아내가 제이크에게서 벗어나려다가 떨어진 게 분명했다. 아내가 그곳에 있었다는 사실을 알려주는 증거는 전부 처리하고 싶었다.

"그 남자가 거기 있으면 어떡하지?" 두려움에 빠진 아내가 물었다.

"없을 거야." 내가 말했다. 아내는 내 말을 믿지 않았다. 그가 있을지 없을지 나도 알 길이 없다는 건 우리 둘 다 알고 있었다. 하지만 만약 그가 있다 해도 죽었거나 멀쩡한 상태는 아닐 테니 아내를 해치려 들 수는 없을 터였다. 그가 어떤 상태든 아내는 안전하다. 아내의 손을 잡으며 말했다. "있잖아. 사실 거짓말한 거야. 그 사람이 거기 있을지 없을지는 나도 모르지만, 곧 알게 되겠지. 안 그래? 아무것도 모르는 채로 있는 게 가장 힘든 거라고." 내 말을 믿어도 될지 고민에 빠진 릴리는 내 눈을 오랫동안 바라봤다.

라일리 로드 옆 주차장에 차를 세웠다. 차에서 내린 우리는 사형장으로 향하는 죄수들처럼 움직였다. 우리는 대화를 많이 나누지 않았다. "이쪽이야.", "발 조심해." 같은 꼭 필요한 말들만 했다. 삼림 보호 구역에는 우리만 있는 게 아니었다. 다른 사람들도 있었지만 오전 7시였고, 산책로는 아주 한산했다. 이렇게 이른 시간에 있는 사람들은 러너와 바이커뿐이었다. 헤드폰을 쓰고 자신만의 세계에 빠져 냉담하고 무심하게 혼자 산길을 내달리는 사람들이었다.

릴리와 나는 우리만의 속도로 길을 걸었다. 사람들을 전부 앞으로 보내고 우리는 뒤로 처졌다. 급할 게 없었다. 우리는 이곳에 있고 싶지 않았다. 어쩔 수 없이 온 것뿐이었다. 우리는 손을 잡고 며칠 전 릴리가 다녀왔던 길을 되짚어 걸었다. 우리 오른편으로 빠르게 스쳐 지나가는 바이커 한 명을 피하느라 왼쪽으로 물러서는 바람에 작은 돌들이 발에 채며 먼지를 일으켰다. 엉덩이를 든 채로 자전거 페달을 밟는 남성의 종아리가 강철처럼 단단해 보였다. 릴리가 깜짝 놀랐다. 그가 다가오는 것을 미처 눈치채지 못했다. 아무런 낌새도 없이 다가온 남성을 나만 알아챘다. 그가 바로 옆을 지날 때까지 전혀 몰랐던 아내는 불안해하며 몸을 뒤로 물렸고 나와 잡고 있던 손을 빼내 자신의 가슴께에 갖다 대었다.

"괜찮아." 내가 말했다. "그냥 자전거야." 바이커는 릴리의 반응을 알아채지 못했다. 우리에게 아무런 말도 하지 않고 빠른 속도로 지나친 남성은 평평한 나무다리를 건넌 후 커브를 틀어 숲속으로 사라졌다. 나는 릴리의 손을 잡은 채 가던 길을 걸어가면서도 그가 시야에서 완전히 사라질 때까지 지켜봤다.

"여보, 제이크를 만난 곳이 어디였는지 기억해?" 부드러운 햇살을 받은 아내의 얼굴을 내려다보며 목소리를 낮춰 물었다. 아직은 해가 낮게 걸려있었다. 나무 정상에도 오르지 못한 해는 온화하고도 잔잔한 빛을 내뿜었다. 아직 색이 변하지 않은 이맘때쯤 나무가 가장 아름다운 시기였다. 우리가 이곳에 온 이유를 제외하고는 모든 것이 평화로웠다.

릴리가 주변을 둘러봤다. 아내는 어느 쪽이었는지 생각하느라 아무 말도 하지 않았다. 문제는 어딜 봐도 전부 다 똑같아 보인다는 것이었다.

이곳은 릴리가 잘 아는 곳이었다. 아내가 정확한 위치를 짚어내지 못한다면 그건 아무도 찾을 수 없다는 뜻이었다. 아내는 가장 최근에 참가했던 마라톤 연습을 이곳에서 했다. 여름만 해도 이곳은 그녀에게 집과 다름없는 장소였다. 종종 아내와 함께 여기서 러닝을 했지만 나는 아내만큼 빨리 달리지 못했고 오래 달리지도 못했다. 어쩔 수 없이 아내와 거리가 벌어졌었고, 덕분에 원으로 이어져 있는 이 산책로에서 길을 잃는 것은 불가능이나 다름없다는 사실을 알고 있었다. 결국에는 시작점으로 돌아오게 되어 있다. 릴리는 이 길을 훤히 알고 있었지만, 눈에 띄는 지형지물을—도로와 교차하는 지점이나 작은 개울이 내려다보이는 지점, 열차 선로와 평행으로 난 지점을—제외하고는 아내의 눈에도 다 비슷한 길처럼 보이는 것 같았다. 똑같이 생긴 나무들이 이어졌다.

"저쪽 어디인 것 같은데. 풍경이 저랬던 거 같아."

릴리가 말했다. 아내가 가리킨 곳은 주 산책로 바로 옆에 난 오솔길이었고, 나무들이 여러 갈래로 갈라진 사이로 작게 난 길이 숲으로 이어져 있었다. 이 삼림 보호 구역 내에는 이리저리 난 오솔길이 셀 수 없이 많았다. 나도 그런 길을 본 적이 있다. 사람들이 그리 많이 다니지 않는 어쩌면 전혀 다니지 않는 길이었다. 지도에도 나와있지 않았고 주 산책로와 이어지지 않는 길도 있었다. 제이크가 아니었더라면 릴리가 근처도 갈만한 길이 아니라는 것쯤은 100퍼센트 확신할 수 있었다. 그런 길에 오를 만큼 어리석은 사람이 아니었다. 판단력이 좋은 여자였다. 아내라면 인적이 있고 길을 잃을 걱정도 없는 주 산책로에 머물렀을 것이다. 하지만 제이크는 친구였고 그를 믿어서는 안 된다고 여길 이유가 전혀 없었다. 그는 외딴길 아래 구경거리가 있다고 아내를 유인했다. 그는 이 점을, 그를 믿는 아내의 심리를 이용한 것이었다. 그는 보는 사람이 없는 곳으로 아내를 유인했다.

"그때 이 길로 갔던 거 같아?" 아내에게 부드럽게 물었다.

"아마도." 아내가 말했다. 릴리는 기억을 떠올리려 애쓰고 있었다. 아내가 애쓴다는 것을 알고 있었다. 자신에게 실망한 아내는 고개를 가로저었다. "다 똑같은 길처럼 보여, 크리스티안." 아내가 말했다.

"알아. 나한테도 전부 똑같은 길처럼 보여. 이 길을 따라 들어가면 기억이 좀 날 것 같아?" 내가 물었다. 길이 너무나도 좁아 한 사람 정도만 지나갈 수 있을 것 같았다.

"어쩌면." 아내는 말했지만, 망설임이 느껴졌다. 오솔길 아래쪽은 좀 더 어두웠는데, 그곳에서 벌어진 일을 떠올리면 섬뜩한 느낌까지 전해졌다. "한번 가볼게."

"정말 괜찮겠어?" 내가 묻자 아내가 고개를 끄덕였다. 아내가 원치 않는 일을 억지로 시키고 싶은 마음은 없었다.

"내가 당신 바로 뒤에 있을게." 아내에게 말했다. 나는 앞에 뻗어있는 나뭇가지를 손등으로 젖혔고, 아내가 길을 앞장섰다. 우리는 한 줄로 걸었다. 무엇을 마주하게 될지 모르는 이상 아내를 앞장서게 하는 게 맞는지 확신이 없었다. 아내가 감당할 수 없는 무언가를 보는 일은 원치 않았다. 그게 무엇이든 내가 먼저 확인하고 싶었다. 그래야 아내를 보호하고 마음을 준비시킬 수 있었다. 하지만 아내가 내 뒤를 따르다 나를 놓치게 되는 일 또한 원치 않았다.

지면이 울퉁불퉁했다. 릴리는 손으로 나뭇가지를 헤치며 걸어야 했다. "이렇게 나무가 우거졌던 거 같지 않은데." 아내가 말했다.

"이 길이 아닌가 보네."

"잘 모르겠어. 제이크 뒤를 따라갔던 거라서. 그래서 기억이 잘 안 나는 것 같아. 제이크 때문에 시야가 가려졌거든." 릴리는 시야가 가로막힌 채로 그를 따라 숲속으로 향했다. 제이크는 키가 약 185센티미터에 몸무게는 95킬로그램 정도로 체격이 컸다. 그의 체구가 좁은 산길을 꽉 메웠을 터였다. 그러면 손쉽게 릴리를 제압했으리라.

"좀 더 가보고 싶어?"

"조금만 더." 아내가 말했다.

릴리가 좀 더 나아갔다. 얼마 후 아내는 걸음을 멈추고 말했다. "여기가 아니었던 거 같아."

"아니야?" 내가 물었다. "그때 그 길이 아닌 거 같아?"

"그때 좀 걷다 보니 나무들 사이로 공터가 나왔던 건 기억나는데. 그게 안 보여."

"좀 더 내려가면 있지 않을까?"

"이렇게 한참 걷지는 않았던 거 같아."

"알겠어." 내가 말했다.

"미안해."

"당신이 미안할 게 뭐가 있어. 돌아가자. 다른 길로 가보자. 계속 찾아보면 돼. 괜찮아."

그래서 우리가 찾는 게 정확히 뭘까? 나도 모른다. 시체나 혈흔, 혈흔이 묻은 돌, 어쩌면 단순히 마음의 평안일지도 모른다.

나는 걸음을 멈추고 릴리가 앞서도록 기다렸다. 우리는 왔던 길을 되돌아 주 산책로로 향했다. 산책로를 걷다가 약 400미터쯤 지나 산길 하나를 발견했다.

"이 길은?" 내가 물었다.

"어쩌면." 이번에도 판단하기가 어려웠다. 바로 전에 걸었던 산길과 똑같아 보였다. 그런데도 우리는 그 길로 진입했다. 아까처럼 릴리를 앞장서게 하고 그 뒤를 따랐다. 좀 전과는 달리 폭이 좁은 구간이 길게 이어지지는 않았다. 30미터쯤 걷자 길이 넓어져 릴리와 나란히 걸을 수 있었다. 이편이 나았다. 아내를 옆에 두는 것이 마음이 놓였다.

릴리는 조용했지만 걸음걸이가 신중하고 조심스러워졌다. "당신 뭔가 알아봤구나." 내가 말했다. 질문이 아니었다.

"응." 아내가 말했다. "그런 것 같아."

"당신이 있었던 데가 여기 같아?" 내가 물었다. 아내의 대답을 들을 새도 없었다.

"세상에." 아내가 걸음을 멈췄다.

3미터쯤 앞, 풀 색깔이 변색되어 있었다. 누가 봐도 피였다. 초록색과 누런색이 섞인 풀과는 확연히 다른 붉은색이 어딘지 불길하게 느껴졌다. 피를 꽤 많이 흘렸던 것 같은 흔적에 나지막이 욕설이 튀어나왔다. 소량의 혈흔이 숲 깊은 곳까지 이어졌다. 릴리의 셔츠에 묻은 혈흔처럼, 풀밭에 번진 피를 보는 것만으로는 어느 정도의 양인지 파악하기가 어려웠다. 내가 생각했던 것보다 양이 많아 보였지만 그저 보이기에만 그렇게 보이는 것일지도 모른다. 어쩌면 말이다. 충분히 가능한 일이다.

릴리와 내가 거의 동시에 혈흔을 발견했지만 릴리가 나보다 아주 조금 더 빨랐다. 우리는 혈흔이 묻은 풀밭을 앞두고 몇 미터 앞에서 걸음을 멈췄다. 처음에는 둘 다 아무 말도 하지 않았다. 핏자국을 내려다보다 릴리가 구토할 것처럼 손을 들어 입을 막았다. "여기서 토하면 안 돼, 릴리." 이렇게 말하며 아내에게 물을 건넸다. 토사물에는 DNA가 들어있다. 아내가 이곳에 있었다는 증거를 더 남기는 것은 피하고 싶었다.

아내는 덜덜 떨리는 손으로 물병을 잡고 억지로 물을 한 모금 넘겼다. 내가 물병을 잡아주었다.

"괜찮아?" 간신히 물을 넘기는 아내를 보며 물었다.

아내가 고개를 끄덕였다. "여기였어." 이 흔적만으로도 충분했지만 아내는 굳이 설명을 더했다. 아내가 다시 한번 물을 마셨고, 이번에는 좀 더 수월하게 넘겼다. 아내는 핏자국을 다시 볼 엄두조차 내지 못했다. "기억나. 이 공터 기억나. 바로 여기였어."

공터라 해도 나무가 빼곡했지만 그 안에 작게 빈 공간이 있었다. 나무 때문에 아직도 해가 들지 않았다. 우듬지 사이로 군데군데 비추는 햇볕이 지면에 얼룩덜룩한 자국을 남겼다. 제이크가 미는 바람에 넘어지며 손과 무릎으로 땅을 짚었다는 이야기를 아내에게서 들었을 당시 내 머릿속에는, 푹신한 잔디밭이 그려졌다. 하지만 이곳은 상상과 달리 나뭇가지와 먼지로 뒤덮여 있었다. 아내의 무릎이 왜 그렇게 까진 건지 이제야 이해가 되었다.

"제이크가 저쪽에 사슴이 있다고 했었어." 쪼그려 앉은 채로 릴리는 나무들의 간격이 좀 더 벌어져 있어 작은 틈새로 숲속이 빼꼼 들여다보이는 곳을 가리키며 말했다. 나는 아내의 옆에 섰다. 마찬가지로 쪼그려 앉은 채 아내의 손가락이 가리키는 방향을 바라봤다.

"당신도 사슴을 봤어?" 내 질문에 아내는 고개를 가로저으며 애처로운 표정을 지었다. 애초에 사슴 따위는 없었다는 것을 우리 둘 다 알고 있었다.

"제이크가 다가왔어, 이렇게." 아내가 내 쪽으로 몸을 가까이 붙였다. "그러고는 이렇게, 손으로 내 허리를 감쌌고." 릴리가 팔을 둘러 허리를 감쌌고 아내의 차가운 손이 내 셔츠 아래를 파고들어 엉덩이 바로 위쪽 맨살을 어루만졌다. 내 아내가 나를 만져서가 아니라, 다른 남자가 내 아내를 이런 식으로 만졌다는 생각에 몸이 굳었다.

두려움에 사로잡힐 때면 그렇듯 릴리의 말이 빨라졌다. "내 목에서 심장이 고동치는 게 느껴졌어, 크리스티안. 제이크가 내 몸에서 손을 떼기를 바랐어. 산책로로 돌아가고 싶었지만 무슨 말을 하며 벗어나야 할지, 어떻게 다시 돌아가야 할지 도무지 모르겠더라고. 계속 사슴을 찾는 척하는 제이크를 보면서 얼마간 장단을 맞춰주면 그가 결국에는 사슴 찾는 것을 포기할 거고, 그럼 다시 산책로로 돌아갈 수 있을 거라고 생각했어."

숲속 깊은 곳에서 들리는 소리에 우리 둘 다 깜짝 놀랐다. 릴리는 몸을 움찔했다. 숲에서 멀어지려 급히 걸음을 뒤로 물린 릴리는 든든함을 느끼고자 내 팔을 꽉 잡았다. 내 팔에 아내의 손톱자국이 반달처럼 새겨졌다.

손가락을 내 입술에 갖다 대며 아내에게 아무 소리도 내지 말라는 신호를 보냈다. 나는 움직거리며 아내에게서 팔을 풀어 낸 후, 혈흔은 찾았지만 시체는 발견하지 못했다는 사실을 떠올리며 숲 안쪽에 시선을 고정한 채 천천히 다가갔다.

하얀색 몸통의 나무들은 나무껍질이 군데군데 벗겨져 있었다. 나무들은 병사처럼 일렬로 줄지어 서있었다. 일정한 거리를 두고 나란히 자리한 나무 몸통은 사람 다리처럼 보였다. 나무가 끝도 없이 늘어서 있었다. 나무들을 너무 오래 노려본 나머지 착시 현상이 일어났다. 나무가 움직이는 것인지, 점점 더 다가오고 있는 것인지, 아니면 제자리에 뿌리를 두고 가만히 서있는 것인지 가늠하기가 불가능할 지경이었다.

그 소음이 ─ 나뭇잎이 바스락거리는 것 같기도 하고 발걸음 소리 같기도 한 소음이 ─ 가까워져 왔다. 릴리가 흐느꼈다. 겁 먹은 강아지가 내는 소리 같았다. 나무에는 아직 나뭇잎이 무성했다. 나무들이 하나같이 두툼해 사람 한 명 정도는 뒤에 숨을 수 있을 정도의 너비였다. 숲속은 어둡고 그늘졌다. 주 산책로에서 이곳까지 거리가 얼마나 될지 가늠이 되지 않았다. 약 400미터쯤 될까. 차는 그보다 멀리 있었다. 이곳에서 도망치던 릴리가, 제이크에게서 벗어나려 홀로 숲속을 되돌아 달리던 릴리가 얼마나 두렵고 절망적이었을지 생각했다.

나는 양손으로 나뭇가지들을 헤쳤다. 숲속 좀 더 깊은 곳으로 한 발 내디뎠다. 쭉 뻗은 나뭇가지들이 내 양팔을 할퀴었다. 우리 쪽으로 점점 더 가까워지던 소음은 어느새 코앞까지 다가왔지만 여전히 소리의 출처는 보이지 않았다.

"크리스티안." 릴리가 울먹였다.

그때 갑자기 다람쥐 한 마리가 숲에서 튀어나왔다. 다람쥐는 우리 사이를 가르며 지나갔다. 나는 움찔하며 몸을 뒤로 물리다 하마터면 다람쥐를 밟을 뻔했다.

"젠장."

숨을 크게 내쉬며 말했다. 릴리는 비명이 새어 나오지 않도록 손으로 입을 막았다. 나도 호흡을 되찾기까지 잠깐의 시간이 필요했다. 나뭇가지를 헤치던 손을 놓고 뒤로 물러섰다.

"젠장. 괜찮아."

릴리에게 말했다. 아내는 하얗게 질려있었다. 아내에게 다가갔다. 아내에게 팔을 둘러 내 품으로 당겨 안았고, 내 가슴께에서 동동 뛰는 아내의 심장이 느껴졌다. "별거 아니었어. 그냥 다람쥐였어."

우리가 도대체 뭘 예상했던 걸까?

"크리스티안?" 숨을 고른 릴리가 나를 불렀다.

"응?"

"그 사람 어디 있을까?" 아내가 물었다.

아내의 얼굴을 보려고 감싸고 있던 팔을 풀었다. "솔직히 말할까? 여기서 나갔을 거야. 멀쩡할 거라고 봐."

"하지만 피가……." 아내가 말했다.

"그리 많지 않아. 눈속임 같은 거야. 많이 흘린 것처럼 보일 뿐이야. 당신도 헌혈해 봤잖아." 아내의 기억을 상기시켰다. "피로 팩 하나를 가득 채우잖아. 그렇게 피를 많이 흘려도 멀쩡하다고."

지면에 묻은 피가 혈액팩에 든 피보다 많을지 가늠해 보려 했다. 솔직히 나도 알 수가 없었다. 되는대로 아무 소리나 떠들어대는 것이었다. 내가 말한 것 중 무엇 하나 진실이 있는지는 나조차도 알 수 없었다.

"이거 어떻게 해야 하지?" 릴리는 지면에 남은 혈흔에 대해 물었다. 물병에 남은 물을 얼룩진 곳에 뿌려 핏자국을 희석시키기 위해 씻어냈다. 릴리와 함께 나뭇잎을 모아 남은 핏자국 위로 덮었다. 모든 과정을 마치자 핏자국이 그리 눈에 띄지 않았다.

산책로로 되돌아가는 길에 릴리에게 말했다. "돌을 찾아보자. 혹시 모르니 찾아야 해."

릴리는 갑자기 걸음을 멈추고는 몸을 돌려 나를 마주했다. "혹시나 그가 죽었을지도 모르니까?" 아내는 단도직입적으로 물었다. "좀 전에는 멀쩡할 거라고 했잖아, 크리스티안." 릴리는 멍청하지도 않았고 보기보다 훨씬 강단이 있었다. "혹시나 내가 그를 죽였을지도 모른다는 뜻이지?"

답을 하자면 그랬다. 아내가 그를 죽였을지도 모른다. 어쩌면 내가 말했듯 그가 이미 이곳을 벗어났고, 멀쩡할 수도 있다. 시체가 없으니 나도 어느 쪽인지 알 수가 없었다.

분명히 말하자면 나는 이곳에서 시체를 마주하고 싶지는 않았다.

　하지만 그래서 그의 소재를 모른다는 것이 훨씬 끔찍하게 느껴졌다.

* * *

　결과적으로는 삼림 보호 구역에서 돌이나 귀걸이 하나를 찾는 것은 사막에서 바늘 찾기와 다름이 없었다. 둘 다 발견하지 못했다.

　"이제 어쩌지?" 빈손으로 차로 돌아가는 길에 릴리가 물었다.

　"생각해 봤는데 그자가 여기서 집까지 차로 이동했을 거 아냐? 우리가 여기 도착했을 때 주차장에서 그 사람 차 봤어?" 아내에게 물었다. 차가 없다면 제이크가 이곳을 떠난 것이고 그랬다면 릴리가 돌로 내려쳤다 해도 제이크는 차를 몰 만큼 멀쩡하다는 뜻이었다.

　"못 봤던 거 같은데." 릴리가 말했다. "그런데 아까는 그 사람 차를 찾아보려고 살폈던 게 아니라서."

　우리는 주차장으로 되돌아가 제이크의 차가 있는지 살폈다. 릴리의 손을 잡고 걸었다. 말이 없는 아내를 보며 아내도 나처럼 풀밭의 혈흔을 생각하고 있는지, 그 끈끈한 핏자국을 떠올리고 있는지 궁금해졌다. 나도 사실 말은 그렇게 했지만 피를 흘린 남성이 의식을 차려 그 자리를 벗어났을 거라고 생각하지는 않았다. 그러기에는 혈흔의 양이 많았다.

제이크의 차는 BMW 7시리즈였다. 10만 달러 정도면 구매할 수 있는 차들도 있었지만 그래도 15만 달러 언저리부터 시작했다. 그가 어떤 차를 모는지는 알고 있었다. 몇 달 전 함께 식사했을 때 새 차를 뽑은 그가 무척이나 들떠있었기 때문이다. 그는 내내 차 이야기만 했다. 가속 성능이 얼마나 좋은지, 얼마나 매끄러운지 이야기했다. 식사 후 아내들을 식당에 두고 그는 차를 자랑하려고, 얼마나 빠르게 달릴 수 있는지 보여주려고 나를 태우고 드라이브를 했다. 제이크는 내가 그의 차와 그를 부러워하길 바랐다. 그런 그의 모습이 당시에는 그리 거슬리지 않았다.

후에 릴리와 나는 그가 망할 차를 두고 쉴 새 없이 떠들던 모습을 떠올리며 웃음을 터뜨리기도 했다.

내가 그 사람만큼 부자였다면 당신이 나를 더 사랑했을까? 농담 삼아 릴리에게 이런 질문을 했었다. 진심은 아니었다. 우리 계좌에 잔고가 많든 적든 릴리가 나를 사랑한다는 사실은 잘 알고 있었다. 우리는 돈이 많았던 적이 한 번도 없었지만 잘 살고 있었다. 지금 사는 집을 구매할 당시 우리 예산에서 훌쩍 벗어났었다. 하지만 집에 포함된 토지, 집 규모와 강이 내려다보이는 전망을 포함한 가격이라고 생각하면 이 집을 사지 않을 수가 없었기에 구매를 결심했다. 우리가 가족을 꾸리고 살아갈 만한 집이라고 생각했다. 이 집을 사고 나면 향후 몇 년간 생활이 달라질 거라는 것도 우리 둘 다 알고 있었고 실제로도 삶이 달라졌다. 하지만 이 집은 투자였고 결국에는 이 집을 사기로 한 결정이 좋은 결실로 이어질 것이기에 우리는 괜찮다고 생각했다. 그저 당분간은 내가 혼다 차를 몰아야 하고 가까운 미래에 제이크처럼 BMW를 소유할 일은 없을 거라는 것뿐이었다.

다만 수개월이 지나 그가 내 아내에게 한 행동을 생각해 보니 자신의 차를 자랑했던 제이크가 상당히 거슬리기 시작했다.

주차장에는 열 대 남짓의 차가 있었지만 그중 제이크의 차는 보이지 않았다. 그의 차가 이곳에 없는 편이 안심이 되었다. 차가 없다는 것은 그가 스스로 이곳을 떠났다는 뜻이고 다시 말해 제이크는 멀쩡하며 릴리가 그를 죽이지 않았다는 의미였으니까.

그렇다면 내가 그를 죽일지도 모를 일이었다.

"그자는 여기 없어." 내가 말했다. "이곳을 떠났어."

릴리를 바라봤다. 아내가 안심해하는 표정을 지을 거라 생각했지만 그러지 않았다. 아내는 조용했다. 아내는 머뭇거렸다.

"왜 그래?" 내가 물었다.

"주차장이 하나 더 있어." 아내가 말했다. "피니 애비뉴 쪽에." 아내는 나보다 이곳을 더욱 잘 알았다.

릴리와 나는 차로 돌아갔다. 우리는 아무런 대화 없이 지선도로를 타고 피니 애비뉴로 향했고 뉴콤 로드 바로 옆에 있는 주차장을 찾았다.

주차장은 둥그렇게 나있었다. 나는 천천히 차를 몰며 한 바퀴 돌았지만 제이크의 차량은 보이지 않았다. "여기에도 없어." 제이크 헤이스가 정말 멀쩡할지도 모른다고 마침내 믿게 된 릴리가 말했다. "그 사람 차가 없어."

나는 릴리가 앉은 보조석 너머로 밖을 내다봤다. "응." 웃음이 새어 나올 것 같은 기분에 고개를 저으며 말했다. "없네."

"너무 다행이다." 릴리는 이렇게 말하고 깊게 숨을 몰아쉬며 좌석에 기대앉았다. "집에 안 갔다면 어디로 간 걸까?"

"글쎄. 머리에 생긴 상처와 자존감을 회복할 동안 친구 집 소파에서 신세를 지고 있을지도." 처음 내가 했던 말이 맞았다. 제이크는 머리에 상처를 입은 채로 집에 갈 수 없었을 거다. 니나에게 뭐라고 설명하겠는가? 자신이 릴리에게 했던 짓을 릴리가 니나에게 말했을까 봐 걱정도 되었겠지.

릴리의 안도감이 느껴질 정도였다. 제아무리 정당한 행동이었다 해도 그를 죽였을지도 모른다는 대단히 현실적인 가능성이 아내를 무겁게 짓눌렀었다. 릴리가 누군가의 목숨을 앗아갔다면 완전히 다른 사람이 되었을 터였다. 자신을 용서하지 못했을 것이다.

나는 주차장을 빠져나갔다. 다시 도로로 진입하려 차를 뺐다. 뉴콤 로드를 향해 가속 페달을 밟으려던 찰나, 보고 말았다.

"젠장."

릴리보다 먼저 제이크의 차를 발견한 나는 욕설을 뱉었다. 제이크의 차는 주차장이 만차일 때 차를 대는 도롯가의 예비 주차장에 서있었다. 삼림 보호 구역이 개장하기 전, 이른 시간에 오는 방문객들을 위한 주차 장소이기도 했다. 랭리 우즈가 폐장하면 바리케이드로 주차장 진입을 막았지만 사람들이 산책로에 진입하는 것까지는 막지 못했다. 그래서 도로에 주차해서는 안 된다는 표시도 없었다.

"왜 그래?" 릴리가 물었다.

"저기 있어." 내가 답했다.

아내는 몸을 앞으로 기울여 창문을 내다봤지만 무엇을 말하는 것인지 모르는 눈치였다. "뭐가 있다는 거야?"

"제이크 차." 차를 가리켰다.

거리에는 제이크의 BMW만 있는 게 아니었다. 차가 꽤 많이 있었다. 최소 여덟 대가 주차되어 있었다.

릴리가 상황을 깨닫기까지 잠깐의 시간이 걸렸고, 이내 아내는 손으로 입을 막고는 좌석에 깊이 몸을 기댄 채 조용히, 죽은 듯이 앉아있었다.

"별일 아니야, 릴리."

말은 이렇게 했지만 그렇게 넘길 수는 없는 것이 제이크가 결코 원해서 하룻밤을—이제는 이틀 밤을—삼림 보호 구역에서 보내지는 않았을 터였다. 나는 아내의 허벅지에 손을 올렸다. 지난 며칠간 밤에는 날이 추웠다. 밤이면 10도에서 13도까지 기온이 내려갔지만 사람이 저체온에 빠질 만큼 낮은 온도는 아니었다. 다만, 만약 제이크가 피를 흘려 출혈량이 엄청났다면, 몸이 젖었거나 야외에 바람이 심했다면 저체온에 빠지기 쉬웠을 것이다.

뉴콤 로드로 빠진 나는 제이크 차를 지나쳐 고속도로로 향했다.

"당신 지금 뭐 하는 거야?" 릴리가 물었다.

아내에게 말했다. "집에 가야지."

"왜? 안 돼."

"그러면 여기서 뭘 해야 하는데?"

"그를 찾아봐야지." 아내가 말했다. "그 사람을 이곳에 그냥 둘 수는 없잖아."

'그럴 수 있다'고 생각했다. 도움을 주고 싶지 않다는 게 아니다. 하지만 제이크 헤이스가 이곳에 있다면 내가 도와줄 수 있는 게 없었다. 삼림 보호 구역은 굉장히 넓고 그의 시체는 어느 곳이든 있을 수 있었다. 그가 주 산책로를 따라 걷지 않았다는 사실은 우리가 이미 알고 있었다. 그는 릴리와 함께 산책로를 벗어났었다.

숨을 곳도 많고 죽을 자리도 너무 많았다.

그가 이곳에 있다 해도 찾을 길이 없었다.

물론 내심, 그가 자초한 일이라는 생각도 작게나마 들었다. 그가 불러들인 일이라고. 그가 그런 짓을 하지만 않았어도 전혀 일어나지 않을 일이었다.

"제발, 크리스티안." 릴리가 사정했다. "다시 돌아가서 그를 찾아보면 안 될까?"

이건 릴리를 위해서기도 했고 어쩌면 내 죄책감을 상쇄하기 위해서였다. 나는 유턴해서 주차장에 차를 주차하고 공원으로 돌아갔다. 릴리와 함께 산책로를 16킬로미터쯤 걸었다. 몇 시간이나 걸렸다. 벤치가 나오자 나는 아내를 앉혀 숨을 고르고 쉴 수 있도록 했다. 아내는 이렇게 많은 에너지를 소모해서는 안 되었고, 다시금 아기가 걱정되었다. 이 일로 유산이 될까 봐 걱정이었다. 그런 일이 생긴다면 제이크 헤이스를 내 손으로 죽일 것 같았다. 그가 아직 살아있다면 말이다.

제이크의 흔적을 찾아 헤맸다. 그랬기에 후에 아무런 성과 없이 침통함에 젖어 우리 둘만 그곳을 벗어날 때도, 적어도 노력은 했다고 위안 삼을 수 있었다.

니나

목요일 아침, 정신이 혼미한 채로 두통에 시달리며 잠에서 깼다. 샤워를 마친 후에도 여전히 몸이 따뜻했고 땀이 나며 열감이 느껴졌다. 어젯밤 와인을 한 병이나 비우고 여섯 시간 동안 의식을 잃었음에도 숙면을 취했다는 느낌이 없었다. 컨디션이 말이 아니었다. 휴식을 취하지 못했다. 기분이 거지 같았다. 속이 불편하고 신경이 곤두서 아침은 걸렀다. 출근길에 드라이브 스루로 커피를 샀다. 마음이 심란한 바람에 커피를 집에 깜빡 잊고 두고 왔다. 카페인 없이는 하루를 무사히 견딜 수 없었다.

제이크는 어디에 있는 걸까? 온통 이 생각뿐이었다.

또 하루가 지났지만 제이크는 아직도 집에 오지 않았다. 그에게 전화를 걸었다. 문자도 보내봤다. 몇 통의 전화는 음성 사서함으로 넘어갔다. 발신음조차 나오지 않았다. 자정 즈음, 술에 취해 다른 음성 메시지를 남겼고 이로써 지금껏 대여섯 통의 음성을 남긴 셈이었다. 횡설수설했을 게 틀림없었다. 정확히 무슨 말을 했는지도 기억이 나지 않았다. 왜 계속 내가 전화하는 건지도 모르겠고, 무엇보다 그가 왜 내게 다시 전화하지 않는지도 모르겠다. 간밤에 온 유일한 문자라고는 내가 괜찮은지, 제이크는 집에 왔는지 묻는 릴리의 연락이 다였다. 둘 다 아니야. 슬픈 표정의 이모티콘과 함께 이렇게 답장을 보내자 다시 문자가 왔다.

마음이 너무 안 좋아요. 니나 생각 많이 하고 있어요. 뭐든 필요한 게 있으면, 뭐든 내가 할 수 있는 일이 있다면 알려줘요. 뭐든지요♥

학교로 차를 몰았다. 어쩌다 보니 내 바로 옆 교실 교사인 라이언 슈뢰더와 동시에 도착했다. 몇 년 전, 라이언과 나는 둘 다 1학년 교사를 맡았었다. 같이 경력을 쌓은 우리는 같은 시기에 정교사 자격을 얻었다. 나는 라이언의 뒤를 따라 우리가 주로 차를 대는 자리로 향했다. 라이언이 먼저 차를 주차했고 나는 그의 옆자리에 차를 세웠다. 앞서 내린 그는 내가 소지품을 챙겨 차에서 나올 때까지 연석 위에서 기다려주었다. 내가 손을 흔들어 인사했지만 양손에 커피를 든 그는 마주 손 인사를 할 수가 없었다.

"좋은 아침이요." 차에서 내려 커피를 차 위에 올려두고 뒷좌석에서 가방을 꺼내는 내게 그가 인사했다. 나는 어깨에 가방을 걸치고 차 문을 닫았다.

"좋은 아침이에요." 내가 답했다. 차 위에 올려둔 커피를 챙긴 후 우리는 함께 학교 건물로 향했다. 아이들이 떼를 지어 밀려 들어오기 시작했다. 스쿨버스를 타고 등교하는 아이들과 부모님의 차를 타고 온 아이들이 학교에 도착하는 시간이었다. 아이들을 태운 부모들의 행렬은 학교 건물을 빙 두르다 못해 도로까지 침범해 병목 구간을 유발했다. 실수로 이 행렬에 휘말려 갇힌 차들을 보면 늘 안쓰러웠다. 이미 아수라장이나 다름없었지만 방과 후의 상황은 더욱 심각했다. "어제 잠을 잘 못 잤어요?" 손에 들린 커피 두 잔을 보며 그에게 물었다.

"하나만 제 거예요. 하나는 팸 주려고요." 그가 말했다. 학교 관리인인 팸은 없어서는 안 될 사람이었다.

"또 아부하는 거군요." 하며 장난을 쳤다가 이내 정신을 차리고는 이렇게 말했다. "아니, 그게 아니고요. 정말 친절하네요, 라이언."

"팸이 저를 많이 도와주니까요. 제가 팸에게 해줄 수 있는 최소한의 일이죠. 그런데 니나, 피곤해 보이네요." 힐끗 나를 쳐다보며 그가 말했다. 라이언은 농구선수처럼 키가 크고 체격이 좋았다. 남학생 농구팀을 코치하는 그는 모두에게서 호감은 물론 존경 또한 받는 교사였다.

"네, 피곤해요. 잠을 잘 자지 못해서요." 나는 이렇게 말하고는 카페인 효과가 빨리 나타나길 간절히 바랐다. 이 한 잔으로 충분할까 싶었고 라이언 손에 있는 커피 하나가 탐이 났다. "자기 전에 와인 한 병을 다 비웠나 봐요. 머리가 깨질 것 같아요."

"저런. 어젯밤에 재밌는 시간 보냈나 보네요?"

"그다지요."

라이언이 진지해졌다. "계속 물어보려 했는데, 어머니는 어떻게 지내고 계세요? 어머니 이야기 못 들은 지가 좀 된 것 같아서."

"똑같아요. 나빠지지도 않았지만 또 좋아지지도 않은 상태예요. 엊그제 오후에 안과 진료도 받았고 엄마 가슴에 발견된 종양의 조직 검사도 예정되어 있어요. 걱정을 많이 하고 계시죠." 이렇게 말하며 간밤의 와인 한 병이 엄마의 건강 문제 때문이었다고 생각하도록 했다.

"그렇군요. 그럴만하죠. 니나도 걱정이 많겠어요."

"네, 엄청요. 그래도 문제를 정확히 알고 나면 어떻게 치료할지 방법도 찾을 수 있을 거예요."

"니나 같은 딸이 있어서 어머님은 참 행운이네요." 그가 말했다. "다만 니나 혼자서 감당하기가 벅찰 것 같은데요. 다른 형제 자매들은 없나요? 부담을 좀 나눠 질 수 있는 사람이 있나요?"

"없어요. 저뿐이에요. 제가 여섯 살 때 아빠가 떠났고 이후로 엄마가 혼자 저를 키우셨거든요. 자라는 동안 엄마와 저 단둘뿐이었어요. 그래서 끈끈하기도 하고요." 라이언과 나는 학교 건물에 다다랐다. 그러자 그는 커피 컵 위에 다른 컵을 쌓아 한 손에 들고는 나를 위해 문을 열어주려 했다. 좀 어색했고 커피가 쏟아질 것 같아 불안했다. "아니, 제가……." 이렇게 말하며 문으로 손을 뻗었지만 그가 가로막았다. "아니요. 제가 할게요." 그가 나보다 한발 빨랐다.

"그래도 엄마를 돌보는 게 부담이라고 말할 수는 없을 것 같아요." 그가 문을 당겼고 그 틈새로 지나가기 위해 몸을 최대한 움츠리며 말했다. "엄마를 위해 이렇게 해줄 수 있어서 기쁘지만 쉽지는 않은 일이에요. 시간도 많이 들고 감정적으로도 소모가 크거든요. 그냥 엄마가 늘 걱정돼요. 고마워요." 내게 문을 열어준 그에게 감사 인사를 전하고 나자 전화가 울렸다. 전화벨 소리에 다시금 긴장되었다. 심장이 빨리 뛰기 시작했고 어쩌면 제이크일지 모른다고 생각했다. 마침내 이성을 찾은 그가 나와 대화할 준비가, 나를 용서할 준비가 된 것인지 모른다는 생각이 들었다. 나는 걸음을 멈췄다. 라이언은 커피를 가져다주려 팸의 사무실로 향하던 중이라 처음에는 내가 뒤처져 있다는 사실을 눈치채지 못했다. 나는 핸드폰을 꺼내려 가방 안으로 손을 넣었다. 고개를 돌린 라이언은 자신이 혼자 걷고 있다는 것을 깨닫고는 나누던 대화를 마무리 지으려 나를 기다리고 있었다. "먼저 가세요." 내가 외쳤다. "나중에 다시 이야기해요."

핸드폰이 손에 잡혔다. 화면을 보고는 기운이 빠졌다. 제이크가 아니다. 모르는 번호였다. 풍선에 바람이 빠지듯 폐에서 공기가 확 빠져나가는 기분이었다.

다만 전화를 받기도 전에 불길한 기운과 섬뜩한 불행이 느껴졌다. 나쁜 일이 벌어지려고 하는데 그 일이 무엇인지는 알 수가 없었다. 오전 7시도 채 되지 않은 시각이었다. 나쁜 소식을 전하는 게 아니고서야 누구에게 전화를 걸기에는 너무도 이른 시간이었다. 자동 녹음 전화나 텔레마케터 전화도 이렇게 이른 시간에는 하지 않는다. 나는 사람들이 없는 곳에서 전화를 받으려 물살을 거슬러 올라가는 물고기처럼 밀려 들어오는 아이들 사이를 파고들어 문을 통과한 후 건물 밖으로 나갔다. 목소리를 가다듬고 전화를 받았다.

스피커를 통해 한 여성의 목소리가 들려왔다. "여보세요." 그녀가 말했다. "헤이스 부인과 통화할 수 있을까요?"

"네, 전데요."

"헤이스 부인." 상대가 말했다. 제이크가 일하는 병원의 외과 과장이라 밝힌 그녀의 말을 듣고 심장이 무섭게 뛰었다. 제이크 병원의 외과 과장이 왜 내게 전화를 한 걸까? "닥터 헤이스가 비상 연락처로 아내분을 등록해 놔서요." 그녀가 말했고 그 말을 듣자 내 몸 전체가 마비되는 것 같았다. 다리와 손에 감각이 느껴지지 않았다.

비상 연락처.

세상에. 그가 죽었다. 이 생각밖에 들지 않았다. 제이크가 죽었다.

나는 학교 건물 외벽 벽돌에 몸을 기대었다. 도로 가장자리로 버스 한 대가 정차했다. 엔진 소리가 컸다. 이 소음 속에서 상대의 목소리를 듣기 위해 한 손가락으로 귀를 막아야 했다. 아이들이 버스 계단을 내려와 하차하는 모습을 지켜봤다. 반쯤 눈이 감겨서는 좀비처럼 걷는 아이들이 나를 지나 건물 안으로 들어갔다.

"듣고 계세요, 헤이스 부인?" 여성이 물었다.

"네." 대답하는 내 목소리가 작아졌다.

"헤이스 부인, 다들 닥터 헤이스가 걱정되어서요. 지난 이틀 간 잡혀있던 수술에도 나타나지 않았고, 직원 말로는 월요일 오후 외래에도 모습을 보이지 않았다고 해서요. 직원이 연락해 봤지만 받지 않았다던데요. 집에 혹시 무슨 일이라도 생겼나 해서요." 그녀가 물었고, 나는 처음으로 제이크가 밤에 집에 들어오지 않았던 것뿐 아니라 출근도 하지 않았다는 사실을 알게 되었다. 그는 내 전화에만 응답하지 않은 것이 아니라 병원 측 연락도 받지 않은 것이었다.

제이크가 나를 떠난 게 아니었다.

제이크에게 무슨 일이 벌어진 거다.

"제이크가 집에도 안 들어왔어요. 저는 그게……." 말하다가 말끝을 흐렸다. 필요 이상으로 말하고 싶지 않았다. 이 여자는 제이크의 동료지만 내게는 낯선 사람이었다. 닥터 모리스. 그녀의 이름은 알고 있었다. 제이크가 집에서 동료들 이야기를 해준 덕분에 함께 일하는 사람들의 이름을 대부분 알고 있었지만 그렇다고 해서 내가 아는 사람이라고 말할 수는 없었다. 제이크와 내가 싸웠다는 것까지는 그녀가 알 필요 없었다. "제이크가 실종되었어요." 나직이 말했고, 이 말을 뱉고 나자 제이크가 나를 떠났다거나 집에 들어오지 않았다는 사실과는 또 다른 충격이 전해졌다.

제이크가 실종되었다.

세상에. 제이크가 실종되다니.

외과 과장과 전화를 끊자마자 주차장에 있는 내 차로 곧장 향했다. 학교로 다시 들어가지 않았다. 차에서 학교 사무실로 전화를 걸었고, 팸이 전화를 받아 갑자기 급한 일이 생겨 늦을 것 같다고 전했다.

"괜찮아요, 니나?" 하고 묻는 팸에게 모르겠다는 말만 했다.

후진하여 주차장에서 차를 빼 도로로 나갔다. 도로 교통 체증이 아까보다 더욱 심해져 있었다. 등하교 차량만이 아니라 오전 출근 시간과 맞물려 혼잡해진 차량이 교차로까지 가득 밀려있었다. 무엇보다 경찰서는 메트라 건너편에 자리했다. 출퇴근 시간대에는 통근 열차가 제법 자주 오갔다. 열차 한 대가 아니라 두 대나 지나가길 기다려야 했다. 안전바가 올라갔음에도 곧장 출발하지 않는 바로 앞차에 화가 났다. 운전자는 핸드폰을 만지고 있었다. 그녀가 미적댄다면 열차가 또 한 대 올 것이고 그러면 더 오래 갇혀있어야 할 터였다. 경적을 울리자 앞차가 출발했다.

경찰서는 낮은 벽돌 건물이었다. 그 앞으로는 수도 없이 지나다녔지만 그 안에 들어가 본 적은 없었다. 그럴만한 일이 없었으니까. 평범하고 낡은 경찰서 건물은 오래된 초등학교를 떠올리게 했다.

주차하는 동안 손이 덜덜 떨렸다. 기어를 파킹에 두고 차에서 내렸다. 문을 닫으려 했지만 안전벨트가 삐져나오는 바람에 문을 다시 열어 벨트를 정리했다.

"실종 신고를 하러 왔는데요." 건물 안으로 들어간 나는 민원실 경찰관에게 떨리는 목소리로 전했다. 로비는 텅 비어있는 것과 다름없었다. 민원실 경찰관과 나를 제외하고는 창문을 향해 난 의자에 앉아 밖을 내다보는 사내 한 명뿐이었다.

제이크가 걱정되었다. 한편으로는 경찰서에 이리도 늦게 왔다는 데 죄책감과 민망함을 느꼈다. 무언가 잘못되었을 수 있다는 생각이, 제이크에게 무슨 일이 생겼을지도 모른다는 생각이 뒤늦게 떠올랐다. 그저 그가 내게 화가 나서 나를 피하는 것으로만 여겼다.

"누가 실종된 거죠?" 경찰관이 물었다.

"제 남편이요." 내가 말했다. "제이크 헤이스. 닥터 제이콥 헤이스요."

"네, 알겠습니다." 그녀가 컴퓨터 화면에 무언가를 띄웠다. "마지막으로 남편을 보신 게 언제입니까?" 경찰이 내게 물었다.

"월요일이요." 내가 답했다.

월요일 아침을 다시금 떠올렸다. 제이크와 나는 잠에서 깨어 출근 준비를 했다. 내가 제이크를 본 마지막 날이었다. 수술하는 날이 아닐 때면 그는 8시까지만 병원에 가면 되었기에 그날은 나와 같은 시간대에 출근 준비를 하고 있었다. 그런 아침이면 제이크와 나는 대화를 나누고 근황을 주고받았다. 그런 아침 시간이 기다려졌다. 수술이 없는 날 아침에는 그는 덜 바빴다. 우리는 함께 아침을 먹고 하루를 어떻게 보낼 것인지 이야기했다. 하지만 그 월요일 아침은 달랐다. 서로에게 화가 나있고 마음이 상해있던 그 월요일에는 서로에게서 멀찍이 떨어져 침묵 속에서 엇갈려 움직였다. 우리는 대화를 전혀 나누지 않았다. 단 한마디도 나누지 않다가 제이크가 집을 나서며 뱉은 세 마디가 내 신경을 건드렸다. 그가 한 말이 아닌 그 말을 하는 방식이 거슬렸다. 만약 그것이 그가 내게 남긴 마지막 말이라면 어떡하지?

그날 아침에는 대화 대신 의자 다리가 바닥에 끌리는 소리만 존재했다. 문이 쾅 닫혔다. 서랍이 요란하게 닫혔다. 긴장감이 안개처럼 낮고도 무겁게 깔려있었다.

일요일은 엄마와 보냈다. 엄마가 한 주 동안 먹을 식료품 같은 것이 필요했고, 날이 쌀쌀해지고 있어 가을용 코트도 새로 사야 했다. 엄마를 모시고 쇼핑몰과 식료품점을 돌기 전에 교회부터 갔다. 이 또한 엄마가 내 도움 없이 할 수 없는 일 중 하나였고 무엇보다 독실한 기독교인인 엄마는 교회에 가는 것을 좋아했다.

집에 돌아오자 엄마는 내게 저녁을 먹고 가라고 했다. 정확히 이렇게 말하지는 않았지만 엄마가 혼자 있기 싫어한다는 것은 잘 느껴졌다. 엄마는 무척이나 외로움을 탔다. "나를 이렇게나 잘 돌봐준 보답으로 저녁을 차려줄게."라고 말했지만 내가 가는 것을 원치 않았기에 나를 붙잡아 두려 한다는 것은 알고 있었다. 엄마는 누군가 함께 있어주길 간절히 바랐다. 나는 알겠다고 답하고는 좀 더 머물렀다.

제이크에게 문자로 상황을 알렸다. 그는 내게 답장하지 않았다. 어렸을 적 엄마가 드물게 저녁에 쉬는 날이면 그랬듯이 엄마는 내가 가장 좋아하는 음식을 해주었다. 엄마가 본인을 위한 것이 아니라 다른 누군가를 위해 요리하는 것을 즐거워하는 게 내 눈에 보일 정도였다. 시력 때문에 힘든 일이었지만 엄마는 머릿속에 담아둔 레시피로 거의 혼자서 요리를 해냈다. 엄마의 엄마도, 그러니까 내 외할머니도 황반변성을 앓았다. 유전이었다. 가족 중 이 질환을 앓는 사람이 있다면 걸릴 확률이 크게 높아진다. 엄마가 고통받는 모습을 지켜보는 것도, 내 운명 또한 이러리라는 것을 아는 것도 힘든 일이었다.

문제는 당직이 아니고서야 제이크는 일요일에 일하지 않는다는 것이었다. 그는 내가 자신과 함께 집에 있길 바랐다. 이 말을 내게 직접 한 적은 없었다. 내가 텔레파시로 그의 마음을 읽어내어 마땅히 알고 있어야 하는 사실이었다. 다만 최근에는 같이 집에 있어도 그는 나와 떨어져 혼자 시간을 보내는 것을 좋아했다. 그가 있는 공간에 내가 들어서면 그는 어떻게든 그곳을 벗어날 이유를 찾는 것 같았다.

저녁 7시가 넘어 집에 도착하자 그는 방 한편에 앉아 내게 차가운 시선만 보냈다. 그는 아무 말도 하지 않았다. 위스키 사워를 마시고 있었다. 처음에는 언짢아 보이는 그의 시선에 움츠러들었다. 무슨 이유 때문인지는 몰라도 수술 후 사망한 제이크의 환자가 떠올랐다. 그가 내게 말해주었던 남편에게 총을 맞은 젊은 여성이. 뇌간으로 죽은 그 환자가. 왜 하필 그 여성이 떠올랐는지는 몰라도 남편이 어떤 이유 때문에 그녀를 쐈을지, 그녀가 엄마와 하루를 보내는 것과 같은, 전혀 악의가 없는 어떤 행동을 했기 때문은 아닌지 생각했다.

"남편이 큰 위험에 처했다고 여기시나요?"

경찰관의 질문에 현실로 돌아왔다.

"무슨 말씀일까요?" 내가 물었다.

"범죄에 연루되었다고 의심할 만한 정황이 있습니까?" 방탄 유리 너머에 앉은 경찰관은 거대한 리셉션 책상 건너편에서 무표정한 얼굴로 나를 빤히 바라보며 물었다.

"정황이라면요?"

"몸싸움한 흔적이 있다거나 집 또는 차가 어질러져 있는 거요. 혈흔이나 무기 같은 거."

나는 고개를 저었다. "아니요. 아니에요. 그런 건 아니에요. 하지만 남편 차가 어디 있는지는 모르겠어요."

"차량 제조사와 모델은요?"

경찰관에게 설명했다.

그녀는 고개를 끄덕였다. "알겠습니다. 남편이 치료가 필요한 상황이거나 처방받은 약을 소지하지 않은 상태인가요?" 또한 번 나는 고개를 저었다. 제이크가 섭취하는 것이라고는 영양제뿐이었지만 그건 없어도 문제가 되지 않았다. 그녀는 시선을 컴퓨터 화면으로 옮겨 무언가를 입력하고는 다시 나를 바라보며 제이크가 정신 질환이 있는지 물었다.

"없어요." 내가 답했다. 이런 정보가 왜 필요한지 알 것 같았다. 고위험군과 미성년자들은 당연하게도 제이크처럼 마흔 살에 가까운 신체 건강한 남성보다 더욱 많은 관심과 주의를 받는다.

"남편이 자발적으로 사라졌을 가능성도 있을까요, 헤이스 부인?" 그녀는 나를 올려다보며 물었다.

"무슨 뜻이죠?"

무슨 뜻인지는 정확히 이해했다. 답변을 미루고 싶은 것이었을까, 나도 내가 왜 이런 질문을 하는지 알 수가 없었다.

"남편분이 원해서 집을 나간 것일 수도 있나요?"

"네." 나는 아주 솔직하게 대답했다. 제이크가 원해서 사라진 것도 전적으로 가능했으니까. 병원에서 전화가 오기 전만 해도 그가 원해서 숨은 것이라고 확신했었다. 하지만 출근을 하지 않았다니, 제이크답지 않았다. 의사가 되고 난 후 그는 한 번도 결근한 적이 없었다. 심지어 일주일에 여든 시간이라는 혹독한 근무를 소화하고 표현할 수 없을 정도로 피로에 절어있던 레지던트 때조차도 그랬다. 그는 정해진 스케줄대로 매일 출근했다. 제이크에게는 일이 전부였다. 그에게 나보다 중요한 유일한 하나가 바로 일이었다.

나는 좀 전의 말을 번복했다. "남편이 원해서 나갔을 수도 있지만 아닐 거예요. 남편이 며칠 동안 직장에도 나가지 않았는데, 출근을 안 할 사람이 절대 아니거든요. 남편은 의사예요. 신경외과 의사요. 사람들의 생명이 그의 손에 달려있어요. 남편은 굉장히 성실한 사람일 뿐 아니라 자기 일도 무척이나 사랑하거든요. 일에서 본인의 명성에 금이 갈만한 일은 절대 하지 않을 사람이에요. 제 생각에는 남편에게 무슨 일이 생긴 것 같아요."

"당신과 닥터 헤이스 사이에 말다툼이 있었습니까, 헤이스 부인?" 그녀의 질문은 복부를 강타하는 펀치처럼 날아들었다. 경찰이 이런 질문을 하지 않길 바랐다. 하지만 솔직하게 이야기 해야 했기에 나는 다툰 적이 있다고 답했다. 그러면서도 정말 그런 일이 없길 바라지만 만에 하나 제이크에게 끔찍한 일이 생겼다면 남편과의 말다툼을 고백한 내가 한 짓이라는 오해를 받을지도 모른다는 걱정도 들었다. 하지만 제이크를 찾는 것이 무엇보다 중요했다.

"남편분에게 연락을 시도해 보셨나요?"

"그럼요. 전화를 받지 않아요."

제이크의 핸드폰이 방전되어 있었다. 배터리가 없는 것이어야 했다. 제이크가 핸드폰을 끄지는 않았을 테니까.

경찰서를 나서기 전 그녀는 내게 제이크의 사진을 요청했다. 핸드폰에서 내가 가장 좋아하는 사진을 찾은 나는 어느새 그의 금발 머리를, 양쪽을 짧게 치고 가운데는 길게 남겨 위로 세운 헤어스타일을 보고 있었다. 조각 같은 광대, 며칠간 면도를 하지 않아 까슬한 수염이 자란 단단한 턱선과 숨이 멎을 정도로 멋진 파란색 두 눈을 들여다보고 있었다. 1년도 더 된 이 사진은 그가 드물게 며칠 쉬는 날 찍은 것이었다. 단 며칠밖에 받을 수 없어 휴가라기보다는 집에서 보내는 휴일에 가까웠지만 그래도 우리는 근처 호텔을 예약하고 비싼 음식점을 여럿 다니고 요트를 빌려 강가로 나갔다. 요트 위에서 찍은 사진이었다. 그를 중심으로 미시간 호수가 펼쳐져 있었다. 그의 파란 두 눈만큼 푸른 강과 하늘 아래 그는 무척이나 편안해 보였다.

민원실 경찰관은 치과 엑스레이와 신체 엑스레이, DNA 샘플을 사용할 수 있는 허가를 구했다. 후에 DNA 샘플을 채취할 수 있도록 집에 있는 제이크의 빗을 가져다주어야 했다. 끔찍한 상상이 머릿속에서 펼쳐졌다. 신체 엑스레이 같은 단어들이 나를 무너뜨린 주범이었을 테지만 나는 용케 눈물을 잘 참고는 차에 와서야 비로소 핸들을 그러안고 오열했다.

그곳을 나오며 내가 느낀 감정은 약간의 좌절감 그 이상이었다. 고위험군에 속하지 않는 제이크는 당뇨병 환자나 아이만큼 높은 관심을 받지 못할 터였다. 이런 이야기를 직접 들은 것은 아니지만 나도 아무것도 모르는 사람은 아니었다. 그런 뉘앙스가 암시되어 있었다. 그는 경찰의 감시망에 오르겠지만 경찰들이 적극적으로 그를 찾으려 들지는 확신이 없었다.

"대부분의 실종자는 사흘 내에 집으로 돌아옵니다." 경찰서를 나서는 내게 민원실 경찰관이 전한 마지막 말은, 다시 말해 내가 집에 가서 기다리는 것 외에는 달리 할 수 있는 일이 없다는 뜻이었다.

* * *

3교시가 되어서야 학교에 돌아왔다. 보조 교사를 부르기에는 너무 늦었던 터라 다른 교사들이 번갈아 가며 내 오전 수업을 맡아주었다. 경찰서에서 나와 곧장 집으로 갈 생각도 했지만 크고 고요한 집에서 혼자 있을 생각에 견딜 수 없었다.

내 교생 또한 무책임하게 방치한 셈이었다. 내가 교실에 들어갔을 때 라이언이 수업을 하고 있었고, 교생은 내 책상에 앉아 있었다. 그는 아직 홀로 아이들을 맡을 준비가 되지 않았다. 그가 홀로 수업하는 게 가능했다면 보조 교사 없이도 오전 수업을 해결할 수 있을 터였다.

"저 대신 수업해 줘서 고마워요. 이제부터는 제가 맡을게요." 라이언에게 말했다.

"오늘 아침에 무슨 일이 있었던 거예요?" 그가 나지막하게 물었고 교생은 내가 책상에 앉을 수 있도록 자리에서 일어났다. "기다리고 있었는데 안 보이더라고요. 무슨 일이 생겼나 싶어서 전화도 했는데. 어머님 일이었어요?"

나는 코트를 벗었다. 외투는 의자 뒤에 걸어놓고 핸드백을 책상 아래로 숨겼다.

"미안해요. 아니, 엄마 일은 아니었어요. 엄마는 괜찮아요." 그에게 있었던 일을 말하고 싶지는 않았다. 라이언에게 제이크 이야기를 하는 것도, 교생이 있는 곳에서 그런 이야기를 하는 것도 원치 않았다. 지금 상황을 사람들에게 알리고 싶은지 나조차도 확신이 없었다. 학교에서 소문은 순식간에 퍼져 나가기 마련이고 이는 비단 학생들 사이에서만이 아니라 교사들도 마찬가지였다. 교사들이 휴게실에 둘러앉아 제이크와 나의 결혼 생활에 대해 떠들어대는 모습은 생각조차 하기 싫었다.

"굳이 말할 필요 없어요." 내가 내키지 않는다는 것을 알아챈 라이언이 먼저 말해주어 고마웠다. 그가 손을 뻗어 힘내라는 듯

내 팔을 꽉 쥐었다. "제가 있다는 것 잊지 마요. 바로 옆 교실이
고 문은 항상 열려있으니까요. 언제든지 필요하면 찾아와요."

"고마워요." 내가 말했다. "그렇게 말해줘서요. 그리고 제 수
업도 대신 맡아줘서요. 정말 고마워요."

"언제든지 괜찮아요."

어찌어찌 남은 하루를 버텨냈다. 몸은 여기에 있었지만 정신
은 다른 곳에 가있었다. 아이들은 내 상태를 눈치채지 못했다.
다행이었다. 아이들에게 할 일을 주고 원하는 사람과 팀을 이
뤄 함께 과제를 하도록 했다. 절반은 과제에 손도 대지 않았지
만 지금은 그런 것까지 신경 쓸 기력이 없었다. 내 머릿속에는
온통 제이크 생각뿐이었다. 온갖 감정으로 뒤죽박죽이었다. 더
는 단순히 제이크가 나를 떠난 거면 어떡하지, 하는 걱정만 드
는 것이 아니었다. 이제는 그에게 정말로 나쁜 일이 생겼을까
봐 걱정되었고 엄청난 두려움에 빠졌다. 하지만 무슨 일이 생긴
게 아니었고 그가 홧김에 자발적으로 사라진 것이라면 그건 그
것대로 화가 나는 일이었다. 혼란스러웠다. 어떤 감정을 느껴야
할지 알 수가 없었다.

일과가 끝난 후 릴리가 퇴근하기 전에 얼굴을 보려 급히 그
녀를 찾아갔다. 엊그제는 릴리가 너무 일찍 퇴근해 대화를 나누
지 못했고, 어제는 릴리가 출근하지 않았다. 릴리는 병가를 냈
다. 문자를 몇 차례 주고받은 것 외에는 릴리와 이틀 동안 대화
하지 못했다.

내가 교실에 들어가자 릴리는 책상 앞에 서있었다. 소지품을

가방에 챙겨 넣으며 퇴근 준비를 하고 있었다. "아직 있었네. 다행이다." 릴리의 교실까지 너무 빨리 걸어온 탓에 숨을 헐떡이며 말했다. "몸은 좀 괜찮아?"

릴리가 고개를 돌려 나를 바라봤다. 릴리는 지치고 창백해 보였다. 형광등 때문에 그렇게 보이는 걸 수도 있고 릴리가 실제로 안 좋은 걸 수도 있었다.

그런데도 그녀는 이렇게 말했다. "아주 좋아졌어요. 신경 써줘서 고마워요."

"장염 걸렸던 거야?"

"그냥 뭘 좀 잘못 먹었나 봐요. 그래도 지금은 다 괜찮아졌어요."

"다행이야." 이렇게 말하며 창밖을 내다보니 스쿨버스 운전사들이 시동을 걸고 학교를 나설 준비를 하고 있었다. 순서가 그랬다. 버스가 먼저 학교를 나서고, 버스가 떠나고 나면 갓 면허를 딴 학생들이 주변을 제대로 살피지도 않고 마구잡이로 주차된 차를 빼서 학생 주차장이 비워졌다. 학생들이 운전하는 모양새는 보기만 해도 아찔했다. 사고가 나는 것은 시간문제일 뿐이었다.

"안 그래도 별일 없는지 문자 보내려던 참이었어요. 오늘 학교에 없었다는 이야기를 들은 것 같아서요." 릴리가 말했다.

"오전에 자리를 비웠어. 경찰서에 다녀오느라." 내가 답했다.

릴리가 움직임을 멈췄다. "아." 그녀가 말했다. 서류 뭉치를 책상에 내려놓고는 몸을 돌려 나를 바라봤다. "왜요?" 걱정스러운 얼굴로 그녀가 물었다. "무슨 일 있어요?"

"제이크 때문에. 아직도 집에 안 들어왔어." 내가 답했다.

"그렇다고 경찰서까지요?" 경찰서까지 간 것이 좀 지나친 대응이었다는 투로 물었다. "부부싸움이었다면서요? 그냥 제이크가 니나한테 화난 줄만 알았는데. 다른 일이 있었던 거예요?"

"응." 릴리의 교실이 더워서 셔츠 소매를 걷어 올리며 말했다. "일이 있었어. 오늘 아침에 병원에서 연락이 왔거든. 제이크가 출근을 안 했다고. 제이크 친구도 내게 전화해서 그를 찾았어. 전화를 해도 문자를 보내도 제이크가 답이 없다고. 제이크가 회신을 안 할 이유가 없잖아?"

학교 건물 내 온도가 널을 뛰었다. 냉난방 기기가 제대로 작동하지 않는 탓에 어떤 교실은 너무 더웠고 또 어떤 교실은 얼음장같이 추웠다. 아이들은 늘 불만을 터뜨렸다.

릴리도 더운 모양이었다. 갑자기 그녀의 얼굴이 확 달아올랐다. 표정도 달라졌다. 내 행동이 타당했다는 것을 그녀도 알고 있었다. 이런 상황이라면 경찰서에 가지 않는 것이 무책임한 행동이었을 테니까. "어머나. 세상에. 어쩌면 좋아요, 니나. 경찰에서는 뭐라고 해요?" 그녀가 다가와 나를 안으며 말했다. "걱정이 많겠어요."

나는 어깨를 으쓱했다. "경찰은 별말 없었어."

"제이크가 어디 있을지 짐작되는 곳은 없고요?" 릴리는 안았던 팔을 풀고는 한 걸음 물러나 내게 눈을 맞췄다. "잠깐 혼자만의 시간을 좀 가지려는 것 아닐까요?"

"어디 있는지 알았다면 내가 찾아갔을 거야." 처음에는 남편에게 시간을 좀 주고 싶었다. 그를 찾으러 병원에도 가지 않은 이유는 그 때문이었다. 하지만 이제는 내 눈으로 직접 그가 괜찮은지 확인하고 싶었다.

"이제 경찰이 어떻게 한대요?"

"나도 모르겠어, 릴리." 주저앉으며 말했다. 학생 책상 하나에 몸을 앉히고 다리를 꼬았다. "아무것도 안 할지도 몰라. 사실 누구나 사라져 버릴 권리가 있으니까. 그래서 경찰이 그를 수색할지 안 할지 모르겠어. 찾아보겠다고는 했지만 믿을 수는 없어."

"제이크는 괜찮을 거예요. 집으로 돌아올 거예요." 릴리가 말했다.

"그걸 어떻게 확신해?" 내가 물었다. 물론 그녀가 별 뜻 없이 한 말이라는 것은 나도 알았다. 그저 나를 위로해 주려고 한 아무런 의미 없는 공허한 말이었다. 그녀를 원망하는 것은 아니었다. 내게 친절하게 대해주려는 것이었지만 입에 발린 소리처럼 들렸다.

릴리가 뭐라 말하기 전에 교실 문에 난 작은 창을 작게 두드리는 소리가 들렸다. 드니즈 브레이디가 작은 창에 얼굴을 바짝 붙인 채로 서있었다. 드니즈도 이곳 교사였다. 나는 그녀에게 들어오라 손짓하고는 릴리를 바라보며 지금껏 오간 이야기는 우리 둘만의 비밀이라는 신호를 보냈다.

"제가 찾고 있던 두 분이 마침 같이 있네요." 드니즈가 말했고 나는 억지로 미소를 지어 보였다.

"안녕하세요, 드니즈."

드니즈는 우리보다 나이가 많았다. 결혼을 했고 대학에 다니는 아이들도 있어 10대들의 행동에 대해서는 전문가나 다름없었다. 아이들이 모두 집을 떠나 지내고 있어 시간이 많아진 드니즈는 지루함을 못 견디는 유형이었다. 드니즈는 교사 독서클럽을 이끌고 생일 기념 식사 자리나 홀리데이 및 연말연시 파티 같은 일들을 계획하기 좋아했다. 그녀는 영어 교사 한 명이 2주후 쉰 살 생일을 맞이하는 일로 이곳에 온 것이었다.

그녀는 교사 몇 명이 모여 저녁 식사를 하며 축하하는 자리를 마련하고자 했다. 좋은 생각이었지만 제이크 생각밖에 없는 나로서는 저녁 약속을 잡는 것이 너무도 아득한 일처럼 느껴졌다. 그런데도 시늉은 했다. 나는 핸드폰을 꺼내 일정을 확인한 후 다들 괜찮다면 10월 10일이 좋겠다고 말했다. 드니즈가 다른 교사들과 확인해 보고 릴리와 내게 알려주기로 했다. 우선은 일정을 기록하긴 했지만 제이크가 그때쯤이면 집에 와있을지 아니면 여전히 실종 상태일지 또는 더욱 끔찍한 일이 벌어져 있을지 알 수 없었다. 어찌 되었든 난 그 자리에 참석하지 않을 것 같았다.

"그럼 정해진 거예요!" 드니즈는 이렇게 말한 뒤 손을 흔들어 인사하고는 교실을 나서려 문으로 향했다. 그녀가 문에 거의 다다랐을 때였다. "아, 맞다." 그녀가 그렇게 말하며 몸을 돌려 릴리를 바라봤다. "깜빡할 뻔했네요, 릴리." 그녀가 말했다. "제 남편 짐이 저번에 릴리를 봤다고 하더라고요."

릴리가 얼굴을 찡그렸다. "글쎄요. 아닐 텐데요." 그녀가 말했다.

"아니에요. 진짜예요. 제 남편이 릴리를 봤는데 괜히 방해하고 싶지 않아서 아는 척하지 않았다고 하던데요."

"왜 그러셨을까요? 인사하시지. 근데 남편분이 저를 아신다니 좀 놀랐어요." 릴리가 머릿속으로 이번 주에 자신이 어디를 갔었는지, 어느 곳에 짐이 있었을지 짚어보는 것이 눈에 보였다. 나라도 그랬을 거다. 나는 사람들 얼굴을 기억하는 데 젬병이었다. 만약 내가 짐을 봤더라도 알아볼 수 있을지 확신이 없었다. 여태 살면서 그를 딱 한 번 만났기 때문이다.

"몇 년 전, 우리 집에서 했던 홀리데이 파티 때 릴리를 봤던 것을 기억하고 있더라고요. 릴리 남편도요. 크리스티안, 맞죠?" 릴리가 고개를 끄덕였다. "남편이 그날 저녁에 크리스티안과 대화를 제법 길게 나눴어요. 아직도 기억하던데요. 대화가 무척 즐거웠다고요."

크리스티안과 릴리는 사람들에게서 늘 좋은 이야기를 듣는다. 다들 두 사람이 완벽한 커플이라고 생각했다.

"저를 어디서 봤다고 하던가요?" 릴리는 이렇게 묻고는 드니즈에게서 몸을 돌려 소지품을 마저 챙겼다.

드니즈가 말했다. "그 레몬트 근처에 있는, 삼림 보호 구역이요. 이름이 기억 안 나네요. 제 기억이 맞다면 피니 애비뉴에 있는 그거요. 뭐였더라." 그녀는 천장 타일에 답이 적혀있다는 듯이 위를 올려다봤다. "거기 안 간 지가 몇 년이 되어서. 무슨 우즈였는데."

그녀는 정확히 떠올리지 못했다.

"랭리 우즈 아닌가요?" 나는 한 번도 가본 적이 없는 곳이었지만 이름을 대며 물었다. 들어본 적은 있었다.

"맞아요!" 그녀가 큰 소리를 냈다. "그거예요! 랭리 우즈." 그녀는 그곳이 무척이나 아름답고 평온하다며 하이킹하고 머리를 비우기에는 최고의 장소라고 덧붙였다.

릴리는 고개를 돌려 드니즈를 바라보고 있었지만 그녀가 다른 생각에 빠져있다는 것이, 드니즈의 이야기를 듣고 있지 않는 것이 얼굴에서 보였다.

"어디요?" 그녀가 눈을 깜빡이며 물었다.

드니즈가 다시 말했다. "레몬트에 있는 삼림 보호 구역이요. 랭리 우즈요."

"아." 릴리는 자신이 그곳에 간 적이 있는지 떠올려보려는 것 같았다. "거기 갔었어요." 그녀가 말했다. "며칠 전에요. 산책하러. 날이 정말 좋았거든요. 그런데 언제인지는 기억이 안 나네요."

드니즈가 알고 있었다.

"월요일이었어요." 그녀가 말했다.

요일들이 머릿속에 뒤섞였다. 오늘이 무슨 요일인지 짚어봐야 했다. 내일이 금요일이니까. 오늘은 목요일이고, 그럼 월요일은 사흘 전이었다.

월요일 밤부터 제이크가 집에 들어오지 않았다.

* * *

짐을 챙겨 퇴근하려고 교실로 향했다. 빈집으로 돌아갈 생각을 하니 벌써부터 두려워졌다. 생각만으로도 실제로 속이 울렁거리는 것 같았다. 혼자서 뭘 하며 시간을 보내야 할지 막막했다.

이제 복도는 텅 비어있었다. 아이들도 없었고 다른 사람들도 거의 다 떠난 후였다. 이 시간대쯤의 학교는 무척 달라 보였다. 아이들이 없으면 학교인지도 모를 정도였다. 복도에는 아무도 없었고 교실은 비었으며 들리는 소리라고는 테라초 바닥에 부딪히는 내 구두 소리뿐이었다. 공허함이 나를 짓눌렀다. 울고 싶어질 정도로 외로웠다. 내 교실에 가기 전 라이언의 교실 앞에 멈췄다. 마음을 바꿔 먹은 참이었다. 그가 아직 있다면 제이크에 대한 이야기를 그에게 하고 싶었다. 너무 외로웠고 혼란스러웠으며 제이크와의 일을 두고 남자의 의견을 들어보고 싶은 마음도 있었으니까. 교실 문 앞까지 갔지만 문은 닫혀있었고 불은 켜져있었다. 문손잡이를 굳이 돌릴 필요는 없었다. 교실 문은 항상 바깥에서 잠기게 되어있다. 안전 예방책이었다. 타당하다 생각했지만 화장실에 다녀온 학생이 다시 교실로 들어가야 할 때는 난감했다. 라이언이 있는지 살피려 창문으로 고개를 가까이 했지만 그는 교실에 없었다. 이미 퇴근을 한 게 분명했다.

실망한 채로 다시 우리 교실로 향했다. 우리 교실 문 또한 닫혀있었고, 열쇠로 문을 열고 들어가야 했다. 교생이 퇴근 전에 문을 닫아놓았다. 내 가방이 여전히 내 책상 아래에 있어 다행이었다. 아까 열쇠만 챙겨 나왔다. 청소부들이 이미 청소를 마쳤나 싶어 교실 안에 들어가 보니 아직 청소를 하지 않은 것 같았다. 내가 교실을 나왔을 때와 조금도 달라진 게 없었지만 단한 가지, 내 책상 위에 꽃이 담긴 꽃병 하나가 보였다. 셀로판 포장지에 싸여 리본 모양 매듭까지 달린 것이 플로리스트의 작품 같았다. 열린 문 앞에서 꽃다발에 놀라 우뚝 발걸음을 멈췄다.

내가 꽃을 받을만한 일이 있었나? 생일은 멀었고 어디서 온 꽃인지, 누가 보낸 것인지 궁금했다. 제이크는 꽃을 선물하는 타입이 아니었다. 그렇다고 그가 한 번도 꽃을 준 적이 없다는 뜻은 아니었다. 다만 아주 오래전 일이었다. 우리가 처음 연애하던 시절, 그는 예상치도 못한 곳에, 가령 아침에 내 커피잔 옆에 장미꽃을 두거나 내가 읽고 있는 책 사이에 장미꽃을 납작하게 끼워두었다. 책장을 넘기다 그 안에서 나를 기다리고 있는 장미꽃 한 송이를 발견하는 일은 뜻밖의 즐거움이었다. 다만 최근에는 내게 꽃을 선물한 적이 없었다. 그는 꽃은 시들기 때문에 실용적이지 않다고 여겼고―제이크는 로맨틱한 면이 없는 남자였고 꽃을 선물하기에는 너무 실용적인 성격이었다―그런 그에게 나는 결국 모든 것은 죽는다고, 그저 시간문제일 뿐이라고 말했었다. 하지만 제이크는 꽃 선물은 창의적이지 않다고 생각했다. 최근에 그는 장신구처럼 예상치 못한 동시에 좀더 오래가는 선물을 선호했고, 내 생일 선물로 준 테슬라 차량에도 저 꽃다발처럼 리본이 달려있었다.

어쩌면 제이크가 보내준 것이 아닐까 바라며 꽃다발로 다가 갔다. 잠시나마 마음이 가벼워졌다. 셀로판 포장지를 가위로 벗 겨내고 카드가 있는지 살폈다. 유리 화병에는 장미와 카네이션, 유칼립투스로 멋지게 완성한 꽃다발이 담겨있었다. 나는 코를 가까이 대고 향기를 맡았다. 황홀한 향이 퍼졌다. 미소가 지어 졌다. 제이크의 이름과 언제나 사랑해 같은 짧지만 애정이 담긴 메시지가 적혀있을 거라 생각하며, 카드를 읽어 내려가던 나는 곧 당황스러웠다. 얼굴에 웃음기가 사라졌다. 혹시나 뒷장에 뭐 라도 적혀있을까 싶어 카드를 뒤집어 보다 불만스러운 얼굴로 화병을 바라봤다.

관리인인 팸에게 물어보러 사무실로 갔다. 그녀는 아직 사무 실에 있었고 홀로 키보드를 두드리고 있었다. "아직 계실까 싶 었는데." 텅 빈 사무실에 들어가며 말했다. 고개를 들어 컴퓨터 너머로 나를 바라본 그녀가 미소 지었다.

"안녕하세요, 니나." 그녀의 인사와 동시에 작동을 시작한 인 쇄기가 소음을 내며 종이를 내뱉었다.

"열심이네요, 팸. 퇴근해야죠."

"그러는 선생님은요." 그녀가 말했다.

나는 미소 지었다. "교실에 꽃다발이 있어서요. 어디서 온 건 지 아세요?"

"플로리스트가 보내준 것 같던데." 그녀는 어깨를 으쓱하며 대충 답했다. "7교시에 배달 왔어요. 선생님이 수업 중이라 방 해하고 싶지 않아서 수업 끝나고 가져다 놨어요." 그녀는 자리에서 일어나 인쇄기로 향했다. "안 계셔서 그냥 두고 왔는데 제가 실례한 게 아니면 좋겠네요."

"그럼요. 괜찮아요. 갖다주셔서 고마워요."

"별말씀을요." 그녀가 말했다. 그녀는 인쇄기에 다가가 종이를 챙겼다. 제대로 출력이 되었는지 확인한 후 만족스러워하며 자리로 돌아가 앉았다. "남편분이 정말 다정하시네요." 팸은 커다란 책상 너머로 윙크하며 말했다. "선생님은 좋으시겠어요. 우리 남편은 죽었다 깨어나도 회사로 꽃을 보내는 일은 못 하거든요. 특별한 날인가요? 아니면 남편분이 무슨 잘못이라도 한 거예요?"

나는 깜짝 놀라 멈칫했다. 팸은 왜 이 꽃을 제이크가 보낸 거라고 생각하는 걸까? 그녀에게 물었다. "누가 보낸 꽃인지 어떻게 아세요?"

팸은 모르고 있었다. 단순히 추측한 것이었다. 그녀가 웃었다. "회사로 꽃을 보내줄 만한 남자가 몇 명이나 되는 거예요, 니나?" 그녀 말이 맞다. 아무도 없었다. 하지만 제이크 또한 한 번도 이런 적이 없었다.

내 표정에서 드러났나 보다. 팸은 내가 꽃을 보낸 사람이 누구인지 모른다는 사실을 눈치챘다. "음, 카드에는 뭐라고 적혀있었어요?" 그녀가 눈을 가늘게 뜨며 물었다.

"아무것도요." 그녀에게 말했다.

"하나도요? 아무것도 안 적혀있었어요?"

"아니요, 아무것도 안 적혀있는 건 아니고요. 메시지가 있었어요." 이렇게 말은 했지만 메시지 자체로는 별 도움이 되지 않았다. 도리어 너무 아리송한 메시지라 더욱 헷갈릴 따름이었다. "카드에는 이런 내용의 글이 적혀있었어요. 당신이 웃었으면 좋겠어. 당신 미소를 보는 게 좋으니까. 하지만 카드에 서명이 없었어요."

"서명이 없어요?" 팸의 얼굴이 환해졌다. "플로리스트가 카드에 발송인 이름 넣는 것을 잊었거나 선생님을 짝사랑하는 사람이 있는 거 같은데요."

꽃은 책상에 두고 퇴근하기로 했다. 짐이 너무 많기도 했고 꽃을 집에 가져가고 싶은 생각이 들지 않았다. 팸의 말이 신경 쓰였다. 짝사랑이라니. 스토커와 별반 다르지 않았다.

주차장을 가로질러 걸었다. 수업이 끝나고 너무 늦게 학교를 나온 터라 교사 주차장이 거의 텅 비어있었다. 4시 30분이 다 된 시각이었다. 학교 수업이 끝난 지는 두 시간도 더 지났다.

나는 걸음을 재촉했다. 주변을 잘 살피고는 있었지만 내가 혼자 있다는 사실과 텅 빈 주차장의 광활함이 갑자기 너무도 불편하게 느껴졌고 한시라도 빨리 차에 오르고 싶었다.

다시금 꽃다발을 떠올렸다. 기분 좋아야 하는 게 맞았다. 그것이 꽃을 보낸 사람의 의도였겠지만 누가 보낸 것인지 모르는 꽃을 받고 기분이 좋을 수 없었다. 내가 모르는 누군가가 나를 알고 있다. 그 누군가가 제이크든 아니든 나는 이런 상황이 싫었다. 그것이 제이크라면 나를 두고 그가 이런 식의 게임을 하는 것이 싫었다.

카드에 적힌 내용도 신경 쓰였다. 당신 미소를 보는 게 좋으니까. 분명 이렇게 적혀있었다. 다시 말해 누군가가 나를 지켜보고 있다는 뜻이었다.

크리스티안

집에 오자 릴리는 거실에 서있었다. 목요일 저녁에는 헬스장 사람들과 농구하고 술을 한잔하는 날이라 평소보다 늦어졌다. 오늘은 이 모임에 참석하지 않고 집에 와 릴리와 함께 있을까 생각도 했지만 고민 끝에 내가 할 수 있는 가장 현명한 일은—릴리와 나를 위해서도—일상생활을 깨지 않는 것이라고 판단해 결국 참석했다.

릴리는 내게 등을 보인 채 창가에 서서 마당을 내다보고 있었다. 팔짱을 낀 아내의 등으로 갈색 긴 머리칼이 쏟아져 내렸다. 서있는 모습만 봐도 어딘가 불안해하고 있다는 게 느껴졌고, 맥주 한 병 더 하겠다고 자리를 지킨 데 죄책감이 들었다.

아내의 뒤로 다가갔다. 릴리의 어깨에 손을 올려 마사지를 하자 손끝에서 어깨와 목에 내려앉은 긴장감이 느껴졌다.

"여보." 내가 말했다. 돌아보는 릴리를 보며 무언가 잘못되었음을 직감했다. 하지만 배 속 아이에게 나쁜 일이 벌어진 것은 아니구나, 하는 생각이 바로 든 것은 실로 처음이었다. "무슨 일 있어?" 내가 물었다.

"니나가 경찰서에 갔어." 아내가 말했다.

"그래서?" 말꼬리를 길게 빼며 느릿하게 되물었다.

"제이크가 실종되었다고 신고했대."

"그랬구나." 내가 말했다. "경찰에서는 뭐래?"

"별로 걱정하지 않는 눈치인가 봐. 제이크가 가출했을 수도 있다고 생각하는 것 같아."

"그랬구나." 좀 전과 같은 말을 하며 고개를 끄덕였다. "잘됐네, 그렇지? 우리한테는." 미소를 지었다. 아내의 손을 잡았다. 긍정적으로 생각하려고 했다. 사실 나는 별로 걱정되지 않았다. 릴리는 심란해 보였지만 결국 언젠가는 니나가 경찰에 신고하리라 예상했다. 그럴 수밖에 없었다. 남편이 영영 돌아오지 않는 상황에서 입을 꾹 닫고 있을 수는 없을 테니까. 무슨 일이 생긴 건 아닌지 의심하지 않는다면 그게 더 이상할 터였다. 릴리는 고개를 끄덕였지만 정말 괜찮은 걸까, 불안해하고 있었다. "괜찮아, 여보. 걱정하지 마. 그냥 형식적인 절차일 뿐이야."

"그것만이 아니야." 릴리가 말했다.

"무슨 말이야?" 아내의 목소리에 놀란 나는 덩달아 심각해졌다.

"거기서 날 본 사람이 있어."

"당신을 봤다고?"

"랭리 우즈에서."

안에서 치미는 무언가가 목을 콱 조여와 꿀꺽 삼켜내려고 애를 써야 했다. 귓가에서 쿵쿵대는 심장 소리가 울렸다.

이렇게 되면 이야기가 달라진다. 제이크가 사망한 장소에서 릴리를 본 목격자가 나온 것이다.

생각 끝에 드문드문 끊어진 호흡으로 느리게 말했다. "그 사람이 거기서 뭘 본 거야?"

아내는 고개를 가로저었다. "아무것도 못 봤어." 아내는 누군가 듣고 있기라도 한 것처럼 비밀을 말하듯 나지막이 속삭였다. "못 본 것 같아. 나 혼자 걷고 있는 것만 본 거 같아. 내가 누구랑 같이 있었다는 이야기는 안 나왔거든. 그 일이 있기 전에 날 본 것 같아." 아내는 무슨 일이 있기 전을 말하는 것인지 부연하지 않았다.

아내가 제이크를 만나기 전. 함께 산책하기 전. 그가 인적이 없는 길로 아내를 유인하기 전. 그가 아내를 범하려 하기 전. 아내가 저항하기 전. 아내가 그를 죽이기 전. 아내가 도망치기 전.

"누가 본 거야?" 내가 물었다.

"동료 교사 남편이. 짐 브레이디. 예전에 교사 홀리데이 파티 때 당신도 한 번 만난 적 있는 사람이야." 나는 어깨를 으쓱했다. 봤다 해도 기억이 나지 않았다. 릴리 학교 교사들끼리 하는 파티는 제법 자주 있었다. 아내의 동료나 그 배우자를 기억할 때도 있었지만 그러지 못할 때도 많았다.

"당신은 그 사람을 못 본 거고?" 내가 물었다.

"못 봤어. 사실 그 사람이 어떻게 생겼는지도 기억 안 나, 크리스티안. 설사 마주쳤다 해도 내가 몰라봤을 거야."

"그 사람이 당신을 본 건 어떻게 알게 된 거야?" 아내에게 묻자, 아내는 오늘 오후 니나가 자신을 만나러 교실에 왔을 때 동료가 찾아와 이야기했다고 설명했다. 더 문제가 되는 것은 릴리가 랭리 우즈에 있었다는 사실을 이제 니나가 알게 되었다는 것이다.

그때 문득 나는 길에 있는 제이크의 차를 옮길 방법을 찾아야 한다는 생각이 들었다. 뉴콤 로드에 있는 차는 그가 랭리 우즈에 갔다는 유일한 증거였고, 얼마 후면 주차된 차를 의심스럽게 생각한 사람들이 그를 찾으러 숲을 뒤질 게 뻔했다. 이것 자체로는 별문제가 안 될 수도 있다. 하지만 제이크가 랭리 우즈에서 사라진 날 릴리를 본 목격자가 있다는 것이 걱정스러웠다.

제이크가 어디에 있는지는 몰라도 그가 차 키를 갖고 있을 터였다. 릴리는 혹시 모를 상황에 대비해 내 차 키 사본을 가지고 있다. 니나도 그럴 가능성이 있었다.

우리는 늦은 저녁 식사를 해보려 했지만 둘 다 입맛이 없었다. 나는 어떻게든 먹으려 노력했지만 릴리는 포크로 음식을 건들기만 했다. 내가 어렸을 때 엄마가 억지로 먹이려던 음식을 그릇 가장자리로 밀어냈던 것처럼 아내도 음식을 한쪽으로 치웠다.

"당신이 니나 가방에 차 키가 있는지 찾아볼 수 있겠어?" 내가 물었다.

릴리가 느릿하게 고개를 들었다. 아내는 테이블 건너편에서 빤한 시선만 보냈다. 집이 어두웠다. 조명도 두어 개만 켰고 그마저도 하얀빛이 아니라 노란빛을 내는 등이었다. "왜?" 아내가 물었다.

"제이크 차를 다른 데로 옮기는 게 나을 것 같아서."

아내는 접시 옆으로 포크를 내려놨다. "무슨 소리야? 차를 옮긴다니, 어디로?"

"정확히는 나도 생각해 보지 않았는데. 어디 주차장이나 다른 거리로 옮기면 경찰이 수색을 시작할 때 우리가 혼선을 줄 수 있잖아. 엉뚱한 곳을 뒤질 테니 우리가 경찰을 따돌릴 수 있어."

릴리는 입 밖으로 소리를 내기 전 말을 골랐다. 무언가를 생각하는 것이 내 눈에도 보였다. "경찰이 그 사람 시체를 찾으면 어떻게 되는 거야? 내가 교도소에 가게 되는 거야?"

입안이 말랐다. 가까스로 침을 삼켰다. "당연히 아니지." 그렇게 말은 했지만 거짓말이었다. 내가 거짓말한다는 것을 아내도 알고 있었다. 나는 거짓말하면 티가 났다. 눈을 못 마주쳤다.

실제로 아내가 교도소에 갈 가능성이 있다고 생각했다. 아는 변호사들이 몇 명 있지만 노골적으로 물었다가는 의심을 살 것이 뻔했다. 릴리가 제이크를 돌로 아주 세게 내려친 탓에 그가 외상성 두뇌 손상을 입고 길을 헤매다 사망했다 해도 정당방위였다. 하지만 정당방위를 입증할 실질적인 증거가 없었다. 자기를 지키느라 맞서 싸울 수밖에 없었다는 아내의 증언 외에는 아무것도 없었다. 또한 그 말이 사실이라 해도 아내가 차로 돌아간 후에 왜 도움을 요청하지 않았는지, 왜 경찰에 신고하지 않았는지 의심하는 사람들도 있을 터였다.

나는 그 이유를 안다. 아내는 자신이 그에게 그렇게 심각한 상처를 입힌 줄 몰랐던 거다. 잠시 그를 막아 도망칠 시간을 벌려고 했던 것이고, 아무에게도 말하지 못한 이유는 친구의 마음을 다치게 하고 싶지 않아서였을 것이다.

다음 날 출근을 하고 난 뒤에야, 제이크가 집에 오지 않았다는 니나의 말을 듣고 나서야 릴리는 걱정이 되기 시작했다. 하지만 그때는 이미 반나절이 지난 뒤였다. 도움을 요청하기에는 너무 늦어버린 때였다.

이 모든 사연이 뒤엉켜 아내가 잘못을 저지른 것처럼 보이는 상황이 되었다.

릴리가 제이크를 돌로 내려치던 당시 어떤 일이 벌어졌을지 생각했다. 수없이 생각했고 머릿속에서 끊임없이 그 장면이 재생되었다. 릴리는 그를 단 한 번만 내려친 게 아니라고 했다. 수차례에 걸쳐 내려쳤다. 아내는 그가 쓰러졌다고 말했다. 그가 기절했을 수도 있다. 하지만 아니라면, 의식이 있었다면 그는 시야가 흐려지거나 귀가 울리는 증상을 경험했으리라. 외상성 두뇌 손상의 증상들은 몇 초 아니면 몇 시간이나 며칠 내로 찾아온다. 의료적 개입이 없을 경우 증상은 악화된다. 그는 정신이 혼미해지고 몸을 제대로 움직일 수 없었을 것이다. 외상성 두뇌 손상으로 인한 혼미함이 심각하게 진행됐을 수도 있다. 혈관이 파열하면 뇌에서 출혈이 발생한다. 두개골과 두뇌 사이에 혈액이 고인다. 지난 24시간 동안 엄청난 시간을 쏟아 두뇌 손상에 대해 조사했기 때문에 잘 알고 있다. 이렇게 피가 고인 것을 혈종이라고 한다. 혈종이 커지며 두뇌에 압력이 가해지고 이로 인해 사망에 이른다. 하지만 이 과정이 서서히 진행되는 경우도 있다.

아주 멀쩡한 사람이라도 그 숲속에서는 길을 잃기 쉬웠을 것이다. 빼곡한 나무 때문에 시야가 제한된다. 랜드마크로 삼을 만한 것도 없고 거리를 착각하기도 쉽다. 자칫 길을 잃기 쉽다. 멀쩡한 나도 며칠 전 그 숲속을 걷다 방향 감각을 잃었었다. 제이크가 잘못된 길로 접어드는 바람에 주 산책로로 돌아간 것이 아니라 숲속 더 깊은 곳으로 들어갔을 수도 있었다. 그가 얼마나 헤매다가 쓰러졌을지는 아무도 모르는 일이었다. 이 지역에서 누군가 완벽히 자취를 감추는 일은 상상하기 어려웠다. 알래스카 야생 지역이 아니라 시카고 교외니까. 하지만 삼림 보호구역은 미식축구장 약 1,800개에 이르는 300만 평 정도의 규모였고 대부분의 지역은 산림이 울창해 내가 몇 년간 찾아 헤매도 제이크를 찾지 못할 수도 있다.

문제는 제이크가 건실한 시민이라는 점이었다. 그는 의사였다. 내가 아는 한 그가 법적인 문제를 일으킨 적은 없었다. 그가 포식자라는 사실을 믿을 사람이 아무도 없었다.

릴리는 신체적 상해를 입었다. 무릎이 까졌고 팔에는 그의 손자국이 남았다. 다만 이것도 좋게 봐야 정황 증거였고 이제는 회복되어가고 있었다. 완전히 낫기까지 시간문제일 뿐이었다.

제이크의 피와 뼛조각이 묻어난 돌에 릴리의 지문 또한 찍혀 있을 것이고 이것이 곧 증거였다. 지금도 차고 손잡이에 걸려있는, 피가 묻은 아내의 옷들이 담긴 봉지도 그 증거였다.

릴리가 살인을 저지른 것은 아니었다. 과실치사였다. 그를 살해하려는 의도는 없었다. 하지만 과실치사 또한 징역형이었고 나는 내 아내이자 아이의 엄마를 교도소에 보낼 생각이 전혀 없었다.

잠깐이라 해도 나는 아내 없이 살 수 없다.

* * *

오래전, 릴리의 명의가 도용당한 적이 있었다. 악몽 같은 일이었다. 누군지는 몰라도 상대는 릴리의 이름으로 신용카드를 발급받고 터무니없이 비싼 물건들을 사들였다. 릴리의 명의를 도용한 사람은 주소를 바꿔 신용카드 내역서가 우리 집이 아닌 다른 곳으로 발송되게 조치해 두었다. 이런 일들이 벌어지는 줄 전혀 몰랐던 우리는 차를 구매하기 위해 대출을 신청하러 갔다가, 릴리의 신용등급이 말도 안 되게 낮은 것을 알게 되었다. 신용등급을 복구하는 데만 몇 년이 걸렸다.

그 일을 계기로 나는 인터넷과 계정에 보안을 설정했다. 해킹당하지 않도록 VPN 소프트웨어를 다운로드해 웹상에서 우리의 활동이 노출되지 않도록 했다. 검색 기록을 모니터링할 수 없다는 뜻이기도 했다. BMW 7시리즈 차 키가 어떻게 생겼는지 구글에 검색해도 추적할 수 없었다. 릴리에게 차 키 사진을 보여주었다. 우리가 아는 일반적인 키가 아니라 디지털 키였다. BMW 로고가 새겨져 있을 거라고 알려준 뒤 릴리에게 로고가 어떤 모양인지 다시 한번 설명했다. 이제 우리가 그 차를 옮길 최선의 방법은 릴리가 디지털 키를 찾아내는지에 달려있다. "당신이 찾아야 할 게 이거야." 내가 말했다. "열쇠 꾸러미를 확인해 봐. 아니면 가방에 달린 주머니나."

릴리는 고개를 끄덕이며 알겠다고 답했지만 아내가 긴장했다는 것을 알 수 있었다. 그 일을 어떻게 해내야 할지 모르는 눈치였다. 아내는 규칙을 어기는 데 익숙하지 않았다. 지나칠 정도로 규칙을 지키는 쪽이었다. 과속하지도 않고, 차를 타면 항상 벨트를 착용했다. 운전 중에는 빨간불에 걸렸을 때도 핸드폰을 보지 않았다. 차선이 줄어드는 상황이면 물리 법칙상 나처럼 차선이 끝나는 지점까지 가서 옆 차선으로 합류하는 편이 낫다고 아무리 말해도 릴리는 차선 변경부터 했다. 다른 운전자들을 언짢게 하고 싶지 않아서였다. 릴리는 사람들의 기분을 거스르는 것을 싫어했다. 음식점에서 사이드 음식 변경이 안 된다고 적혀있으면, 아내는 다른 사이드 음식을 원한다 해도 또는 정해진 사이드 음식이 아무리 마음에 들지 않아도, 종업원에게 문의조차 하지 않았다.

그날 밤, 우리는 어둠 속 침대에 누워 니나의 가방에서 제이크의 차 키를 찾을 방법을 이야기했다. "니나가 가방을 어디에 보관하지?" 내가 물었다. 릴리는 내게 등을 보인 채로 누웠다.

뒤에서 그녀를 안은 나는 아내의 상의 안으로 손을 넣어 우리 아이가 자라고 있는 배를 감쌌다.

밖에는 비가 내리고 있었고, 손톱으로 유리창을 두드리는 것 같은 빗소리를 들으며, 아내가 휘두른 돌과 잔디에 남은 핏자국이 빗물에 씻겨 내려가리라 생각했다.

폭우가 퍼붓기를 무엇보다 바랐다.

"니나가 교실 책상 아래에 두는 걸 봤어." 릴리가 답했다. "니나는 교실을 비울 때면 문을 닫아. 문은 자동으로 잠기고."

"문이 잠겨도 교실에 들어갈 방법이 있을까?"

"응. 우리 교실 열쇠로 다른 교실도 전부 열 수 있어." 아내가 말했다.

"보안에는 별로일 것 같은데." 놀랍기도 했지만 우리에게는 한결 수월해진 터라 안심이 되기도 했다. 교실에 들어가는 게 그렇게 쉬울 거라고는 생각하지 않았다.

"교사들도 불만스럽게 생각해."

"나라도 그럴 것 같아. 그럼 니나가 교실에 없을 때 당신이 들어가면 되겠다. 니나가 점심 먹으러 갈 때도 가방을 갖고 가?" 내가 물었다.

"글쎄." 릴리가 말했다. "나처럼 점심을 챙겨 와서 교실에서 먹을지도 몰라."

"그래도 니나가 교실을 비우는 때가 있겠지?" 그러길 바라며 물었다.

릴리는 그렇다고 답했다. 니나가 가방을 두고 교실을 비울 때는 언제인지 물었다. 아내는 화장실이나 복사실에 갈 때, 아니면 부서 회의나 팀 회의에 갈 때라고 말했다. 차 키를 구할 수 있을지는 릴리가 이 일을 잘 해내느냐에 달려있었고, 몰래 잠입해 물건을 훔치는 일은 릴리의 성격에 전혀 맞지 않는 일이라 걱정이 되었다. "자신감을 갖고 침착하고 빠르게 행동해야 해. 할 수 있겠어?"

"잘 모르겠어, 크리스티안." 아내가 말했다. 들킬까 봐 두려워했다. 누군가의 눈에 띌까 봐 걱정했다. "실패하면 어떡하지?"

"그럼 다른 방법을 찾으면 돼." 아내가 불안과 두려움에 떠는 것은 결코 원치 않았기에 이렇게 말했다. "일단 최선을 다하는 거야. 안 되면 마는 거고."

릴리가 몸을 돌려 나를 마주했다. "크리스티안?"

"응?"

"당신 나한테 어떻게 이렇게 잘해줄 수가 있어? 끔찍한 일을 저지른 나를 왜 도와주는 거야?" 아내가 물었다. 릴리에게 서약했었다. 기쁠 때나 힘들 때나 곁을 지키겠다고. 힘들 때라는 것이 이런 상황을 의미하리라고는 상상하지 못했지만 때때로 예측할 수 없는 일이 벌어지는 것이 삶이고, 내가 아내를 위해 못할 일은 없었다.

어둠 속에서 릴리의 얼굴은 겨우 윤곽만 보였다. 나는 손가락으로 아내의 이마를 따라 뺨을 쓸어내리며 손끝으로 아내를 느꼈다. 아내에게 가까이 다가갔다. 아내도 내 쪽으로 다가왔다. 잠시 우리는 서로의 숨을 나눴다. 아내의 숨결이 느껴졌다. 아내의 두 손이 내 몸을 어루만지며 자신 쪽으로 당겼고 우리는 그렇게 나란히 마주하고 서로의 숨결을 주고받았다.

릴리의 얼굴이 좀 더 가까워졌다. 잠시 망설이던 릴리는 내게 입을 맞췄다. 아득하고 느리고 깊게. 그 입맞춤이 온몸으로 느껴졌다. 그간 릴리에게 손을 대기가 너무도 두려웠다. 내가 얼마나 원했는지 모른다. 하지만 제이크 일과 임신으로 힘들었을 그녀가 원치 않는 일은, 불편하게 느낄 일은 그 어떤 것도 하고 싶지 않아 항상 아내의 눈치를 살폈다.

얼굴을 맞댄 채 조심스럽게 입술을 떼어냈다. "당신을 사랑하니까." 속삭이며 아내의 셔츠 안으로 조심스럽게 손을 넣어 부드럽게 쓸어내리자 내 손길에 아내는 잎사귀를 흔드는 산들바람처럼 나지막이 숨을 토했다. 아내의 몸이 반응해 왔다. 릴리는 등을 대고 바로 누웠다. 두 다리를 뻗었다. 나를 향해 손을 내밀었다. 그녀의 위로 올라간 나는 천천히 그녀의 허벅지 사이로 자리를 잡았다. "당신을 위해서라면 무엇이든 할 거야." 이렇게 말했다. "당신은 끔찍한 짓을 저지른 게 아니야. 해야 할 일을 한 거지."

그래, 해야 할 일을 한 것이다.

다만 다들 그렇게 생각해 줄 것인지는 알 수 없었다.

니나

제이크의 병원으로 차를 몰았다. 그가 실종되기 전 사람들에게서 마지막으로 목격된 장소가 병원이었다. 그의 진료실은 내가 일하는 고등학교에서 약 30분 거리에 있는 4층짜리 병원 건물의 3층이었다. 퇴근 후 곧장 병원으로 향한 나는 5시가 다 되어서 그곳에 도착했다.

먼저 주차장을 돌았다. 몸을 앞으로 기울인 채 천천히 차를 몰며 앞 유리 너머로 제이크의 차를 찾았다. 그의 차가 보이지 않았다. 놀라지는 않았지만 실망감이 찾아왔다. 내심 차가 이곳에 있을지도 모른다는 희망을 품고 있었다.

주차장에 차를 세우고 유리로 된 현대식 건물로 들어간 나는 널찍하게 자리한 개방형 계단을 올라 제이크의 진료실이 있는 3층으로 향했다. 벽에 붙은 알림판을 따라 신경과 진료실이 있는 복도 끝으로 가자 제이크와 다른 의사 두 명의 이름이 걸린 문이 보였다.

내가 들어가자 접수 담당자는 컴퓨터에서 시선을 떼고 슬쩍 나를 올려다봤다. 그녀는 미소를 지으며 예약 내역을 확인하려는 듯 내 이름을 물었다.

"예약한 건 아니고요. 전 니나 헤이스예요. 닥터 헤이스의 아내요. 남편 일로 상의를 좀 하고 싶은데 괜찮을까요?"

여성의 얼굴이 달라졌다. 그녀는 등을 펴고 자세를 바로 했다. "헤이스 부인. 네, 그럼요. 잠시만 기다려주세요." 그녀가 데스크에서 일어났다. 자리를 뜬 그녀는 파티션 너머 내가 볼 수 없는 곳으로 사라졌다. 잠시 후 또 다른 여성 한 명이, 하얀 가운에 굽이 낮은 구두를 신은 의사가 파티션 뒤쪽에서 고개를 내밀었다. "헤이스 부인 되시나요?" 가슴께에 태블릿을 들고 청진기를 목에 두른 의사가 가까이 다가왔다. "맞으시군요." 그녀는 말을 이었다. "제이크 선생 진료실에 있는 사진에서 본 적 있어요." 어깨 아래까지 오는 머리카락이 가운 옷깃에 닿았다. 연한 적갈색의 긴 머리를 보니 당황스러웠다. 한심하게도 지금껏 직장에서의 제이크를 생각하면 중년의 동료들과 — 왜인지 몰라도 내 상상 속 그의 동료들은 전부 남성이었다 — 함께 일하는 모습을 떠올렸지, 이토록 매력적인 여성을 생각한 적은 없었다. 제이크가 동료 이름을 언급할 때도 닥터 윈터, 닥터 커넬 늘 이런 식이었고 그와 함께 일하는 사람들에 대해 좀 더 자세히 묻지 않은 것은 내 잘못이었다.

"니나예요." 내가 손을 내밀자 그녀는 태블릿을 다른 팔로 옮기고는 한 손을 뻗어 내 손을 맞잡았다. "제이크 일로 찾아왔어요."

"앤드레아 커델입니다. 앤디라고 불러주세요." 그녀가 말했고 내 실수가 무엇인지 깨달았다. 제이크가 가끔 이야기했던 '앤디'가 남자일 거라 추측했다. 설마 앤드레아의 애칭인 줄은 몰랐다. "닥터 헤이스는 병원에 없어요, 헤이스 부인. 병원에서 부인께 전화가 갔을 거라고 생각했는데요?" 그녀가 말했다.

"네." 내가 말했다. "전화 왔었어요. 미안해요. 제가 좀 더 명확하게 말했어야 하는데. 제이크가 병원에 없는 것은 저도 알고 있지만, 사실 그 일로 왔어요. 월요일에 남편과 일했던 분이 계시면 그분과 대화를 좀 나눌 수 있을까 해서요. 남편이 어디에 있는지 알아보는 중이에요. 월요일 이후로 그 사람과 대화를 나눈 사람이 없어요. 그를 본 사람도 없고요."

그녀가 고개를 끄덕였다. "네, 그러셨군요." 여자의 말투가 부드러워졌다. "닥터 헤이스의 간호사를 불러올게요. 병원에서도 지난 며칠간 닥터 헤이스에게 계속 연락을 취하고 있었어요." 그녀가 말했고 접수 담당자가 돌아와 자리에 앉았다. "병원 사람들 모두 무척 걱정하고 있었어요."

"그러실 것 같았어요. 마음 써주셔서 고마워요. 저도 그 사람 걱정이 커요."

"정신이 하나도 없으시겠어요." 그녀가 말했다.

"네."

"경찰과는 이야기를 나눠보셨어요?"

"네. 경찰서에 가서 실종 신고했어요."

"닥터 헤이스가 어디에 있든 무사하면 좋겠어요. 닥터 헤이스의 간호사인 트리시아를 데려올 수 있는지 확인해 볼게요. 저는 월요일에 비번이었지만 그날 무슨 일이 있었는지 트리시아를 통해 좀 더 자세히 들으실 수 있을 거예요. 좀 전에 봤을 때는 환자와 있었는데 지금쯤이면 끝났을지도 모르겠네요."

접수 담당자는 내가 대기실에서 환자들과 있지 않도록 제이크의 진료실로 나를 데려갔다. "고마워요." 잠긴 진료실 문을 열어 나를 안으로 안내하는 그녀에게 감사 인사를 했고 그녀가 자리를 떠나자 나는 홀로 제이크의 물건에 둘러싸였다. 남편의 진료실은 삭막했다. 가구라고는— 책상 하나와 책이 가득한 폭이 좁은 책장 하나뿐이었고, 책장에는 다른 사람이 물을 주고 돌봐줬을 게 분명한 화분들이 놓여있었다— 합판으로 제작된 평범한 것들뿐이었다. 내가 아는 제이크라면 싫어할 분위기의 공간이었다. 집에 있는 그의 서재는 전문 디자이너에게 맡겨 최고급으로 꾸몄다. 제이크의 진료실은 처음이었다. 남편과 점심을 먹으러 한 번 건물 앞까지 온 적은 있지만 항상 로비에서 만났었다. 남편의 진료실에 한 번도 오지 않았다는 것이 그리 이상한 일은 아니었다. 다만 제이크와 내가 공유하는 삶이 있고 또 서로 완벽히 분리된 삶이 있다는 사실을 새삼 느끼고 있었다.

시간이 조금 걸렸지만 닥터 커넬이 트리시아를 내게 보내주었다.

"안녕하세요, 트리시아." 연한 파란색 수술복을 입고 제이크의 진료실로 들어오는 트리시아에게 인사를 건넸다. 머리를 하나로 묶은 그녀의 헤어라인을 따라 머리카락이 몇 가닥 흘러나와 있었다. "저는 니나 헤이스라고 해요. 닥터 헤이스의 아내입니다. 제이크 일로 잠깐 이야기를 나누고 싶어서요."

"물론이죠. 어떤 게 궁금하실까요?" 그녀가 말했다.

"닥터 커넬 말로는 월요일에 제이크와 함께 근무하셨다고요."

그녀가 고개를 끄덕였다. "네, 그랬어요."

"그날 어땠는지 들려줄 수 있을까요? 보통 때와 같았나요?"

그녀는 기억을 더듬었다. "네, 대체로요. 닥터 헤이스는 예정대로 월요일 오전 진료를 보셨어요. 그런데 2시였는지, 2시 반이었는지 정확히는 기억이 안 나는데, 그즈음에 선생님께서 잠깐 나갔다 오겠다고 하고는 안 돌아왔어요."

"특이한 경우였나요?" 내가 물었다. "제이크가 낮에 자리를 비우는 경우요."

간호사는 곰곰이 생각하는 눈치였다. "그렇기도 하고 아니기도 해요." 그녀가 말했다. 닥터 커넬은 나가지 않고 벽에 몸을 기댄 채 이야기를 듣고 있었다. 태블릿이 어디론가 사라진 탓에 빈손이었다. 그녀는 팔짱을 끼고는 천천히 고개를 끄덕이며 주의 깊게 이야기를 들었다. "자주 있는 일은 아니었지만 그런 적이 있긴 했거든요. 그날 예약이 한 건 취소되어서 중간에 시간이 비었어요. 다음 환자는 4시 예약이었고, 오전에 너무 바빠서 선생님도 저도 점심을 못 먹은 상황이었어요. 선생님이 외출하시는 데 별로 이상하다는 생각은 안 들었어요. 식사하거나 볼 일이 있다고 생각했죠."

"그런데요?" 뒷이야기를 재촉했다.

"그런데." 그녀가 말했다. "어느새 보니 4시더라고요. 환자
가 도착했는데 닥터 헤이스는 오지 않았어요. 병원 매니저님
이 선생님께 전화했지만 선생님이 전화를 받지 않는다고 들
었어요. 그러다 선생님이 집에도 들어가지 않았다는 이야기를
들었고요."

"네, 안 왔어요."

"제이크답지 않은 일이네요." 닥터 커델이 말했다.

"그렇죠." 제이크는 시간 약속을 중요시하고 성실한 사람이
었다. "병원에서 나갈 때 그 사람 어때 보였나요?" 제이크의 간
호사 트리시아에게 다시 시선을 옮기며 물었다.

"괜찮아 보였어요." 트리시아가 말했다. "대체로요. 오전에
좀 힘든 일이 있었어요. 사망한 환자 가족과 사후 면담이 있었
거든요."

닥터 커델이 말했다. "정말 힘든 자리죠."

"그럴 것 같네요. 제이크가 그 일로 괴로워했나요?" 트리시아
를 보며 물었지만 이번에도 닥터 커델이 입을 열었다.

"어떤 수술이든 위험부담은 있기 때문에 수술 전에 환자들에
게서 수술 동의서를 받거든요. 의사가 아무런 실수 없이 잘 해
내고, 굉장히 간단한 수술이라고 해도 환자가 사망하는 경우도
있어요. 닥터 헤이스가 아무리 노력해도 출혈을 도저히 막을 수
없는 환자도 있고요. 제가 들은 바로는 상심이 큰 유가족이 환

자의 죽음을 제이크 탓으로 모는 것 같았어요. 의사로서 최선을 다하는 만큼 이런 일이 생기면 큰 충격을 받을 수밖에 없죠."

"남편도 상심이 컸겠네요, 그럼." 내 말에 그녀는 고개를 끄덕였다. 사실 제이크는 자신의 감정을 통제하고 자신이 속으로 생각하는 바나 느끼는 바에 휩쓸리지 않는 데 전문가였다.

그곳을 나온 나는 제이크가 근무도 하고 수술도 하는 병원으로 향했다. 병원이 대체로 그렇듯 그 병원 또한 주차장이 다층으로 된 건물이었다. 그런 다층 주차장은 워낙 보안이 형편없기로 유명해 걱정되었다. 병원 출입구에는 카메라가 설치되어 있지만 주차장에는 사각지대가 많고 카메라를 전부 설치하기에는 방해물이 너무 많았다.

다층으로 된 주차장을 빙글빙글 끝없이 올라가며 확인했지만 제이크의 차가 보이지 않았고, 제이크에게 벌어졌을지도 모를 온갖 끔찍한 일이 떠올랐다.

지금 이 순간, 내 최대의 적은 바로 내 상상력이었다.

금요일 오후 퇴근한 후 플로리스트에게 전화를 걸어 꽃다발을 보낸 사람을 알아내기로 했다. 책상 위에 놓인 꽃다발은 오늘 내내 나를 빤히 쳐다보고 있었다. 생각하지 않으려 했지만 꽃은 내 시선이 닿는 곳에 자리하고 있었다. 아무리 노력해도 꽃다발과 누가 그 꽃다발을 보냈는지에 관한 생각을 거둘 수가 없었다. 버리고 싶지는 않았지만―제이크가 보낸 것일 수도 있으니―점심 식사 후에는 내 시선이 닿지 않는 곳으로, 기다란 보관장의 선반 깊숙한 곳으로 꽃을 치웠다.

플로리스트의 이름이 카드에 적혀있었다. 두꺼운 벽돌 벽과 단열재 때문인지 학교에서는 핸드폰 수신 상태가 좋지 않았고 특히나 우리 교실은 전화가 잘 되지 않았다. 자동차 소음과 아이들에게 방해받지 않고 플로리스트와 통화를 하기 위해 학생 주차장이 텅 빌 때까지 기다렸다가 핸드폰을 들고 밖으로 나갔다.

전화를 걸자 한 여성이 받았다. "여보세요?" 상대가 말했다.

"안녕하세요. 좀 여쭤볼 것이 있어서요." 내가 말했다. "어제 오후에 꽃 배달을 받았는데 누가 보낸 건지 카드에 이름이 적혀 있지 않아서요. 꽃을 구매한 사람을 알려주실 수 있나요? 감사 인사를 전하고 싶어서요."

여성은 잠시 침묵했다. "카드에 이름이 적혀있지 않다고 하셨나요?" 그녀가 물었고 나는 그렇다고 답했다.

"메시지는 있었어요." 내가 설명했다. "다만 보낸 사람의 이름이 실수로 누락된 것인지 아니면 익명으로 발송된 것인지는 모르겠네요. 그 꽃을 구매한 사람이 누구인지 말씀해 줄 수 있나요?"

"손님, 죄송합니다만." 여성이 말했다. "그 정보는 제가 드릴 수 없을 것 같습니다."

"네?" 꽃을 보낸 사람의 이름을 알려줄 수 없다니. 이상하다는 생각이 들어 얼굴이 찌푸려졌다. 보낸 사람의 이름은 주문서나 하다못해 신용카드 영수증으로도 확인할 수 있었다.

"카드에 이름이 없다면." 여성이 말을 이었다. "익명으로 보내길 원하셨던 것 같아요. 손님께서 요청하신 정보는 개인정보입니다. 고객의 개인정보에 관해서는 엄격한 정책이 있습니다. 저희로서는 카드에 적힌 내용에 한해서만 공개할 수 있어요."

"하지만 주문서나 신용카드 영수증에 구매한 사람의 이름이 있긴 하잖아요."

"그렇다 해도 그건 개인정보입니다, 손님." 여자가 다시 한번 말했다. "고객의 허락 없이 이름을 알려줄 수는 없어요."

"그래도 이름을 알 수 있는 방법이 분명히 있을 텐데요." 내가 말했다.

"죄송하지만 없습니다."

"그럼 매니저와 통화를 하고 싶어요."

"손님, 제가 매니저예요. 제가 이 가게 사장입니다."

"이건 말도 안 되잖아요. 꽃을 보낸 사람에게 감사 인사를 하고 싶을 뿐이라고요. 제가 무슨 명의를 도용하겠다, 이런 게 아니잖아요. 꽃을 누가 보냈는지 모르는데 감사 인사를 어떻게 할 수 있겠어요?"

"그렇다면." 여성이 말했다. "주변 사람들에게 꽃을 보냈는지 물어보셔야 할 것 같네요. 경찰의 명령이 있지 않고서야 제가 주문자의 성함을 줄 수 있는 방법은 없습니다."

웃음이 터져 나왔다. "지금 농담하는 거죠?" 내가 물었다. "꽃을 보낸 사람을 찾자고 저더러 경찰서에 가라는 말씀인가요?"

"손님, 죄송하지만 농담이 아닙니다. 요청하신 정보는 개인정보에 해당해요."

플로리스트와의 전화를 마무리했다. 학교 건물로 들어간 나는 흥분한 채로 교실로 향하던 중 복도 모퉁이를 돌다 릴리를 맞닥뜨렸다. 닫힌 문 앞에서 급히 몸을 돌리는 릴리의 등이 보였다. "릴리." 그녀의 이름을 불렀다.

릴리가 몸을 돌렸다. "니나." 그녀가 말했다. "아직 있었네요. 퇴근한 줄 알았어요."

"잠깐 밖에서 통화 좀 하고 오느라. 무슨 일 있어?" 그녀에게 물었다.

"네." 그녀가 말했다. "할 말이 있어서요."

"뭔데?" 내가 물었다.

릴리가 할 말을 기억해 내려 애썼지만 무슨 말이었는지 이미 잊어버린 것 같았다.

크리스티안

릴리가 차 키를 찾아내지 못했다. 그녀는 눈에 띄게 불안한 몸짓으로 퇴근한 나를 맞이했다. 릴리가 차고 문을 또 잠근 바람에 열쇠로 문을 열고 집에 들어가자 아내는 맨발로 서성대고 있었다. "차 키가 가방에 없었어." 아내는 급히 걸음을 멈추고 나를 바라보며 말했다. "당신이 말했던 것처럼 열쇠 꾸러미도 보고 가방 안에 달린 주머니도 확인했는데, 차 키가 없었어. 미안해, 크리스티안." 릴리는 붉게 상기된 얼굴로 당장이라도 울음을 터뜨릴 것 같은 표정이었다.

나를 실망시켰다고 생각하는 것 같았다.

"괜찮아, 릴리." 손을 뻗어 아내를 달랬다. "차 키가 거기 없었던 게 당신 잘못은 아니잖아. 다른 방법을 찾으면 돼. 니나가 제이크에 관해서 별말 없었어?" 내가 물었다.

"아직 집에 안 왔다고 그랬어." 아내가 말했다. 제이크가 집에 돌아올 리 없었다. 이 말은 하지 않았다. 그저 생각만 했다. 아내는 여전히 어쩌면 제이크가 집에 올지도 모른다는, 그가 죽은 게 아니라는, 자신이 그를 죽인 게 아니라는 희망을 품고 있는 것일지도 몰랐다. 아내가 그렇게 믿고 싶어 한다는 것은 나도 알고 있었다.

"집에 오는 길에 생각난 게 있어." 릴리가 말했다.

"뭔데?"

"그 집 차고 비밀번호를 알고 있어. 두 사람이 작년 여름에 며칠 집을 비웠을 때 내가 니나네 고양이 돌봐줬던 거 기억나? 비밀번호를 바꾸지 않았다면 내가 그 집에 들어갈 수 있어. 차 키가 집에 있을지도 몰라. 니나가 집에 없을 때 들어갈 수 있어."

굉장한 아이디어였다. 나는 릴리의 얼굴을 감싸고 입을 맞췄다. "당신 천재야, 릴리." 내가 말했다. 다만 릴리가 그 일을 해서는 안 되었다. 릴리는 바람잡이가 되어야 한다. 내가 집 안에서 차 키를 찾을 동안 니나가 집에 오지 않도록 책임지고 잡아두는 역할을 해야 했다. "니나에게 문자를 보내봐." 내가 말했다. "아침 같이 할 생각 있는지 물어보는 거야. 니나 걱정도 많이 되고 그래서 잠깐 바람이라도 쐬면서 제이크 이야기를 함께 나누면 좋을 것 같다고 말이야."

두 가지 목적을 모두 충족할 수 있다. 니나를 집 밖으로 끌어내고 릴리가 좋은 친구처럼 보이게 만들 수도 있다.

릴리가 현재 다니는 고등학교에 교사로 들어갔을 당시 니나는 이미 그곳에서 일하고 있었다. 니나와 제이크는 우리 부부보다 몇 살 더 많았다. 입사 첫해에는 니나가 릴리의 멘토였다. 학교에서는 첫 부임한 교사에게 멘토를 지정해 안내와 지원을 맡겼다. 릴리와 니나가 가까워진 것도 이 덕분이었다. 벌써 몇 년 전 일이었다. 이제 릴리는 경력이 꽤 쌓여 종신 재직권이 보장되었고, 작년에는 그녀가 속한 교육구에서 올해의 교육자상도 받았다.

두 사람이 처음 만났던 해, 니나가 주최한 신입 교사 오리엔테이션에 릴리가 참석하며 그해 여름 마지막 며칠을 함께 보냈다. 저녁 늦게 돌아온 릴리는 내게 니나 이야기를 끝도 없이 늘어놓았다. 정말 친절하고 재밌을 뿐 아니라 대화도 잘 통한다고 말이다. 교사로서 첫해는 릴리에게 쉽지 않은 시간이었다. 아내는 희망찬 포부를 가득 안고 교사 일을 시작했다. 하지만 첫 출근을 마친 뒤 아내는 교사가 되는 법을 배우는 것과 실제 교사가 되는 것은 완전히 다른 일임을 깨달았다.

교사란 직업은 아내가 생각했던 것보다 훨씬 힘들었다. 첫해 아내는 번아웃을 경험했다. 집에 돌아오면 눈물을 쏟았고, 수차례 그만두고 싶다고 말했다. 10대는 원래 한심하고 짜증 나는 녀석들이다. 아내에게 아무리 이렇게 말해줘도 별로 달라지는 것은 없었다. 그런 아이들을 매일같이 상대해야 하는 사람은 내가 아니었다. 아이들은 아내의 말을 듣지 않았다. 특히나 여학생들은 잔인한 구석이 있었다. 자신에 관해 이야기하고 자신의 차림새를 악의적으로 놀려대는 여학생들의 이야기가 아내의 귀에도 들어왔다. 하지만 릴리는 버텨냈다. 아내와 니나는 힘든 일들을 나누고 둘을 공통적으로 괴롭히는 못된 아이들에 관해 이야기하며 위로를 나눴다. 그건 아내에게 큰 도움이 되었다. 니나 덕분에 릴리는 잘 이겨낼 수 있었다. 릴리는 더욱 강해졌고 독해졌다. 아이들에게서 존경심을 끌어냈다. 교사 2년 차에 접어들자 릴리는 프로가 되어있었다.

현재 상황에서는 결국 릴리와 니나의 우정이 끝날 터였다. 그 과정에서 릴리가 얼마나 많은 것들을 잃게 될지 생각하면 마음이 아팠다. 하지만 비밀과 거짓 위에 세워진 관계는 지속할 수 없었다.

* * *

"니나 집에 보안 시스템이 있을까?" 릴리가 집을 나서기 전에 물었다. 나는 진즉에 깨어있었다. 이번 주에 밀린 업무를 처리하려고 일찍 일어났다. 지난 며칠간, 하루는 휴가를 냈고 이후에는 조기 퇴근도 했으며 회사에 있을 때도 정신은 다른 곳에 가있기 일쑤였다. 주방 식탁에 앉아 월요일에 있을 마케팅 회의를 준비하다 릴리가 일어난 후 욕실로 올라가 샤워를 했다.

릴리는 니나와 10시에 만날 예정이었다. 나는 아내가 집을 나선 후에 나갈 생각이었다. 제이크와 니나가 사는 동네로 간 뒤 두 사람 집에서 몇 블록 떨어진 곳에서 기다리다 니나가 음식점에 도착했다는 아내의 문자를 받으면 움직일 생각이었다. 완벽한 계획이었다.

"없어. 아니, 작년에 내가 고양이를 돌봐주러 다닐 때만 해도 없었어."

"현관 카메라는?"

릴리는 고개를 저었다. "글쎄. 나는 차고로만 다녀서 현관은 사용한 적이 없어."

"알겠어."

"당신은 어떻게 할 거야?"

"내 걱정은 마. 내가 알아서 잘 해볼게. 괜찮을 거야."

"제발, 크리스티안. 절대로 걸리면 안 돼." 아내가 말했다. 제이크의 차를 옮기는 일이 마라톤의 결승선처럼 느껴졌다. 거기까지만 도착할 수 있기를 바랐다. 차를 랭리 우즈에서 먼 곳으로 옮기고 나면 제이크가 그곳에 있었다는 사실을 아무도 알 수 없을 터였다. 그날 제이크와 릴리가 마주쳤다는 것도. 사실상 릴리는 그곳에 있었지만 제이크는 없었던 거다.

"안 걸릴게." 아내에게 약속했다. 위험부담이 컸다. 고등학생들이 하는 장난 같은 수준은 아니었으니, 전혀 긴장되지 않는다면 거짓말이겠지만 릴리에게 솔직하게 말하는 것만은 피하고 싶었다. 릴리는 불안한 상태였다. 아내를 너무 걱정시켰다가는 니나와의 식사 자리에서 해선 안 될 말을 실수로 할지도 몰랐다. 이번 주 아내는 어떻게든 니나와 마주치지 않으려고 애를 썼다. 그런 아내가 이제는 니나와 내내 대화를 나눠야 했다. 아내는 니나가 자신의 속셈을 알아차릴까 봐, 말실수는 하지 않더라도 자신의 눈빛과 몸짓에서 드러날까 봐 걱정했다. 어떤 옷을 입어야 할지 고르는 데도 평소보다 오래 걸렸다. 청바지 한 벌이 숨은 메시지를, 무언의 진실을, 자백을 드러낼 거라는 듯 아내는 결정하지도 확신하지도 못했다.

"심호흡하자." 아내와 눈을 맞춘 채 말했다. 우리는 함께 숨을 내쉬었다. 들이쉬고 내뱉고. 마신 숨을 잠시 참도록 했다. 폐에 산소가 가득 들어차게 하는 방법이었다. 총 세 번을 하니 릴리가 차분해지는 것이 보였다. "그냥 당신답게 굴어. 당황하기 시작하면 잠시 자리를 비우고. 화장실에 가서 호흡하는 거야."

릴리가 고개를 끄덕였다. 이번 주 아내는 구역감이나 피로감에 대해 전혀 이야기하지 않았다. 아마도 입덧과 살인을 저질렀을지도 모른다는 사실을 깨닫고 난 후에 찾아오는 느낌을 분간하기 어려웠던 탓이리라. 릴리는 악몽을 꿨다. 아내가 내게 털어놓은 것은 아니다. 하지만 아내는 한밤중에 무언가에서 도망치려고 달리는 사람처럼 가쁜 숨을 내쉬곤 했다. 가끔 울 때도 있었는데 아마도 자신이 저지른 일 때문에 그런 거라고 생각했다. 릴리는 그게 누구든 결코 의도적으로 누군가를 해칠 사람이 아니었다. 나는 속이 쓰린 증상이 생겼다. 복부와 가슴에 가득 들어찬 산이 복부 안 벽을 긁어대며 구멍을 내는 것 같았다. 릴리와 나는 아드레날린에 취해있었지만 그 정도가 약했다.

얼른 이 일이 끝나길 바랄 뿐이었다.

각자 길을 나서기 전, 우리는 오랫동안 포옹했다.

집을 나가기 전 나는 피 묻은 옷가지가 든 봉지를 챙겼다. 아내가 처음으로 사건에 대해 털어놨던 날 밤, 내가 세탁물에서 꺼내 챙겨놓은 옷이었다. 지난 며칠간 봉지는 훤히 보이는 차고 문손잡이에 걸려있었다.

어젯밤에야 릴리는 그 봉지를 봤다. "저게 뭐야?" 아내가 물었다. 나는 아무 말도 하지 않았지만 이제 와 생각해 보니 쓰레기라고 말하고 넘겼으면 될 일이었다. 그렇게만 말해도 아내가 직접 봉지를 열어 확인하려 들지 않았을 테니까.

거짓말 거리를 생각해 내지 못한 내가 대꾸하지 않자 릴리가 다시 한번 물었다. "크리스티안?" 내 침묵이 아내의 호기심을 깨웠다.

"릴리, 하지 마." 차고 문손잡이에 걸린 봉지를 들고 매듭을 푸는 아내에게 말했다. 내가 여전히 내용물을 말하지 않자 아내는 무엇인지 직접 확인하기 위해 안을 들여다봤다. 릴리의 얼굴이 하얗게 질리더니 몸을 움찔했다.

"이게 뭐야?" 처음에는 이렇게 물었지만 봉지 안에서 내용물을 꺼낸 아내는 이내 자신의 옷이라는 것을 알아봤다. "이거 혹시……."

아내의 배에서 목으로 담즙이 치미는 장면이 눈에 보이는 것만 같았다. 꼭 피 때문만은 아니라 그 피의 출처가 떠오른 탓이었다.

아내는 싱크대로 달려가 급히 물을 마셨다. 그러는 동안 나는 아내의 손에서 봉지를 빼앗았고, 다행히도 아내는 순순히 내주었다.

"당신이 볼 필요 없는 물건이었어." 내가 말했다. "미안해. 당신이 보지 않았으면 했어."

나는 봉지 안의 내용물을, 아내가 본 그것을 내려다봤다. 시간이 지나며 핏자국이 진해져 붉은색보다는 갈색에 가까워져 있었다. 그럼에도 릴리의 옷에 흩뿌려진 것이 피라는 것만은 부인할 수 없었다.

* * *

제이크 헤이스와 니나가 사는 부촌은 전부 맞춤형으로 설계된 단독주택들이 가득했고, 하나같이 어디에도 뒤지지 않을 위용을 자랑했다. 적어도 110평에서 140평은 될법한 주택들은 외부는 벽돌과 돌로 지어졌고 작은 탑처럼 생긴 지붕과 성당에서 볼법한 문까지 더해져 마치 성처럼 보였다. 도대체 이 사람들은 뭘 해서 이렇게 부자가 되었을까, 하는 생각이 드는 곳이었다. 질투가 났지만 개발도상국에서 굶주림 같은 일로 죽어가는 사람들이 떠오르기도 했다. 빈부의 격차가 충격적이기도 했고, 헤이스 부부나 이 동네 사람들이 가진 것을 자신들만 누리지 않고 나눈다면 이 세상이 좀 더 나은 곳이 될 거란 생각도 들었다. 다만 헤이스 부부의 집은 대지가 너무 작아 놀랐다. 내가 제이크와 니나만큼 돈이 있었다면 사생활을 누릴 여유 있는 공간과 땅을 확보했을 것이다.

오늘 날씨는 내게 다행이었다. 바람이 불고 흐린 날이었다. 아직 비는 안 오지만 비가 올 조짐이 있어 다들 실내에 머무르는 날씨였다.

제이크와 니나가 거주하는 곳에서 몇 집 떨어진 곳에 차를 댔다. 잠시 기다리다 차에서 내려 인도를 따라 두 사람의 집으로 향했다. 9월 말이었다. 날이 쌀쌀해지고 있었지만 메마른 나뭇잎 몇 개만 색이 달라졌을 뿐, 대체로 아직은 초록빛을 내고 있었다. 몇 주 후면 나머지 잎들도 색이 달라지고 낙엽이 질 터였다.

나는 야구 모자를 썼다. 모자를 깊이 눌러썼다. 이 동네에 있을 자격이 충분한 사람처럼 주머니에 손을 넣고 당당히 걸었다.

헤이스 집 앞 길게 뻗은 진입로에 들어선 후에는 곧장 현관으로 다가갔다. 망설이지 않았다. 현관 카메라가 있을 가능성이 높았고, 실제로 어떤 장치가 설치되어 있는지를 확인해야 했다. 현관 앞에 선 나는 초인종을 누르는 듯한 동작을 취했지만 실제로는 아무것도 건들지 않았다. 잠시 현관 앞 계단에 서서 버튼을 확인했다. 초인종과 카메라 기능이 혼합된 현관 카메라는 링이나 네스트 같은 제조사 제품이든, 그 외 다른 제조사 제품이든 전부 생김새는 같았다. 카메라는 숨겨져 있지 않고 겉으로 보이는 형태가 대부분이었다. 재산을 파손하거나 집에 침입하는 누군가를 현장에서 잡기 위해서가 아니라 그렇게 할 마음이 들지 않도록 경고하려고 설치하는 것이기 때문이었다. 헤이스 부부 집에 현관 카메라가 설치되어 있는지 확인해야 했다. 설사 카메라에 초인종을 누르는 내 모습이 찍혔더라도 릴리가 여기 있는 줄 알았다고 착각했다는 그럴듯한 핑계도 마련해 두었다.

아내에게 볼일이 있어 이곳으로 찾으러 온 것이라고 말이다. 급한 집안일이 있었다고. 아내가 전화를 받지 않았다고 말이다. 세세한 이야기까지야 아직 완성하지 못했지만 필요하다면 상황을 봐가며 지어낼 수 있었다.

하지만 다행히 그럴 필요는 없었다. 헤이스 부부 집에는 일반적인 초인종이 달려있었다. 카메라는 없었다. 그저 초인종 버튼뿐이었다. 긴장이 풀렸다.

나는 현관 앞 통로를 돌아 나와 차고로 향했다. 키패드에 비밀번호를 입력했다. 차고 문이 올라갔고, 나는 가능한 한 빠르게 차고 문 밑으로 기어들어가 내 뒤로 문이 닫히는 모습을 지켜봤다. 문이 땅에 닿는 것을 확인하고는 집으로 연결된 문손잡이를 돌려 안으로 들어갔다.

현대적으로 꾸며진 머드룸*에 들어와 있었다. 나는 숨을 참고 숫자를 세며 경보가 울리길 기다렸다. 릴리가 잘못 알고 있을지도 모르니까. 작년 릴리가 고양이를 봐주던 여름 이후로 제이크와 니나가 집에 보안 장치를 설치했거나 어쩌면 원래부터 있었는데 당시 릴리에게 경보를 설정해 달라는 말을 하지 않았던 것일 수도 있다. 우리 집에는 보안 장치가 설치되어 있다. 나는 보안 시스템이 필요하다고 생각한 적이 없었다. 그건 사치품이자 또 하나의 고정 지출일 뿐이었다. 전에 릴리와 살던 집에서는 보안 장치를 설치하지 않았다. 하지만 이사 온 집에는 보안 시

---

* 우리나라의 현관과 비슷한 개념으로 신발과 외투를 보관하는 공간을 뜻한다.

스템이 설치되어 있었고, 이번 주에야 거의 처음 사용한 것이었다. 한 번은 내가 실수로 보안 경보를 울리게 했는데, 그 소음이 얼마나 시끄러웠는지 아찔할 지경이었다. 그런 실수를 두 번 하지는 않았다. 왜냐하면 보안 회사에 릴리와 내가 안전하다는 사실을, 집에 침입한 사람이 없고 내게 총구를 겨눈 사람이 없다는 사실을 믿게 하느라 온갖 곤욕을 치렀기 때문이다.

하지만 지난 5일간 릴리는 매일 밤 내게 보안 장치를 켜달라고 부탁했다.

제이크가 죽었다는 건 알고 있었지만 시체가 어떻게 사라진 것인지 딱히 설명할 길이 없었고, 그가 정말 사망했다는 구체적인 증거도 없었다.

나는 숫자를 믿는 사람이다. 시장조사분석가인 나는 일생을 질적 연구와 양적 연구에 매진했다. 그게 바로 데이터다. 나는 증거를 좋아한다. 증거가 없을 때 내 상상력은 지나치게 발휘된다. 릴리도 마찬가지다. 내게 말하지 않아도 아내가 두려움을 느낀다는 것을 잘 알고 있었다. 지난밤 사랑을 나누는 동안 달빛에 비친 아내의 얼굴을 잠시 바라본 적이 있었다. 아내는 내 아래에 누워있었다. 그러다 갑자기 아내가 움직임을 멈췄고 나는 아내가 괜찮은지, 아내가 잘못된 것은 아닌지 걱정하며 아내를 바라봤다. 릴리는 두 눈을 뜨고 있었다. 다만 내 어깨 너머 어딘가로 시선이 향해있었다. 아내는 나와 함께 있지 않았다. 아내의 마음은 다른 곳에 있었고, 아내의 두 눈은 열려있는 침실 문에 고정되어 있었다. 아내는 아마도 제이크를, 우리가 방심한 지금 제이크가 찾아오기를 기다리는 것 같았다. 릴리는 PTSD(외상후스트레스장애) 징후를 보이고 있었다. 아내는 삼림 보호 구역에서 제이크와 있었던 그 순간으로 돌아가는 때가 있었다. 여전히 그날 일을 생각하고 있었다. 아내는 가끔 눈을 감으면 제이크의 얼굴이, 그의 두 눈에 담긴 분노가 보인다고 말했다. 자신을 향해 말을 내뱉던 그의 목소리를 들었다. 자기 얼굴에 튀던 침을 느꼈다. 그날의 기억은 아내를 다시 한번 엄청난 충격과 두려움으로 몰아넣었다.

머리로는 아내도 그가 죽었다는 것을 알고 있었다. 다만 아내는 자기 자신을 믿지 못하는 것이었다.

아내가 악몽을 꾸다 울면서 깨는 날도 있었다. 꿈속에서 아내는 빠르게 달리지 못했다. 꿈속에서는 아내를 놓치지 않고 잡는 데 성공한 그가 발목을 낚아채는 바람에 아내는 단단한 땅에 얼굴이 쓸리며 끌려갔다. 돌과 나뭇가지와 나뭇잎들을 얼굴로 느끼며 아내는 그의 손에 이끌려 해가 들지 않는 숲속으로, 밤처럼 어두운 숲속으로 끌려 들어갔다. 그는 손으로 아내의 얼굴을 땅속으로 세게 눌렀다. 숨을 쉬어보려던 아내의 입으로 흙이 들어왔다. 아내는 항상 거칠게 숨을 쉬며 잠에서 깼다.

제이크의 집에 보안 장치가 없다는 확신이 든 후 안으로 발걸음을 옮겼다. 놀라울 정도로 큰 규모로 꾸며진 흰색 톤의 최신식 주방으로 들어왔다. 전에 와본 적이 있었다. 당시 나는 바로 이곳 아일랜드 식탁 근처에 서서 릴리와 대화를 나누고 있었고 니나와 제이크는 웃음을 터뜨리며 과할 정도로 와인을 마셨다. 그들의 집이 낯설지는 않았지만 초대받지 않고 남의 집에 있자니 이상한 기분이었다. 꼭 벽에 눈이 달린 것 같았다. 혼자임에도 혼자가 아닌 것 같은 어떠한 존재감이 느껴졌다. 이 집에는 아무도 없다고 되뇌었다. 누가 있을 수가 없었다. 니나는 릴리와 아침 식사 중이었고 제이크는 죽었으니까 말이다. 두 사람의 차 모두 차고와 진입로에 보이지 않았다. 나는 혼자였다. 다만 왜 혼자가 아닌 듯한 기분을 느끼는지는 알 수가 없었다. 죄책감 때문일지도 몰랐다.

주방 어디선가 고양이 한 마리가 나타나 나를 향해 야옹거렸다. 고양이는 내 발목 근처에 웅크리고 앉았다. 고양이를 만져 보려 손을 뻗었는데 고양이가 쉬익, 하는 소리를 냈다. 나는 갑작스럽게 몸을 물리다 팔꿈치로 물이 담긴 잔을 툭 건드렸다. 아일랜드 식탁 가장자리에 있던 물잔이 바닥으로 떨어졌다. 떨어지는 잔을 낚아챘다. 나도 어떻게 잡아낸 건지 알 수가 없었다. 엄청난 반사 신경이었다. 잔은 깨지지 않았지만 물이 쏟아지며 바닥으로 떨어졌다.

"젠장!" 낮게 내뱉었다. 고양이는 빠르게 자리를 벗어났다. 나는 고양이를 싫어했다. 고양이는 변덕스럽다. 친구처럼 굴다가도 순식간에 나를 물 수도 있다.

싱크대에 걸린 키친타월을 돌돌 풀었다. 키친타월로 물을 닦아냈다. 내가 이곳에 있었다는 증거를 남겨선 안 되었기에 쓰레기통에 버릴 순 없었다. 나갈 때 챙겨갈 수 있도록 재킷 주머니에 키친타월을 욱여넣었다.

핸드폰을 확인했다. 릴리가 음식점을 나설 때 문자를 주기로 했다. 두 사람은 식사를 시작하기는커녕 자리에 앉은 지도 얼마 되지 않았을 것이다. 아직 시간이 많았다. 다만 그것과 별개로 이 집에 오래 있고 싶지가 않았다. 필요한 물건을 찾아 얼른 나가고 싶었다.

아내가 집을 나서기 전 우리는 한 가지 계획을 세웠다. 혹시나 경찰이 문자를 확인할 경우를 대비해 지금 일어나 또는 니나가 출발했어 같이 우리가 뭔가 나쁜 짓을 저지른 것처럼 보이거나 내가 이 집에 있었다는 사실을 암시하는 내용의 문자를 보내면 안 된다고 아내에게 말했다. 나는 현명하게 다섯 보는 앞서 생각하려고 했다. 그래서 릴리와 나는 암호를 정했다. 저녁에 피자 먹을까? 이건 니나가 집으로 오고 있지만 몇 분의 여유는 있다는 뜻이다. 저녁에 태국 음식 먹을까? 이건 적색경보였다. 즉 지금 당장 집에서 나오라는 의미였다.

우리만의 비밀스러운 언어가 생긴 기분이었다.

릴리가 내 차 스페어 키를 갖고 다니지 않을 때 우리라면 집 안 어디에 보관할지 생각해 봤다. 잡동사니를 보관하는 서랍이 떠올랐다. 주방 서랍을 열어보며 잡동사니를 보관하는 곳을 찾았지만 디지털 키는 보이지 않았다. 대신 배터리와 안경 수리 키트, 생일 초와 성냥 여러 개가 보였다. 식사하는 공간이나 거실에 차 키를 둘 리가 없었다. 머드룸 쪽으로 되돌아가 옷걸이에 걸린 재킷 주머니에 손을 넣었지만 장갑뿐이었다. 옷걸이에는 가방도 하나 걸려있었다. 가방에 달린 주머니들의 지퍼를 하나씩 열어 확인했지만 대체로 비었거나 휴지, 동전 같은 것만 나왔다.

침실은 가능성이 있었다. 우리 아버지도 밤에는 지갑과 열쇠들을 침실 서랍장 위에 보관하곤 했었다. 제이크도 그럴지 모른다. 계단으로 향하던 중 제이크의 서재가 있다는 사실이 떠올랐다. 그의 서재는 집 앞쪽에 자리하고 있었다. 현관을 지나 이 집에 들어오면 가장 먼저 마주하는 방 중 하나였다. 우리 부부가 여기서 처음 식사를 한 날, 제이크는 내게 서재를 보여주었다. 제이크와 니나가 이 집으로 이사 온 지 얼마 안 됐을 때였고 두 사람의 안내로 우리는 거대한 침실과 지하실에 마련된 바, 운동하는 공간까지 집 곳곳을 구경했다. 그중에서도 제이크는 자신의 서재를 가장 뿌듯하게 여겼다. 그의 서재는 남성적이었고 호화스러웠으며 무엇보다 전부 그의 물건으로만 채워져 있었다. 남성들이 자신만의 공간으로 꾸미는 은밀한 방과 비슷했다. 일류 대학 졸업증서 여러 개와 최고급 리큐어가 가득한 카트가 눈에 띄었다.

집을 둘러보던 당시 니나와 릴리는 서재 구경은 건너뛰었다. 두 사람은 와인과 전채 요리를 좀 더 즐기려 주방으로 들어갔다가 이후 골프 코스가 내려다보이는 테라스로 자리를 옮겨 술을 마셨다. 제이크와 나는 서재에 한동안 머물렀다. 굉장히 큰 크기의 중역용 책상에 앉은 제이크를 마주한 채 작은 가죽 의자에 앉아있던 나는 의자 크기만큼 작아진 기분이었다. 우리는 그곳에 앉아 한 병에 300달러 정도 되는 진을 마셨다. "괜찮죠?" 자신의 온더락 잔 너머로 만족스러운 표정을 지으며 제이크가 물었다. 내게는 별 감흥이 없었다. 하지만 말로 뱉지는 않았다. 나는 그런 사람은 아니니까. 대신 좋다고, 내가 마셔본 진 중 가장 훌륭하다고 답했다.

주방에서 나와 현관을 거쳐 서재로 향했다. 반투명의 유리문은 닫혀있었지만 잠겨있진 않았다. 서재로 들어간 후 문은 열어 놓았다.

먼저 조심스럽게 서재 안을 돌아다녔다. 손끝으로 그의 물건들을 느꼈다. 제이크 헤이스라는 사람을 알고 싶었다. 오만하지만 재밌고 함께 있기 유쾌한, 마치 부유하고 허세 있는 남자 대학생 느낌의 제이크 헤이스가 아니라, 이번 주 릴리가 마주했던 그 남자가 궁금했다. 우리가 모르는 바로 그 남자가.

제이크는 속내를 파악하기 어려운 남자였다. 릴리와 나 둘 다 그렇게 느꼈다. 의사라고 보기에 그는 연민이나 공감이 없는 사람이었다. 약간의 술이 오가면 그는 수술대 위에서 있었던 일에 대해 함부로 말하는 경향이 있었다. 어쩌면 병원 일에서 오는 스트레스에 대처하는 그만의 방식일지도, 아니면 그가 그저 냉담한 사람일지도 몰랐다. 호기심이 가장 큰 이유였지만 누구나 볼 수 있도록 공개되어 있어 온라인에서 그의 진료 후기를 읽은 적이 있다. 환자들은 진료가 너무 급하게 마무리된다고 또는 환자의 이야기를 잘 들어주지 않는 것 같다는 식의 불만을 적었지만 상당히 유능한 의사라고, 그의 결정을 신뢰할 수 있다는 이야기도 있었다. 어디선가 지능 지수가 높은 사람들은 낮은 사람들에 비해 정서 지능이 낮다는 글을 본 적이 있다. 그 전형적인 사례가 제이크였다. 똑똑하지만 감정이 없는 사람. 그 일이 있고 나서 생각해 보니 그가 위험한 인물이라는 신호들이 전보다 명확하게 보였다. 전과 달리 쉽게 넘어갈 수 없는 모습들 말이다. 릴리가 니나에게 들은 이야기들을 생각해 보면 그를 똑똑하지만 감정이 없다고 평가하는 것이 그리 부당한 것 같지 않았다. 사실 대단히 정확한 쪽에 가까웠다. 결혼 생활에서마저도 그는 차가울 것 같았다.

하지만 지금, 그의 서재를 둘러보며 나는 내가 몰랐던 그의 모습을, 내 아내에게 집적거려도 괜찮다고 생각하는 그를, 사람을 잘 믿는 아내의 천성을 본인에게 유리하게 이용한 그를, 강제로 내 아내를 흙바닥에 무릎 꿇리고는 내가 상상조차 하고 싶지 않은 일들을 하려 했던 그를 알고 싶었다. 제이크는 단순히 거만하고 차가운 사람이 아니었다. 이제는 그에게 폭력적이고 잔인한 면이 있다는 것을 아는 나는 돌로 그의 머리를 후려친 사람이 나였다면 하고 바라며 밤을 지새웠다. 다만 50킬로그램이 채 안 되는 작고 아담한 릴리는 나보다 힘이 약하니 오히려 다행이었을지도. 서서히 더디게 죽어갔을 테니까. 그가 그런 죽음을 맞이했다고 믿고 싶었다. 괴롭게 죽었길. 고통에 몸부림쳤길.

책상 서랍들을 열고 그 안으로 손을 넣어 차 키를 찾아 이곳저곳을, 노트와 종이 뭉치들 아래를 더듬거리던 나는 딱히 조용히 움직이려 애쓰지는 않았다. 물건을 꺼내고 그 아래와 뒤쪽을 살폈다. 그곳에서 제이크의 추악한 비밀을 드러낼 무언가를 찾게 될지도 모르겠다고 생각했지만, 서류 파일들 같은 별 의미 없는 것들뿐이었다. 그의 중역 의자에 앉아 빙글 한 바퀴 돌며 눈으로 주변을 살핀 나는 서류 캐비닛과 금고 중 차 키가 어디 있을까 고민했다. 디지털 키가 금고에 보관할 만한 물건인가? 분실을 걱정한다면 그럴지도 몰랐다.

나는 자리에서 일어나 서류 선반으로 향했다. 바로 그때였다. 주머니에 든 핸드폰의 진동이 허벅지에서 느껴졌다. 핸드폰을 꺼내 확인했다. 릴리였다. 저녁에 태국 음식 먹을까?

내 머리 위, 위층에서 발소리 같은 소음이 전해졌다. 그 소리는 내 머리 위에서 들리다가 우뚝 멈췄다. 나는 숨을 참았다. 10초도 채 지나지 않아 배수관으로 물이 쏟아져 내려가는 소리가 들렸다. 서재 천장에서 벽을 타고 지하실로 내려가는 물의 움직임을 따라 내 눈이 그 뒤를 쫓았다.

위층에 있는 누군가가 변기 물을 내렸다.

내 직감이 맞았다.

이 집에 나 혼자만 있는 것이 아니었다.

누군가 나와 함께 이곳에 있다.

니나

릴리와 만난 곳은 내가 좋아하는 음식점 중 하나였다. 시골의 농가 분위기와 현대적인 느낌이 공존하는 곳이었다. 흑백색의 목재로 꾸며진 실내에 벽은 흰색 판자를 이어 붙였고, 바닥에는 넓은 나무 마룻장이 깔려있으며, 천장에는 검은색 파이프가 노출된 구조였다. 칸막이로 나뉜 공간과 의자는 전부 기하학적 무늬가 새겨진 검은색과 흰색 천이 입혀져 있었다. 시각적으로도 만족스러웠고 음식은 환상적인 곳이었다. 자리가 나길 기다리는 사람들이 줄을 이뤘지만 릴리의 현명함이 빛을 발휘했다. 그녀는 한발 앞서 생각했다. 릴리가 예약을 해둔 덕분에 줄을 서지 않아도 되었고 우리를 보며 억울함을 느낄 사람들에게는 안된 일이지만 우리는 곧장 음식점으로 들어가 자리를 잡았다.

"이런 자리 만들어줘서 고마워." 작은 테이블에 마주하고 앉은 릴리에게 말했다. "얼마나 고마운지 몰라."

"아니에요. 무슨 말을. 니나랑 이야기를 나누고 싶었어요. 니나가 잘 버티고 있는지, 괜찮은지 말이에요. 학교에서는 아무래도 아무런 방해 없이 여유롭게 대화를 나누기가 어려우니까."

나는 바닥에 가방을 내려놓으며 말했다. "예상했겠지만 제이크는 아직 집에 안 들어왔어."

테이블 위로 손을 뻗어 내 손을 잡은 그녀는 안타까운 한숨을 내쉬었다. "정말 유감이에요, 니나. 제이크에게서 연락도 없었고요?" 릴리가 물었다.

"전혀. 며칠 전에 제이크의 동료들과 대화도 나누고 그 사람 차를 찾으러 병원이랑 진료실에도 갔었어. 제이크가 어디에 있는 건지 모르겠어, 릴리. 완전히 증발된 것만 같아." 내가 말했다.

"제이크 진료실이랑 병원에 갈 거라고 저한테 말하지 그랬어요." 릴리가 말했다. "같이 갔을 텐데. 적어도 니나의 곁이라도 지킬 수 있고, 제이크 찾는 것도 도와줄 수 있고요."

"정말 고마운 말이야."

"지금 니나가 얼마나 힘들지 상상조차 안 돼요." 릴리가 안타까운 미소를 보였다. 릴리는 타인의 말에 귀를 기울이는 사람이었다. 늘 그랬다. 릴리가 대화하기 편한 상대인 이유 중 하나도 이 때문일 것이다. 내 생각에 릴리의 장점이라면, 그런 척이 아니라 진심으로 귀를 기울일 줄 안다는 거였다. 상대의 이야기를 듣다가 무슨 이야기라도 해야 할 것 같은 부담감에 조언하는 사람들과는 달리 릴리는 충고하지 않았다. 사람들은 문제를 해결해 주고 싶어 한다. 상황을 더 나은 쪽으로 개선해 주고 싶어 하는데 이는 친절함과 선의에서 비롯된 행동이겠지만 세상 모든 문제를 해결할 수 있는 것은 아니다. 그저 감정을 좀 털어놓을 자리가 필요할 때도 있다.

"힘들지. 넌 모를 거야. 잠도 못 자겠고 아무 생각도 못 하겠어. 온종일 제이크 생각만 해. 그 사람이 어디 있는지, 괜찮은 건지, 죽거나 다친 건 아닌지, 아니면 일부러 날 피하고 있는 건지. 사실 어느 쪽이 나은지도 모르겠어." 나는 인정했다. "그 사람이 다친 게 나을까, 아니면 날 피하는 쪽이 나을까. 그가 다친 상황이라면 적어도 내가 미워서 집에 안 들어오는 건 아닐 테니까."

"제이크가 니나를 미워할 리가 없어요." 릴리가 말했다.

종업원이 다가와 주문을 받아도 되겠는지 물었다. 릴리는 토스트와 스크램블드에그를, 나는 오믈렛을 주문했다. 커피도 시켰다. 릴리는 디카페인 커피를 부탁했다.

종업원이 떠나자 릴리가 말했다. "경찰에게 따로 소식이 온 건 없고요?"

"어젯밤에 경찰서에 갔었어. 내가 실종 신고 할 당시 경찰들이 집을 나간 사람들은 대부분 사흘 내로 돌아온다고 했었거든. 이제 닷새 되었잖아."

"단서는요?" 릴리가 물었다.

"아직 없어."

"핸드폰은 추적해 봤어요?"

어젯밤, 경찰에게 나도 같은 질문을 했었다. 핸드폰 추적은 가능했다. 하지만 경찰은 배터리가 방전되었을 경우라면 핸드폰을 찾기가 어려워질 수 있다고 설명했다. 제이크의 핸드폰이 용케 방전되지 않았다면—방전되었을 게 분명했지만—통신사에서 핸드폰에 신호를 보낸 뒤 핸드폰이 위치를 응답해 오는 방법으로 확인할 수 있지만 정확한 결과를 얻지는 못할 거라고 했다. 광범위하게 대략적인 지역을 파악할 수는 있지만 정확한 위치는 추적할 수 없었다.

하지만 이런 이야기들은 별 의미가 없었다. 제이크는 미성년자도 고위험군도 아니고, 나와 통신사도 다르니까. 영장이 없다면 통신사는 위치 추적을 하지 않을 터였고, 이제야 경찰이 수색영장을 발부한 상황이었다. 사람이 사라지는 일 자체는 범죄가 아니었기에 경찰은 영장 발부를 꺼렸지만 제이크가 은행 계좌에도 접근하지 않고 출근도 하지 않았으며, 누구와도 연락하지 않은 지 꽤 오랜 시일이 지나자 경찰이 그의 실종에 좀 더 심각하게 임하기 시작했다.

릴리에게 말했다. "이제 경찰이 수사에 착수했어. 그런데 내가 제이크한테 전화를 걸 때마다 매번 음성 사서함으로 넘어가는 거 보면 방전된 것 같아. 경찰이 핸드폰 위치 추적으로 제이크를 찾을 수 없을 것 같아."

"정말 유감이에요." 릴리의 말과 동시에 종업원이 크림이 담긴 작은 그릇, 설탕 통과 함께 커피를 테이블에 내려놨다. 나는 커피에 크림을 전부 따르고 설탕을 넣었다.

"알아, 릴리. 다만 나는 제이크에게 무슨 일이 생긴 건지 아니면 제이크가 발견되길 원치 않는 건지 알고 싶어. 최근에 그 사

람 평소와 좀 달랐거든. 병원 일로 스트레스도 받았고 나와도
사이가 좀 멀어졌어. 제이크가 사라지기 전까지 우린 한동안 다
퉜거든."

"제이크와 사이가 왜 멀어졌는데요?" 릴리가 물었다.

"우리 엄마 때문인 것 같아. 내가 엄마와 함께 있는 시간이 너
무 늘어나고 제이크와 보내는 시간은 줄어들었거든. 제이크가
탐탁지 않아 했어."

"하지만 어머님께는 니나가 필요한 상황이잖아요." 릴리가
말했고 나는 릴리라도 내 상황을 알아줘서 고마운 마음이었다.

"알아. 내가 어찌할 수 없는 일이라는 걸 제이크한테 이해시
키려고 노력했어. 동시에 두 사람 곁에 있을 수가 없으니까 그
사이에서 얼마나 괴로웠는지 몰라."

"제이크 일을 다른 사람들한테도 알렸어요? 가족이나 친구
들한테요."

"제이크 부모님이랑 형제, 친구 몇 명한테 말은 했어. 하지만
릴리, 나는 정말 달리 뭘 더 해야 할지 모르겠어. 무력한 기분이
야. 제이크가 어딘가에는 있을 거 아니야. 그가 어디에 있는지
누구든 아는 사람이 있어야 하잖아."

"가족들은 뭐라고 해요?" 릴리가 물었다.

"제이크가 어디 있는지 모른다고 하더라. 연락 없었다고."

"그 말이 사실일까요?"

"솔직히 말해서 나도 모르겠어. 제이크 부모님이 그 사람을
위해서 거짓말을 할 수는 있을 것 같은데. 제이크가 부모님과

함께 지내는 것일 수도 있고 말이야. 두 분은 아니라고 하는데 나는 이제 무슨 생각을 해야 하며 누구를 믿을 수 있을지도 모르겠어."

릴리는 진심 어린 미소를 지어 보이며 이렇게 말했다. "저는 믿어도 돼요."

고마웠다. 릴리를 믿어도 된다는 것은 나도 알고 있었다. "정말 좋은 친구야, 릴리. 릴리 같은 친구가 있어서 얼마나 감사한지 몰라."

몇 분 후, 종업원이 주문한 음식을 갖고 왔다.

"더 필요하신 건 없으세요?" 종업원이 물었다.

"없어요. 고마워요." 내가 답하자 그녀는 자리를 떴다. 나는 포크를 잡긴 했지만 음식을 먹을 수 있을지 자신이 없었다. 먹을 수 있을 것 같아 많이 시켰는데 막상 넘어가지 않을 것 같았고, 요즘에는 식욕도 없을뿐더러 있다 해도 그리 많지 않았다. "지금은 엄마랑 같이 지내고 있어." 단지 제이크 말고 다른 이야기를 해야겠다는 생각에 별 뜻 없이 릴리에게 말했다. 요즘 내 머릿속도, 대화 주제도, 꿈도 전부 제이크가 독차지하고 있었다. 숨 쉬듯 제이크를 떠올렸다.

접시를 향해 숙여져 있던 릴리의 고개가 들렸다. "아." 누가 봐도 놀란 얼굴로 말했다. "그런 말씀은 없으셨잖아요."

"뭐, 계속 같이 지낼 건 아니라서. 집에 혼자 있는 걸 견딜 수 없었어. 같이 있어줄 사람이 필요하기도 했고 엄마도 혼자 지내기 힘든 상황이잖아. 제이크가 돌아올 때까지만 그러려고." 그가 돌아올 거라는 희망을 잃지 않으려 노력했다. 다만 제이크가 출근하지 않았다는 것이 무엇보다 걸렸다. 그가 내 전화를 받지 않거나 은행에서 돈을 출금하지 않은 것보다 병원에 출근하지 않은 것이 내게는 더욱 위중하게 다가왔다. 제이크는 대학과 의대, 레지던트까지 외과 의사가 되기 위해 20년 넘게 수련해 온 사람이었다. 그는 은퇴를 앞둔 신경외과 의사 아버지의 뒤를 이어 외과 의사가 되겠다는 자신의 꿈을 이루었다. 그렇게 이룬 직업을 잃을지도 모를 위험은 감수하지 않을 터였다. 그가 출근할 수 없는 어떤 물리적인 이유가 있는 것이 분명하다.

"어머님이랑 같이 지낸 지는 얼마나 됐어요?" 릴리가 물었다.

어제 엄마에게 우리 집에 와 함께 지내자고 했다. 어젯밤이 되어서야 제이크에게 무슨 일이 벌어졌는지 엄마에게 알렸다. 엄마가 제이크를 그다지 좋게 생각하는 편이 아니라 가급적 알리지 않으려 했었다. 엄마가 아프기 전 제이크는 내게 엄마인지 본인인지 선택하라는 최후통첩을 전하기까지 했다. 최후통첩에도 내가 계속해서 많은 시간을 엄마와 보낸다면 자신은 떠나겠다고 말했다. 그가 질투하고 있었던 것도 맞지만, 엄마를 그리 좋아하지 않았던 이유도 있었을 것이다.

엄마는 한 번씩 지나치게 솔직하게 구는 사람이었고, 제이크는 엄마가 내게 자꾸 쓸데없는 생각을 주입한다며 탐탁지 않아 했다. 우리 둘 다 집에 있는 날이면 그는 나를 독차지하고 싶어 했고, 때문에 주말에는 내가 엄마를 보러 갈 수 없었다. 그건 괜찮았다. 엄마와 내가 방법을 찾았으니까. 나는 엄마에게 제이크가 원하는 바를—주말은 온전히 우리 둘이 함께 시간을 보낸다는 조건을—전했고 나는 주중 시간을 내어 퇴근 후 저녁에 엄마를 보기로 했다. 다만, 제이크가 집에 없는 시간에 말이다. 그런데도 평일 저녁 시간은 그리 길지 않았고, 퇴근 후에 너무 피곤한 나머지 엄마 집에 가지 못한 날도 있었다. 그러다 엄마의 시력이 급격히 나빠지자 제이크와 내가 어찌할 수 없는 상황이 펼쳐졌다. 엄마에게 내가 필요할 때면 나는 가야만 했다. 엄마와 함께 있어야만 했다.

제이크가 처음 집에 들어오지 않았던 월요일만 해도 엄마에게 그를 싫어할 또 하나의 이유를 밝히고 싶지 않은 마음이었다. 이 모든 것이 2, 3일이면 다 정리될 거고 제이크가 집을 나간 일을 엄마가 굳이 알 필요 없다고 생각했다.

내가 여섯 살 때 아빠가 우리 곁을 떠났다. 아빠와 엄마의 결혼 생활은 좋게 표현하자면 요란했다. 나는 매일 밤 두 분이 싸우는 소리를 들으며 잠들었다. 몸싸움까지는 아니었지만 아픈 말들이 오갔다. 서로 소리를 지르고 욕설을 주고받았다. 그러던 어느 날, 한밤중에 아빠가 집을 나갔다. 다른 여자에게 푹 빠져 있던 아빠는 그 사람과 함께 살고 싶어 했다. 어렸을 때 내 방은 집 현관을 마주하고 있었다. 그날 밤 아빠가 집을 나서는 소리에 잠이 깬 나는 창가로 살금살금 다가가 아빠가 떠나는 모습을 지켜봤다. 한동안은 내 생일이나 크리스마스 날이면 아빠의 카드가 도착했지만 결국에는 카드도 자취를 감추었다. 아빠와 대화를 나누지 않은 지 20년이 되었다. 이후로 엄마는 진지하게 누군가를 만나지도 않았고 재혼도 하지 않았다. 엄마는 대체로 남자라면 신뢰하지 않았고, 따라서 당연하게도 제이크도 믿지 않았다. 제이크의 잘못이 아니었다. 제이크가 무언가를 잘못해서 그런 게 아니었다.

며칠 전 경찰서에 실종 신고를 하고 나자 엄마에게 사실대로 말할 때가 되었다는 생각이 들었다. 엄마가 내게서 듣기 전에 다른 사람의 입에서 제이크 소식을 듣는 일은 원치 않았다.

그뿐만 아니라 혼자서는 그 집에서 하룻밤도 더 보내고 싶지 않았다.

"이제 하룻밤 같이 지냈어." 릴리에게 말했다. "어제 엄마를 모셔왔거든. 제이크가 집에 올 때까지 엄마가 같이 있어줄 거야."

릴리가 물잔을 들었다. "오늘 같이 모시고 나오지 그랬어요." 그렇게 말하고는 물을 한 모금 넘겼다.

"괜찮아." 내가 말했다. "너랑 단둘이서만 시간을 보내고 싶어서. 아무런 방해 없이 둘이서 제대로 대화할 기회가 통 없었잖아."

"그럼 어머님이 지금 집에 계시겠네요?" 릴리가 물었다.

"응."

릴리는 물을 한 모금 더 마시고는 잔을 내려놓았다. "저 잠깐 실례 좀 할게요." 자리에서 일어나는 릴리의 얼굴이 창백했다.

"응, 그럼. 그런데 릴리, 괜찮아?" 며칠 전 아팠던 릴리가 여전히 안 좋은지 걱정되었다.

"화장실 좀 다녀올게요." 릴리가 답했다. 릴리는 종업원을 불러 화장실 위치를 물어봤다. 종업원은 오른쪽을 가리켰다. "금방 다녀올게요." 릴리가 내게 말했다. "미안해요." 릴리가 내게 미안할 일은 전혀 없었다. 나는 그저 릴리가 걱정될 따름이었다.

핸드백을 챙긴 릴리가 테이블 사이사이를 지나 화장실로 들어가는 모습을 지켜봤다. 릴리가 돌아올 때까지 기다려야겠다고 생각했다. 먼저 식사할 생각은 없었다. 화장실 문을 지켜보다가 한 번씩 시선을 떼어 복작대는 음식점을 가득 채운 수많은 사람을, 친구들과 함께 온 이들을, 남편과 아내와 아이가 함께한 가족들을 둘러봤다. 다들 하나같이 행복해 보였다. 나만 빼고 모두가.

마침내 릴리가 돌아왔다. 시간이 꽤 지났는데도 오지를 않는 바람에 릴리가 괜찮은지 가서 확인해 볼까 하는 생각이 들기 시작하던 차였다.

"우리 무슨 이야기 하고 있었죠?" 맞은편 자리에 앉은 릴리가 내 눈을 피하며 물었다. 물잔을 향해 또 한 번 손을 뻗었다.

"우리 엄마 얘기." 내가 답했다.

"아, 맞다." 릴리는 이렇게 말했지만, 우리 엄마에 관해 무슨 이야기 중이었는지를 기억해 내려 애쓰는 것이 보였다.

"엄마가 나랑 같이 지내게 되었다는 이야기 중이었어." 나는 포크를 집어 오믈렛을 한 입 먹었다. 릴리는 음식에 손도 대지 않았다. "릴리, 괜찮아?" 내가 물었다.

"그럼요. 왜요?" 이렇게 말하면서도 릴리의 얼굴은 하얗게 질려있었고 그녀가 괜찮지 않다는 게 내 눈에도 보였다.

"괜찮은 것 같지 않아."

"괜찮아요. 정말요." 릴리는 또 한 번 물을 마셨다.

"음식에 손도 안 대고."

"배가 안 고파서 그래요. 미안해요. 사실 크리스티안이 아침을 차려줬거든요. 오늘 니나를 만나기로 한 걸 크리스티안이 깜빡하고."

"화장실에 오래 있었는데 정말 괜찮은 거 맞아?"

"네." 릴리가 말했다. "정말로요."

릴리의 말을 믿어도 될지 확신이 안 섰다. 무언가 내게 숨기는 게 있는 것 같았다. 나는 걱정되는 마음에 릴리를 지켜봤고, 릴리는 괜찮다는 것을 보여주겠다는 듯이 스크램블드에그를 억지로 입에 넣었다. 릴리의 노력은 별 효과가 없었다. 스크램블드에그를 상당히 오랫동안 우물거리다 겨우 삼켰다. 그런 후에도 릴리는 음식물을 넘겨보려 또 한 번 물을 마셨다.

릴리는 포크로 좀 전보다 크게 달걀을 퍼 올렸지만 포기하고 말았다. 어깨를 순간 툭 떨군 릴리는 포크를 내려놓고 고백했다. "저 임신했어요, 니나." 그제야 이번 주 릴리의 행동들이 전부 이해가 되었다. 며칠 전 방과 후에 빠르게 퇴근했던 것도 아마도 병원 진료 때문이었을 터였다. 자꾸 깜빡하고 어딘가 정신이 다른 데 팔린 듯해 보였던 것도. 안색이 창백했던 것도. 화장실에서 시간이 오래 걸렸던 것도 아마 입덧 때문이리라. 아침 식사를 먼저 제안해 놓고도 음식은 먹지 않고 자꾸 접시 바깥으로 밀어내기만 했던 것도. 릴리는 내내 입덧에 시달리고 있었고, 사실을 알고 나서 릴리의 얼굴을 보니 속이 안 좋은 표정이었다는 것이 보였다. 왼손을 배에 대고 릴리는 메스꺼움을 눌러보려 계속 물을 마셨던 것이다.

"축하해." 이렇게 말은 했지만 호들갑스럽게 굴지는 않았다. 릴리와 크리스티안이 임신 문제에서 불운했던 일이 몇 차례 있었기 때문이다. 사실 두 사람의 경우 임신이 어려웠던 게 아니라 아이를 건강하게 유지하는 것이 어려웠다. 내가 뭐라 말할 입장은 아니지만, 릴리와 크리스티안이 왜 계속 임신을 시도하는지, 왜 자꾸 그 고통을 경험하려 하는지 이해할 수가 없었다.

"왜 말 안 했어?" 부드러운 목소리로 물었다.

"알잖아요." 릴리가 말했고 그 이유는 나도 알고 있었다. 유산될 확률이 높았으니까. "게다가 지금 어머님이며 제이크며 니나도 정신이 하나도 없을 텐데. 저까지 부담 주고 싶지 않았어요."

나는 테이블 너머로 손을 뻗어 릴리의 손을 잡았다. 물잔을 쥐었던 탓인지 릴리의 손이 차갑고 축축했다. 그간 나는 너무 형편없는 친구였다. 내가 힘든 일을 겪고 있는 것도 맞지만 릴리 또한 힘든 시기를 보내고 있었다니.

"릴리가 내게 부담 되는 일은 절대 없어. 나한테는 어떤 이야기든 해도 돼. 지금 몇 주차 됐어?"

"9주요."

나는 숨을 깊이 들이마셨다. 릴리가 임신 중기를 맞이했던 적이 한 번도 없었다. 릴리에게도, 크리스티안과 아기에게도 상당히 불안정한 시기였다. 삶은 소중하지만 너무도 연약하다.

"의사는 뭐라고 해?"

"다 괜찮아 보인다고요. 아직은요. 하지만 매번 그랬으니까요."

제이크와의 관계도 그랬다. 모든 것이 괜찮다가 한순간에 달라졌다.

전혀 예상치 못한 순간 우리의 삶은 순식간에 송두리째 흔들리고는 했다.

크리스티안

꼼짝도 하지 않았다. 숨죽이며 기다렸다. 숨을 참았다.

내 위에서 아무런 소리가 들리지 않았다. 지하실의 정화조를 향해 흐르는 물소리가 멈췄다. 배수관은 이제 정적에 휩싸였다. 발소리나 세면대 물소리가 날 거라 예상했다. 마음의 준비를 하고 기다렸지만 아무런 소리도 이어지지 않고 정적만이 가득했다. 나는 좀 전에 들은 소리가 무엇이었는지 되짚어보기 시작했다. 어쩌면 변기 물소리가 아니었을지도. 배수관의 공기가 순환하는 소리라든가, 뭔가 다른 것이었을지도. 어쩌면 사람이 낸 소리가 아닐지도.

저녁에 태국 음식 먹을까? 라는 릴리의 문자가 아니었다면 그렇게 넘겼을 터였다.

이 집에 누군가 있다.

나는 열려있던 서랍을 천천히 닫았다. 큰 소리를 내지 않고 닫으려고 온몸의 신경을 집중했다. 의자에서 일어나 책상 아래로 밀어 넣었다. 서류 서랍장까지 갈 수도, 금고 안을 살펴볼 기회도 없을 것 같았다.

나갈 방법을 고민했다. 현관으로 나갈 수도 있었다. 하지만 서재에서 가까워 눈에 띌 것이고, 현관으로 나가면 문을 잠글 방법이 없었다. 서재에서 계단까지 열 걸음이 채 되지 않았다. 열린 서재 문틈 사이로 연철 소재의 계단 난간 기둥들이 보였다. 서재에 창이 하나 있지만 창을 통해 나가려면 방충망을 떼어내야 했다. 외부에서 방충망을 다시 끼워놓을 수 없어 창문으로 나간다면 내가 이곳에 있었다는 증거를 남길 수밖에 없었다.

이 집에 들어왔던 그대로 차고 문을 통해 다시 나가는 방법 외에는 다른 선택권이 없었다.

천천히 몸을 움직여 서재를 가로질렀다. 목재 바닥이었고 나는 신발을 신고 있었다. 조용히 움직이려는 노력 따위는 사실상 아무 의미가 없었다. 신발을 신고 목재 바닥에서 가볍게 움직일 도리가 없었다.

서재에서 나와 주춤거리며 현관 로비를 향해 한 발 내디뎠다. 2층 높이로 탁 트인 천장에 격자무늬 패널과 거대한 샹들리에가 장식된 공간이었다. 중간이 90도로 꺾인 계단이 로비까지 이어져 있었다. 계단 꼭대기에는 난간이 설치된 작은 발코니 같은 공간이 있어 2층에서 1층을 훤히 내려다볼 수 있었다.

서재 문을 나서자 현관 옆 벽에 우편물 보관함이 걸려있었다.

내가 찾던 것이 바로 저것이었다. 문제는 우편물 보관함은 계단과 위층 발코니에서 바로 보이는 위치였다. 머릿속으로 위험부담을 계산해 보며 걸음을 망설였다. 대단히 위험했지만 우편물 보관함은 차 키를 보관하기에 완벽한 장소였다. 릴리와 나라면 바로 저곳에 차 키를 보관했을 터였고, 나는 이미 너무도 먼 길을 와버린 상태였다. 빈손으로 돌아갈 수는 없었다. 차 키가 없으면 차를 움직일 방법이 없었다. 제이크의 차를 옮기지 않으면 제이크가 죽은 날 릴리와 제이크가 같은 장소에 있었다는 것이 드러난다. 릴리가 의심받을 것이다.

나는 계단을 따라 시선을 위로 옮겨 발코니를 확인했다. 아직까지는 고요했다. 좀 전의 일이 아니었다면 위층에 아무도 없다고 생각했을 정도였다.

온몸이 적나라하게 노출된 것만 같은 기분에 휩싸인 채 현관 바닥 위를 미끄러지듯 발걸음을 옮겼다. 살면서 해서는 안 될 짓을 제법 했다. 10대 때는 반항적인 청소년이었다. 외출 금지, 방과 후 교육, 정학 처분을 받은 일은 셀 수도 없을 정도였다. 어머니는 나 때문에 수명이 줄어드는 것만 같다고, 죽을 만큼 괴롭다고 토로하곤 했다.

하지만 이제는 성인이었고 지금 내가 하는 행동은 가택 무단 침입이었다. 교도소행 같은, 심각한 결과가 뒤따를 일이었다.

우편물 보관함에는 우편물과 고지서를 넣는 몇 개의 칸 외에 열쇠를 거는 고리들도 있었다. 나뉜 칸 중 한 곳에 손을 넣었고, 바로 거기 있었다. 디지털 키. 두 손가락 끝으로 디지털 키를 잡아 끌어올렸다. 그때 다른 무언가도 함께 딸려 나와 바닥으로 떨어졌고, 그게 무엇인지 몰라도 이번만큼은 재빠르게 움직여 잡아내질 못했다. 그 무언가가 바닥에 떨어지며 소음을 냈다.

위층에서 삐걱대는 소리와 함께 문이 열렸다. "니나? 니나 왔니?"

여성의 목소리였다.

나는 빙글 몸을 돌렸다. 계단 위를 올려다보는 위험한 행동은 하지 않았다. 뭔지는 몰라도 떨어진 물건은 바닥에 두었다. 차고 쪽으로 걸음을 옮기던 중, 위층 복도를 거니는 조용한 발소리가 울렸고 누군가의 실루엣이 스쳤다.

"니나!" 여성이 다시 한번 외쳤다.

이제 계단을 내려오는 발소리가 들렸다.

나는 곧장 주방으로 나아갔다. 주방을 가로질러 차고 문으로 향했다. 차고의 레버형 문손잡이를 잡고 최대한 조심스럽게 문을 당겨 열었다. 차고에 발을 내디딘 후에는 찰칵하는 소리가 나지 않도록 문손잡이를 잡고 있던 손의 힘을 아주 천천히 풀었다.

마음 같아서는 문을 쾅 닫고 도망치고 싶었다.

이제 오버헤드도어를 열 수밖에 없었다. 소리가 나겠지만, 이 문 말고는 달리 나갈 길이 없기 때문에 어쩔 도리가 없었다. 다른 선택지가 전혀 없었다.

버튼을 눌렀다. 오버헤드도어가 올라가기 시작했다. 일요일 아침에 울리는 낙엽 청소용 송풍기 또는 송풍 제설기만큼 시끄러웠다. 내가 이 모든 일을 완벽히 망쳤을 가능성이 매우 컸다. 내 인생은 끝났다. 내가 차로 우리 집에 도착하기 전에 이미 출발한 경찰이 먼저 그곳에서 나를 기다리고 있을 것이다.

차가 주차된 곳으로 걷는 동안 겁도 없이 뒤를 돌았고, 보고 말았다.

앞쪽에 난 유리창 중 하나에 바짝 붙어있는 얼굴 하나가 나를 마주 바라보고 있었다.

서둘러 집으로 차를 몰던 나는 극심한 충격 상태에 빠진 나머지 뒷좌석에 피 묻은 릴리의 옷가지가 담긴 봉지가 있다는 사실조차 까맣게 잊었다.

* * *

"니나 어머니야." 나중에야 릴리에게서 이야기를 들었다. 아내보다 내가 먼저 집에 도착했다. 뒤이어 집에 들어온 릴리는 빠른 걸음으로 거의 뛰는 것이나 다름없이 이곳저곳을 오가며 나를 찾아 헤맸다. 목 위에 드리워진 칼날이 떨어지길 기다리는 나를, 체포 영장을 갖고 온 경찰이 우리 집 문 앞에 등장하길 기다리는 나를 말이다. "니나 어머니는 시력을 잃어가는 중이야, 크리스티안. 괜찮아. 앞을 잘 못 보셔. 얼마나 가까웠는데?"

"3미터에서 6미터 정도. 릴리, 문제는 니나 어머니가 나를 못 봤다고 해도 소리는 들었어. 누군가 그 집에 있었다는 건 알게 되었다고. 나한테 말도 걸었어."

"뭐라고 했는데?"

"나한테 니나라고 했어."

"거봐." 릴리가 말했다. "그렇다니까. 괜찮아. 당신이 니나인 줄 안 거야."

"하지만 니나라면 대꾸했겠지. 니나라면 도망치지도 않았을 거고. 그리고 더 안 좋은 소식이 있어."

"뭐?"

"내가 그곳을 나올 때 니나 어머니가 내 얼굴을 똑똑히 봤어."

"똑똑히 본 게 아니야, 크리스티안. 앞을 잘 못 보셔." 아내가 또 한 번 말했다. "당신인 줄도 모를 거야. 니나 어머니는 당신을 모르잖아. 당신을 알아보지 못했을 거야. 정말 괜찮아."

릴리가 괜찮다고 말할수록 그 말을 점점 더 믿을 수가 없었다.

그렇게 시간이 흐르고 경찰이 찾아오지 않자, 불안이 점차 잦아들었다. 나인 줄 알았다면 벌써 오고도 남았을 터였다. 그렇지 않은가?

그 순간. 마침내 마음을 놓기 시작한 순간 초인종이 울렸다. 오후 늦은 시각이었다.

니나

집에 들어오자마자 왠지 모를 이질감이 느껴졌다.

차고 문이 열려있었다.

주방에는 우디 계열의 콜론 향 같은 것이 감돌았다. 주방을 전체적으로 둘러보며 엄마에게 전화를 걸었다. 전화를 받지 않자 직접 확인해야겠다는 생각에 로비 쪽으로 급히 움직였다.

로비에 이르자 제이크의 서재 문이 열려있는 것이 보였다. 그 자리에서 몸이 굳고 말았다. 숨이 멎었다. 반투명 유리문은 조금이 아니라, 벽에 닿을 정도로 활짝 열려있었다. 며칠째 열린 적 없는 문이었다. 혹시나 제이크가 그 안에 있을까 기대하며 이번 주 내내 자꾸 들여다보는 내가 싫어서 일부러 닫아둔 것이었다. 실제로 서재에서 제이크를 발견한 적은 한 번도 없었고, 시야에 언뜻 스치는 전등갓 같은 것을 보고 그가 왔다고 오해했다. 내 심장이 더는 거짓 경보를 견뎌낼 수가 없었다.

그런데 지금은 문이 열려있었다. 누군가 문을 열었다. 가장 먼저 제이크가 왔다고, 마침내 그가 내 곁으로 돌아왔다고 생각했다. 나는 서재를 향해 조금씩 다가갔다. 로비에서는 서재 내부가 잘 보이지 않았다. 아무 일도 없었다는 듯, 늘 그곳에 있었다는 듯 자신의 책상에 앉아있는 제이크의 모습을 내심 기대했다.

숨을 들이마시고는 서재로 들어갔지만 그곳은 텅 비어있었다. 제이크가 보이지 않았다. 텅 빈 의자를 보며 실망감을 숨길 수 없었던 나는 축 늘어진 몸을 문틀에 기대었다.

잠시 후 나는 서재에서 고개를 돌렸다. 현관 바닥에 무언가 떨어져 있었다. 무엇인지 확인하려 다가간 나는 내 테슬라 스페어 키가 바닥의 환풍구 커버 옆에 있는 것을 발견했다. 제이크와 내가 차 키를 보관해 두는 우편물 보관함에서 떨어진 모양이었다. 차 키를 주워 보관함 주머니에 다시 넣어두며 어쩌다 키가 바닥에 떨어지게 된 것인지, 내가 없는 동안 혹시 엄마가 뭔가를 찾으려 했던 것인지 궁금해졌다.

손으로 계단 난간을 짚었다. 팔에 힘을 주어 몸을 이끌며 계단을 올랐다. 위층에 올라간 나는 엄마가 머무는 손님방으로 향했다. 제이크의 가족들이나 우리 가족들 모두 비교적 가까운 거리에 살아 손님방을 쓸 일이 별로 없었다. 가족들이 우리 집에 오더라도 당일치기로 다녀갔고, 하룻밤을 머무는 일은 없었다. 그런데도 나는 성심껏 손님방을 꾸몄다. 예쁜 방이 손님을 불러오길 바라는 마음이었고, 실제로 몇몇 손님들이 다녀가기도 했지만 거의 다 대학 때 친구들이었고, 기대했던 것만큼 많은 사람이 오진 않았다. 지금만큼은 엄마가 머물 공간이 있어 다행이라는 생각이었다. 어두운색 벽과 흰색 침구 및 커튼으로 꾸며진 방은 현대적이고 세련된 느낌과 더불어 깔끔한 인상을 주었다.

엄마는 방 한편에 놓인 안락의자에 앉아있었고 고양이는 엄마의 침대 끝에 몸을 말고 누워있었다. 엄마는 창문으로 거리를 내다보고 있었다. 내게 등을 보이고 앉아있는 엄마는 이어폰을 꽂은 채 오디오북을 듣느라 내 전화를 받지 못한 것이었다. 엄마는 오디오북에 집중한 상태였다. 요즘 엄마는 오디오북에 푹 빠져있었다. 시력이 나빠지고 있는 엄마가 할 수 있는 유일한 일은 사실상 오디오북을 듣는 것밖에 없었다. 책을 읽을 수도, TV를 볼 수도, 운전할 수도 없었다. 눈 때문에 엄마는 자신이 원하는 때 하고 싶은 일을 더는 할 수가 없는 상태였다. 내게 모든 것을 의지해야 했다. 독립적이었던 엄마에게는 너무도 가혹한 일이었다.

"엄마." 나는 엄마를 부르며 다가가 어깨에 손을 올렸다. 고개를 돌린 엄마는 귀에서 이어폰을 뺐다. 엄마는 겨우 예순두 살이었다. 비교적 젊은 나이였고 보기에도 젊어 보였다. 엄마는 몸이 탄탄한 편이었다. 마른 체구였다. 20대 때 하이킹도 하고 배낭여행도 다녔던 분이다. 엄마와 아빠는 결혼해 나를 낳기 전에 유럽 배낭여행을 하다 만난 사이였다. 엄마에게 내가 태어나기 전의 삶이 있었다는 것을, 젊고 모험심이 강하며 스스로 건사하던 시절이 있었다는 것을 한 번씩 잊는다. 이제 엄마는 자

기 자신을 건사하지 못하지만 몇 킬로미터나 산책하러 다녔고
별 어려움 없이 내 속도에 맞춰 걸었다. 얼굴과 목에서 나이가
드러나기 시작했지만 입가와 눈가에 잡힌 주름을 제외하면 여
전히 피부가 팽팽했다. 엄마가 부러웠다. 내가 그 나이일 때 엄
마의 반만큼이라도 된다면 좋겠다는 생각이 들었다.

"엄마." 미소를 지으며 엄마를 내려다봤다.

"아침 맛있게 먹었니?" 엄마가 물었다.

"맛있었어요. 저 없을 때 괜찮았어요?"

"그럼." 엄마가 답했다.

"낮잠은요?"

"잠깐 잤어."

"또 뭐 했어요?" 엄마에게 물었다.

엄마는 어깨를 으쓱했다. "샤워했지."

"그게 다예요?" 내가 자리를 비운 지 두 시간이 채 안 되었으
니 그리 긴 시간은 아니었다. "식사는 했어요? 아래층에 내려갔
었어요?"

"응. 아침으로 오트밀 먹었어." 엄마가 말했다.

"잘하셨네요." 엄마가 눈치 보지 않고 주방에서 아침을 차려
먹었다니 기뻤다. 하지만 내가 정말 궁금한 건 이게 아니었다.
"산책도 다녀오셨어요?" 내가 물었다. "차고 문이 열려있던데요."

엄마는 고개를 젓고는 아무 말도 하지 않았다. 내가 실수로
차고 문을 열어둔 것 같지는 않지만, 어쩌면 그랬을지도 몰랐다.

"저 없을 때 혹시 제이크 서재에 들어가셨어요? 서재 문도 열

려있더라고요. 제가 그 방은 닫아두거든요."

엄마가 망설였다. 뭔가를 알고 있지만 내게 말하기 꺼리는 것 같았다. 엄마에게 이렇게 말했다. "그러셨다 해도 괜찮아요. 출입 금지 구역도 아닌데요, 뭘. 엄마가 원하면 이 집 어디든 들어가셔도 돼요. 아시잖아요. 저희 것이 다 엄마 것이죠. 그냥 궁금해서 물어봤어요. 저는 분명 닫아뒀는데 서재 문이 열려있어서요."

"서재에 들어가지 않았어." 엄마가 말했다.

나는 인상을 찌푸렸다. 내가 집을 비운 동안 엄마가 그곳에 들어간 것은 분명했다. 왜 내게 거짓말을 하는 건지 이해가 되질 않았다. "정말이에요, 엄마?" 내가 물었다. 서재 문은 확실히 열려있었다. 내가 집을 나서기 전까지만 해도 틀림없이 닫혀있었다. 아주 꽉 닫혀있었다. 서재에 들어가려면 손잡이를 돌려야 했기에 고양이라고 의심조차 하지 않았다.

"그럼, 정말이지." 엄마는 이렇게 말했지만 망설이는 듯한 모습을 또 한 번 보였고 엄마가 무언가를 숨기고 있는 게 확실했다.

"엄마, 뭘 숨기고 있는 거예요?"

엄마는 의자에서 몸을 일으켰다. 일어나자 키가 나와 비슷했다. "네게 말하고 싶지 않았어. 널 괜히 심란하게 하고 싶지 않았거든. 그런데 니나 네가 없을 때……." 엄마가 내 손을 잡았다. "제이크가 집에 왔었어."

입이 벌어졌다. 엄마의 말을 이해하는 데 몇 초가 걸렸다. 제이크가 집에 왔었어. 제이크가 이 집에 있다. 내 직감이 맞았다. 내가 집에 없을 때 제이크가 집에 왔었다.

엄마의 어깨에서 손을 뗐다. 뒷걸음질 치며 왔던 그대로 되짚어 문가로 향했다. "제이크는 지금 어디 있어요?" 가쁜 숨을 내쉬며 물었다. 침실에 있을까? 침실은 반대편 복도에 있었다. 침실에 가려면 위층으로 올라가 반대로 꺾어야 했기에 손님방으로 오는 길 침실을 지나칠 일이 없었다. 들어올 때 제이크 차를 보지 못했다. 차고에도 진입로에도 없었지만 만약 거리에 세워뒀다면 내가 못 보고 지나쳤을 수도 있다. "우리 방에 있어요?"

제이크가 그냥 이렇게 집으로 돌아올 수 있다니. 어떤 기분을 느껴야 할지 도무지 종잡을 수가 없었다. 며칠 동안이나 감쪽같이 사라지고는 아무 일도 없었다는 듯이 내 삶에 슬그머니 다시 들어오다니. 내가 5일 동안이나 사라졌다가 집에 왔다면 제이크는 나를 평생 용서하지 않을 것이다.

그래도 나는 그를 당장이라도 보고 싶었다. 대화를 나누고 싶었다. 이 모든 일을 뒤로하고 나아가고 싶었다.

제이크에게 가려고 뒷걸음질 치며 문으로 다가갔다.

"없어, 니나." 엄마의 말에 걸음을 멈췄다. "침실에 없어. 제이크는 떠났어. 지금 집에 없어."

"떠났다고요?" 깜짝 놀라 물었다. "언제요? 왜요?" 엄마에게 답할 기회도 주지 않고 물어댔다. 제이크가 왜 집에 왔다가 그냥 가버렸을까? "제이크가 뭐라고 했어요?" 엄마에게 물었다. "지금껏 어디에 있었대요? 아직도 나한테 화가 났대요?"

"나도 모르겠다. 나한테는 아무 말도 안 했어." 엄마가 말했다.

도저히 믿기지 않았다. 내가 지금 들은 말을 믿을 수가 없었다. "무슨 말씀이에요, 엄마? 제이크한테 아무 말씀도 안 하셨어요?"

"안 했어."

"왜요?"

"하려고 했어. 그런데 제이크가 기회를 주지 않았어, 니나. 자기 혼자 있다고 생각했던 것 같아. 집에 사람이 없는 줄 알았나봐. 날 보고는 곧장 집을 나갔어."

"제이크가 집에 왔었다는 건 어떻게 아셨어요?"

"아래층 제이크 서재 앞에서 소리가 들렸어."

"무슨 소리요?" 내가 물었다.

"글쎄다. 소리만 들어보면 무언가를 찾는 것 같았어. 나는 네가 집에 일찍 들어온 줄 알았어. 아침 식사 약속이 바뀌었거나 뭐 그런 줄 알았지. 소리를 듣고 계단으로 나갔어. 아래층을 향해서 네 이름을 불렀지. 제이크가 놀랐던 것 같아."

"엄마 보고 그 사람이 뭐라고 했어요?"

"말했잖니. 아무 말도 안 했다고, 니나. 내 목소리를 듣고는 바로 뛰쳐나갔어."

"뛰쳐나갔다고요?" 내가 물었다. 내게 모습을 보이지 않으려고 우리가 함께 사는 집에서 뛰쳐나가는, 제이크를 떠올리자니 마음이 들끓었다. 그가 집에 안 들어왔을 때보다도 최악이었다.

"응." 엄마가 말했다. "미안하구나. 네가 알면 괴로울 것 같아서 말하고 싶지 않았단다."

"전화를 주셨어야죠." 엄마에게 말했다. 그랬다면 집에 바로 왔을 것이다. 다만 그렇다고 해서 달라지는 것은 없었다. 너무 늦었을 테니까. 내가 도착하기 전에 제이크는 벌써 집을 떠났을 테니까.

"미안하구나, 니나."

"엄마 잘못이 아니에요. 그 이후에는 어떻게 되었어요?" 엄마에게 물었다. "엄마가 제이크를 로비에서 보고, 그 사람이 집을 나간 후에는요?"

엄마가 말을 이었다. "제이크가 차고로 나가서는 저기 진입로에 서있는 걸 봤어." 거리를 향해 난 창문 너머를 가리켰다. 나는 엄마 곁으로 다가가 함께 창문 밖을 내려다봤다. 날은 궂고, 바람이 불고, 우중충했다. 이런 날씨에도 우리가 사는 거리는 눈이 부셨다. 많은 사람들이 선망하는 부유한 동네였다. 제이크와 나는 50만 달러에 집을 구매했지만 곧장 허물었다. 우리가 원했던 것은 집이 아니라 땅이었다. 땅을 마련하는 것이 점점 어려워지고 있는 와중에 이곳은 최상급 부동산이었다. 기존에 있던 집은 낡았지만 굉장히 비싼 가격을 형성하고 있었다. 그런데도 우리는 애초부터 그 집을 유지할 생각이 없었다. 집을 철거한 후 건설업자들을 고용해 우리가 꿈꾸던 집을 지었다. 공원과 산책로 등이 있어 살기 좋은 동네였다. 우리가 아이를 갖게 될지는 모르지만 주변 학교들도 최고급이었다. 다만 아이에 대한 희망은 희미해져 가고 있었다. 이웃들 대다수가 부유했다.

보란 듯이 부를 과시하는 분위기였지만, 따로 이름까지 있는 집에 사는 제이크 부모님만큼 과시적이진 않았고―제이크 부모님이 거주하는 개리슨 하우스는 100년 전에 그곳에 살았던 미스터 개리슨의 이름을 딴 집으로 당대 가장 유명한 건축가 중한 명이 설계한 곳이었다―좀 더 은근하게 부를 드러내는 쪽에가까웠다.

제이크는 왜 집에 왔던 걸까? 뭐가 필요했던 걸까? 나를 보러온 게 아니라면, 뭐였을까?

그가 나를 상대로 무슨 게임을 하는 걸까?

나는 제이크의 서재를 뒤졌다. 내가 뭘 찾고 있는지도 모르겠지만, 이 공간에 어긋나 있는 무언가를 찾으려 했다. 아무런 소득이 없었다. 그가 무엇을 챙겨갔든, 서재에서 뭘 했든 내 눈에는 이상한 점이 보이지 않았다.

이 지역 거주자들을 위한 페이스북 페이지가 있다. 다들 살면서 가속 페달을 한 번도 밟아본 적이 없다는 듯, 동네에서 차들이 너무 빨리 달린다고 불평했다. 주민들은 현관 카메라에 찍힌과속 운전자들의 영상을 페이스북에 올려 공개 망신을 주었다. 내 차가 찍혔던 적도 있었다. 우리 집에는 현관 카메라가 없었다. 우리도 설치해야 하지 않겠느냐고 제이크에게 물었지만 그는 다람쥐가 현관을 지날 때마다 알람을 받고 싶지 않다며 거절했다. 그는 현관 카메라도 안전하지 않다고, 클라우드에 저장되는 영상은 누구나 볼 수 있다고 말했다. 그럴 수도 있고 아닐 수도 있다. 솔직히 나는 잘 모르는 이야기였고, 내가 없을 때 집에 애인들이 드나드는 모습을 들키고 싶지 않은 것 아니냐고 남편에게 농담했었다. 현관 카메라는 낯선 사람만 감시하는 게 아니다. 집 안에 사는 사람들도 감시한다.

현관 카메라 영상은 영구히 저장되는 것으로 알고 있다. 부탁하면 카메라를 설치한 이웃들이 오늘 아침 영상을 내게 보여줄지 궁금했다. 이 집에 들어오는 제이크 얼굴의 일부라도 아니면 그의 뒤통수라도 뭐든 찍혔을 게 분명했다. 그를 보고 싶었다. 그를 봐야 했다.

영상을 보면 그가 집에 왜 온 것인지 알 수 있을지도 모른다.

크리스티안

현관문을 연 나는 내 앞에 펼쳐진 상황을 믿을 수 없어 반응을 보이지 못하고 있었다. 초인종 소리에 경찰이 왔을 거라 예상했다. 내 예상보다 나쁘지 않았지만 그렇다고 좋은 상황도 아니었다.

밖은 여전히 흐렸다. 바람이 불기 시작했다. 초속 약 8미터의 바람에 나무들이 크게 기울었고 빈약한 나무들은 휠 정도였다. 열린 문 사이로 불청객처럼 닥친 바람이 윙윙거렸다.

그녀의 머리카락이 얼굴을 휘감았다. 그녀는 한 손으로 할 수 있는 만큼 머리카락을 그러모아 얼굴 옆, 목 근처에 잡고 있었다.

니나 헤이스였다. 한 6개월 만에 보는 얼굴이었지만 크게 달라 보이지 않았다. 마지막에 봤을 때와 거의 그대로였다. 그녀의 머리는 어두운 갈색이었다. 어깨를 간신히 넘긴 길이다. 아름다운 여자였지만 릴리에 비교할 수는 없었다.

니나는 인상을 썼다고까지는 할 수 없었지만 제법 딱딱한 얼굴을 하고 있었다. 그 때문에 그녀가 뭔가를 알게 된 것인지, 그렇다면 그게 무엇인지 궁금했다. 이런 식으로 갑자기 우리 집에 오는 것은 그녀답지 않은 행동이었다.

우리에 갇힌 야생의 무언가—동물원 속 사자—가 당장이라도 뛰쳐나가려고 날뛰는 것처럼 가슴께에서 심장이 미친 듯이 뛰었다.

"니나!" 내 목소리며 말투가 너무도 요란하고 들떠있었다. 얼굴에 뒤집어쓴 미소는 가짜였다.

니나의 얼굴이 어두워졌다. 그녀는 바람을 맞으며 현관 앞에 서있었다. 가벼운 사담을 주고받을 생각이 없어 보였다. 목적이 있어 온 것이다. "바람이 많이 불어서요, 크리스티안." 그녀가 말했다. "안으로 들어가도 될까요?"

"아 네, 그럼요. 미안해요." 문을 당겨 공간을 만들었다. 그녀가 바람에 떠밀려 집으로 들어왔을 때, 그녀의 팔이 내 몸을 스쳤다.

"제이크 일은 릴리에게 들었어요." 너무 밝게 말하지 말자는 것이 엄숙하다 싶을 정도의 말투가 나갔다. "정말 유감이에요, 니나. 어떤 일이든 저희가 도울 수 있는 거나 니나가 필요한 일이 있다면……."

"고마워요, 진심으로요. 크리스티안. 괜찮다면 제가 릴리와 대화를 좀 하고 싶은데요." 내 말을 자르며 용건을 밝히는 니나를 보며 가장 먼저 든 생각은 릴리가 집에 없다고 거짓말하자는 것이었다. 릴리의 차는 차고 안에 있었고 차고 문은 닫혀있어 니나는 릴리가 집에 있는지 없는지 알 수 없었다. 니나는 오늘 아침 식사 후 릴리에게 일정이 있는 걸 알고 있었다.

하지만 그때 릴리가 어리둥절한 표정으로 뒤쪽에서 등장했다. "니나?" 벽을 돌아 나오며 겨우 들리는 목소리로 니나의 이름을 부른 릴리는 놀란 나머지 턱이 힘없이 느슨해졌다. 손에는 그릇을 닦는 수건이 들려있었다. 릴리는 지난 며칠 동안 우리가 내버려둔 탓에 조리대와 싱크대에 쌓여있던 그릇들을 설거지하고 주방을 정리하던 중이었다. "니나 목소리가 들리는 것 같아서 나왔는데. 무슨 일 있어요?" 릴리의 말에 니나는 내게 시선을 비껴 뒤에 있는 릴리를 바라봤다.

"잠깐 시간 있어?" 니나의 말투가 어딘지 퉁명스럽게 느껴졌다. 니나는 따뜻하거나 상냥한 타입은 아니었지만 지금은 유독 차가운 말투여서 좀 불편해졌다. 니나는 "이렇게 갑자기 나타나서 미안해."라고 덧붙였고, 덕분에 날 선 느낌이 덜해졌다. 내가 패닉에 빠지지 않아도 될 것 같았다.

두 사람이 헤어진 지 채 두 시간이 되지 않았다. 그 사실만으로도 걱정이 되었다. 니나가 릴리에게 무슨 할 말이 있는지는 몰라도 좀 전에 만났을 때 할 수 있었다. 하지만 그녀가 식사 자리에서 말을 하지 않았다는 것은 우리 집에 찾아와 릴리를 직접 만나 이야기를 해야 할 정도로 중요한 일이 그사이에 생겼다는 뜻이었다.

그녀는 내가 한 짓을 알고 있는 거다.

"네, 그럼요." 릴리가 말했다. "들어오세요."

니나는 릴리의 뒤를 따라 주방으로 향했고 두 사람에게 몸을 돌린 나는 바람에 맞서 몸에 힘을 실어 문을 닫았다. 잠금장치를 돌려 우리 세 사람을 집 안에 가두었다.

그러다 떳떳하지 못한 찰나의 순간, 상황이 본격적으로 펼쳐지기 전에 니나에게 어떤 조치를 취해야 할지도 모른다는 생각이 스쳤다. 니나가 무언가를 알고 릴리와 내게 사실을 확인하러 온 것이라면 그냥 가게 둘 수는 없지 않은가? 하지만 그랬다가는, 니나는 분명 경찰을 찾아갈 것이다. 그럼 나는 교도소에 가게 될 거고 그보다 더욱 끔찍하게는 릴리도 교도소에 들어갈 터였다. 릴리와 내가 교도소에 가지 않을 수 있다면, 무엇보다 릴리를 지킬 수 있다면 나는 무슨 짓이든 할 수 있었다. 순간 내 두 손이 니나의 목으로 향하는 장면이 머릿속에 펼쳐졌다. 어찌나 사실적이고 생생한지 힘껏 목을 누르고, 기도에서 공기를 차단하고, 목을 조이고, 생명력을 잃은 니나의 몸을 바닥에 내려놓는 감각이 느껴질 정도였다. 니나가 두 팔을 내젓고 두 다리를 바르작대는 모습이 그려졌고, 그녀가 죽기까지 얼마나 걸릴지 어느 정도의 압력을 가해야 할지 궁금해졌다.

"뭐 마실 것 줄까요?" 릴리의 목소리에 공상에서 깬 나는 그런 장면을 떠올렸다는 데 곧장 구역질이 났다. 난 살인자가 아니다. 난 누구를 죽일 수 있는 사람이 아니다. 아마도?

제멋대로 뻗어 나간 상상 속에서 나는 내가 아닌 다른 누군가가 되어있었다.

니나는 릴리를 따라 주방으로 갔다. 릴리는 여전히 말을 이어가고 있었다. "물, 아니면 차?" 하고 물었다.

릴리의 목소리에서 작은 떨림이 느껴졌다. 내게는 들렸지만 니나도 알아챘을까, 궁금했다.

니나와 제이크가 우리 집에서 식사한 적이 있었다. 우리가 두 사람의 집을 방문해 어떻게 사는지를 보고 난 후였다. 릴리는 두 사람을 초대하기 꺼려 했다. 강가에 자리한 84평에 가까운 넓이의 우리 집이 창피하기라도 한 듯 아내는 부끄러워했다. 아내는 청소를 하고 집에 새로운 물건을 들이며 최선을 다해 두 사람을 맞을 준비를 했다. 당시 아내에게 두 사람이 우리가 생각하는 것만큼 좋은 친구라면 평범한 그릇과 가구에 그리 신경 쓰지 않을 거라는 식의 말을 했지만, 릴리는 모든 것이 딱 떨어지게 준비하려 했다.

"아니, 고맙지만 괜찮아. 전화했었는데." 여전히 코트를 입고 있는 니나가 말했다. "안 받더라."

"그랬어요?" 릴리가 어깨 너머로 뒤를 돌아봤다. "몰랐어요. 미안해요. 무음인가 봐요. 괜찮은 거죠?"

"아니. 안 괜찮아, 릴리." 니나는 이렇게 말하고는 고개를 돌려 두 사람을 따라 주방으로 들어오는 나를 확인했다. 속을 알 수 없는 표정이었다. 나는 두려움을 가려줄, 대신 걱정을 표현해 줄 억지 미소를 띠었지만, 속마음은 미칠 정도로 두려웠다. 심장이 치타처럼 날뛰었다.

우리는 주방에 들어왔다. "오, 저런. 니나." 릴리는 이렇게 말하고는 아무것도 필요하지 않다던 니나의 말에도 냉장고에서 물을 꺼냈다. "무슨 일이에요? 어머님 일이에요?"

"아니." 니나가 말했다. "제이크 일이야."

"앉으세요. 이쪽으로요." 릴리는 물 한 병을 식탁에 올려두며 말했다. "뭐 좀 먹을래요?"

"아니야. 괜찮아. 일이 좀 있었어, 릴리." 니나는 다시 한번 내 쪽을 바라봤고, 나는 그 일이란 것이 나를 말하는 것임을 확신했다. "미안하지만 잠깐 저희 둘이 이야기해도 괜찮을까요, 크리스티안?" 니나가 물었고 나는 그녀의 솔직함에 허를 찔린 기분이었다. 그녀는 나를 똑바로 응시하다 이렇게 말했다. "무례하게 굴 마음은 없지만 릴리와 단둘이서만 이야기하고 싶어서요."

"아, 물론이죠. 그럼요." 내가 말했다.

릴리와 눈빛을 주고받았다. 내가 아내를 니나와 단둘만 있게 하고 싶지 않은 만큼 아내도 니나와 둘이서만 있고 싶지 않아 했다. 하지만 내게 선택지가 없었다. 주방을 나온 나는 계단을 올랐고 2층에 도착한 후에는 그곳에 서서 귀를 기울였다. 니나가 릴리는 전혀 모르는 일이라는 듯이 내가 오늘 아침에 자기 집에 들어왔다는 이야기를 하기 기다렸다. 그녀는 경찰서에 가기 전에 예의상 친구인 릴리를 먼저 찾아온 것이었다.

나는 숨을 죽이고 기다렸다. 바깥에서는 여전히 거센소리를 내며 바람이 집 외벽 모서리들을 매섭게 휘감았다. 비가 내리기 시작했고 빗방울이 유리창을 두드렸다. 그 때문에 니나의 말소리가 잘 들리지 않았다. 집은 어두웠다. 불을 하나도 켜지 않은 상태였다. 한낮이었지만 날씨 때문에 초저녁처럼 어두웠다.

릴리가 다시 물었다. "정말 안 앉아도 괜찮겠어요?"

"괜찮아. 정말이야."

"무슨 일이에요, 니나? 좀 무서워지기 시작하는데요."

"우리가 아침 먹고 있을 때 누군가 우리 집에 들어왔어." 니나가 말했다.

"누가요?"

"제이크였어."

무릎이 휘청였다. 바닥에 주저앉았다. 나를 알아보지 못한 것은 둘째 치고 나를 제이크로 오해하다니. 예상치 못한 일이었다.

"제이크가요?" 릴리가 물었다. 목소리에서 충격을 감추지 못했다. 충격을 받을만한 이야기였으니 문제 될 것은 없었다. 며칠째 실종 상태였던 제이크가 두 사람이 아침 식사를 하고 있을 때 집에 온 것은 분명 놀랄만한 일이었다.

"응. 제이크였어." 니나가 말을 이었다.

"어떻게 알았어요?"

"엄마가 있었잖아. 엄마가 제이크를 봤어."

"제이크가 뭐라고 했어요?" 아내가 물었다. "집에서 뭘 하고 있었어요? 지금도 집에 있어요? 집에 온 거예요?"

"아니." 니나가 답했다. "엄마한테 아무 말도 안 했대. 집에 왔다가 다시 나갔대."

"세상에. 정말 유감이에요, 니나. 제이크가 무슨 일 때문에 집에 왔던 걸까요?" 릴리가 말했다.

니나가 흥분했다. "그걸 누가 알겠어. 엄마 말로는 서재에서 뭘 찾고 있었나 봐. 날 보러 온 게 아니었어."

"오, 니나." 릴리가 말했다. 따뜻하고 세심한 말투였다. 이후 침묵이 흘렀고, 내 머릿속에는 릴리가 니나의 팔을 감싸안아 주는 장면이 그려졌다. 30초쯤 지났을까. 릴리의 목소리가 들렸다. "긍정적으로 생각해 봐요. 그래도 제이크가 무사하다는 건 알게 된 거잖아요, 그렇죠? 다친 데도 없고 생각했던 것처럼 실종된 것도 아니고요. 그냥 좀 생각을 정리할 시간이 필요한 건지도 몰라요. 어떤 관계든 때로는 휴식이 필요하니까요. 그런 말도 있잖아요? 잠시 떨어져 있으면 더욱 애틋해진다고요."

니나는 아무 말도 하지 않았다. 지금 두 사람이 있는 주방에 나도 있을 수만 있다면 무엇이든 내줄 수 있을 것 같았다. 릴리의 말을 곱씹는 니나의 얼굴을 보고 싶었다.

얼마 후 니나가 입을 열었다. "릴리 말이 맞을지도 몰라."

긍정적인 방향으로 대화를 전환하는 릴리의 모습이 좋았다. 아내는 어둠 속에서 희망을 찾아냈다. 비록 뻔뻔한 거짓말이었을지라도 말이다.

* * *

밤이 되자 도로가 어두웠다. 우리는 거리가 한산해질 시간을 고려해 밤 10시까지 기다렸다 집에서 나왔다. 내 차로 릴리와 함께 제이크의 차가 주차된 곳으로 향했다. 도착 후 나는 제이크 차 바로 뒤 도로변에 차를 세웠다. 기어를 중립으로 두고 운전대에서 손을 뗐다. 릴리가 내 쪽으로 몸을 기울였고, 나는 릴리의 무릎에 손을 얹었다.

"당신 무슨 생각 해?" 아내가 물었다.

비가 그쳐 있었다. 비가 그리 많이 내리는 지역이 아니었다. 비가 와도 몇 시간이 고작이었다. 바람도 잦아들었다. 아주 고요한 밤이었다.

"아무 생각도 안 하는데." 아내에게 답했다.

릴리는 나를 너무 잘 알고 있었다. "무슨 생각 하고 있잖아, 크리스티안. 내 눈엔 다 보인다고."

"어떻게?"

"당신, 말이 없잖아." 아내가 말했다. "평소보다 말수가 줄었어."

릴리의 짐작이 맞았다. 나는 생각 중이었다. 오늘 있었던 일을, 얼마나 아슬아슬하게 화를 면했는지를. "니나가 당연히 아는 줄 알았어." 내가 말했다. "오늘 우리 집에 니나가 찾아왔을 때, 완전히 망했다고 생각했거든."

"하지만 니나는 몰라, 크리스티안. 걱정 마." 릴리는 내 손 위에 자신의 손을 포개고 한 번 꼭 쥐었다.

"알아. 이제는 괜찮아. 그냥 아까는 좀 무서웠어." 릴리에게 두려웠노라 고백하고 싶지 않았다. 둘 중 강한 사람은 내가 되고 싶었고, 릴리가 나를 절대로 무너지지 않는 사람으로 생각하길 바랐다. 아내가 내 곁에서 안전하다고 느끼길, 어떠한 일이 생겨도 내가 자신을 지켜줄 수 있다고 느끼길 바랐다.

"무서워해도 괜찮아. 나도 무서웠어. 그래도 니나가 조금도 의심하지 않고 있잖아."

"니나가 우리 집에 찾아왔을 때 별생각이 다 들었어." 속마음을 털어놨다.

"무슨 생각?" 아내가 물었다. 내가 곧장 이야기하지 않자 릴리가 내 쪽으로 몸을 기울이며 다시 한번 물었다. "크리스티안?"

"어떤 생각을 했는지 들으면 내가 형편없는 사람처럼 보일 텐데."

아내가 고개를 저었다. "당신에 대해 어떤 식으로든 나쁘게 생각할 일 없을 거야."

나는 숨을 내쉬었다. "니나가 만약 내가 벌인 일을 알고 있다면, 오늘 아침에 내가 그 집에 있었다는 사실을 안다고 말하러 온 거라면 니나를 그냥 보내줄 수가 없다는 생각. 니나의 입을 막는 것밖에 달리 방법이 없다고 말이야."

"입을 막는다니, 무슨 뜻이야?" 아내가 내게 물었다.

나는 꿀꺽, 침을 삼켰다. 아내의 질문에 대답하지 않았고 굳이 말할 필요도 없었다. 나는 릴리를 바라봤고 릴리는 내 표정에서 그 의미를 깨달았다. 릴리가 내 얼굴을 읽어냈다. "죽인다는 거였구나." 아내가 말했다.

나는 티 나지 않게 고개를 끄덕였다. "니나가 죽으면 내가 무슨 짓을 했는지 아무한테도 말하지 못할 테니까."

"우리가 무슨 짓을 했는지야, 크리스티안." 릴리가 내게 상기시키듯 말했다. "우리는 한배를 탄 거야. 보니와 클라이드*처럼."

보니와 클라이드. 나는 반쯤 웃음을 터뜨렸다. 이게 아내의 의도였던 것 같다. 분위기를 가볍게 하려고, 나를 웃게 하려고 말이다. 한 가지 문제라면 보니와 클라이드는 경찰 손에 죽음을 맞이했다. 각각 50발가량 총상을 입었다. 끔찍하고도 폭력적인 죽음이었다.

우리가 한배를 탔다는 것은 마음에 들었다.

다만 보니와 클라이드 같은 결말을 맞이하고 싶지 않았다.

사실 오후에 니나가 우리 집을 떠난 후에도 그녀를 죽인다는 생각은 떠나지 않았다. 원치 않았음에도 불쑥 그 생각이 떠올라 나를 불안하게 했다. 니나만 없으면 릴리와 내가 무사히 빠져나갈 수 있다는 생각이 자꾸 들었다. 니나 외에는 제이크를 찾고 있는 사람은 사실상 없으니까.

"그냥 생각일 뿐이야, 크리스티안." 릴리가 말했다. "정말 행동에 옮길 것도 아니었잖아. 누군가를 죽이는 상상을 하는 것과 실제로 그런 행동을 하는 것은 완전히 다른 거라고."

과연 그럴까?

"그걸 어떻게 확신할 수 있어?"

나는 혼란스러웠다. 지금도 마찬가지다. 옳고 그름의 경계가 날이 갈수록 흐려져만 갔다.

---

* 1930년대 미국 대공황 당시 연쇄 강도와 살인을 벌인 범죄자 커플.

릴리가 말했다. "당신이 어떤 생각을 한다고 해서 실제로 행한다는 것은 아니잖아. 당신은 좋은 사람인걸, 크리스티안."

과연 그럴까?

이 말을 끝으로 우리는 침묵에 휩싸였다. 비장함이 느껴지는 순간이었다. 차 키를 찾기 위해 헤이스 부부의 집에 침입한 것보다도 지금 이 일을 하고 나면 되돌아올 수 없는 강을 건너는 것이나 마찬가지였다. 이제부터 우리가 할 일은 가택 무단 침입보다 더욱 심각한 일이었다. 우리는 지금 증거를 조작하려 하고 있었다. 20년 형을 받을 수도 있었다. 무단 침입의 경우 다친 사람이 없다면 형량이 2년 정도밖에 되지 않았다.

릴리가 입을 열었다. "당신 뒤를 쫓아갈게. 너무 속도만 내지 말아 줘. 당신을 놓치고 싶지 않아." 다가올 미래를 암시하듯 어쩐지 불길하게 들렸다. **당신을 놓치고 싶지 않아.** 나도 아내를 잃고 싶지 않았다. 절대로. 지난 며칠간 깊이 생각한 끝에 결심을 마쳤다. 어쩌다 우리가 잡히게 된다면 내가 했다고, 내가 제이크를 죽였다고 말할 생각이었다. 살해 동기야 만들어낼 수 있다. 그들의 집에 침입한 것도 나라고 말할 것이다. 제이크의 차를 옮긴 사람도 나였다고. 릴리는 아무것도 하지 않았다고. 아내는 전혀 모르는 일이라고, 모두 나 혼자 한 일이라고 말이다.

좀 전에 릴리가 한 말은 예언이 아니었다. 부탁의 말이었다. 나는 빨리 운전하는 걸 즐기는 속도광이었다. 아내는 이런 의미에서 한 말이었다. 천천히 운전해야 한다. 그래야 아내를 놓치는 일도, 우리 둘 다 과속으로 경찰에게 잡힐 일도 없을 것이다.

짧게 뻗은 이 도로에는 가로등도, 지나다니는 차도 없었다. 뉴콤은 차량 통행이 거의 없다시피 한 왕복 2차로다. 해당 도로의 진짜 용도는 삼림 보호 구역 진입과 예비 주차 공간이었다. 막다른 길이라 오가는 사람이 없었다. 도로 양쪽으로는 나무들뿐이었다. 우리 외에는 아무도 없었다.

"당신이 날 놓칠 일은 없을 거야. 가는 내내 당신 바로 앞에 있을게." 아내에게 약속했다.

나는 아내에게 다가갔다. 아내가 두 팔로 내 목을 감쌌고, 나는 내 생애 마지막 입맞춤처럼 아내에게 키스했다.

"준비됐어?" 몸을 떼어내며 아내에게 물었다. 아내가 고개를 끄덕였다. "자리 바꾸자." 아내가 내 차를 운전하고 내가 제이크 차를 운전해야 했다. 아내가 내 차를 몰고 출발했다. 이제 이곳에는 제이크 차뿐이었다. 장갑을 끼고 그의 차에 올라탔다. 그곳을 빠져나가 거리로 향했다. 내 뒤를 따르는 릴리의 헤드라이트가 백미러에 반짝였다. 공항에서 그리 멀지 않은 브릿지뷰의 한 저가 호텔로 향했다. 속도를 느리게 유지했다. 제한 속도를 넘지 않았다. 노란불에는 예외 없이 차를 멈췄다. 방향 지시등은 반드시 켰다. 침착하게 굴었지만 두려움에 떨고 있었다.

가는 내내 백미러로 릴리의 헤드라이트를 살피며 우리가 함께 움직이고 있는지 확인했다.

이 차를 어디에 두어야 할지 꽤 오래 고민했다. 카메라가 없는 곳이어야 한다는 생각밖에 들지 않았고, 다시 말해 거대한 창고형 할인매장의 주차장 같은 곳은 불가능하다는 뜻이었다.

브릿지뷰의 저가 호텔을 택한 이유는 최근 리뷰 중 주차해 둔 차량이 손상을 입었고, 주차장에서 분실 사고가 났으며, 전반적으로 보안과 안전 조치가 미흡하다는 이야기를 보았기 때문이다. 그래서 그곳으로 가는 것이 안전하다고 판단했다. 내 생각이 틀리지 않길 바랐다.

우리는 저가 호텔로 향하고 있었다. 카메라가 있는 도로 요금소를 지나는 일이 없도록 샛길로 갔다. 지금껏 카메라를 피해야 할 상황에 처한 적이 한 번도 없었지만 그런 입장이 되고 보니 새삼 끝도 없이 설치된 카메라가 의식되었다. 카메라는 어디에나 있었다. 감시 카메라가 사생활을 침해한다는 문제의식을 높이고자 시카고 대도시권에 사는 시민들이 쓴 칼럼을 읽은 적이 있다. 당시 나는 사생활을 침해당한다고 느끼는 이들을 한심하게 여겼다. 잘못한 것이 없다면 걱정할 이유가 없지 않은가? 하지만 이제 내가 이런 상황이 되고 보니 빅브라더가 감시하는 오웰리언 사회*처럼 느껴졌고, 어쩌면 빅브라더가 실제로 지켜보고 있는지도 모를 일이었다.

저 멀리 건물이 보이기 시작하자 안도했고, 이내 호텔에 도착했다. 호텔 뒤편으로 이동한 나는 거리에서 제이크의 차가 보이지 않도록 건물에 바짝 붙여 주차했다.

이후 릴리가 타고 있는 내 차에 올랐다. 이번에는 내가 보조석에 앉고 릴리가 집까지 운전했다. 니나가 디지털 키가 없어졌

---

* CCTV 등 공익의 목적으로 설치된 것에 개인이 감시되는 상황을 비유적으로 이르는 말.

다는 것을 눈치채기 전에 그 집에 들어가 키를 제자리에 가져다 둘 방법을 찾아야 했다. 어떻게 해야 할지 떠오르지 않았다.

하지만 그것까지 마쳐야 릴리와 내가 이 일을 모두 잊고 나아갈 수 있다.

제이크 헤이스라는 사람이 살아있었다는 사실조차 잊을 수 있다.

니나

릴리와 크리스티안의 집에서 돌아온 나는 오후에 지역 페이스북 페이지에 글을 올렸다. 그곳에 글을 거의 올리지 않는 편이었지만, 사람들의 불만 사항이나 언쟁을 가만히 지켜보는 일은 즐거웠다. 페이지에는 주택 소유주 협회가 정한 규정을 위반한 사람들을 고발하는 내용같이, 대체로 사소한 이야기가 올라왔다. 하지만 추천이 필요하거나, 일반적인 조언을 구하거나, 실종된 개를 찾는 등의 부탁을 청할 때는 도움이 되기도 했다.

어떻게 글을 써야 할지 한참을 고민했다. 결국 이렇게 글을 올렸다.

페덱스에서 오늘 소포가 도착했다는 연락을 받았어요. 그런데 집에 와보니 현관 앞에 소포가 없더라고요. 다른 사람에게 실수로 잘못 배송된 것일까 싶기도 하지만요. 오늘 아침에 페덱스 트럭이 배송 도는 영상이 있는 분 안 계실까요? 정말 우리 집 앞에 소포를 둔 것인지 확인하고 싶어서요. 누가 훔쳐 간 게 아니길 바랄 뿐이에요. 인터넷에서 배송 추적을 해보니 아침 10시를 막 지났을 때 배송이 완료된 것으로 나와요. 미리 감사드려요.

이 이야기에 속아 현관 카메라에 찍힌 알림 영상을 확인하고 공유해 줄 사람이 분명 나타날 거라는 자신이 있었다. 현관 카메라가 설치된 주민이 대다수였고, 다들 과속이나 우편물 분실 같은 사소한 위반 사항에 맞서는 자경단 역할이라면 발 벗고 나섰으니까.

누군가 제이크의 영상을 갖고 있길 바랐다. 진짜 만나는 게 아니어도 카메라 속 그의 모습이라도 보고 싶었다. 제이크가 그리웠다. 어쩌면 내가 보고 싶은 사람은 지금의 제이크가 아니라 과거의 제이크인지도 모른다. 순간 향수에 젖어 들었다. 어느새 신혼 때 그리고 연애 시절의 제이크와 내가 담긴 오래된 사진들을 훑어보고 있었다. 눈물이 차올랐다. 제이크는 지금과는 너무도 다른 사람이었다. 난 그 남자를 사랑했다. 모든 것이 나빠지기 시작하기 전에, 쇠하기 전에, 꽃병 속 죽어가는 꽃처럼 시들고 여위기 전에 우리가 쌓아왔던 그 관계를 사랑했다. 과거 내가 결혼했던 남자를, 나를 이비사 섬으로 데려갔던 남자를, 나와 사랑의 도피를 했던 남자를, 바닷가 빌라에서 지구상에 남은 인간은 우리 단둘뿐이라는 듯 며칠 동안 함께했던 그 남자를 원했다. 이제는 그 남자가 거의 기억나지 않았다. 지난 몇 년간 제이크는 너무나도 많이 변했다. 그가 이렇게 변한 데는 의사라는 그의 직업이 영향을 끼쳤을 것이다. 제이크는 늘 너무 심각하고 냉담하게 굴었고, 이는 온종일 죽어가는 사람을 살려야 하는 그의 일 때문이라고 생각했다. 환자가 죽고 사는 것이 자기 손에 달려있음을 안다는 것은 인간에게 영향을 미칠 수밖에 없다. 믿기 어려울 정도의 스트레스가 동반되지만, 일종의 권력도 주어지는 셈이다. 죽음 직전에 있는 사람을 구해낸다는 것은 어떤 기분일까?

하루하루 지날수록 그와 싸웠던 일이, 그에게 집을 나가면 되지 않느냐는 말을 내뱉은 것이 점점 더 미안해졌다. 내가 그에게 가출에 대한 생각을 품게 했다. 그뿐만 아니라 제이크가 나가는 것을 내가 원한다는 말에 나는 부정하지 않았다. 나는 침묵 속에서 그가 베개를 챙겨 침실에서 나가는 모습을 지켜보며 일종의 승리감을 느꼈다. 우리의 결혼은 이기고 지는 게임이 아니었음에도 말이다.

그를 못 본 지 고작 5일이었지만 몇 년은 된 것 같았다.

페이스북에 게시글을 올린 후 동네를 산책하기로 했다. 걷기 좋은 날씨는 아니었지만 이 집에서 나가 신선한 공기를 쐬고 싶었다. 숨을 쉬고 싶었다. 가만히 앉아 페이스북만 들여다보며 누군가 답글을 달아주길 기다리고 있을 수는 없었다.

날씨 때문에 거리는 한적했다. 바람이 부는 날씨였다. 비는 그쳤지만 더 많은 비가 올 거라는 예보가 있었다. 빠른 속도로 모여든 구름이 짙어지며 하늘을 잿빛으로 물들였다. 쏟아지는 비에 흠뻑 젖고 싶지 않다면 잠깐만 걷고 들어가야 했다.

코트 주머니에 손을 넣고 코트에 달린 모자도 뒤집어썼다. 벽돌이 깔린, 길게 뻗은 진입로를 따라 걸어 내려갔다. 정면에서 마주 불어오는 바람에 모자가 벗겨졌다. 몇 번이나 반복되자 모자가 벗겨지지 않도록 결국 끈을 묶었다. 고약한 날씨에도 불구하고 몸을 움직이며 운동을 하니 기분이 좋았다. 요 며칠 시달려온 불안을 해소할 무언가가 필요했다. 지금껏 곪아 터지도록 방치만 해두었던 불안 말이다.

진입로 끝에 이른 나는 오른쪽으로 방향을 틀었고, 바로 그때 누군가가 나를 지켜보고 있다는 느낌이 의식의 언저리에서 느껴졌다. 등을 따라 퍼지는 저릿한 느낌에 몸이 굳었고, 곧장 나는 고개를 돌려 뒤를 살폈다. 먼 곳에 차 한 대가 보였다. 헤드라이트도 켜지 않고 도로를 따라 천천히 내려오는 그 차는 속도가 어찌나 느린지 정말 차가 움직이고 있는 것인지 아니면 공회전 중인지 헷갈릴 정도였다. 차를 주시하던 나는 주행 중이 확실하다는 결론을 내렸다. 몸을 돌려 차를 등졌다. 계속 걷기는 했지만 누군가 나를 바라보고 있다는 느낌은 사라지지 않았다.

내가 지금 두려움을 느끼는 것인지는 확실치 않았지만 본능적으로 걸음이 빨라져 있었다. 아까보다 다급하게 걸었다. 속도가 그렇게 빨라진 줄 나조차도 의식하지 못하고 있다가 숨이 거칠어지고 나서야 깨달았다. 뒤를 힐끔 돌아 차와 거리가 벌어졌다는 것을 확인하자 안심이 되었다. 그런데도 여전히 혼자라는 압도적인 불안감과 고립감에 짓눌렸다. 거리에는 나 말고 아무도 없었다.

지금 내게 무슨 일이 벌어져도 아무도 모를 터였다. 아무도 보지 못할 터였다.

불안감을 떨쳐내려, 이성적으로 생각하려 애썼다. 겁을 먹기에는 나이가 너무 많았다.

주택 세 채만 지나면 숲을 관통하는 길이 나온다. 주택 사이로 난 그 길을 따라가면 근린공원이 나왔다. 자전거나 보행자용으로 조성된 좁은 길이었다. 차가 다닐만한 폭이 못 되었기에 지금 상황으로는 그 길로 가는 것이 안전하게 느껴졌다.

그 길에 도착한 나는 열린 능형망 울타리 문을 지나 걸음을 계속했다. 숲 사이에 난 길이라 나무가 제법 많았다. 숲에서 불안함을 느끼는 편이 아니었지만 오늘은 평소보다 초조했다. 자꾸만 뒤를 돌아보며 내가 혼자 있는 게 맞는지를 확인했다. 그 차는 따돌린 것 같았다. 더는 보이지 않았다. 그런데도 제이크를 떠올리다 보니, 그가 오늘 아침에 집에 온 이유에 대해 생각하니 신경이 곤두섰다. 뭐가 필요해서 왔던 걸까? 뭘 가져간 걸까?

그에게 무슨 일이 벌어지고 있는 걸까?

마지막 부부싸움이 있기 얼마 전부터 제이크는 평소와 달라 보였다. 얼굴이 심각했고 다른 곳에 정신이 팔려있는 듯했다. 다투는 일이 잦아졌다. 예전에는 전혀 싸울 일이 없었다. 항상 잘 지냈다. 다만 제이크는 자기가 상황을 통제해야 하는 스타일이었다. 안 된다거나 싫다는 소리를 듣는 데 익숙하지 않았다.

거부나 거절은 그의 크립토나이트*, 치명적인 약점이었다. 엄마 상황이 복잡해지기 전까지만 해도 나는 어떤 일에서든 제이크에게 반하는 말을 한 적이 거의 없었기에 그의 그런 성향이 결혼 생활에 문제가 된 적은 없었다. 우리는 불같은 연애를 했다. 만나자마자 사랑에 빠졌다. 3개월 만에 결혼했다. 제이크가 청혼했고 나는 수락했다. 그는 온갖 겉치레와 격식을 갖춘 성대하고 화려한 결혼식을 원치 않았다. 그에게 나는 좋다고 답했지만, 사실 여섯 살쯤부터 잡지에서 사진을 오려내 공책에 붙여두며 내 결혼식을 꿈꿨었다. 제이크와 나는 사랑의 도피를 감행했고, 결혼식 날 아빠를 대신해 내 손을 잡고 입장하는 모습을 꿈꿔왔던 엄마는 우리의 결정에 괴로워했다. 그런 결혼식 대신 제이크와 나는 이비사에서 단둘만의 결혼식을 치렀다. 이비사로 향했던 이유는 그곳이 제이크가 가보고 싶은 나라 중 하나였기 때문이다. 당시 나는 이비사가 어디에 있는지도 몰랐다. 멕시코의 칸쿤 근처인 줄 알았다. 멕시코는 내가 언젠가 가보고 싶었던 나라였다. 하지만 이비사는 멕시코가 아니었다. 그래도 스페인도 멋진 곳이었다.

숲길을 거닐며 몇 주 전 어느 밤, 그가 위스키 사워 칵테일 너머로 나를 매섭게 바라보며 수술 후 사망한 총상 환자 이야기를 하던 때가 떠올랐다. 누가 총을 쏜 거야? 내가 물었었다. 남편이. 제이크가 답했다.

* DC 코믹스 슈퍼맨 만화에 나오는 슈퍼맨의 가장 대표적인 약점.

아내의 머리에 총격을 가하는 남편을 상상하다 마음이 괴로워졌다. 상상조차 하기 힘들었다. 속이 울렁거리는 한편 아내가 도대체 무슨 짓을 했기에 남편이 그렇게 반응했을까 같은 수많은 생각이 들었다.

다만 남편이 아내에게 총을 쐈다는 제이크의 말 때문에 신경이 곤두선 것은 아니었다. 그의 말 다음에 이어졌던 일이야말로 대단히 거슬렸다. 너무 순식간에 벌어진 일이라 식역하 광고*처럼 느껴질 정도였다. 의식적으로 인지하지 못하지만 잠재의식에 영향을 미치는 그런 것들 말이다. 당시에는 나도 인식하지 못했었다. 한참이 지나서야, 제이크가 잠이 든 깊은 밤이 되어서야 떠올랐다. 침대 위 그의 옆에 누운 나는 뭐가 그토록 거슬렸는지 마침내 깨달았다. 내 잠재의식은 남편이 아내에게 총을 쐈다고 말할 당시 어쩐지 만족스럽다는 듯 제이크의 입가에 걸린 미소를 포착했다.

왜 그런 행동을 했는지는 몰라도 그날 밤 나는 침대에서 몸을 일으켰다. 제이크에게 가까이 다가가 그가 깊은 잠에 빠졌는지 확인한 후 몰래 침실에서 나왔다. 조용히 아래층으로 내려가 제이크 서재로 들어갔다. 벽에 걸린 그림을 조심스럽게 들어 올렸다. 제이크의 금고에 보관하던 총이 제자리에 있는지 확인하고 싶었다. 총은 그곳에 그대로 있었다. 그제야 잠들 수 있었다.

이제 숲길을 빠져나왔다. 나무가 무성한 숲 반대편으로 탁 트

---

* 소비자의 잠재의식에 호소하는 광고로, 소비자가 인지할 수 없는 속도로 메시지를 제시하여 구매 행동에 영향을 주는 광고를 뜻한다.

인 들판이 펼쳐졌다. 놀이터가 있었지만 사람들이 전부 대피하고 난 후처럼 텅 비어있었다. 로프로 된 다리를 건너고 미끄럼틀을 타며 행복한 웃음을 터뜨리는 아이들이 보이지 않았다. 은밀한 장소에서 마리화나를 피우는 염세적인 10대들도. 아무도 없었다. 공원에 사람들이 있으리라 생각했지만 텅 비어있었고 이는 아마도 날씨 때문인 듯했다. 외출한 지 얼마 안 되었지만 그 짧은 시간 동안 하늘은 더 어두워져 있었다. 해가 저문 탓은 아니었다. 아직 그럴 시간이 아니었다. 다가오는 폭풍 때문이었다. 바람이 거세졌다. 바람이 부는 방향을 따라, 뒤에서 미는 바람의 힘을 받으며 인도를 걸었다. 걸음이 너무 빨라지지 않도록 몸에 힘을 줘야 했다. 공원에 있는 그네들은 유령이 탄 것처럼 바람에 이리저리 흔들렸다. 회전 놀이 기구가 움직였다. 티가 나지 않을 정도였다. 움직일 때마다 끼익거리는 쇳소리가 아니었다면 돌고 있다는 것을 눈치채기 어려울 정도였다.

공원을 둘러싸고 나있는 길은 둥근 형태였다. 그 길 주변을 나무가 에워싸고 있었다. 집으로 돌아가고 싶은 마음에 길을 되돌아 나가려다가 문득 둥글게 이어진 길이니 그럴 필요가 없다는 것을 깨달았다. 왔던 길을 되돌아가든 앞으로 쭉 가든 거리는 똑같을 테니 그냥 계속 앞을 향해 걷기로 했다. 공원에 들어오거나 나가는 길은 하나밖에 없었다. 숲길과 능형망 울타리를 거치는 그 길뿐이었다. 결국에는 내가 왔던 길 그대로 나가는 수밖에 없었다.

나는 다시 숲길을 걸었다. 빼곡한 나무들 때문에 주변이 더 어두웠다. 아까보다 시간이 더 걸리는 것 같았다.

마침내 숲에서 나왔다. 그 순간, 아까 봤던 차가 좀 전과 반대 방향으로, 마치 나를 찾고 있기라도 한 듯, 천천히 다가오고 있었다.

입안이 바짝 말랐다. 마른침을 삼킬 수도 없었다. 숨도 쉴 수가 없었다.

정확히 지금 내가 무엇을 두려워하는 건지, 저 차 안에 누가 타고 있다고 생각하는 것인지를 스스로 물었다. 답할 수 없었다. 두려움을 느낄 이유가 전혀 없었음에도 떨고 있었다. 집 방향으로 난 인도를 따라 거의 뛰는 것이나 다름없을 정도로 빠르게 걸었다.

갑자기 하늘에서 비가 쏟아지기 시작했고, 빗물이 눈에 들어가 앞을 보기가 어려웠다.

내 뒤에서 엔진이 진동하는 소리가 들렸다. 나는 고개를 돌리지 않고 버텼고—무엇보다 비명을 지르고 싶었다—그때 누군가의 목소리가 들렸다. "죄송한데요." 나는 허를 찔린 기분이었다. 여성의 목소리였다. 왠지 몰라도 여성일 거라고는 예상하지 않았다. 천천히 고개를 돌리자 내 옆으로 차가 멈춰 섰다. 운전석 창문이 열렸고 여성은 빗속에도 머리를 밖으로 빼고 상냥하고도 미안한 표정으로 미소를 지었다.

비가 옆으로 내리는 바람에 차로 빗물이 들이쳤다.

"정말 미안해요." 여자가 말했다. "놀라게 할 생각은 없었어요. 제가 길을 잃었거든요. 혹시 서클 드라이브가 어느 쪽인지 알려주실 수 있을까요?"

나는 비를 맞으며 인도에 서 있었다. 호흡은 가빴고 가슴이 방망이질을 쳤다.

이 여성은 단순히 길을 물어보려던 것뿐이었다. 두려움을 느낀 내가 한심했다. 당연히 길을 물어보는 운전자겠지. 도대체 누구라고 생각한 걸까? 무슨 나쁜 일이 벌어질 거라고 상상한 걸까? 이 여성이 내게 무슨 짓을 할 거라고 생각한 걸까?

"홉슨 끝에 있어요." 나는 숨을 내쉬었다. 목소리가 떨렸고 빗소리 때문에 여성은 내 말을 제대로 듣지 못한 것 같았다.

그녀가 고개를 가로저었다. "죄송하지만 뭐라고 하셨죠?" 손을 귀에 가져다 대며 외쳤다.

다시 말해주었다. "홉슨 끝이요. 정지 표지판 있는 곳으로 되돌아가세요. 거기서 홉슨을 가로지르는 길로 가야 해요." 목소리를 높였다. 그녀가 가야 할 방향을 손으로 가리켰다. 여자는 고맙다는 인사를 전했다. 유리창을 올리고 차를 출발시켰다. 와이퍼가 이리저리 바쁘게 움직이고 있었지만 헤드라이트는 여전히 꺼져있었다. 그녀는 우리 옆집의 진입로에서 차를 돌려 도로 끝에 있는 정지 표지판으로 향했다. 나는 그곳에 서서 숨을 고르며 여성의 차를 지켜봤다. 헤드라이트가 꺼져있다고 알려줄 걸 그랬다.

집까지 남은 거리를 달렸고, 마침내 비를 피해 실내로 들어가기뻤다.

차고 문을 열고 안으로 들어간 내 뒤로 문이 닫혔다. 차고에 홀로 있게 되자 너무나 감사한 마음이 들었다.

난 천천히 호흡하려 했고 좀 전에 있었던 일을 이해해 보려 했다. 그 자리에 주저앉았다.

누가 나를 미행한다고 생각했던 걸까?

내가 뭘 두려워하는 걸까?

잠시 숨을 고르고는 집 안으로 들어갔다. "빨리 왔네." 엄마는 산책이 생각보다 금방 끝났다고 말했고, 나는 날씨 탓을 했다. "숨이 차구나, 니나." 내 말소리를 듣고 엄마가 말했다.

"비가 오기 시작해서요. 집까지 뛰어왔어요."

"다 젖었네. 수건 가져다줄게." 엄마가 말했다. 코트 밑은 멀쩡했지만 안에 입은 셔츠는 군데군데 빗물로 얼룩졌고 머리는 축축한 상태였다. 무엇보다 젖은 신발에서 찌걱이는 소리가 나는 바람에 엄마가 알게 된 것 같았다. 신발을 벗어 현관에 갖다 놨다.

"아뇨, 괜찮아요." 바닥에 찍힌 신발 자국을 닦아내며 말했다. "옷 갈아입을 거예요. 금방 올게요." 엄마에게 말하고는 침실로 가는 계단을 올랐다. "씻고 나서 저녁 준비할게요."

위층으로 올라왔다. 침실 문을 닫았다. 노트북을 챙겨 침대에 앉았다. 심장은 여전히 방망이질 치고 있었다. 마음을 진정시키려 침대에 잠시 그대로 앉아있었다. 이제는 퍼붓기 시작한 비가 창문을 무섭게 때리고 있었다. 창문이 다 잘 잠겼는지 휙 둘러봤고, 다행히 잘 잠겨있었다.

페이스북을 열었다. 친구인 애나와 데미안은 이제야 소셜 미디어에 임신 소식을 알렸다. 두 사람은 펠트 보드로 소식을 전했다. 펠트 보드에는 '커밍순'이라고 적혀있었다. 애나는 불러오는 배 옆에 보드를 들고, 데미안은 애나의 어깨에 팔을 두르고 나란히 서있었다. 적갈색의 층이 진 멋진 미니 드레스를 입은 애나는 빛이 나고 반짝였으며, 나는 아이를 품고 행복해하는 이 사진 속 여성처럼 될 수 있을지 알 수 없어 퀭한 질투심을 느꼈다. 나는 서른여덟 살이다. 요즘에는 노산이라는 말을 썼다. 즉 내가 아이를 낳기에 너무 나이가 들었다는 뜻이다. 내가 꼭 아흔 살 노인이 된 것 같은 기분이었다. 물론 지금은 우리가 아이를 고민할 단계가 아니었다. 제이크는 나와 대화도 하지 않았다. 내가 그를 믿는지, 아니 그가 어디에 있는지조차 모르는 상황이었다. 애나를 바라보는 데미안의 눈에 사랑이 가득했다. 애나도 마찬가지였다. 두 사람이 서로 깊이 사랑한다는 것이 보였다. 제이크는 나를 저런 눈으로 바라봐 준 적이 한 번도 없었다.

나는 지역 페이스북 페이지를 열었다. 내가 남긴 글에 댓글이 달렸는지 살폈다. 제이크의 얼굴을 봐야 했다. 그 사람이 왜 집에 왔었는지 알아야 했다.

내 게시물에 댓글로 누군가 우편물이 실수로 배송 완료라고 잘못 표시되는 경우도 있다고 적었다. 하루만 더 기다려 봐요. 그가 조언을 전했다. 그리고 업체에 연락하세요. 별 도움이 안 되는 댓글이었다.

다행스럽게도 댓글을 남긴 사람이 또 있었다. 우리 집 대각선에 자리한 집에 사는 사람이 영상과 함께 댓글을 남겼다. 이게 도움이 될지는 모르겠지만 시간대는 맞는 것 같아요.

노트북 화면에 가득 차도록 영상을 확대해 보았다. 카메라는 그 집 현관과 정원 쪽을 향한 각도였지만 집 앞 도로와 건너편 집도 일부 잡혔다. 유일하게 아쉬운 점이라면 제이크와 내가 사는 집이 잡히지 않았다. 이 각도에서는 우리 집이 보이지 않았다.

하지만 영상 속 무언가가 의미 있다고 판단해 댓글을 달았을 것이다. 나와 무슨 관련이 있을지는 몰라도 영상을 시청했다.

현관에는 화분 두 개가 보였다. 화분에는 수크령이 자라고 있었고 거대한 깃털들이 바람에 이리저리 휘고 흔들렸다. 스피커에 잡힌 바람 소리가 증폭된 탓에 마치 토네이도 소리처럼 너무 크게 들렸다.

영상을 계속 시청했다. 무슨 일이 벌어지리라는 것은 알았지만 그게 무엇인지 모르는 나는 기대감과 초조함을 동시에 느꼈다.

자동차 소리가 먼저 들린 후 검은색 4도어 세단 한 대가 화면에 등장했다. 나는 차종을 잘 모른다. 어느 정도 보이기만 하면 무슨 차인지 알아보는 능력은 나보다 제이크가 나을 것이다. 영상 화질은 좋았지만 카메라 각도가 맞는지는 모르겠다. 자동차 뒷부분에 있는 제조사나 모델명, 번호판이 하나도 보이지 않았다.

차는 이 현관 카메라가 설치된 집 바로 맞은편 길가에 멈췄다. 시동을 켠 채로 운전자가 꽤 오랜 시간 꼼짝도 하지 않아 차에서 내릴 생각이 없는 건가 싶었다.

제이크일 수도 있을까? 제이크 차에 무슨 문제가 생겼을까? 차를 렌트하거나 다른 사람의 차를 빌렸을 수도 있을까?

차 문이 열렸다. 한 남자가 차에서 내렸다. 실망한 나는 이건 아니라고 속으로 생각했다. 이게 아니다. 이 남자는 내가 찾고 있는 남자가 아니다. 이 남자는 제이크가 아니었고 차도 제이크 차가 아니었다. 영상 속 남성은 제이크보다 키가 크고 좀 더 마른 체형이기도 했다. 청바지에 재킷을 입고 모자를 쓴 이 남성은 걷는 모습만 봐도―주머니에 손을 찔러 넣고 과시하는 것처럼 보일 정도로 자신만만하게 걸었다―내 남편이 아니었다. 제이크도 자신감 넘치는 태도로 걸었지만 조금 달랐다.

수크령 깃털들이 자꾸 시야를 어지럽혔다.

남자는 바람과 싸우며 차 뒤쪽으로 돌아 나와 잔디로 덮인 공원 도로를 가로질러 인도로 향했다. 여전히 주머니에 손을 넣은 채로 인도를 따라 걷는 그의 모습이 화면 밖으로 사라졌다. 얼굴은 내내 카메라를 등지고 있었지만 얼굴을 확인하지 않아도 어느 모로 보나 제이크가 아니라는 것만은 알 수 있었다.

거기서 영상이 끝났다.

실망감에 심장이 가라앉았다. 나와는 완전히 무관한 영상이었다. 이 영상을 공유한 사람은 우편물을 훔쳐 간 도둑이 찍혔다고 생각한 모양이었다. 하지만 영상 속 남자는 우편물 도둑처럼 보이지 않았다. 그저 친구네 집에 온 것 같았다. 나와는 아무런 관계가 없었다.

화면을 다시 축소했다.

영상에 관한 댓글을 남겼다. 정말 감사해요. 혹시 이 영상 속 남자가 실제로 우편물을 가져가는 모습이 좀 더 가깝게 찍힌 영상을 갖고 계신 분 없을까요? 다시 말해, 우리 집 또는 현관을 찍은 영상을 갖고 계신 분이 없나요?라는 말이었다. 내가 보고 싶은 것은 그것이었다. 나는 이 남자가 아니라 제이크를 보고 싶었다.

좀 더 그럴듯한 무언가를 가진 누군가가 나타나길 바라며 기다리는 수밖에 없었다.

크리스티안

한밤중에 순간 벌떡 일어나 앉았다. 잠에서 완전히 깬 것은 아니었다. 무의식과 의식 중간의 빈 공간 어디쯤이었다. 내가 들은 것이 무엇이었는지 알 수 없었다. 결코 흉내 낼 수가 없는 소리였다. 하지만 잠재의식 어딘가에서―의식의 경계 바로 아래 자리해 여전히 우리에게서 어떠한 반응을 불러일으킬 수 있는 곳에서―들리는 소리가 나를 잠에서 깨웠다.

옆에 누운 릴리는 깊이 잠들어 있었다. 나지막하게 코를 골기도 했다. 내 움직임에도 아내는 깨지 않았다.

나는 숨죽이고 그 소리에 귀를 기울였다. 눈을 크게 떴다.

숙면하던 중이었다. 며칠 만에 처음으로 베개에 머리를 대자마자 잠들었다. 이후로 아무런 기억이 없었다. 맞은편 벽에 걸린 디지털시계 화면을 확인하니 새벽 4시 12분이었다.

나는 방 안을 둘러보며 무엇이 이상한지 살폈다. 방은 숯처럼 캄캄했다. 흐리고 탁한 어둠 속에서 무엇도 제대로 보이지 않았다. 닫힌 문은 잠겨있었다. 한동안은 이런 상태로 잠을 잘 듯했다. 전에는 문을 닫고 잔 적이 없었다. 하지만 이제는 문을 닫고 자야 릴리가 안전하다고 느꼈다. 릴리가 안전하지 않다고 느낄 이유도 딱히 없었지만 말이다.

문을 닫고 자자는 이야기를 나눈 적은 없었지만 언젠가 침대에 눕기 전에 내가 문을 닫고 잠그는 모습을 지켜보던 릴리가 현명한 행동이라는 듯 살짝 고개를 끄덕였다. 문의 잠금장치가 대단히 튼튼하지는 않았다. 작은 스크루드라이버 하나면 열 수 있었다. 하지만 문을 잠그는 데 우리가 편안함을 느낀 지점은, 잠이 들어 의식이 없는 우리와 미지의 무언가 사이에 문이라는 하나의 장애물이 존재한다는 데 있었다. 누군가 잠금장치를 뜯어내거나 손잡이를 돌린다면 그 소리에 우리는 잠에서 깰 터였다.

그 소리가 다시 시작되었다. 이번에는 제대로 들렸고, 불과 2분 전에 나를 깨운 소리와 같다는 것을 지극히 원초적인 감으로 알 수 있었다. 삐, 삐. 알람과 비슷한 소리였다. 규칙적인 리듬과 흔들림 없는 주기가 있었다. 나직하게 울리는 탓에 어디서 나는 소리인지 짚어내기가 어려웠다. 한밤중에 연기 탐지기의 경보음이 들릴 때 어느 집 탐지기인지 헤매는 것과 비슷했다. 딱 그랬다. 희미한 소리. 콕 집어내기가 어려운 소리.

내 몸을 감싸고 있던 이불을 걷어냈다. 침대에서 일어났다. 소리에 몸을 맡겼다. 침대 발치 주변을 돌다 침실에 딸린 욕실로 향했다. 한 걸음씩 내디딜 때마다 소리가 커졌다. 릴리는 개의치 않고 계속 자고 있었다. 릴리는 나보다 잠이 훨씬 깊게 드는 편이었다. 늘 그래왔던 터라, 나중에 아이가 태어나면 한밤중에는 아이의 울음소리를 듣지 못하는 아내를 대신해 밤중 수유는 내 차지가 될 거라는 이야기를 농담처럼 주고받았다.

발에서 도자기 타일의 냉기가 전해졌다. 욕실에 발을 내딛자 본능적으로 손이 전등 스위치로 향했다. 스위치를 누르려던 순간, 아차 싶었다. 릴리를 깨우고 싶지 않았고, 밖에서 내 모습이 보이는 것 또한 원치 않았다.

무엇인지는 몰라도 그 소리는 욕실에서 더욱 크게 울렸다. 소리의 근원지에 가까워지고 있었다.

욕실에는 창문이 하나 있다. 커다란 욕조 바로 뒤에 있다. 창에 설치된 인공 목재 블라인드는 위 방향으로 열려 창틀 아래까지 완전히 내려가 있었다. 바람에 블라인드 날 몇 장이 약하게 떨렸다. 살짝 열린 창문 틈 사이로 서늘한 밤공기가 들어왔다. 화장실은 추웠고 바깥은 집보다 30도 이상 낮았다.

블라인드를 열기 위해 줄로 손을 뻗었다. 블라인드를 열기 직전, 바깥에서 들리던 소리가 갑자기 멈췄다. 나는 우뚝 움직임을 멈추고 귀를 기울였다.

갑작스러운 적막은 소음만큼이나 거슬렸다.

블라인드 줄을 잡았다. 손에 휘감아 쥐었다. 이웃들 눈에 발가벗고 목욕하는 모습이 보일까 걱정이 되어 우리는 이 블라인드를 연 적이 거의 없었다. 줄을 조심스럽게 당겼다. 블라인드가 천천히 올라가며 열린 창문이 서서히 모습을 드러냈다.

욕실 불은 여전히 켜지 않은 채였다. 욕실에 내린 어둠은 두 눈이 얼마간 적응하기 전에는 아무것도 보이지 않는 그런 종류의 어둠이었다. 나는 조심히 욕조 안으로 들어갔다. 몸을 웅크려 앉았다. 거대한 욕조에 몸을 말고 앉아, 블라인드 아래 약 5센티미터 열린 창문 틈새로 눈을 바짝 갖다 대었다.

욕실도 어두웠지만 밖은 그와 비교도 되지 않을 정도로 캄캄했다. 거대한 무의 세계. 달도 별도 보이지 않았다.

욕실 화장실 창문은 옆집을 마주하고 있다. 옆집에는 동작 감지 센서등이 설치되어 있다.

아무것도 보이지 않았다.

하지만 옆집의 동작 감지 센서등이 켜져있었다.

우리 집 마당과 그 주변은 나무가 우거져 있고 강으로 둘러싸여 있다. 나무는 먹이와 은신처를 찾는 야생 동물들을 불러들인다. 사실 하루 중 언제든지 뒷마당에서 사슴을 보거나, 주로 야간이긴 하지만, 거리를 어슬렁거리는 여우나 코요테를 마주하는 것은 그리 드문 일이 아니었다. 그 때문에 동네에서는 키우는 개들, 특히나 체구가 작은 개들을 홀로 밖에 두려 하지 않았다.

코요테 같은 야생 동물 때문에 센서등이 켜진 거라고 생각하려고 노력했다.

다만 코요테는 삐, 하는 소리가 나는 것을 몸에 두르지 않는다.

나는 눈으로 뒷마당을 훑으며 어떤 소리나 움직임을 찾으려 했다.

우리 마당에 아무도 없다는 것을 확인하기 전까지는 잠을 잘 수 없었다. 제대로 살펴보기 위해 밖으로 나가야 했다. 먼저 침대에 있는 릴리에게 몸을 기울여 기색을 살폈다. 아내는 얕게 코를 골며 여전히 깊이 잠들어 있었다.

나는 침대 밑으로 엎드렸다. 밖으로 나가기에 앞서 혹시 모를 상황에 대비해 오래된 야구 방망이를 찾아 침대 아래를 더듬었다. 내가 야구 방망이를 여기에 두었다는 것을 릴리는 모른다. 내가 침대 아래에 야구 방망이를 보관한다는 것은 곧 우리가 두려움을 느낄만한 이유가 있다는 뜻이었으므로 아내에게는 알리지 않았다.

방망이를 끄집어냈다. 침실 문으로 다가가 잠금을 풀었다. 천천히 문을 당겨 열었다. 복도를 거쳐 계단을 내려갔다. 그 소리는 밖에서 나고 있었고 이 집 안에는 릴리와 나 말고는 아무도 없었으므로 집을 가득 메운 완벽한 적막을 걱정할 필요는 없었다.

계단 아래에 이르자 벽에 달린 보안 장치 키패드가 보였다. 경비 해제라는 메시지가 보였다. 경비를 실행할 준비가 되었습니다라는 메시지도 보였다.

이해가 되지 않아 다시 한번 메시지를 확인했다. 틀림없이 나는 경비 시스템을 설정했었다. 이번 주 내내 그랬던 것처럼 말이다.

하지만 어젯밤은 좀 달랐다. 제이크 차를 옮기고 릴리와 집에 들어오자 너무도 피곤했다. 신경이 너무도 곤두서 있었다. 맥주

한 병을 단숨에 비웠고, 릴리가 씻으러 들어간 후에 한 병 더 마셨다. 그러고는 침대에 쓰러졌다. 양치도 안 한 것 같다. 입안에서는 이스트 맛이 감돌고 치아는 거칠한 스웨터를 입은 것처럼 까끌거렸다. 언제 잠이 들었는지도 기억이 안 난다. 눈을 한 번 감았다 떴는데 새벽 4시였다.

경비 시스템 설정을 깜빡한 것도 충분히 가능한 일이었다.

한 손으로 야구 방망이 몸통을 꽉 쥔 채 1층을 수색했다. 고등학교 때 야구를 했고 커서는 취미로 몇몇 성인 야구 동호회에 참여했었지만 그 이후로 몇 년 만에 야구 방망이를 잡아보는 것이었다. 그렇지만 필요한 상황이 온다면 스윙으로 누군가를 충분히 기절시킬 자신이 있었다.

우리 집은 벽이 없이 트인 오픈형 구조였다. 릴리는 아기가 태어나면 이런 구조가 여러모로 좋을 것 같다는 이야기를 했다. 주방에서 식사를 준비하면서도 거실에서 아이가 노는 모습을 지켜볼 수 있다고 말이다. 결국 우리에게 중요한 것은 탁 트인 시야였고, 지금도 가리는 것 없이 한눈에 집 전체를 확인할 수 있어 좋았다.

이 집에는 우리 말고 아무도 없다.

주방으로 간 나는 손전등을 찾아 서랍을 뒤적였다. 손전등을 찾았다. 뒷문 잠금장치를 푼 뒤 문을 열고 밖으로 나갔다. 밖은 7도쯤 되는 추운 날씨였다. 파자마 바지만 입고 셔츠는 입지 않은 상태였다. 셔츠를 위층에 두고 온 것이 후회되었다. 추위에 옴짝달싹할 수 없었다. 바닥에 깔린 벽돌 타일은 얼음장처럼 차가웠지만 무시하려 노력했다.

계단 위에 서서 손전등으로 뒷마당을 이리저리 비췄다. 어디까지 나가 확인할 생각인지는 나도 모르겠다. 발걸음을 죽이고 테라스를 가로질렀다. 여기까지 나오는 것도 긴장되었다. 내게 무슨 일이 생길까 봐 걱정되는 것이 아니라 릴리 때문이었다. 집에서 멀어지고 싶지 않았다. 뒷문은 잠겨있지 않았고 릴리는 집 안에 혼자 있었다. 침실 문도 열려있는 상태였다. 릴리는 잠들어 있었다. 누군가 침실에 들어가도 아내는 알아채지 못할 터였다.

저 멀리 오른쪽에서 소리가 들렸다. 반짝 고개가 돌아갔지만 너무 어두워 아무것도 보이지 않았다. 사실 그건 중요치 않았다. 무엇이 보여서가 아니라 무엇이 들려서 두려운 것이니까. 산책로를 밟는 발소리, 풀잎들을 스치는 소리 같은 것들 말이다.

나는 소리쳤다. "거기 누구 있습니까?"

대답 대신 돌들이 이리저리 튀는 소리가 들렸다. 거기 있는 게 사람인지 뭔지는 몰라도 도망치기 시작한 것이었다.

마당 너머로 손전등을 비추었지만 어둠이 불빛을 삼켰다.

이번에도 산책로에서 술을 마시던 한심한 10대들일 거다. 나 때문에 놀란 애들이 도망친 것이다. 그렇게 생각하고 넘기려 했지만 사실 새벽 4시에 뒷마당에서 애들이 노는 일은 한 번도 없었다.

잠시 그곳에 서서 어둠을 주시했다. 모든 것이 조용했다. 더는 아무런 소리도 들리지 않았다. 그곳에 있던 사람인지, 동물인지가 사라졌다는 확신이 들고 나서야 집 안으로 들어왔다. 문을 옆으로 밀어 닫은 후 잠갔다. 1층에 있는 문들이 다 잠겨있는지 확인했다. 창문도 전부 살폈다. 침실로 올라가기 전 경비 시스템을 설정했다. 제대로 켜졌는지 똑똑히 확인했다. 카운트다운과 함께 경비 시스템 가동이 시작되는 60초 동안 그 앞에 서서 기다렸다.

다시 잠들지 못했다. 릴리 옆에 누워 창문으로 캄캄했던 하늘이 파랗게 변해가는 것을 지켜봤다.

* * *

"당신이랑 제이크가 같은 시간에 삼림 보호 구역에 있을 확률은 얼마나 될까?" 다음 날 아침 릴리에게 물었다. 일요일이었다. 늦잠을 잤다. 새벽 4시 30분부터 6시 30분까지 못 자다 해가 뜨는 것을 보고 나서야 잠이 든 탓이었다. 긴장을 풀고 누워 릴리를 안은 채 눈을 감고 극심한 피로감에 무릎 꿇었다. 제이크 꿈을 꿨다. 꿈속에서 그가 죽었고 나는 행복해했다.

잠에서 깼을 때 릴리가 보이지 않았다. 아내가 누워있던 자리가 비었고, 침대 발치에 걸려있던 가운도 사라진 상태였다. 침실 문은 열려있었다.

아래층 주방에 있는 릴리는 디카페인 커피 한 잔을 곁에 둔 채 토스트를 가만히 쳐다만 보고 있었다. 머리카락을 대충 말아올려 묶은 아내는 가운 차림에 맨발로 식탁에 앉아있었다.

바깥은 더는 안전하지 않은 곳이었고 세상이 어쩐지 다르게 보였다.

"글쎄." 릴리가 미간을 찌푸리며 말했다. "그냥 우연이었어. 그럴 때 있잖아. 왜?" 아내는 내 말을 기다리지 않고 곧장 말을 이었다. "짐 브레이디도 같은 시각에 날 봤잖아. 기억해? 그럴 확률은 또 얼마나 되겠어? 거기가 유명한 곳이기도 하고 가깝기도 하고. 내 주변 사람들도 보면 맨날 거기 가더라고."

이 세상에 우연 같은 것은 없다고 말하는 이들도 있다. 세상 모든 일이 일어나는 데는 이유가 있고 모든 일이 치밀하게 계산된 커다란 계획의 일부라고.

하지만 누구의 계획일까?

"내 말은 릴리." 아내 옆에 있는 의자를 빼서 앉고는 마음속에 품었던 말을 당장이라도 하고 싶은 조바심에 아내 쪽으로 몸을 기울였다. "우리가 그 제이크란 남자에 대해서 얼마나 아느냐는 거지."

잠들지 못했던 두 시간 동안 이 생각을 했다. 아내에게 이렇게 질문한 이유는, 그 새벽에 문득 제이크가 릴리에 대해 했던 말이 떠올랐기 때문이었다. 당시만 해도 단순히 맞아 나 진짜 운이 좋지라고 생각하고 말았었다. 제이크가 정확히 뭐라고 했는지는 기억나지 않지만 내가 릴리를 만난 건 대단한 행운이라는 뭐 그런 이야기였다.

그의 말은 정확히 기억나지 않아도 그의 눈빛은 기억난다. 질투에 사로잡힌 녹색 눈이었다. 그 말을 할 당시 그의 시선은 나를 향해있지 않았다. 그의 눈은 저 너머에 있는 릴리를 뚫어져라 바라보고 있었다. 그의 시선이 향한 방향을 따라가니 그 끝에 누군가와 대화를 나누는 릴리가 보였고, 당시 대화 상대는 니나가 아니었으므로 그가 누구를 바라보고 있었는지는 분명했다. 우리의 시선을 느낀 건지 릴리는 드러난 어깨 너머로 고개를 돌려 우리를 쳐다봤다. 릴리가 입고 있던 검은색 긴 드레스는 어깨끈이 없이 허리 부분이 타이트하게 조여지고 그 아래로 하늘거리며 떨어지는 스타일이었다. 여름이었고, 구릿빛 피부는 나무랄 데 없이 섹시했다. 지금도 선명하게 떠오른다. 아내의 두 눈에 담긴 침착함이. 대화가 너무 길어지고 있으니 와서 좀 구해달라는 듯한 표정을 지으며 나를 향해 애절하게 웃던 두 눈이. 나는 당연히 아내를 구해주러 갔다. 기꺼이.

당시 나는 제이크가 질투할 만한 무언가가 내 것이라는 데 이상할 정도로 행복해했다. 그는 멋진 집과 차, 어마어마한 연봉과 대단해 마지않는 커리어까지 갖고 있었다.

하지만 내게는 릴리가 있었다.

"그 사람에 대해 아는 건 별로 없지. 당신 말 듣고 보니 그러네." 릴리가 말했다. "같이 어울린 게 열 번쯤 되려나?"

"열 번도 안 돼."

제이크의 집에서 몇 번 식사를 했고 우리 집에서는 두 번 정도 모였다. 두 번 외식했고 교직원 파티 자리는 세 번쯤. 우리는 친구였다. 만나면 늘 즐거웠고 웃을 일도 많았다. 그렇다고 해서 제이크와 내가 가장 친한 친구 사이라거나 그런 건 아니었다.

릴리가 고개를 끄덕였다. 아내도 내 말에 동의하고 있었다. "니나 때문인 것 같아." 아내는 내게 커피를 주려 자리에서 일어났고 나는 감사한 마음으로 커피잔을 받았다. "니나가 지난 몇 년간 제이크에 대한 이야기를 많이 했으니까. 내가 그 사람을 잘 알고 있는 것 같은 느낌이 드는 것 같아."

실상은, 우리는 그에 대해 아는 것이 전혀 없었다.

우리는 그저 제이크와 니나가 우리에게 보여주고 싶었던 모습들만 안다.

이후 나는 어딘가 이상한 것은 없는지, 간밤에 누군가 여기 있었다는 흔적을 찾으러 집 주변을 수색했다. 빈 맥주 캔 하나 외에는 아무것도 없었다. 새벽에는 단순히 애들이었거나 길을 잃은 취객 아니면 노숙자였을 거라고 짐작했다. 그리 말이 안 되는 생각은 아니었다. 집 근처의 산책로는 80킬로미터 가까이 뻗어있다. 나라 두 곳과 소도시 열두 곳을 관통했다. 나와 릴리가 사는 교외 지역은 중산—에서 중상—층이 살았지만 소도시 열두 곳이 전부 그렇지는 않았다. 이 산책로가 관통하는 소도시 가운데 빈곤층에 속하는 인구 비율이 제법 되는 곳도 있었다. 안타까운 일이었다. 이런 소도시들은 우리가 사는 지역과 인구 통계 자료에서 큰 차이를 보이는 곳들이었고, 실제로 범죄 발생률 또한 높았다. 전에 산책로를 자전거로 완주했을 당시, 임시 캠프촌을—텐트에 사는 사람들이 모인 야영지를—여러 곳 지나쳤다. 대체로 혼자 지내는 남성들이었다. 경찰이 쫓아내도 이

들은 반드시 돌아와 다리 밑이나 숲속에 터를 잡았다. 릴리가 너무 멀리까지 러닝을 나가지 않길 바랐다. 짧은 거리라면 괜찮지만 장거리는 반대였다. 아내가 장거리를 달릴 때면 또는 과거 장거리를 달렸을 때면 나는 자전거를 타고 그 뒤를 따르며 아내가 집까지 무사히 귀환하도록 곁을 지켰다.

누군가 한밤중에 사유지에 무단 침입을 한 것 같은 경우, 보통 때라면 나도 경찰에 신고했을 것이고 어쩌면 어젯밤에도 경찰에 신고하는 편이 나았을 수도 있다. 하지만 경찰은 질문할 것이다. 한밤중에 내 집에 누군가 무단 침입을 할 것이라고 생각한 이유가 있는지, 그 이유는 무엇인지 같은 질문 말이다. 나 자신부터 가택 무단 침입과 증거 조작 같은 죄를 지은 데다 거짓말에는 눈곱만한 소질도 없는 터라 경찰이 우리 집에 오는 것이 달갑지는 않았다.

나는 누군가 내 집에 무단 침입할 이유는 없다고 생각했었다. 하지만 몇 시간 전 새벽, 계속해서 이어지던 생각 끝에 혹시나 아주 희박하게나마 제이크가 죽지 않았을 가능성이 있지 않을까 하는 의심이 들기 시작했다.

니나

월요일 학교가 끝난 후 엄마를 모시고 유방 종양 조직 검사를 받으러 가야 했다. 그래야 악성인지 양성인지 정확히 알 수 있었다. 의사는 아직 너무 걱정하지 말라고, 대부분 양성이라고 말했다. 의사가 좋은 의미로 한 말인 것은 알지만, 외가의 유방암 가족력을 생각하면 엄마의 종양이 양성이라고 생각하기가 어려웠다. 입 밖으로 내지는 않았다. 지금 엄마를 불안하게 하고 싶지 않았다. 종양이 악성으로 나오면 그때 해결해 나가면 된다.

병원 예약 시간은 오후 3시 30분이었다. 병원까지 30분이 걸렸고, 그 전에 엄마를 태우러 가야 했다.

조바심을 내며 학교를 나왔다. 종이 울리면 곧장 나오려고 마지막 시간에 가방을 챙겨두었다. 스쿨버스가 출발하기 시작하면 도로가 정체될 터이기에 안 될 걸 알면서도 그전에 주차장

에 도착해 보려고 걸음을 급하게—거의 뛰다시피—옮겼다. 시
선은 차에 고정한 상태였다. 정작 길을 제대로 보지 않았던 나
는 주차장 바닥에 난 틈에 발이 걸려 앞으로 넘어질 뻔했고, 손
에 들고 있던 머그잔이 바닥에 떨어져 내 차 아래로 굴러 들어
갔다. 다행히도 머그잔 안에 내용물이 없었기에 망정이지, 아니
었다면 커피가 온 사방으로 쏟아질 뻔했다. 다만 바닥에 엎드려
차 아래에 있는 머그잔을 꺼내야 했는데 끔찍했던 하루에 딱 어
울리는 마무리처럼 느껴졌다. 그저 누구의 눈에도 띄지 않길 바
랄 뿐이었다. 손에 머그잔이 잡혔고, 차 아래에서 몸을 빼려던
그때 무언가 내 시선을 사로잡았다. 위장과 가슴께가 꽉 막힌
듯한 느낌이 들었다. 두려움에 몸이 굳고 말았다.

　머그잔을 들고 자리에서 일어났다. 머그잔은 아스팔트 바닥
에 내려놓았다. 순간 엄마의 조직 검사가 있다는 것도 잊은 채,
가방에서 핸드폰을 꺼낸 나는 차 아래에 붙어있는 무언가를 제
대로 보기 위해 다시 몸을 숙여 핸드폰 손전등을 비추었다.

　"왜 주차장 바닥에 엎드려 있는 건지 물어봐야 하는 거예
요?" 누군가 장난스럽게 말했다.

　몸을 벌떡 일으키다 차에 머리를 부딪칠 뻔했다. 위를 올려다
보니 오후의 환한 햇빛 아래 선 라이언이 보였다. 그의 얼굴을
확인하려 손 그늘을 만들었다. 웃음기 어린 표정으로 내려다보
던 그는 충격을 받은 듯한 내 얼굴을 보고는 짓궂은 미소를 거
두고 눈썹을 들어 올렸다.

　그가 심각해진 목소리로 물었다. "니나?" 미간을 찌푸린 채

그가 고개를 갸웃했다. "왜 그래요? 무슨 일 있어요? 뭐 잃어버렸어요?"

턱에 힘이 들어갔다. "저기……. 여기 이것 좀 봐줄 수 있어요? 제가 생각하는 그게 맞는지 확인 좀 해줄 수 있어요?"

"네." 그가 고개를 끄덕이며 다정하게 말했다. "그럼요." 그는 가방을 내려놓고 내 옆에 몸을 낮추고 앉아 물었다. "제가 봐줬으면 하는 게 어떤 건가요?"

"여기요. 차 밑에." 내가 말하자 그는 몸을 숙였다. 공간이 비좁았다. 아래를 들여다보려 몸을 숙이다 머리끼리 스쳤다. 주차된 차들 사이의 간격이 1미터도 안 되는 터라 두 명은커녕 한 명이 자리할 공간도 못 되었다.

나는 핸드폰 손전등으로 차 아래, 운전석 거의 바로 아래쪽인 차 가장자리에 붙은 검은색 작은 상자를 비췄다.

"뭘 말씀하신 거예요?" 그가 물었다.

"이거요." 내가 검은색 상자에 손을 대며 말했다.

라이언이 차 아래로 손을 집어넣었다. 차 하부에서 쉽게 그것을 떼어냈다. 접착제 같은 것으로 붙어있는 덕분이었다. 물건을 손에 쥔 채로 몸을 일으킨 그는 손을 내밀어 내가 일어나는 것을 도와주었다.

"차에 있으면 안 되는 물건이네요." 그는 몸을 일으키는 내게 말했다. 그는 눈으로 그 물건을 이리저리 살폈다. 다정하고도 안쓰러움이 묻어나는 눈으로 이렇게 말했다. "GPS 추적기예요, 니나." 순간 온몸에 힘이 빠져나가는 것 같았다. 나는 뒤로 몸을 기대며 차에 의지했다. 손으로 입을 가렸다. 내 예상이 맞았다. 그럴 거라 생각했지만 막상 그의 입에서 들으니 더욱 끔찍한 기분이 들었다. 내 생각이 틀렸길 바랐다.

라이언이 내 표정을 읽었다. "차에 이런 게 있는 줄 몰랐던 거죠?"

나는 고개를 끄덕였다. "네. 몰랐어요."

뭐라 말하려던 라이언은 다시 입을 닫았다.

"뭔데요?" 내가 물었다. "무슨 말 하려 했어요?"

그가 한 걸음 다가오자 다시금 둘 사이에 공간이 좁아졌다. 그는 손을 뻗어 내 팔을 부드럽게 쥐었다. "괜찮아요?" 그가 물었다. 나는 고개를 끄덕였지만 습관처럼 나오는 의례적인 반응일 뿐이었다. 내 시선은 그를 향해있지 않았다. 누가 내 차에 저런 것을 설치했을까, 생각하며 그의 손에 들린 추적기를 뚫어져라 바라봤다. 내가 괜찮은 건지 나도 모르겠다. "집에 무슨 문제 있는 건 아니죠, 니나? 남편분과요." 그가 가볍게 물었다. 라이언에게 제이크 이야기를, 제이크에게 무슨 일이 벌어졌는지를 말한 적 없었다.

하지만 라이언이 묻는 것은 그게 아니었다. 라이언은 제이크가 괜찮은지를 묻는 게 아니었다.

그는 내 차에 추적기를 부착한 사람이 제이크일 수도 있다는 말을 하는 것이다.

"왜 남편이라고 생각하는 거죠?" 순간 제이크를 변호하고 싶은 생각이 들었다. 제이크는 질투하거나 통제하고 싶어 하는 성향이 아니었지만, 이런 질문을 좋아하는 사람이기는 했다. 어디 다녀왔어? 뭐 했어? 누구랑 있었어? 한번은 같은 과목의 남자 동료에게 커피 데이트 고마웠다는 문자가 오자 화를 내기도 했다. 전혀 이성적인 느낌이 아니었고 전적으로 공적인 만남이었다. 과목별 교사회의 때 나온 이야기로 언짢아진 동료 교사는 이 문제에 관해 이야기 나눌 대화 상대가 필요했다. 당시 나는 내 핸드폰에 손을 대 문자를 확인한 제이크에게 화가 났지만, 그런 내색은 하지 않고 어쩐 일인지 내가 왜 그 남성 동료와 커피를 마셨는지 이유를 설명하며 사과했다. 잘못을 저지르지 않았음에도 잘못을 저지른 것 같은 기분을 느꼈다.

따뜻한 가을 날씨임에도 몸이 떨려왔다. 체온을 유지해 보려 두 팔로 몸을 감쌌다. 제이크는 날 믿을 수 없다고 생각했던 걸까?

라이언은 미안해했다. 그가 말을 고르는 모습이 눈에 보일 정도였다. "미안해요. 저는 그런 의미가 아니라……. 니나 남편에 대해 나쁜 이야기를 하려 한 건 아니었어요. 그저 논리적으로 그게 타당해 보여서."

"왜요?" 퉁명스러운 말투가 나갔고, 라이언에게 화풀이하려던 것은 아니었지만 그런 모양새가 되고 말았다. "제이크가 스토커처럼 보여서요? 아니면 남편들이라면 으레 그러니까?" 내가 물었다.

라이언은 상처받은 듯 보였다. "저는 니나 남편을 두어 번밖에 못 봤어요. 남편분에 대해 아는 게 없어요."

"그럼 이런 짓을 한 사람이 남편일 거라고 짐작한 이유가 뭐죠?"

"제발 이러지 말아요." 그가 말했고 나는 그에게 그런 말투로 이야기한 것을 후회했다. "제가 그런 뜻으로 한 말 아닌 거 알잖아요. 그냥 도움이 되고 싶었을 뿐이에요."

나는 고개를 저었다. 머리를 두 손에 묻었다. 기분이 상했던 이유는 그가 정곡을 찔렀기 때문이었다. 나도 그와 같은 생각을 하고 있었으니까.

"미안해요. 제가 그런 식으로 반응해서는 안 됐는데." 지금 벌어진 일을 차분히 생각해 보려, 이해해 보려 노력했다. "저는 단지 제이크가 왜 이런 행동을 하는지 몰라서요."

"하지만 남편이 아니면 누구겠어요, 니나?" 그가 물었다.

"모르겠어요." 내가 말했다. "짐작 가는 사람이 아무도 없어요."

라이언은 내 시선에 맞춰 무릎을 살짝 굽히며 내 눈을 바라봤다. "집에 혹시 문제가 있으면 제게 말해주겠어요?"

"네, 그럼요." 거짓말이었다.

"그렇게 해주겠어요?"

라이언은 내가 거짓말하는 것을 알아챘다. "네." 나는 고개를 끄덕였다.

"뭐가 그렇다는 건가요? 집에 문제가 있다는 건가요, 아니면 내게 말해줄 수 있다는 건가요?" 라이언이 물었다.

"집에 문제가 있어요." 목소리도 몸도 떨렸다. 고백과 함께 눈물이 떨어졌다. "젠장." 눈물을 훔쳤다. 우는 게 너무 싫었다. 나는 잘 울지 않는 편이었다. 특히나 이런 공공장소에서, 라이언 앞에서 어쩌면 또 다른 사람이 날 보고 있을지도 모를 상황에서는 더더욱 울고 싶지 않았다.

그는 주변에 아무도 없는지 주차장을 살폈다. 라이언이 좀 더 가까이 다가왔다. 내 어깨를 잡은 그는 주저하다 자신 쪽으로 당겼다. 처음에는 버텼지만 결국 무너진 나는 위안을 찾아 그의 품에 기대었다. 그가 팔로 나를 감쌌다. 우는 나를 진정시키려 했다. "쉿……." 그가 말했다. 나는 팔을 뻣뻣하게 양옆으로 늘어뜨렸지만 그의 가슴에 고개를 기대며 제이크가 아닌 다른 남자를 이토록 밀접하게 느껴본 것이 아주 오랜만이라고 생각했다.

그가 손을 올려 내 머리를 쓰다듬었다. 위안이 되었다. "말해 봐요, 니나. 무슨 일인지 말해줘요."

나는 몸을 떼어냈지만 우리 둘 사이의 거리는 여전히 가까웠다. 라이언 뒤편으로 햇볕이 쏟아졌다. 눈이 부셨다. 나는 손으로 눈가에 그림자를 만들며 말했다. "제이크가 떠났어요." 수치심이 밀려왔다. 엊그제 엄마가 제이크가 집에 들른 모습을 봤으니 그는 죽은 것도 실종된 것도 아니라는 것만은 확실했다. 그는 자발적으로 떠난 것이다. 더 이상 나를 사랑하지 않는 것이다. 오늘 아침 결국 경찰서에 연락해 그간 있었던 일을 알리기까지 했다. 제이크 수색을 계속하는 것은 아무 의미가 없었고, 경찰이 찾아야 할 진짜 실종자들은 따로 있으니까.

"떠났다니, 무슨 뜻이에요?"

라이언이 내 말을 못 알아듣는 것이 아니었다. 제이크가 나를 떠난다는 것이 말이 안 된다는 뜻이었고 그 마음이 고마웠다.

"며칠 전 남편과 다퉜어요. 요즘 싸움이 잦았거든요. 제가 요즘 제대로 하는 일이 하나도 없어요. 월요일 아침에 출근한 남편이 돌아오질 않았어요. 남편한테 무슨 끔찍한 일이 생겼다고 생각했는데, 아니었던 거죠. 주말에 엄마가 그 사람을 봤어요. 멀쩡한 모습을요. 남편은 그냥 저를 떠난 거예요." 그가 날 떠나겠다고 협박한 적은 여러 번 있었다. 마침내 실제로 실천한 것이었다.

"그렇다면 그는 정말 한심한 인간이네요." 내 팔꿈치를 잡은 그는 오랫동안 내 눈을 들여다봤다.

순간 학교 건물에서 왁자지껄한 소리가 들렸다. 나는 라이언에게서 팔을 빼며 몸을 물리고는 뒤를 돌아봤다. 한 무리의 10대 여학생들이 잔뜩 들떠 행복한 얼굴로 웃으며 밖으로 쏟아져 나왔다. 얼굴이 붉어졌다. 나와 라이언이 이토록 가깝게 있는 모습이 아이들 눈에 띄지 않았길 바랐다. 헤이스 부인과 슈뢰더 선생이 포옹을 나누고 있었다는 사실을 알게 되면 다들 무슨 소리를 할지 상상도 되지 않았다. 나는 다시 라이언을 바라봤다. 라이언도 여학생들을 바라보고 있었다. 그의 시선이 다시 나를 향했다.

"그런 일을 겪고 있다니. 유감이네요, 니나." 그가 말했다.

나는 침을 한 번 삼켰다. "그래서 이건 어떻게 작동하는 건가요?" 손등으로 눈물을 훔치며 물었다. 제이크나 우리 가정사에 대해 더는 이야기하고 싶지 않았기에 대화 주제를 바꿨다.

"이거요?" 그가 추적기를 들어보였다.

"네."

"저도 정확히는 몰라요." 그는 추적기를 다시 한번 이리저리 살피며 말했다. "실시간 GPS 추적기 같아요. 핸드폰으로 니나의 위치를 확인할 수 있는 거죠."

내가 차를 타고 출근하거나 식료품점에 갈 때마다 작은 지도 위에 내 모습이 디지털 만화처럼 실시간으로 움직이는 장면을 상상했다. 이곳저곳 내가 움직이는 대로 점선으로 찍히는 경로를 멀리 있는 누군가가 지켜보는 모습이 떠올랐다. 출퇴근하고, 이런저런 잡일을 처리하러 다니고, 엄마 병원을 오가는 나를 지켜보는 누군가. 주차장으로 시원한 바람이 불어오자 팔과 목 뒤편으로 털이 곤두섰고 나는 몸을 떨며 팔로 몸을 좀 더 꽉 안았다. 재킷이 있었으면 했다.

"추운 것 같아요." 그의 시선이 닭살이 돋은 내 팔로 향했다.

"춥네요. 이제 그만 가봐야겠어요." 엄마가 조직 검사를 받아야 한다는 사실이 불현듯 떠올랐다. 시계를 확인했다. "이런. 늦겠네요."

라이언은 이대로 나를 보내기가 꺼려지는 모양이었다. "제가 니나 뒤를 따라갈까요? 집까지 안전하게 도착할 때까지만요."

걱정하는 그의 마음이 고마웠다. 내심 그렇게 해달라고 말하고 싶은 마음도 있었다. 추적기 때문에 불안해졌고, 불안함을 느끼는 것이 당연했다. 다만 비단 추적기 때문만은 아니었다. 누군가 내게 익명으로 보낸 꽃다발도 있었다. 나를 감시하는 사람이 꽃을 보낸 걸까? "아니요. 괜찮아요. 정말요. 이 추적기를 달고 산 지 꽤 되었을 텐데요, 뭘." 가볍게 말했지만 사실 오래 되지는 않았을 것이다. 제이크가 이 차를 사준 지가 6개월밖에 안 되었기 때문이다.

"자, 여기요." 그는 GPS 추적기를 내게 건네주고는 자신의 차 운전석으로 향했다. 보조석 근처에서 잠시 걸음을 멈춘 그는 자동차 지붕 너머로 나를 바라보며 물었다. "정말 괜찮겠어요, 니나?"

고개를 끄덕이긴 했지만, 추적기를 떼어냈음에도 차에 타기가 두렵긴 했다. 추적기가 없어도 나를 어떤 방법으로든 계속 지켜보면 어쩌지?

"괜찮을 거예요. 도와줘서 다시 한번 고마워요."

"저라면 그 물건 없앨 겁니다." 그는 추적기를 가리키며 말하고는 차에 올라탔다. 그가 시동을 걸고 차를 출발시키는 모습을 지켜봤다.

추적기를 두 손으로 받쳐 들었다. 곧 터지기 직전인 폭탄 또는 수류탄처럼 조심스럽게 다뤘다. 들고 있기만 했을 뿐인데도 어쩐지 이 기기가 나를 쳐다보고 있는 것만 같아서 추적기를 뒤집었다.

주차장을 나서기 전 쓰레기통에 추적기를 버렸다. 그 안에 들어있던 쓰레기들보다 무거운 추적기는 요란하게 안을 휘저으며 떨어졌다. 추적기는 쓰레기통 깊숙이 가라앉았다.

추적기의 처리가 끝났다. 하지만 머릿속에서는 그리 쉽게 지워지지 않았다.

* * *

　진료 예약에 10분 늦었지만 엄마도 나도 그리 스트레스를 받지 않았다. 조직 검사는 미세침 흡인 검사로 진행했는데, 내가 알아본 바로는 그게 가장 수월한 방식이었다. 훨씬 괴로운 시술 방식도 있었다. 엄마에게 검사실에 나와 함께 들어가고 싶은지 물었지만 엄마는 혼자 들어갔다.

　오래 걸리지는 않았다. 검사 후 우리는 식사를 하러 갔다. 엄마나 나 모두 같은 이유로 또 다른 이유로 너무 지친 상태라 입맛은 없었지만 말이다. 엄마는 검사 결과에 온 신경이 쏠려있었다. 나도 결과가 걱정되었지만, 제이크와 내 차에서 발견한 추적기 생각에 시달리고 있었다. 도저히 생각을 멈출 수가 없었다.

　엄마가 한때 가장 좋아했던 메뉴인 멕시코 음식을 먹으러 갔다. 테이블 건너편으로 엄마의 피곤한 얼굴이 보였다. 우리는 식사한 뒤, 아니 먹어보려 노력한 뒤—그나마도 헛된 노력이었다—음식점을 나섰다.

　"그만 생각해요, 엄마." 차를 몰던 나는 엄마의 손을 잡았다. "쉽게 얘기한다고 생각할 수도 있지만 아직 어떻게 될지도 모르는데 결과를 걱정할 필요가 전혀 없잖아요."

　집이 점차 가까워지고 있었지만 너무 어두워서 형태가 제대로 보이지 않았다. 집 외부와 내부 모두 불이 꺼져있었다. 우리가 병원으로 향할 때만 해도 오후 늦은 시간이었다. 그때는 해가 저물 기미조차 없었다. 정신이 없었던 나는 집에 돌아올 즈음이면 어두워질 시간이라고 생각하지 못했고, 집에 불을 켜고 나가야 한다는 생각조차 하지 못했다. 몇 시간 외출한 사이에 해가 지고 밤이 찾아왔다.

차 안에서 버튼을 눌러 차고 문을 연 후―차고에 불이 들어와 다행이었다―안으로 진입했다.

시동을 끄자 엄마는 차에서 천천히 내렸고 나는 집으로 이어진 문으로 향했다.

하지만 문 앞에서 몸이 굳고 말았다. 집으로 들어가는 문이 흔들리고 있었다. 문이 열려있었다. 열린 차고를 통해 바깥에서 시원한 바람이 들어오자 그에 맞춰 문이 슬쩍슬쩍 흔들렸다. 활짝 열린 것도 완전히 닫힌 것도 아닌 상태였다. 살짝 밀면 열릴 것 같았다.

나는 여태 문을 이렇게 대충 닫은 적이 없었다. 오늘도 문을 이렇게 하고 나가지 않았다.

"무슨 문제 있니?" 내 뒤로 다가온 엄마가 물었다. 엄마는 내가 멈칫한 모습을, 문 앞에서 걸음을 멈추고 심호흡하며 해안가에 치는 파도처럼 바람에 덜컹거리는 문을 바라보는 모습을 보았다. "문을 깜빡하고 안 닫고 나간 모양이구나?" 엄마가 물었다.

이미 여러 일로 스트레스와 걱정에 시달리는 엄마에게 지금 내 머릿속에 스치는 생각들을 털어놓고 싶지 않았다. 상황을 더욱 악화시키고 싶지 않았다. "그랬나 봐요." 이렇게만 말하고 문으로 한 걸음 다가갔다. 문에 손바닥을 대고 심호흡을 한 뒤 천천히 밀며 그 너머에 누가 있을지 생각했다.

전등 스위치를 찾아 벽을 더듬었다. 스위치를 켰다. 천장 매입등의 불빛이 쏟아지며 주변이 환해졌다.

무언가 아까와 달라진 것이 없는지 살폈다. 달라진 것이 있었다.

오늘은 청소 도우미가 오는 날이었다. 마사라는 이름의 여성은 하늘이 내린 선물과도 같은 사람이었다. 오늘 아침, 내가 출근하고 엄마 혼자 있을 때 우리 집에 방문했다. 손으로 직접 바닥을 청소하는 마사는 대단히 꼼꼼하고 성실한 사람이다. 친구의 추천으로 알게 된 그녀는 정말 최고였다. 지난 몇 년간 흠잡을 데 없었다. 그녀가 다녀간 길에는 얼룩이나 먼지 하나 보이지 않았다.

하지만 머드룸에 흐리게 찍힌 신발 자국이 보였다. 고급스러운 비닐 타일 위에 신발 바닥 무늬 그대로 떨어져 나온 흙이 소량 묻어있었다. 엄마는 보지 못했지만 내 눈에는 확 띄었다. 누군가 진흙이나 흙을 밟았던 신발을 신고 이 집에 들어온 것 같았다. 엄마나 내 신발보다 길고 넓은 형태였다. 흐리게 찍혀있긴 하지만 남자 발 크기였다.

마사라면 이 자국을 못 봤을 리가 없었다. 그냥 내버려둘 사람이 아니었다.

제이크 말고는 우리 집에 드나드는 남자가 없었다.

"나는 그만 방으로 들어가마." 엄마는 머드룸에 있는 나를 지나쳐 아직 불을 켜지 않아 어둠에 잠긴 주방으로 향했다. 엄마의 목소리만 들어도 오늘 하루 무척이나 힘들었다는 피로감이 느껴졌다. 조직 검사를 앞두고 너무 긴장한 엄마는 내가 건네준 자낙스도 먹은 터라 더욱 노곤할 터였다. 항불안제를 먹어도 될지 의사에게는 확인하지 않고 엄마에게 그냥 주었다.

"네, 엄마." 대답하면서도 신발 자국에서 도저히 시선을 뗄 수가 없었다.

우리가 없는 동안 누군가 우리 집에 들어왔다.

제이크였을까?

빈집에 들어온 사람이 제이크였다면 내가 두려움을 느낄 이유가 없었다. 내 곁으로 돌아왔다니 행복해야 마땅했다. 그는 내 남편이니까. 나는 그를 사랑하고 그도 나를 사랑했다.

하지만 행복 대신 입이 마르고 숨이 가빠지며 심박이 빨라졌다. 지금껏 제이크가 사람들 눈을 피해 다니는 것도, 내가 없는 어두운 집 어딘가에 몸을 숨기는 것도 전부 마음에 들지 않았다.

오늘 오후 차에 설치된 추적기를 찾았을 때 라이언이 했던 질문이 떠올랐다. 집에 무슨 문제 있는 건 아니죠, 니나? 남편분과요.

답은 물론 '문제가 있다'였다.

"잠깐만요, 엄마." 신발 자국에서 시선을 떼고 엄마 뒤를 따라 어둠 속으로 향했다. 뒤에서 팔을 슬며시 잡자 엄마가 돌아봤다.

"니나, 무슨 일이니? 왜 그래?" 엄마는 내 눈빛을 읽으려 했다.

엄마에게 뭐라 말할 기회도 없이 우리 머리 바로 위 2층에서 무언가 떨어지는 소리가 들렸다. 나는 숨을 헉하고 들이마셨다.

우리는 곧장 소리가 나는 방향을 쳐다보았다. 엄마의 팔을 꽉 쥐었고, 엄마 역시 내 팔을 잡았다.

"잠깐 여기서 기다리세요. 뭔지 보고 올게요." 엄마에게 속삭였다.

"니나." 팔을 빼내는 나를 향해 엄마가 나지막이 속삭였다.

계단으로 향하며 전등 스위치로 손을 뻗었지만 순간 스위치를 놓치고 지나가는 바람에 누르지 못했다. 어둠 속에서 로비에 있는 콘솔장 모서리에 부딪혔다. 바닥을 몇 센티미터 긁으며 콘솔장이 밀려났다. 소음이 제법 컸다. 콘솔장 가장자리에 있는 액자가 흔들리다 앞으로 기울어지더니 그대로 목재 바닥에 떨어졌다. 액자 유리가 깨졌다. 깨진 유리를 그대로 둔 채 그 위를 넘어 계단으로 다가갔다. 다리가 후들거렸다. 몸이 떨렸다. 계단 기둥을 잡고 한 칸씩 발을 내디뎠다. 계단 위로 시선을 고정했다.

주방 바로 위에는 침실과 욕실이 자리했다. 이 집에서 내가 가장 좋아하는 공간이었다. 안방에 딸린 욕실은 메탈릭 블랙과 금색 벽지로 마감된 벽을 제외하고는 전부 하얀색으로 꾸며져 있었다. 레진 욕조가 설치되어 있었다. 샤워기에서는 물이 빗물처럼 떨어졌다. 거의 스파나 다름없었다.

안방 침실은 한때 제이크와 나의 안식처였으나 이제는 끔찍했던 마지막 싸움만 떠올랐다. 침실과 그날의 다툼. 내가 이 둘을 분리할 수 있을지 자신이 없었다. 그날을 떠올리면 광기에 사로잡힌 듯한 제이크의 얼굴과 침대를 사이에 두고 대치하며 서로에게 소리를 지르던 모습이 스쳤다. 그가 그렇게 화를 내는 모습을 처음 봤다. 그가 그토록 분노에 휩싸여 이성을 잃은 적은 처음이었다.

이 집이 그렇게 진절머리 나면 그냥 나가버리면 되잖아?

해볼 테면 해보라고 자극했다. 그를 도발했다. 내가 다 자초한 일이었다.

그가 떠난 월요일 아침에, 그는 전날과는 완전히 다른 모습이 되어 자신의 감정을 조금도 드러내지 않은 채 차갑게 식어있었다. 우리는 아무 말도 하지 않고 매서운 눈빛만 주고받으며 멀찍이 서로 거리를 두고 출근 준비를 했다. 그는 나가기 전에 한마디 한 것이 다였다. 그가 집을 나서려 문을 열었을 때 내가 먼저 "좋은 하루 보내."라고 인사했지만, 사실 진심이었는지는 모르겠다.

제이크는 문을 연 채 내게 등을 보이고는 멈춰 섰다. 천천히 고개를 돌린 그의 얼굴에는 미소도 다정함도 보이지 않았다. 내 인사에도 아무 말이 없던 그는 불편함과 수치심이 느껴질 정도로 내 몸에서 얼굴로, 아래에서 위로 나를 훑어 내렸다. 아무 말도 하지 않을 거라는 내 생각과 달리 그는 마침내 한마디를 내게 건넸다. 어깨가 들썩일 정도로 숨을 몰아쉰 그는 "나 기다리지 마." 하고 내뱉고는 내가 뭐라 답할 새도 없이 나가버렸다. 문을 어찌나 세게 닫았는지 주방 서랍장 속 그릇들이 흔들릴 정도였다.

이 집을 지을 당시 제이크와 나는 침실 인테리어에 상당히 공을 들였다. 단순히 잠만 자는 공간이 아니라 함께 시간을 보내는 곳이기도 했다. 우리가 들인 사보이어 침대는 어떤 이들의 차 한 대 값보다 비싼 가구였다. 3만 달러가 넘는 침대에서 자는 것이 지나치게 사치스럽고 오만하고 느껴졌지만 제이크가 제 손으로 힘들여 번 돈이었고 그가 상속받은 재산도 있었다. 그는 자신이 사보이어 침대를 원하면 사보이어 침대를 가져야 한다고 생각했다. 그는 내가 같은 돈으로 더욱 실용적인 것들에 쓸 수 있다며 읊어대는 것을 싫어했다.

침실로 다가가자 문이 살짝 열려있는 것이 보였다. 내가 열어 두었던 것인지는 확실치 않았지만 어쨌거나 내가 나간 이후로 마사가 침실을 청소하러 들어갔다 나왔을 터였다. 나는 숨을 참고 조용히 열린 문틈 사이로 손을 밀어 넣었다.

방에 들어서자 코를 찌르는 향수 냄새가 덮쳐왔다.

전등 스위치는 문 바로 오른쪽 벽면에 있었다. 손으로 벽을 더듬었다. 스위치가 손에 닿았고, 곧 환한 빛이 가득할 거라 기대하며 스위치를 눌렀지만 아니었다. 아무 일도 벌어지지 않았다. 방은 여전히 어두웠다.

이내, 어젯밤에 침대 옆 작은 테이블에 놓인 램프 몸체에 있는 스위치를 끈 기억이 났다. 어두운 방을 가로질러야 했다. 문가에 서서 방 안으로 들어가기 위해 마음을 다잡는 동안 구석에 있는 1인용 소파 의자와 그 세트인 스툴을 떠올렸다. 그것들은 모두 벨벳 소재였다. 오렌지색이 감돌았다. 높이가 낮고 시트가 깊은 이 의자는 제이크 전용이나 다름없었다. 침실에서 그가 침대에 있지 않을 때면 늘 앉는 자리였다. 그는 항상 소파 의자에 깊이 몸을 묻고 다리는 스툴에 올린 채 앉아있었다. 그가 일을 마치고 들어온 아침이나 저녁 시간에, 내가 잠옷을 갈아입을 때면 그 의자에서 내 움직임을 쫓는 그의 시선이 느껴졌다.

"제이크." 나는 숨을 죽인 채 어둠을 향해, 오렌지빛 의자에 몸을 묻고 내가 집에 오길 기다리는 그를 상상하며 그의 이름을 속삭였다. 코를 찌르는 향수 냄새는 내 것이었다. 향수가 많았지만 지금 이 향수는 내가 항상 뿌리는 것이었다. 샤넬이다. 어디서든 이 향만큼은 단번에 알아차릴 수 있었다. 제이크가 준 것이었다. "여기 있어? 제이크?"

묵묵부답이었다. 아직은 알 수 없었다. 대답이 없다고 해서 그가 이 방에 없다는 뜻은 아니니까.

억지로 몸을 움직여 방 안으로 들어갔다.

램프가 있는 곳을 향해 방을 가로지르다 축축하고 끈적끈적한 무언가를 밟았고 순간 피라는 생각이 들었다.

다음 발을 내딛다 날카로운 무언가가 발에 닿았다. 그것에 발바닥을 찔리는 바람에 비명이 터져 나왔고, 이내 나는 손으로 입을 막아 소리를 죽였다. 완벽한 어둠 속에서 통증이 덜한 발끝으로 걸음을 옮기며 갑자기 누군가 손을 뻗어오면, 나를 만지면, 내 발을 잡으면 어떤 기분일지 상상했다.

램프 앞에 섰다. 스위치를 찾아 더듬거렸다. 불을 켰다. 방 안이 환한 빛으로 가득 찼다. 나는 침실과 욕실을 구석구석 살피며 한 바퀴를 돌아보았다.

제이크의 의자는 비어있었다. 침실에는 나 말고 아무도 없었다.

서랍장 옆 바닥에 깨진 향수병이 보였다. 쏟아진 향수는 목재 바닥을 따라 흐르다 양털 러그를 흠뻑 적셨다.

깨진 병을 집으려 몸을 숙였다.

그 순간 어떤 움직임을 언뜻 보았다. 그 방향으로 고개를 돌렸다.

떨리는 몸으로 바닥에 무릎을 대고 침대 아래를 들여다봤다. 그곳에는 겁을 먹었는지 등을 동그랗게 말고 다리 사이에 꼬리를 감춘 고양이가 숨어있었다.

"네가 그런 거야?" 깨진 향수병과 엎질러진 향수에 관한 일을 물었다. 고양이는 답이 없었다. 나름의 대답을 했는지 안 했는지는 나도 알 수가 없었다.

자리에서 일어났다. 아직도 떨리는 몸으로 다리를 절뚝이며 계단을 내려갔다. 내가 주울 수 있는 만큼의 커다란 유리 조각들을 손에 챙겨 든 상태였다. "무슨 일이야, 니나? 뭐였어?" 로비에 깨진 액자를 치우던 엄마가 물었다.

"별거 아니었어요. 고양이였어요."

엄마의 시선을 느끼며 나는 조심스럽게 집 곳곳을 둘러봤다. 집 안의 불을 전부 켰다. 아무도 없었다.

잠시 후 엄마가 내 발에 박힌 유리 조각을 제거하는 동안 나는 욕조에 걸터앉아 고양이가 의도적이었든 실수였든 서랍장 위에 있던 향수를 바닥으로 떨어뜨리는 모습을 떠올렸다. 자주

그랬다. 관심이나 간식을 바라며 또는 나를 약 올리려고 물건을
바닥으로 떨어뜨리고는 했다.

다만 고양이는 문가에 지저분한 신발 자국을 남기지 않는다.

크리스티안

릴리는 집 밖에서 새들에게 모이 주는 것을 좋아한다. 아내는 뒷마당 나무 근처에 모이통 두 개를 걸어놓고 씨앗을 채웠다. 뒤편으로 난 유리창에 서서 새들을 지켜보는 것을 무척이나 즐겼다. 덕분에 나는 새들이 따뜻한 남쪽으로 이주하는 한겨울에도 새소리를 들으며 눈을 떴다. 다만 새들이 떼를 지어 오는 바람에 릴리가 아무리 노력해도 새들이 모이를 해치우는 속도를 따라잡지 못했다. 결국 모이통이 텅 비면 새들은 떠났고 뒷마당은 고요와 정적에 휩싸였다. 며칠째 새들이 한 마리도 보이지 않으면 영영 떠났다고 생각했다.

릴리는 부지런히 상점을 오갔다. 씨앗을 잔뜩 사 왔다. 추울 때도, 어떤 때는 30센티미터나 쌓인 눈을 헤치며 무거운 씨앗을 챙겨 모이통을 채웠다.

아내가 모이통을 채우자마자 숲속 깊은 곳 어디선가 새들이 나타났다.

한동안은 새들이 보이지 않았다. 우리는 새들이 다른 사람이 준비해 놓은 모이통으로 이동했을 거라고 확신했다. 하지만 아니었다. 지금껏 새들은 보이지 않는 곳에서 릴리를 지켜보며, 모이를 기다리며 잠복해 있었다.

새들을 보면 제이크가 떠올랐다. 가능성이 작다 해도 그가 숲 속 새들처럼 위장하고 눈에 띄지 않는 어딘가에 숨어있는 것일 수도 있을까.

만약 그렇다면 그 이유는 무엇일까. 그는 왜 그런 짓을 하는 걸까? 왜 죽은 척을 하는 걸까?

월요일 오후, 회사에서 조금 일찍 나왔다. 가장 먼저 한 일은 헤이스 부부의 집에 가서 차 키를 제자리에 두고 오는 것이었다. 그곳에 도착한 시각이 오후 4시쯤이었다. 지난번과 같은 장소에 차를 대고 그때 경로 그대로 차고를 통해 집으로 들어갔다. 릴리는 니나가 어머니를 모시고 병원에 가야 하기에 집에 없을 거라고 했다. 그 말이 맞았다. 집이 텅 비어있었다. 나는 차 키를 원래 자리에 갖다 두었다. 서둘러 차고 문을 통해 밖으로 빠져나와 차에 올라탄 나는 문득 랭리 우즈에 가야겠다는 결심을 했다. 그곳에 도착한 나는 며칠 전 릴리와 내가 주차했던 자리에 차를 세워두고 우리가 혈흔을 발견했던 곳으로 향했다. 찾기가 쉽지 않았다. 주말에 내린 비로 땅이 무르고 질척해져 있었지만, 진창인 땅과 달리 날씨는 무척이나 좋았다. 마침내 해가 비치고 따뜻한 날이 왔다. 주말 동안 집 안에서만 지내던 사람들이 전부 밖으로 나온 건지 이렇게 붐비는 것은 처음 보는 광경이었다.

전에 와봤음에도, 제이크와 릴리가 몸싸움을 벌였던 장소를 이미 발견했음에도, 단번에 찾아가는 데 실패했다. 세 번을 헤맸다. 세 번이나 다른 길로 접어든 끝에야 그 공터를 발견했다. 차 공구함에 있던 작은 스크루드라이버를 챙겨왔다. 이곳을 나와야 할 때 길을 찾을 수 있도록 스크루드라이버로 나무에 선을 그어 길을 새겨놓을 생각이었다. 길을 잃고 싶지 않았다.

릴리는 내가 여기 온 줄 모른다. 아무도 모른다. 숲속 깊숙한 곳으로 들어가며 이곳에서 사라진 사람이 제이크만이 아니라는 사실을 떠올렸다. 몇 년 전 어맨다 홈즈라는 여성도 랭리 우즈에서 사라졌다. 이 근처에서 실종되었다. 당시 스물두 살, 대학교 졸업반이었던 것으로 기억한다. 워낙 이상한 사건이라 전국적으로 관심을 받았었다. 그 사건으로 뉴스가 도배되었다. 흥미로운 사건이라 나도 계속 기사를 확인했었다. 다만 그 사건이 내게 이토록 밀접하게 다가올 줄은 예상하지 못했었다.

어맨다가 처음 사라졌을 당시 그녀의 차는 랭리 우즈에서 약 400미터 떨어진 곳에서 발견되었다. 대시보드 위에는 유서가 놓여있었다. 그녀를 금방 찾을 줄 알았다. 수색대가 그녀를 찾아 헤매기를 며칠이 지났고, 이내 몇 주가 되었다. 블러드하운드*와 시체 수색견들이 숲속과 인근 거주 지역을 샅샅이 뒤졌

* 사람을 찾거나 추적할 때 용이한 후각이 발달한 개의 한 종류다.

253

다. 개들도 그녀를 찾을 수 없었다. 수백까지는 못 돼도 수십 명의 인력이 투입되어 어맨다를, 친구들에게는 맨디라고 불리었던 여성을 항공기와 두 발로 찾아 헤맸다. 가족들은 참담함을 감추지 못했다. 5년 전 일이었을 거다. 당시 그녀의 부모님이 TV에 나와 우는 모습을 봤다. 그렇게 몇 달이 흘렀다. 결국 모든 사람이 포기했다. 사람들은 어맨다 홈즈에 대해 더는 이야기하지 않았다. 다들 그녀가 랭리 우즈에도, 그 근처 어디에도 없을 것이고 그녀에게 미스터리하고도 음험한 일이 생겼을 거라고 떠들었지만 무슨 일이 벌어졌는지 아는 사람은 아무도 없었다. 음모론이 등장했고 시카고 여러 도시와 미국 전역에서 어맨다를 목격했다는 확인되지 않은 이야기가 돌았다. 그녀가 누군가를 만나 차를 타고 다른 곳으로 간 걸까? 유서는 정교한 계획의 일부였을까? 그녀가 자신의 삶과 가족을 버리고 낯선 곳에서 새로운 삶을 살고 있는 걸까? 그렇다면 왜일까? 그건 누구도 알 수 없었다.

그렇게 사건은 미제로 남을 뻔했다. 어맨다를 찾지 못한 상태로 1년이 지났을 때 등산객 몇몇이 숲속에서 그녀를 우연히 발견했다.

검시관이 사인을 밝혔다. 자살이었다. 어맨다 홈즈는 스스로 목숨을 끊은 것이었다. 그녀는 나무에 목을 맸다. 모든 사람이 그녀를 찾아 헤맨 그 시간 동안 그녀는 내내 그곳에 있었지만 아무도 그녀를 발견하지 못한 것이다.

내가 지금 무엇을 찾고자 하는지는 나도 알 수 없었다. 제이크? 그의 혈흔, 지갑, 핸드폰, 신발 한 짝 같은 것인가? 길을 꺾을 때마다 나무에 표식을 남기며 정처 없이 숲을 헤맨 지 한 시간이 지났지만 아무런 소득이 없었다. 내가 열심히 찾지 않아서 또는 잘못된 장소를 헤매서 찾지 못하는 것인지 아니면 제이크의 소지품들이 이곳에 없기 때문인지 혼란스러웠다. 제이크가 이곳에 없는 걸까.

땅거미가 내려앉았다. 해가 낮아지며 온 세상이 금빛으로 물들었다. 시계를 확인했다. 내가 생각했던 것보다 시간이 늦어졌다. 너무 어두워져 길을 헤매기 전에, 릴리가 내 행방을 궁금해하기 전에 나가야 했다.

나는 몸을 돌려 나무에 새겨놓은 표식에만 집중하며 숲을 빠져나갔다. 내가 그어놓은 선만 보고 가느라 처음에는 다른 것은 눈에 들어오지 않았다.

하지만 그때 나무 몇 곳에 페인트 아니면 분필로 누군가 선을 그려놓은 것이 보였다. 흰색의 희미한 선이었다. 빗물에 대부분이 씻겨나간 터라 내가 남긴 표식보다 흐릿했고 그 선을 따라가는 것이 불가능해 보였다.

주변을 둘러본 나는 내가 지금 보고 있는 것이 무엇인지 깨달았다. 그리 오래되지 않은 과거의 누군가가 나처럼 숲에서 나갈 때를 대비해 나무에 길을 표시해 놓은 것이었다.

점차 하늘이 어두워졌고, 나는 차가 있는 곳으로 가기 위해 숲을 빠져나가 석회암 골재가 깔린 도로로 향했다. 9월 말이었다. 일주일 후면 10월이다. 해가 6시 30분경에 지는 계절이었고,

그 직전인 지금은 하늘이 특유의 온화한 금빛으로 물드는 '골든 아워'였다. 평소보다 집에 늦게 도착할 것 같았고, 릴리에게 그 이유를 설명해야 할 터였다. 다만 아내에게 내가 이곳에 온 이야기를 해야 할지 고민되었다. 아내가 모르는 편이 나았다.

앞쪽으로 개를 산책시키는 남성 한 명이 지나갔다. 뒤에서 그들을 지켜보며 릴리와 내가 키우다 하늘로 간 반려견이 떠올랐다. 우리는 언젠가 개를 또 키우자는 이야기를 자주 했지만 타이밍이 여의찮았다. 우선 아이들부터 낳고 개를 기르기로 했지만 우리의 예상과 달리 아이가 생기지 않았다.

개를 만져보고 싶어 하는 어린 여자아이가 등장하자 남자가 걸음을 멈추었다. 그는 몸을 낮춰 앉아 목줄을 단단히 잡고는 아이가 개를 만져볼 수 있게 했고 엄마 곁에서 개의 귀를 만지며 웃음을 터뜨리는 아이의 모습을 나는 멀리서 지켜봤다. 충분히 만졌는지 아이가 개에게 손을 흔들며 작별 인사를 했다. 남자가 다시 몸을 일으켰다. 그때 남자의 주머니에서 무언가 떨어졌다. 그는 모르는 눈치였다. 그는 개를 데리고 몸을 돌려 가던 방향으로 다시 걸어가기 시작했다.

"저기요." 그를 멈춰 세우려 크게 외쳤다. 그를 따라잡으려 뛰기 시작했다. "뭐 떨어뜨리셨어요."

남자를 쫓아간 나는 허리를 숙여 남자의 지갑을 주웠다. 그와 동시에 내 목소리를 들은 남자가 몸을 돌렸다. 나처럼 키가 컸다. 마흔은 안 되어 보였다.

석양에 눈이 부신 그가 한 손으로 눈을 가렸다. "뭐라고 하셨나요?" 그가 물었다.

"지갑이요." 그에게 다가가 지갑을 내밀었다. "아까 저기서 지갑을 떨어뜨렸어요."

"고맙습니다." 지갑을 건네받은 그가 자신의 것이 맞는지 앞뒷면을 살폈다. "떨어뜨린 줄도 몰랐네요."

나는 어깨를 으쓱했다. "그럴 수도 있죠." 그의 얼굴을 제대로 보게 된 나는 어디선가 본 적이 있는 사람 같다는 생각이 들었다. 나는 고개를 갸웃했다. "저기, 혹시 우리 아는 사이인가요?" 그를 향해 눈을 가늘게 뜨며 물었다.

처음에는 그도 나를 아는 듯한 표정을 지었지만 이내 반가운 표정이 사라지고 그가 고개를 저었다. "죄송합니다." 그가 말했다. "아닌 것 같아요." 발치에 있던 개가 짖으며 목줄이 팽팽해지도록 몸을 당겼다. 우리는 개를 내려다봤고, 그가 개를 향해 "서리나, 안 돼."라고 말했다. 하얀색과 검은색 털이 섞인 보더콜리 같았다. 그의 말에도 개는 몸을 빼며 자리에서 벗어나려고 했다. 그가 다시 한번 "안 돼." 하고 말하자 이번에는 개가 그의 말을 따랐다. "지갑 주워주셔서 고맙습니다." 그는 지갑을 한 번 흔들고는 뒷주머니에 넣었다. "잃어버렸으면 정말 큰일 날 뻔했어요."

나도 지갑을 잃어버린 적이 있었다. 체크카드와 신용카드를 전부 사용 중지하고 차량관리국에 들러 새 면허증을 받았다. 너무도 성가셨다. 이상한 사람 손에 지갑이 들어가지 않았으니 이 남자는 운이 좋은 편이었다.

"별말씀을요." 나는 이렇게 답했다.

후에 집으로 향하는 차 안에서 그가 누군지 떠올랐다. 아까 그 남성은 릴리와 함께 일하는 동료였다. 한두 번 본 적이 있었다. 뒤늦게 떠오르긴 했지만, 인상에 남을만한 얼굴이었고, 그가 나를 몰라봐서 다행이었다. 그가 릴리에게 나를 랭리 우즈에서 봤노라 말한다면 내가 왜 그곳에 있었는지 설명해야 했을 테니 말이다.

남자의 얼굴은 떠올랐지만 이름은 도무지 생각이 나질 않았다. 이름을 생각해 내려 갖은 노력을 했다. 결국은 떠올리지 못했지만 짐작건대 브라이언 아니면 라이언이었던 것 같다.

니나

수요일 오후, 집에 도착하고 얼마 지나지 않아 우리 집 맞은편에 사는 이웃이 내게 페이스북 메시지를 보냈다. 오후 3시가 조금 넘은 시각이었다. 막 주방에 들어섰을 때 알림 소리가 들렸다. 가방을 아일랜드 식탁에 올려두고 핸드폰을 꺼내며 신발을 벗었다.

니나, 안녕하세요. 한동안 소셜 미디어를 안 하다가 동네 페이스북 페이지에 니나가 쓴 글을 봤어요. 너무 늦게 봐서 미안해요. 이 영상을 니나가 보면 좋을 것 같아서요.

그녀의 집 현관 카메라에 찍힌 영상이었다. 주방 의자에 몸을 앉히며 재생 버튼을 눌렀다. 아직 코트도 벗지 않았다. 영상 우측 하단에 시간이 나와있었다. 토요일 오전 10시 7분. 맞은편 집은 우리 집이 정면으로 보이는 각도라 기대감이 커졌다. 내가 기다리던 영상이 바로 이것이었다. 시야를 방해하는 것은 나무 한 그루뿐이었고, 그마저도 영상의 일부만 가렸다. 주변 상황을 충분히 볼 수 있었다.

제이크가 나오길 기다리며 영상을 시청하는데, 지난번에 봤던 엘리 밀러의 영상에 등장했던 검은색 차가 나타났다. 그 차는 우리 집을 지나치며 영상 밖으로 사라졌다. 무언가 발견할 수 있길 바라며 영상을 시청한 지 1분 30초가 지났다. 어떤 거라도 발견되길 바랐지만, 희망은 사라졌고 이 또한 시간 낭비가 아닐까 하는 생각이 들기 시작했다. 어쩌면 영상을 준 이웃인 에밀리는 지난 영상과 똑같이 등장한 검은색 차를 의심스럽게 생각했던 것인지도 모른다.

꽤 오랫동안 아무 일도 벌어지지 않았다. 나는 흔들리는 나뭇잎들을 바라보고 있었다. 나뭇잎만이 영상이 끝나지 않았음을, 녹화가 계속되고 있음을 알려주는 유일한 단서였다. 그 외에는 영상 속 모든 것이 변함없이 그대로였다. 우리 집. 벽돌 우편함. 가로등과 빨간 소화전.

하지만 그때 청바지에 재킷을 입고 모자를 쓴 남자가 화면에 나타났다. 주머니에 손을 넣은 채 우리 집 진입로를 향해 곧장 걸어와 벽돌이 깔린 보도를 거쳐 현관 앞에 섰다. 순간 정신이 번쩍 들었다. 검은색 차에 타고 있던 이 남성은 친구 집을 방문한 것이 아니었다. 그는 우리 집을 찾아왔던 거다.

우리 집 문 앞에 서있는 남자의 뒷모습이 보였다. 화질이 그리 좋지 않았다. 작고 흐릿한 화소로 남자의 모습이 보였다. 하지만 엘리 밀러의 영상에 나왔던 남자란 것은 알아볼 수 있었다. 같은 사람이었다. 아닐 수가 없었다. 그는 우리 집 앞에서 20초쯤, 누군가 응답하길 기다렸다. 당시 엄마가 집에 있었다. 엄마는 내게 누가 왔었다는 이야기는 안 했는데. 아마도 초인종 소리를 못 들었거나 집에 없는 척을 했던 것 같다. 엄마가 잘못했다는 이야기는 아니다. 나도 누군가 우리 집에 찾아왔다고 해서 매번 나가지는 않으니까 말이다.

아무도 응답하지 않자 남자는 몸을 돌려 거리를 마주했고, 카메라를 정면으로 마주하는 각도가 되었으나 남자는 고개를 푹 숙인 상태였고 화질이 정말 처참했다. 모자챙이 낮게 내려와 있어 얼굴과 눈이 가려졌다. 나는 그 남자의 얼굴을 자세히 보기 위해 영상을 일시 정지했지만 화질이 너무 깨졌다. 모자는 어두운 남색인 것 같았지만 확실치는 않았고, 어쩌면 검은색일 수도 있었다. 모자에 적힌 로고도 보이지 않았다.

이 남자는 누구일까. 왜 우리 집에 왔고 우리에게서 뭘 원했던 걸까. 아마도 동네를 돌며 새 지붕이나 1년 치 잡초제거제를 판매하는 사람이었을 것이다. 제이크와 나는 문에 영업 사절 표지판을 걸어두었지만, 이를 무시한 사람이 이 남자가 처음은 아닐 터였다.

남자가 왔던 길을 되돌아 보도를 걸어 진입로로 향하는 모습을 지켜봤다. 나는 그가 진입로에서 인도로 나가, 무슨 상품인지는 몰라도 물건을 팔기 위해 다른 집을 찾아갈 거라고 생각했다. 하지만 그는 그러지 않았다.

그는 대담하게 반대편으로 돌아갔다. 그런 뒤 곧장 우리 집 차고 키패드로 향했다. 키패드 덮개를 들어 올리는 모습을 보고 온몸이 굳었다. 나는 숨을 참았다. 숨죽였다. 이 사람이 뭘 하는 거지? 도대체 누구지? 입을 벌린 채로 그가 키패드에 비밀번호를 누르는 모습을 지켜봤다. 어디 한번 해보라지. 나는 속으로 비웃었다. 비밀번호를 틀릴 게 분명했다. 그가 비밀번호를 알 수가 없었다.

하지만 남자는 비밀번호를 알고 있었다. 내 예상을 짓밟고 차고 문이 올라갔다. 지금 나는 우리 집 주방 아일랜드 의자에 앉아 이 영상을 보고 있는 것이었다. 입이 벌어졌다. 눈이 커지고 온몸이 얼어붙었다.

충격에 빠진 채 그가 차고를 통과해 손쉽게 집 안으로 들어가는 장면을 지켜봤다. 차고 문이 닫혔다. 외부에서 보면 이상할 게 전혀 없어 보였다. 완벽할 정도로 평화로워 보였다. 화면 속에서 움직이는 것이라고는 흔들리는 나뭇잎들뿐이었다.

하지만 집 안에서는, 낯선 사람이 우리 집에 몰래 들어와 내 물건에 손을 대고 있었다. 엄마가 있는 이 집에 그가 함께 있었다.

10초 후 영상이 끝났다.

지금껏 있었던 일이 해일처럼 정신없이 나를 강타했다.

철저하게 유린당한 기분이었다.

제이크가 아니었다. 제이크는 이 집에 들어온 적이 없다. 제이크는 집에 돌아오지 않았다. 엄마가 본 사람은 제이크가 아니다.

엄마는 다른 사람을 본 것이다. 내가 없을 때 누군가 이 집에 들어왔다. 침입자다. 그래서 엄마의 말에 대꾸하지 않은 것이고, 엄마를 알아보지도 못한 거였다. 엄마가 이 남자와 단둘이 집에 있었다니. 그는 제이크의 서재에 있었다. 차 키를 바닥에 떨어뜨린 것도 그였고, 우편물 보관함을 뒤진 것도 그였다. 왜일까? 뭘 찾고 있었던 걸까? 돈일까?

엄마가 멀쩡히 살아있다는 데, 엄마의 소리에 놀란 그가 엄마를 죽이는 대신 도망쳤다는 데 감사함을 느꼈다.

"엄마!" 공황 상태에 빠져 엄마를 불렀다. 의자에서 일어났다. 신발을 다시 꿰어 신고 우편물 보관함으로 가서 그 안을 급히 훑으며 무언가 없어진 게 있는지 살폈다. "엄마!" 이번에는 계단 위를 향해 외쳤고, 불안감이 무섭게 몸집을 불렸다.

계단에 등을 기댄 채 서있으니 다가오는 발소리가 들렸고 이내 엄마의 목소리가 들렸다. "니나? 무슨 일이야?" 내가 몸을 돌리자 청바지에 허벅지까지 내려오는 셔츠를 입은 엄마가 계단에서 내려오고 있었다.

"급히 갈 데가 있어요. 엄마도 같이 가면 좋겠어요."

"너 좀 전에 왔잖아." 엄마가 실망한 표정으로 말했다. "잠깐 쉬고 싶지 않아? 식사 준비해 줄게."

"알아요, 엄마. 미안해요. 그런데 지금 그럴 수가 없어요. 아직은요." 엄마를 바라보며 토요일 아침 엄마에게 어떤 일이 벌어질 뻔했는지를 떠올렸다. 엄마가 계단 마지막 칸에 이르자 나는 엄마에게 다가가 팔을 둘렀다.

엄마가 나를 보고 웃음을 터뜨렸다. 나는 평소에 애정을 막 표현하는 편이 아니었다. 하지만 엄마를 잃을 뻔했다. 그 남자가 엄마를 살해했을 수도 있었다. 그 생각만 하면 속이 울렁거렸다. "너답지 않게 왜 이러는 거야, 니나?" 엄마가 물었다.

그런 일이 있었다고, 엄마가 위험에 처해있었다고 어쩌면 우리 둘 다 아직 위험에 노출된 상황이라고 엄마에게 말하고 싶지 않았다. 엄마에게 더는 걱정거리를 안기고 싶지 않았다. 엄마는 이미 마음이 아주 심란한 상황이었다. 하지만 며칠 전 낯선 남자가 엄마와 단둘이 이 집에 있었다. 우리 집 주방에도. 제이크의 서재와 로비에도. 내가 지금 서있는 바로 이곳에 그 남자가 서있었다. 우리 물건을 만졌다. 그가 만졌을 법한 물건들을 떠올리자 이 집이 전부 오염이라도 된 듯 훼손당한 기분을 느꼈다. 청소 도우미를 불러 전부 다 소독이라도 하고 싶었다.

이 남자가 다시 오지 않을 거라고 어떻게 확신할 수 있을까? 이미 또 한 번 다녀가지 않았다고 어떻게 알 수 있을까? 순간 어젯밤, 머드룸에 찍힌 남자의 발자국이 떠오르자 속이 뒤집힐 것 같은 동시에 그 남자의 신발 자국은 아니었을지 불안해졌다. 이 남자가 토요일 아침에 그랬던 것처럼 월요일 저녁에도 우리 집에 들어왔다는 생각을 몰아내기 위해 머리를 거칠게 내저었다.

엄마만 이 집에 혼자 둘 수 없다.

"오래 걸리지는 않을 거예요."

"어디 가는 건데?" 엄마가 물었고, 그제야 나는 주저하며 입을 열었다. 내가 본 영상들에 대해 말하고는 경찰서에 가야 한다고 답했다. 엄마는 처음에는 아무 말도 없었지만 이내 천천히 손으로 입을 가렸고 두 눈은 활짝 커졌다.

우리는 차고 문으로 나가 차로 향했다. 머드룸에 찍힌 자국을 닦아낸 것이 후회되었다. 신발 자국이 있어야 경찰이 증거를 확인할 수 있었다. 하지만 영상만으로도 충분할 터였다.

엄마가 말했다. "미안해, 니나. 제이크라고 말해서 미안해."

"엄마가 미안해할 거 없어요. 충분히 있을 수 있는 실수였어요. 엄마도 몰랐잖아요."

하지만 이제 제이크가 걱정되기 시작했다. 며칠 전에 집에 왔던 사람은 그가 아니었다. 벌써 일주일 넘게 그는 실종 상태였다. 그런 와중에 집에는 두 번이나 침입자가 들어왔고 학교로는 누가 보냈는지도 모를 꽃이 도착했다. 이 모든 일은 분명 다 연관되어 있다.

경찰서에 도착한 후 나는 엄마에게 차에 있어도 된다고 했지만 엄마는 나와 함께 들어가겠다고 했다. 엄마는 한 발자국 뒤에서 거의 아무 말도 하지 않고 조용히 서있었다. 오늘은 접수 담당자가 남성이었다. "무단 침입을 신고하러 왔어요." 그에게 말했다.

"언제 있었던 일입니까?" 그가 물었다.

"토요일이요."

그는 내게 자리를 권하고는 다른 경찰관이 금방 올 거라고 안내했다. 저번에 왔을 때보다 바빠 보였다. 경찰은 사건이 들어올 때마다 위중한 정도를 분류했다. 내 사건은 비상에 속하지 않았다. 지금 절도가 벌어지는 중인 것은 아니었으니까. 다친 사람도 없고 누구도 위급한 상황에 처하지 않았으니까. 어쩌면 제이크만 빼고. 생각할수록 정말 그가 위험에 처한 것만 같아 미칠 지경이었다. 제이크가 위험한 상황에 처해있다. 누구든 붙잡고 알리고 싶었다. 엄마 옆에 앉기는 했지만 도무지 가만히 앉아있을 수가 없었다.

마침내 남성 경찰관 한 명이 다가왔다. 그는 자신을 분 경관이라고 밝혔다. 분 경관은 30대 중반에 체격이 크고 진중한 얼굴을 하고 있었지만 안경 너머의 두 눈은 따뜻한 갈색이었다. 그는 엄마와 나를 작은 사무실로 안내해 앉길 청하며 자신이 신고 접수서를 작성할 거라고 알렸다. 그는 우리 맞은편, 접이식 의자와 별반 다르지 않은 철제 의자에 몸을 앉혔다.

"제가 부재중이었던 토요일 오전에 누군가 우리 집에 무단 침입을 했어요." 내가 말했다.

그렇게 모든 이야기를 그에게 들려주었다. 에밀리가 내게 준 영상을 재생해 경관에게 핸드폰을 내밀었다. 그가 핸드폰을 받아 들었다. 안경을 벗은 그는 자세히 보기 위해 핸드폰을 좀 더 가까이 가져갔다. 굉장히 집중해 영상을 시청했고, 그가 그렇게 관심을 보여줘서 감사한 마음이었다.

경찰은 굉장한 기술이 있을 것이다. 영상을 확대하고 이미지를 선명하게 만든 후 내가 볼 수 없었던 것을 확인할 수 있을 터였다. 바로 우리 집에 침입한 남성의 얼굴 말이다.

크리스티안

수요일 저녁, 릴리와 나는 주방에 있었다. 릴리는 식탁에 노트북을 펼쳐놓고 온라인으로 수학 숙제를 채점하고 있었다. 나는 싱크대에서 설거지 중이었다. 물소리에도 들을 수 있도록 TV 볼륨을 높여놓았다. 농구 경기가 진행 중이었고, 한 번씩 나는 뒤를 돌아보며 점수를 확인했다. 나도 저녁에 해야 할 업무가 있었다. 동료에게 전달할 리서치 데이터를 검토하는 일을 오늘까지 마쳐야 했지만 이번 주 내내 밀린 업무를 처리하느라 손도 못 대고 있었다.

릴리는 헤드폰을 끼고 있었다. 아내는 채점할 때면 음악을 들었다.

집 안 불은 대부분 꺼둔 상태였다. 집을 어둡게 하는 것이 어느새 습관이 되어있었다. 마치 침실 문을 잠그는 것처럼 릴리와 따로 상의하거나 이유를 서로 밝힌 적은 없지만 그냥 우리가 하는 일 중 하나가 되었다. 하지만 집 뒤편 유리창들은 거의 다 가림막이 설치되어 있지 않았고, 산책로가 바로 우리 집 뒷문 가까이에 나있는 데다 제이크 일까지 더해져 우리는 그 어느 때보다도 노출된 기분을 느꼈다. 다행스럽게도 아직은 떨어지기 시작한 낙엽이 얼마 되지 않아 나무에 잎들이 무성했다. 나무가 어느 정도 우리를 가려주기는 했지만 울타리도 없고 물리적인 경계도 없었다. 즉, 사람들에게 산책로를 벗어나 나무들 사이로 우리 집 뒷마당에 접근해서는 안 된다고 알리는 표식이 하나도 없었다.

주방에 불이라고는 후드등뿐이었지만 TV와 릴리의 컴퓨터에서도 빛이 나오고 있었다. 우리는 초도 몇 개 켰고 벽난로에 불도 피웠다. 지금 같은 상황이 아니었다면, 로맨틱하고 감성적인 분위기라고 느꼈을 터였다.

싱크대 물소리와 TV 소리 너머로 갑자기 현관에서 통명스러운 노크 소리가 들렸고, 나는 숙이고 있던 허리를 폈다.

노크 소리에 나는 수도꼭지를 밑으로 내렸다. 물이 떨어지는 속도가 느려졌지만 완전히 닫힌 것은 아니라 수도꼭지에서 싱크대로 물방울이 떨어졌다.

똑, 똑, 똑.

수건에 손을 닦으며 뒤를 돌았다. 가장 먼저 시선이 릴리에게 향했다. 헤드폰을 끼고 있어 잘은 들리지 않았지만 릴리도 그 소리를 들었고, 아내의 얼굴에는 무슨 소리인지 가늠하려는 표정이 떠올라 있었다. 아내가 헤드폰을 벗으며 어둑한 공기 속에서 나를 바라봤다.

"쉬이." 입을 동그랗게 모아 쉿, 하는 소리를 내며 손가락을 입에 갖다 대었다. 나만 움직이지 않으면 아무도 나를 볼 수 없을 거라는 듯이 나는 움직임을 멈춘 채 가만히 서있었다. 집 뒤쪽에 주방이 자리한 터라 앞 유리창에서는 우리를 볼 수 없었다. 그렇다고 해서 우리가 완벽히 가려지는 것도 아니었다.

처음 든 생각은 우리가 가만히 있으면 누군지는 몰라도 곧 떠날 거라는 것이었다. 하지만 그때 다시 한번 노크 소리가 울렸다. "누가 왔나 봐." 소리를 이제야 제대로 들은 릴리는 누군가 문을 두드리는 소리라는 것을 깨닫고 낮게 속삭였다. 아내의 눈이 커졌다. 릴리는 노크 소리에 눈에 띄게 몸을 떨고 있었다. 보통 죄가 없는 사람들은 노크 소리에 불안해하지 않았지만, 릴리와 나는 아무 잘못이 없다고 볼 수 없었다. "누굴까?" 아내가 작은 소리로 물었다.

"모르겠어."

"어쩌지?"

TV 리모컨을 집어 볼륨을 낮췄다. "잠깐 기다려보자. 그럼 갈 거야." 릴리에게 이렇게 말했지만 이내 문을 쿵쿵 두드리는 소리가 세 번 이어지고 초인종을 누르는 소리도 들렸다. 누구인지는 몰라도 알아서 떠날 생각은 없어 보였다.

"안 가면 어떡하지?"

나는 릴리에게 말했다. "여기 있어. 누군지 보고 올게. 별일 아닐 거야."

주방을 나섰다. 로비를 지나 현관으로 걸어가며 모든 가능성을 떠올렸다. 옆집 사람, 농구팀에 필요한 자금을 마련하기 위해 사탕을 파는 학생, 우편물 수령 확인 서명을 받아야 하는 배달 기사. 문을 열었을 때 주변이 너무 어둡지 않도록 로비 불을 켰다.

문을 당겨 연 내 눈에 현관 계단에 선 경찰관이 보였다. 나는 숨을 깊이 들이마시며 별다른 반응을 보이지 말자고 다짐했지만, 한편으로는 아무런 죄를 짓지 않은 사람들도 경찰이 집에 찾아오면 긴장하기 마련이라는 생각이 들었다. 집을 찾아온 경찰관이 좋은 소식을 갖고 올 리가 없었다. 그건 당신이 문제에 휘말렸거나 누군가 죽었다는 뜻이었다.

경찰관은 키가 컸다. 위압감이 느껴졌다. 나도 키는 컸지만 상대는 나와 달리 체구가 컸다. 그 폭이 현관 문틀 정도라서 가슴이 떡 벌어져 유니폼이 꽉 끼었다. 얼굴은 긴 편이었다.

"크리스티안 스캇 씨 되십니까?" 그가 물었고, 내 눈은 여전히 로비의 불빛에 적응하는 중이었다.

"네." 머리를 쓸어 넘기며 답했다. "네, 제가 크리스티안 스캇입니다. 무슨 문제가 생겼나요? 무슨 일이 생겼습니까?"

정신을 차릴 수가 없었다. 릴리와 내가 제이크 차를 옮기는 것을 누군가 본 것이다. 내가 제이크와 니나의 집에 침입했던 것을 아니면 월요일 오후에 차 키를 갖다 놓으러 다시 그 집에 갔던 것을 아는 사람이 있다. 그때는 빠르게 들어갔다 나왔다. 내가 아는 한, 당시에는 아무런 문제도 없었다. 어쩌면 내가 틀렸을지도. 누군가가 나를 봤을 수 있다. 내가 그곳에 있었다는 것을 누군가 알 수도 있다.

"아내분은 집에 계시나요, 스캇 씨?" 이제 그는 고개를 기울여 내 뒤편, 집 안쪽을 기웃거렸다. 나는 뒤를 돌았다. 릴리는 내 뒤에 없었다. 아내는 여전히 어둠에 휩싸인 주방에 있었다. TV에서 방영 중인 농구 경기 소리가 이곳에서는 거의 들리지 않았다. "두 분을 함께 뵀으면 해서요."

"네. 그러시군요. 아내를 데려오겠습니다." 내가 말했다.

나는 경찰관을 집 안으로 안내했다. 그가 안으로 들어와 홀로 로비에 서있는 것이, 내가 릴리를 데려간 사이에 집을 이곳저곳 조사하게 두는 것이 괜찮을지 확신할 수 없었다. 하지만 밖에 세워둔다면 내가 무언가 숨기는 것처럼 의심스러워 보일 터였다.

"알겠습니다." 그는 집 안으로 들어와 문을 닫았다. "서두를 것 없습니다."

아내를 데리러 주방에 들어가자 식탁에 앉아있는 릴리가 보였다. 창백해진 얼굴에 흘러내린 머리카락이 눈가에 헝클어져 있었다. 아내는 그곳에 앉아 대화 내용을 모두 들은 모양이었다. 내가 다가가자 아내는 내 손을 잡았다. "경찰이 왜 온 거야?" 아내가 속삭였다. 아내의 목소리와 두 눈에 담긴 긴장감이 손에 잡힐 듯 선명했다.

나도 낮게 속삭였다. "나도 모르겠어."

릴리와 나는 잠시 눈을 맞추며 서로를 바라봤고, 내 눈에 담긴 두려움과 꼭 닮은 두려움이 그녀의 눈 속에 자리하고 있었다.

"우리 이제 어떡하지, 크리스티안?" 아내가 물었다.

"일단 심호흡해." 아내를 끌어안자 동동 뛰는 심장이 느껴졌다. "준비되면 나와. 괜찮을 거야. 내가 알아서 할게."

로비로 다시 나가자 문가에 그대로 서있는 경찰관이 보였다. 팔짱을 낀 상태였다. 내 시선은 그의 벨트에 있는 수갑과 권총을 지나 그의 눈으로 향했다. "나오고 있어요." 내가 말했다. "곧 올 겁니다. 무슨 일 때문에 그러시는지 물어도 될까요, 경관님? 무슨 일이 생겼나요?"

"선생님과 부인께 제이크 헤이스 관련하여 몇 가지 질문할게 있습니다."

위가 딱딱해지는 기분이었다.

"제이크요?" 그가 누구인지 바로 떠오르지 않는다는 듯 이름을 되물었다. 머릿속을 살피며 생각을 떠올리려는 것 같은, 기억 속에 무언가를 물리적으로 꺼내보려 하는 것 같은 표정을 지어 보였다.

"네, 제이크 헤이스요. 아내는 니나 헤이스입니다." 경찰관이 말했다.

"아, 네. 그럼요. 제이크." 이제 막 떠올랐다는 듯 답했다. 이마에 힘을 준 채 미간을 찌푸렸다. "무슨 문제가 있습니까? 제이크에게 무슨 일이 생겼나요?"

릴리가 내 뒤에서 나타났다. 아내가 오는 소리를 듣지 못했지만 경찰관의 시선이 내 뒤를 향하며 그의 자세가 조금 달라지는 것이 보였다. 내가 고개를 돌리자 아내의 창백한 얼굴이, 그래도 몇 분 전보다는 한결 나아진 얼굴이 눈에 들어왔다. 주방에서 코너를 돌아 나오는 아내의 발걸음은 맨발임에도 우아하고 가벼웠다. 타이트한 레깅스에 크기가 큰 내 티셔츠를 입고 있어 어깨로 검은색 속옷 끈이 드러났다.

"릴리." 나는 옆으로 물러나 아내를 위한 자리를 마련했고, 곁에 선 아내의 허리에 팔을 둘렀다. "여기 경찰관께서 제이크 헤이스에 관해 우리에게 몇 가지 물어볼 게 있다고 하셨어." 아내가 무슨 영문인지 모르겠다는 얼굴을 하며 나와 장단을 맞춰줘서 고마웠다. "니나 남편 있잖아." 니나 때문에 제이크를 안다는 듯이, 지난 며칠간 우리가 온통 그만 생각하며 보내지 않았다는 듯이 아내에게 설명해 주었다.

"응." 아내가 말했다. "제이크." 릴리의 얼굴에 떠오른 걱정 어린 표정은 내 것과 비슷했다. "그의 아내인 니나 헤이스와 같이 일해요." 아내가 말했고 경찰관은 릴리가 등장한 후로 인상이 부드러워졌다. 릴리에게는 그런 힘이 있었다. "남편이 며칠째 집에 안 들어온다고 니나가 말해줬어요." 릴리가 나를 올려다봤다. "내가 자기한테도 말했었나." 아내가 말했다.

"말해줬어. 너무 끔찍한 일이야." 내 시선이 다시 경찰관을 향했다. "그래서 저희는 어쩐 일로 찾아오신 거죠, 경관님? 무슨 일이 있었던 겁니까?"

"헤이스 부부와 가까운 분들을 방문하고 있습니다. 닥터 헤이스의 소재를 파악하려고요."

경찰관은 제이크의 실종만 수사하고 있었기에 마음이 편안해지기 시작했다. 그가 사라졌고 집에 돌아오지 않는 것 외에는 아무것도 모르는 것이다. 릴리와 내가 관련 인물이라는 것은 전혀 모르는 것 같았고, 만약 알고 있다면 아직 말을 꺼내지 않은 거겠지.

"마지막으로 닥터 헤이스를 보신 게 언제인가요?" 그가 물었다.

나는 기억을 되짚었다. 릴리를 바라봤다. "얼마나 됐지?" 아내에게 물었다. "6개월 넘었나? 같이 식사한 적이 있어요." 다시 경관을 바라봤다. "하지만 그게 벌써 지난봄이었던 것 같은데요."

"4월이었어. 맞아. 니나 생일을 축하하는 자리였거든." 릴리가 설명했다. 니나 생일이었다는 것을 잊었는데, 릴리 말이 맞았다. 우리는 브라질 스테이크 집에서 만났고, 그날 밤 제이크가 새 차를 가져와 나를 태워줬었다. 다 같이 모여 축하 자리를 마련하자는 것은 릴리의 아이디어였다. 니나가 음식점을 골랐다. 예약은 릴리가 했었다.

"니나한테서 요즘 제이크와 부부싸움이 잦다는 이야기를 들었어요." 릴리가 말했다. 머릿속으로만 하려던 생각이 실수로 나와버린 것처럼 거의 들리지 않을 목소리였다. 이 말을 하며 릴리는 나도 경찰관도 바라보지 않았고, 분홍색 매니큐어가 지워지기 시작한 자기 발을 내려다보고 있었다. "죄송해요." 자신이 실수했다는 듯 고개를 저었지만, 결코 실수가 아니었다. 뛰어난 계략이었다. "이런 말은 하면 안 되는데. 니나가 비밀로 한 말이었어요. 다른 사람들이 아는 것을 원치 않을 거예요. 니나 개인사다 보니까요."

"네, 알겠습니다." 릴리의 말을 못 들은 것으로 하겠다는 듯이 경관이 답했다. "최근에 들은 이야기입니까?" 릴리가 고개를 끄덕였다. "사이가 안 좋았던 것이 얼마나 되었죠?"

"몇 달 전부터요." 릴리가 말했다. "확실치는 않아요. 언제부터 시작된 건지는 잘 기억이 안 나지만 최근 몇 주간 좀 더 심각해진 것 같았어요. 그 일로 니나가 마음이 아주 괴롭다고 제게 털어놨었거든요. 하지만 이런 일까지 벌어질 거라고는 생각하지 않았는데."

"이런 일이라면?"

"제이크가 떠난 거요. 지금 그게 문제가 되는 거 아닌가요?"

"닥터 헤이스에게 무슨 일이 있는지는 아직 모릅니다. 정확히 무슨 일 때문에 헤이스 부부가 싸운 거죠? 헤이스 부인이 그런 이야기도 했습니까?"

릴리가 어깨를 으쓱했다. "그냥 보통 부부들이 싸우는 이유로요."

"요즘 헤이스 부인이 어때 보였나요?"

"무슨 말씀일까요?"

"행동이 달라졌다거나 하는 건 없었습니까?"

릴리는 깊이 생각하는 듯 보였다. "네, 맞아요. 평소와는 좀 달랐어요. 불안해 보였어요. 정신이 다른 곳에 팔려있을 때도 있고요. 제이크 일도 있고 니나 어머니 일도 있어서요. 어머니 건강이 많이 안 좋으시거든요. 그래서 우울한 거라고 생각했어요. 하지만 저희끼리 이야기인데요, 경관님." 릴리는 지금 막 떠오른 생각인 듯 이 이야기를 해야 할지 말지 망설이는 얼굴로 나를 바라봤다.

"네, 스캇 부인?" 말해보라는 듯 경관이 답했다.

릴리가 다시 경관을 바라봤다. 아내는 순진한 얼굴을 했다. 말투는 온순하다고까지는 아니어도 부드러웠다. "제가 이런 이야기를 했다고 니나에게는 말하지 말아 주세요. 니나가 저한테 화를 낼까 봐요." 릴리가 다시 나를 바라보며 기대감을 고조시켰다.

"헤이스 부인이 어떤 이야기를 했나요, 스캇 부인?"

릴리가 침을 삼켰다. 아내의 시선이 다시 경관에게 향했다. "언젠가 니나가 남편이 자신을 떠날 것 같다고 말한 적 있어요. 제이크가 바람을 피우는 것 같다고요. 사실 당시만 해도 저는 그리 심각하게 생각하지 않았어요. 누구나 결혼 생활을 하다 보면 힘든 시기를 겪으니까요. 저는 니나에게 괜한 걱정이라고 말했어요. 결혼 생활에 어려움을 겪고 있다면 부부 상담이 도움이 될 것 같다고도 했고요."

"헤이스 부부가 상담을 받았나요?"

"아니요. 두 사람 다 너무 바쁘거든요. 제이크는 신경외과 의사라서 집에 잘 없어요. 좀 전에 말했듯이 니나는 어머니가 편찮으시고요. 상담받으러 다닐 시간이 없었어요."

릴리는 더 할 말이 있는 것처럼 입을 열었다가 닫았다. 경관의 눈에도 보였다.

"더 말씀하실 게 있으신가요, 스캇 부인?"

"니나가 제이크가 만약 떠나면 자신이 어떻게 해야 할지 모르겠다고, 제이크 없이는 살 수가 없을 거라고도 했어요." 아내는 숨을 마시고는 깊이 내쉬었다. "니나는 제게 정말 좋은 친구예요. 이런 이야기를 하다니 정말 끔찍해요. 하지만……."

릴리가 문득 말을 멈췄다. 아내는 다시 한번 나를 바라봤고, 나는 아내의 거짓말에 완전히 빠져들어 넋이 나갈 지경이었다.

"하지만, 뭐죠?" 경관이 아내를 재촉했다.

"니나가 자신이 제이크와 함께할 수 없다면 세상 누구도 그럴 수 없다는 식의 말을 했었어요."

경관이 잠시 침묵했다. "그 말이 어떤 의미로 느껴지셨나요, 스캇 부인?" 그가 물었다.

나는 뉴스를 시청한다. 이런저런 기사도 읽는다. 미국에서 남편을 살해하는 여성이 다른 어느 나라보다도 많다는 것을 알고 있다. 아내를 살해하는 남편이 100명이라고 봤을 때 남편을 살해하는 아내는 최소 75명이었다. 어떤 이들은 반반에 가깝다고도 말한다. 남편이 아내를 살해할 때는 심리적 학대로 시작하는 경우가 많았다. 스토킹. 심리 조종. 가스라이팅.

하지만 아내가 남편을 살해할 때는 대체로 자신이 죽이지 않으면 죽임을 당하리라는 결론에 이르렀을 때가 많았다.

하지만 늘 그런 것은 아니다. 여성도 두려움이나 정당방위 외에도 다른 이유로 살인을 저지른다. 질투가 나서, 남편이 자신을 떠날까 봐, 사망보험금을 타내려. 또는 이 세 가지 원인이 복합적으로 작용하기도 했다. 니나도 이런 짓을 저지를 수 있을 거라고 생각하는 게 말도 안 되는 일은 아니었다. 다만 멀쩡한 사람을 사건에 연루시키는 것은 못 할 짓이었다. 마음이 안 좋았지만 동시에 릴리와 내가 잡히지 않을 수만 있다면 무슨 짓이든 할 각오가 되어있었다.

릴리가 급히 고개를 내저었다. 아내의 머리카락이 눈가로 쏟아졌다. "저도 모르겠어요." 아내가 나를 한 번 그리고 경관을 한 번 바라봤다. "이런 이야기는 해서는 안 됐는데. 그때는 그냥 별 생각 없이 넘겼어요. 니나가 화가 난 상태였으니까요. 그냥 속마음을 털어놓았던 거라. 무슨 말인지 아시죠? 그냥 하소연이요." 아내가 의미심장하게 말을 멈추고는 다시 이었다. "제게는 그리 위험하게 들리지는 않았어요. 묻고자 하신 게 그거라면요."

나는 좋은 의미로 릴리에게 허를 찔린 기분이었다. 기발했다.

아내는 상황을 반전시켜 의심의 그림자를 니나에게로 돌린 것이었다.

니나

나는 난처함과 실망감을 느끼며 저녁 일찍 경찰서를 나왔다. 5시가 막 지난 시각이었다. 집에 가는 내내 엄마에게 한마디도 하지 않았다. 한마디도 할 수가 없었다. 할 말이 없었다. 영상을 본 경관은 내게 다시 핸드폰을 내밀었다. 그의 관심이 식어있었다. 그는 다시 안경을 쓰고는 이렇게 말했다.

"현관 카메라는 약 160센티미터 거리부에 최적화되어 있습니다. 그 거리를 넘으면 신원을 확인할 수가 없어요. 집 앞에 난 도로의 간격이 7.3미터에서 8.5미터 정도 될 겁니다. 그게 표준이거든요. 도로를 사이에 둔 두 집의 현관에서 현관 거리를 따지면 주변 토지 때문에 간격이 더 넓어지고요. 그래도 이웃 카메라에 이 남성이 부인 집에 무단 침입하는 장면이 찍힌 건 다행입니다. 아니었다면 모르셨을 테니까요. 다만 이 영상으로 저희가 그 남성을 찾을 수 있을지는 잘 모르겠습니다. 영상이 왜

곡되어 있거든요. 선명도도 떨어지고요. 모자 때문에 얼굴도 확인할 수가 없죠. 저희로서는 이 남성을 찾을 방법이 없지만, 혹시 부인께서 얼굴을 알아보신다면 또 모르죠." 경찰이 유도신문을 했지만 나는 고개를 저었다. 모르는 사람이었기에 이 영상을 갖고 경찰서에 온 것이었다. 경찰이 내게 이 사람이 누군지 말해주길 바랐다. "영상 속 남성에게는 딱히 눈에 띄는 특징도 없어요."

"확대 같은 것은 안 되나요?" 내가 물었다.

"확대하면 화질이 더 안 좋아질 수밖에 없습니다."

나는 다른 영상을, 엘리 밀러의 카메라에 잡힌 남성의 차를 보여주었다. 안타깝게도 같은 문제가 있었다. 자동차 각도상 경관의 눈에도 차의 앞이나 뒤, 제조사나 모델명이 보이지 않았다. 경찰도 번호판을 읽어내지 못했다. 설사 번호판이 보인다 해도 선명도 때문에 번호를 식별해 낼 수 있을지 자신이 없다고 했다. 기술팀에서 자세히 영상을 살펴볼 예정이지만 너무 기대하지 않는 게 좋다고 경고했다. "이런 영상에는 제약이 많거든요. 영상이 물론 도움은 됩니다. 다만 절대적이지는 않습니다."

나는 엄마와 시선을 주고받은 뒤 경관을 바라봤다. "그럼 이제 제가 뭘 어떻게 해야 하죠?" 절망에 빠지지 않으려 노력했다. "어떤 남자가 우리 집에 무단 침입을 했어요. 그냥 걸어 들어왔다고요. 비밀번호도 알고 있고요."

"압니다." 그의 눈에 동정심이 어렸고, 그 눈빛이 고마웠다. "부인의 신고 건은 접수할 겁니다. 경관을 보내 집 주변을 살펴

보도록 할 거고요. 전 차고 비밀번호를 바꾸고, 집 잠금장치를 바꾸라고 제안하고 싶습니다. 현관 카메라나 보안 시스템을 설치하는 방안은 고려해 보셨나요?"

"그래야 할까요?" 내가 물었다.

"부인 결정에 달렸습니다. 다만 카메라가 있는 것만으로 무단 침입을 방지하는 효과가 있기도 하거든요. 혹시 도난당한 물건이 있습니까?"

"없어요. 제가 아는 바로는 없어요. 이웃이 이 영상을 보여주기 전까지는 집에 누가 들어왔다는 것도 몰랐거든요."

"차고 비밀번호를 아는 사람이 있나요?" 그가 물었다.

"남편과 저요. 엄마랑." 엄마를 바라보며 말했다. 엄마는 말한마디 하지 않고 내 옆에 앉아있었다. "청소 도우미요." 또 누가 있는지 떠올리려 했다. 더 있었던 것 같은데. 제이크와 나는 비밀번호를 알려주는 데 너무 깐깐하게 굴지는 않았지만 그렇다고 대단히 부주의하지도 않았다. 우리가 비밀번호를 공유했던 이들은 안심해도 될 것 같은 사람들이었다. "페인트칠하는 작업자들한테도 알려줬었어요. 아주 오래된 일은 아니에요." 당시 일이 떠올랐다. "작업하는 분들이 오갈 때마다 저희가 집에 있을 수가 없어서 차고 비밀번호를 알려줬어요. 바꿔야지 했는데 잊었네요." 다시 생각해 보니 너무 한심하게 느껴졌다. 페인트칠 작업자들이 셀 수 없을 정도로 많았다. 집 안 전체를 작업했으니 최소 열 명은 될 터였다. 경관에게 이 이야기를 하고 나니 문득 작업자들 전원이 비밀번호를 알고 있었을지, 아니면 책임자 한 명만 알고 있었을지 궁금해졌다. 작업하다 탐나는 것을 발견했고 나중에 와서 가져가려 했을까? 작업자들이 떠나고 제이크와 나는 왜 비밀번호를 바꾸지 않았던 걸까?

"너무 자책하지 마세요, 헤이스 부인. 있을 수 있는 일입니다." 경관이 나를 안심시켰다.

"경찰이 우리 집에 오면 지문도 채취하는 건가요?" 그렇다는 답변이 나올 거라고 생각하며 물었다.

하지만 그는 고개를 저었다. "아니요. 그러진 않을 겁니다. 이런 상황에서는 지문 채취는 거의 하지 않거든요."

"왜요?" 믿을 수가 없어 되물었다. 지문을 채취하지 않으면 도대체 어떻게 이 남자를 잡겠다는 걸까?

"헤이스 부인, 지문으로 무언가를 얻으려면요. 그 지문을 비교할 대상이 있어야 합니다. 생각만큼, 그러니까 TV에 나오는 것처럼 그렇게 단순한 작업이 아니에요. 저희가 부인 집에서 채취하는 지문들이 부인의 허락을 받고 집에 들어온 사람들의 것일 수도 있죠. 아까 말씀하셨던 작업자들처럼요. 부인 집에서 이 작업자들의 지문을 발견했다 해도 이들 중 누군가가 토요일 오전에 들어와 지문을 남긴 것인지 아니면 한 달 전에 페인트칠하러 왔을 때 남긴 것인지 알 수가 없습니다. 그뿐만 아니라 부인 집을 방문한 적이 있는 모든 사람 가운데 용의선상에서 제외되는 사람들의 지문을 따로 채취하는 작업도 필요하고요. 품이 많이 드는 과정인데 그에 비해 제대로 된 단서는 나오지 않는 경우가 많죠. 제가 하고자 하는 말씀을 이해하시겠습니까?"

안타깝게도 잘 이해했다. 제이크와 내가 우리 집으로 기쁘게 초대한 수많은 사람들을 떠올렸다. 아무리 애쓴다 해도 다 기억해 내지 못할 터였다.

"하지만 이 남자를 찾기 위해 분명 할 수 있는 일이 있을 거 아니에요."

경관의 얼굴에 떠오른 표정을 보고 경찰이 이 남자를 찾을 가망이 거의 없다는 것을 깨달았다.

"저희 기술팀에서 이 영상들을 자세히 검토한 후 뭔가를 찾을 수 있을지 보겠습니다. 또 다른 문제는요, 헤이스 부인. 무단 침입이 벌어진 후 며칠이 지났어요. 그동안 부인께서도 집 안 여러 물건들을 만지셨을 겁니다. 본인도 모르게 증거를 훼손했을 수 있어요." 그가 말을 이었다. "만약 사라진 물건이 있다거나 집에 파손된 것이 있다면 보험 회사에 연락하시면 됩니다. 그쪽에서 손해사정사를 파견할 겁니다."

고개를 끄덕였지만 머리가 어지럽고 두려워졌다. 이런 일이 벌어졌다는 것을 믿을 수가 없었다. 여전히 믿기지 않았다. "알겠어요."

"우선은 부인께서 할 수 있는 최선은 집의 보안을 완벽하게 하는 겁니다. 향후 무단 침입 사건이 발생하지 않도록 조치를 취하는 거죠. 아까 말씀드렸다시피, 차고 비밀번호 바꾸고 잠금 장치도 새로 달고 경비 시스템 설치도 고려하시고요."

"차고 비밀번호는 어떻게 바꾸는 건가요?" 그에게 물었다. 제이크가 알법한 일이었다. 이런 일은 제이크가 맡아 했다.

"기기마다 달라서요, 헤이스 부인. 사용자 설명서를 갖고 계시나요?"

나는 고개를 내저었다. 있다 해도 어디에 보관하는지는 제이크가 알 터였다.

"차고 문을 수리하는 기사를 부르셔도 됩니다. 그 사람들이 도와드릴 수 있을 거예요." 차고 문을 수리하는 사람에 대해서도 아는 바가 없었다. 순간 내가 너무도 무능력하게 느껴졌다.

그때 엄마가 입을 열었다. 엄마는 내가 어떤 기분을 느끼는지 이해하고 있었다. "내가 도와줄게." 엄마가 말했다. "걱정하지 마, 니나. 우리가 잘 해결할 수 있을 거야." 엄마는 거의 일평생을 홀로 지냈다. 나도 혼자 키워냈다. 엄마는 남자에게 의지한 적 없이 혼자서 모든 일을 알아서 해결했다. 엄마의 그런 면이 부러웠다. 엄마는 생활력이 강한 사람이었다.

"알겠어요." 내가 다시 한번 말했다. 내가 꼭 분리된 것처럼, 몸에서 빠져나와 나를 지켜보고 있는 것처럼 내 목소리가 아득하게 들렸다. 완전히 넋이 나갈 것 같았다. 이런 일이 벌어지다니 믿기지가 않았다. 향후 무단 침입이 발생하지 않게라니. 이 남자가 우리 집에 또 들이닥칠 수도 있다는 뜻일까? 충분히 그럴 수 있었다. 머드룸에 찍힌 발자국이 떠올랐고 이미 이 사람이 우리 집에 다시 한번 다녀갔을 가능성도 있었다. 그 일도 경관에게 말했다. 그리고 이 이야기도 덧붙였다. "며칠 전 지난 목요일에, 제가 일하는 곳에 익명으로 꽃 배달이 왔어요. 플로리스트에게 연락해 누가 보낸 건지 알아보려 했지만, 경찰의 명령이 없으면 알려줄 수 없다고 했어요. 전 두려워요, 분 경관님. 우리 집에 무단 침입한 사람이 꽃을 보낸 거면 어떡하죠? 누가 저를 스토킹하고 있는 거라면요?" 그에게 물었다. 내내 엄마의 시선이 느껴졌다. 엄마에게는 꽃에 대해 말하지 않았으니까.

경관이 말했다. "도움이 된다면, 제가 그 플로리스트에게 전화를 걸어 해당 정보를 알려줄 수 있는지 확인하겠습니다."

"감사합니다. 그렇게 해주신다면 정말 좋을 것 같아요. 제 남편도 걱정돼요. 아직 실종 상태거든요. 남편이 집에 오지 않은지 벌써 일주일이 넘었어요. 정확히는 9일이요."

"제가 아는 바로는." 그가 말했다. "부인께서 실종 신고를 취소하셨는데요. 실종 신고 이후로 부인께서 남편을 만났기 때문에 취소하신 거라고 생각했습니다만."

엄마와 내 시선이 마주쳤다. 엄마를 이런 식으로 곤경에 처하게 하고 싶지 않았지만 무슨 일이 있었는지 경관이 알아야 했다. "사실 엄마가요." 엄마의 무릎으로 손을 뻗으며 엄마의 눈에는 보이지 않을 안쓰러운 미소를 지었다. "시력이 좀 안 좋으세요." 분 경관이 엄마를 바라봤다. 엄마를 그냥 봐서는 어디에 이상이 있는지 알 수가 없었다. "황반변성이요. 가끔 사람을 착각하실 때가 있어요. 며칠 전 엄마가 집에서 제이크라고 착각했던 사람이 사실 그 남자였어요." 나는 핸드폰을 가리키며 말했다.

"그랬군요." 그가 말했다. "그렇다면 남편분께서 아직도 실종 상태인 거군요."

나는 후회 어린 표정으로 고개를 끄덕였다. "네." 아무도 제이크를 찾지 않았던, 그 아까운 지난 며칠이 너무도 안타까웠다.

"알겠습니다." 분 경관은 제이크의 실종을 좀 더 깊이 있게 수사할 것이고, 제이크와 내가 아는 사람들에게도 연락하겠다고, 누군가 내게는 밝히지 않은 정보를 갖고 있는지 탐문하겠다고 약속했다.

어딘가 제이크의 행방을 아는 사람이 분명 있을 테니까.

* * *

늦은 시각이었다. 엄마는 복도 끝에 있는 방에서 잘 준비를 하고 있었다. 나도 자야 했지만 침대에 누워 잠을 잘 수 있을지 알 수가 없었다. 멜라토닌이나 수면제를 먹거나 아니면 와인을 한 병 더 마셔볼까 생각했지만 문제는 내가 잠을 잘 수가 없다는 것이 아니었다. 잠을 자려는 시도도 아직 하지 않았다. 문제는 내가 잠을 자고 싶은 건지를 모르겠다는 것이다. 의식이 없는 상태에, 취약한 상태에 빠지고 싶지 않았다. 그 남자가 너무도 손쉽게 우리 집에 들어왔다는 사실을 머릿속에서 떨칠 수가 없었다. 고작 몇 시간 전에 그가 우리 집에 침입하는 영상을 봤고, 그 충격이 아직도 가시질 않았다. 평생 잊히지 않을 것 같았다. 그 생각을 할 때마다 처음 그 영상을 마주했을 때처럼 너무도 생생하고 날것의 충격이 가해졌다. 나 자신을 학대하려는 듯 영상을 반복해서 보고 또 봤다. 도저히 멈출 수가 없었다.

나는 적지 않은 돈을 들여 열쇠공을 불렀다. 24시간 연중무휴 긴급 서비스를 제공하는 곳이었다. 비쌌지만 이렇게 급히 불러도 와준다는 데 고마웠다. 그가 집에 있는 잠금장치를 모두 교체했다. 이제 열쇠가 있는 사람은 나뿐이었다.

차고 문을 수리하는 사람도 불렀다. 이제 새로운 차고 비밀번호는 나만 안다. 엄마는 알고 싶어 하지도 않았다. 수리 기사는 내가 새 비밀번호를 입력할 때 뒤를 돌아있었다. 그가 뒤를 도는 모습을 지켜봤고 정말 보고 있지 않은지 확인도 했다. 편집증적이었지만 누가 나를 비난할 수 있을까?

ADT*에도 전화했다. 다음 주 중 가장 이른 날짜로 보안 장치를 설치하기로 약속을 잡았다. 사실 오늘 밤에 오면 500달러를 지불하겠다고 제안했었다. 거의 사정하다시피 했지만 불가능했다. 보안 시스템을 설치하고 나면, 밤에 잠을 자러 침실로 올라가기 전에 집 안 모든 문과 창문을 단단히 걸어 잠글 수 있었다. 그러면 마음이 한결 편해질 터였다. ADT가 침입자를 감지했을 때―고객 서비스 직원이 유선상으로 안내한 바에 따르면―평균 출동 시간이 45초였다. 물론 경보 소리에 침입자가 그보다 빨리 달아날 것이고, 마당에 설치된 표지판으로도 무단 침입 시도를 하지 못하게 만들 수 있다. 보안 시스템이 설치되고 나면 누구도 이 집에 발을 들일 수 없다. 누구도 엄마나 나를 해할 수 없다. 우리의 안전이 완벽히 보장될 것이다.

---

* 미국의 경비 보안 업체.

하지만 다음 주에나 가능한 일이었다.

내가 잠들었을 때 누군가—특히나 그 모자를 쓰고 청바지를 입은 남자가—우리 집에 들어올 수 있다는 생각을 떨칠 수가 없었다. 지난 몇 시간 동안 거의 그 남자 생각만 했다. 그 남자가 세 번째로 우리 집에 침입하는 모습을 상상했다. 여유 넘치는 걸음걸이와 차고 비밀번호를 누르고 문을 열기까지 효율적으로 움직이던 모습을 떠올렸다. 그는 차고 비밀번호를 알고 있었다. 내가 집에 없을 거라는 것도.

나에 대해 또 뭘 알고 있을까?

밤이 되자 나는 침실을 나섰다. 금고에서 제이크의 총을 가지러 조용히 아래층으로 내려갔다. 곁에 두고 있으면 마음이 좀 놓일 것 같았다. 한밤중에 누군가 집에 들어온다면 금고 안에 보관된 총은 내게 하등 도움이 되지 않을 터였다. 누군가 침입한 상황이라면 금고를 열고 총을 장전해 쏘기는커녕 제때 아래층에 내려가지도 못할 테니까.

제이크의 서재는 어두웠다. 유일한 빛이라고는 커튼이 없는 창으로 쏟아지는 달빛뿐이었다. 맨발에 닿는 단단한 목재 바닥을 느끼며 서재를 가로질렀다. 제이크의 책상으로 다가갔다. 거대한 크기의 암회색 중역용 책상이었다. 너비가 내 키보다 넓었다. 책상 가장자리를 따라 걸으며 손으로 그의 터프트 회전의자를 더듬었다. 책상 뒤편으로는 책상과 어울리는 책장 두 개가 서있었고, 두 책장 사이에는 그가 갤러리에서 구입한 추상화 원본 한 점이 걸려있었다. 그 그림이 제이크 마음에 들었던 것도 있지만 벽에 설치된 금고를 가릴만한 무언가가 필요하기도 해 걸어놓은 것이었다. 밝은 오렌지색과 청록색의 그림은 추측하자면 바다에서 산이 솟아나는 그림 같아 보였지만 정확하지는 않았다.

나는 그림을 벽에서 떼어냈다. 갓 태어난 아기를 다루듯 조심스럽게 바닥에 내려놓고 일어나 금고를 마주했다. 금고에는 비밀번호가 걸려있다. 비밀번호를 눌렀다. 총을 쏘는 법은 물론 잡는 법조차 몰랐던 나를 제이크가 사격장에 데려가 연습시켰던 때가 떠올랐다. 몇 년 전, 우리가 젊고 행복했던 때였다. 아직 미래에 대한 약속이 가득하던 때였다. 당시 나는 집에 총을 두는 데 반대했었다. 일단은 나는 총기류를 정말 싫어했다. **집에 총을 둬서 좋을 게 없어.** 제이크에게 말했었다. 하지만 제이크는 원하는 것은 반드시 쟁취하는 사람이었다. 그는 내가 총을 다루는 법과 쏘는 법을 배우고 나면 다르게 느낄 거라고 생각했다. 그러고 나면 총이 그렇게 이질적으로 느껴지지 않을 거라고 말했다. 그와 함께 사격장에 갔었다. 표적지에 대고 총을 쐈다. 실력이 꽤 괜찮았다. 제이크가 놀라워했다. 제이크는 내가 총을 쏠 수 있을 거라고 생각하지 못했는데, 아마도 장전된 총을 쥐고 있으면 내가 겁먹을 거라고 예상했던 것 같다. 난 겁내지 않았다. 물론 종이에 구멍을 내는 것과 사람에게 총을 쏘는 것은 상당히 다른 이야기겠지만.

금고가 열렸다. 나는 문을 열고 손을 넣어 안 보이는 채로 더듬대며 총을 찾았다.

손에 잡히는 것이 없었다.

제이크의 총이 금고에 없었다.

어디에 있는지는 몰라도, 제이크가 지금 총을 갖고 있는 것
이다.

크리스티안

다음 날 오후, 릴리와 산부인과에서 만났다. 아내의 속옷에 피가 비쳤고—아내는 약간이라고는 했지만—회사에서 릴리의 전화를 받고 심장이 멎을 것만 같았다. "의사는 별일 아닐 거라고 그냥 살짝 출혈이 있는 거라고 했어." 전화로는 릴리가 덤덤하게 이야기했지만 목소리는 떨리고 있었다. 아내도 의사 말을 믿지 못한다는 것을, 그저 우리 부부를 안심시키려 의사가 한 말을 그대로 반복해 말했다는 것을 알 수 있었다. "의사가 임신 초기에 피가 비치는 일은 그리 드물지 않다고 말했어." 웹사이트에서 임신에 관한 글을 거의 다 찾아 읽은 나도 알고 있는 이야기였지만 속옷에 혈흔이 묻어나면 늘 안 좋은 결과로 이어졌다.

"병원이 몇 시 예약이지?"

"1시."

"그게 가장 빠른 시간이었어?" 지금 당장 병원에 가고 싶었다. 아내가 전화했을 때가 10시였다. 아무것도 모르는 상태로 기다리고 있어야 하는 것보다 힘든 일은 없었다. 그 전화를 받은 후부터 아기 외에는 그 어떤 일에도 집중할 수 없으리라는 것을 알았다.

"응." 릴리가 말했다.

릴리는 이제 임신 10주 차에 접어들었다. 여태 이만큼 임신을 유지한 적은 처음이었다. 임신 중기가 가까워지고 있었다. 유산은 대부분 13주 차에 이르기 전에 발생하므로 아이의 생존율이 극적으로 높아지는 임신 중기는 상당히 중요한 의미였다. 물론 임신 중기라고 잘못될 위험이 전혀 없는 것은 아니다. 유산은 언제든지 일어날 수 있고, 중기라는 중요한 시기까지는 아직 3주나 남았다. 어떤 일이든 일어날 수 있다. 어떤 문제든 생길 수 있다. 어쩌면 릴리가 아이를 이미 잃은 것일지도 모른다.

지난 몇 주간, 특히나 어젯밤 경찰이 급작스럽게 방문한 일로 아내는 상당한 스트레스를 받았다. 경찰이 떠난 후 아내에게 깊이 입을 맞췄다. 아내를 품에 안고 입을 맞춘 후 이렇게 말했다. "정말 대단했어, 릴리. 당신 정말 기가 막힐 정도로 대단한 여자야." 도무지 진정이 되지 않았다. 아내의 빠른 판단력에 감탄했다. 하지만 후폭풍도 있었다. 릴리는 자신이 한 말과 니나를 그런 식으로 몰아간 데 끔찍한 죄책감을 느꼈다.

스트레스가 유산의 원인이 된다는 실제 근거는 없지만 의사라고 다 알지는 못할 것이다.

산부인과 진료에 늦고 말았다. 고객과의 미팅이 늦게 끝났고, 고속도로에서 사고도 한 건 있었다. 정체가 몇 킬로미터나 이어졌다. 1시 8분이었다. 주차를 하고 건물 안으로 뛰어갔다.

간호사가 진료실로 안내해 들어가니 릴리는 이미 진찰대 위에 있었다. 아내의 뒷모습이 보였다. 아내는 고개를 돌려 나를 보고 미소 지었다. 릴리는 빨간색 셔츠를 입고 있었지만 아무것도 걸치지 않은 허리 아래로는 위생 시트가 둘러져 있었다. 릴리는 차가운 형광등 아래, 하반신에는 위생 시트를 두르고도 아름다워 보일 수 있는 몇 안 되는 사람 중 하나였다. 릴리는 빛이 났다. "여보." 아내가 말했다. 아내가 미소를 지으면 숨이 막힐 정도로 아름다웠다.

"늦어서 미안해." 진료실에 들어와 조심히 문을 닫았다. "진료는 어디까지 진행됐어?"

"아직 시작 안 했어." 아내가 말했다. "당신 안 늦었어. 선생님이 아직 안 들어왔어."

나는 릴리에게 다가갔다. 아내를 내 쪽으로 당겨 머리 옆쪽에 입을 맞췄다. 아내를 꼭 안았다. "출혈은 더 없었고?"

아내가 고개를 저었다. "없었어."

"잘됐다, 그렇지? 당신 기분은 어때?"

"괜찮아." 아내가 말했다. "좀 메스껍고 피곤하긴 하지만."

아내를 안았던 팔을 풀었다. 진찰대 반대편에 놓인 의자 한 곳에 앉았다. 릴리의 얼굴이 피곤해 보였다. 오늘 아침 욕실에서 아내의 소리가 들렸다. 아내가 속을 게워내고 있었다. 릴리가 아프길 바란 것은 아니지만 당시에는 아내가 구역감을 느낀다는 것이 아기가 건강하다는 뜻인 것 같아 마음이 놓였다. 하지만 그로부터 불과 몇 시간 후, 우리 둘 다 일터에 있을 때 아내가 하혈했으니 오전에 입덧했다고 해서 아기가 건강하다고 보장할 수는 없었다. 또한 지난번에는 유산한 후에도 호르몬 때문에 릴리는 입덧을 계속했다. 이중으로 고통스러운 상황이었다. 유산이나 입덧만으로도 그 괴로움이 충분치 않다는 듯 아내는 둘 다 겪어야 했다.

릴리를 보고 나자 안심이 되었다. 생각했던 것보다 얼굴이 나아 보였다. 아내의 속옷에 묻어난 출혈량이 지난번과 비슷했다면 지금보다 훨씬 안색이 안 좋았을 게 분명했다.

노크 소리가 들렸다. 의사가 진료실로 들어왔다. 여자 의사였다. 릴리가 무척이나 좋아하는 의사였다. 나도 마찬가지였다. 우리와 함께 많은 일을 겪었고, 릴리와 나만큼이나 우리의 아이를 기다리는 사람이었다. 지난 유산 때는 의사가 눈물을 보이기도 했다. 몇 달 후 다시 임신해 찾아온 우리를 보고 의사는 나만큼이나 복잡한 표정을 지었다. 우리는 뭘 하고 있었던 걸까? 이제 다 포기하고 그만두어야 했던 걸까?

의사는 내게 인사를 건네긴 했지만 릴리에게 온 신경이 향해 있었다. 오늘 의사는 처음으로 도플러 초음파로 아기의 심장 소리를 들어볼 예정이었다. 몇 주 전, 마지막으로 이곳에 자리했을 당시에는 질 초음파로 아기 심장 소리를 들었었다. 필요하다면 이번에도 질 초음파를 할 수 있겠지만, 도플러 초음파로도 가능하다면 릴리의 불편함을 덜어줄 수 있었다. "빠르면 약 10주부터 도플러 초음파로 심장박동을 감지할 수 있어요." 의사가 말했다. "그러니 처음에 심장 소리가 들리지 않는다고 너무 놀라지는 마세요."

의사는 진찰대에 릴리를 눕혔다. 나는 의자에서 일어나 릴리의 머리 쪽으로 다가가 손을 잡았다.

의사가 릴리의 셔츠를 허리 위로 걷어 올리는 동안 나는 릴리를 향해 따뜻하게 미소 지었다. 릴리의 배가 어찌나 납작한지 그 안에 또 다른 생명이, 우리가 만든 생명이 자리하고 있다는 것이 믿기지 않을 정도였다. 의사는 아내의 아랫배에 젤을 펴 발랐다. 도플러 기기의 음량을 높인 의사는 아내의 피부 위로 기기를 움직였다. 나는 숨을 죽였다. 진료실에 있는 모든 이들이 숨을 참았다. 심장 소리는 따가닥 따가닥, 말발굽 소리와 비슷하게 들릴 터였다. 다만 내 귀에는 그 소리가 들리지 않았다. 그렇게 몇 초가 흘렀고 방 안의 공기가 옅어져 갔다. 숨을 쉬는 것이 점점 더 어려워졌다.

의사에게 묻고 싶은 질문들이 있었다. 왜 이렇게 오래 걸리는지 묻고 싶었다. 하지만 괜히 내 말소리에 묻혀 초음파 기기에 아기 심장 소리가 들리지 않을까 봐 입을 다물고 있었다. 릴리가 내 손을 더욱 세게 쥐는 것이 느껴졌다. 지난 한 주간의 일들이 떠올랐다. 지옥 같은 한 주였고, 지금 우리가 여기 이런 상황에 놓인 것도 놀랄 일은 아니었다. 예상했어야 했다.

1분 후, 의사는 도플러 초음파를 내려놓고 릴리에게 진찰대 아래쪽으로 내려와 달라고 부탁했다. "이렇게 한번 해보죠." 의사가 말했다. 의사의 안내에 따라 릴리는 발을 발걸이에 올렸고, 의사가 위생 시트를 치우자 릴리는 나체로 진찰대에 누운 상태가 되었다. 의사가 질 초음파기에 콘돔을 씌우고 젤을 바르자 릴리의 눈에 두려움이 차올랐다. 내 눈을 찾아 릴리의 시선이 허공을 헤맸다. 나는 릴리를 위해 가급적 침착한 모습을 보이려 했다. 몸을 기울여 아내의 머리를 쓰다듬었다. 하지만 도저히 마음이 진정되지 않았다. 언제 놓쳤는지 모를 손을 다시 잡고는 아내의 귀에 속삭였다. "괜찮아." 어쩌면 정말 괜찮을지도 모른다. 의사가 도플러로는 심장 소리가 잘 들리지 않을 수도 있다고 이야기했었다. 그러니 놀랄 일은 아니었지만, 나는 아기의 심장 소리를 들어보자고 한 의사에게 원망 비슷한 마음이 들었다.

하지만 심장 소리를 감지하기까지 오래 걸리지 않았다. 마법 같았다.

나는 숨을 내쉬었다. 신께 감사했다. 릴리가 몸에 힘을 풀었다. 긴장이 풀리며 아내는 진찰대에 몸을 깊이 묻었다. 의사가 미소를 지었다. 진료실 안 공기가 완전히 달라졌다.

TV 모니터로 영상이 전송되었다. 다 자라지는 않았지만, 몸의 절반 크기의 머리와 삐죽 나온 팔다리에 심장이 동동 뛰는 아기의 형체가 분명하게 모니터에 나타났다.

"들리네요." 의사가 심장 소리에 관해 말했다.

우리 아기였다.

"두상은 당신을 닮은 것 같은데." 몸에 비해 큰 머리를 두고 릴리가 농담했다. 나는 웃음을 터뜨렸다. 릴리는 내 이마가 크다며 늘 놀렸다.

"우리 딸이 굉장히 똑똑할 거라는 뜻이야."

"다 좋아 보이네요." 의사는 이렇게 말하고는 릴리의 다리 사이에 있던 질 초음파기를 제거한 뒤 릴리에게 바로 앉아도 좋다고 말했다. "임신 초기에는 약간의 출혈이 있을 수 있어요. 당연히 걱정되시겠지만 불안해할 일은 아니에요. 아기에게 아무 문제가 없으니 괜찮아요." 의사는 릴리와 나를 번갈아 보며 우리를 안심시켰다. "옷 갈아입고 나올 수 있도록 잠시 자리를 비켜드릴게요."

의사가 진료실에서 나갔다. 릴리는 진찰대 아래로 내려왔다. 내 옆 의자에 놓여있던 아내의 옷을 건네주었다. "너무 다행이다." 내게서 옷을 받아들고는 속옷을 꿰어 입으며 아내가 말했다.

아내가 옷을 다 입었다. 나는 초음파 사진을 쥐고 있었다. 눈을 뗄 수가 없었다. 다만 이런 생각을 떨칠 수가 없었다. 만약 이 사진이 내 아기를 내 손안에서 느껴보는 마지막이면 어떡하지?

우리는 조용히 접수처를 나왔다. 엘리베이터에 올랐다.

"나는 혹시나……." 릴리가 입을 뗐으나 그 단어들로—아기와 죽음이란 단어로—문장을 완성할 수 없어서 하려던 말을 할 수 없었다.

"알아." 엘리베이터 문이 닫혔다. 아직 그 일이 벌어지지 않았다고 해서 앞으로 벌어지지 않으리라는 보장도 할 수 없어 복잡한 심경이 들었다. "나도 그런 줄 알았어."

손을 뻗어 로비 층의 버튼을 누르자 엘리베이터가 내려갔고, 우리 발밑에 자리한 땅이 꺼지는 듯한 느낌이 전해졌다.

* * *

저녁 시간은 마땅히 편안한 휴식 시간이어야 했다. 이 모든 일이 벌어지기 전까지만 해도 릴리와 나는 퇴근 후 함께 TV를 시청하거나 책을 읽으며 저녁 시간을 보냈다. 아내는 책 읽는 것을 좋아했다. 이번 주에는 아내가 책을 집어 드는 모습을 보지 못했다. 제이크 때문이었고, 아내의 정신이 다른 곳에 팔려 있는 탓이었다. 나처럼 아내도 책을 읽거나 그만큼의 정신력을 발휘해야 하는 그 어떤 일에도 제대로 집중하지 못했다.

릴리에게 오늘 밤은 수학 숙제를 채점하지 말고 함께 소파에 앉아 편안히 쉬자고 설득했다. 우리는 소파 가운데 자리에 나란히 앉았다. 나는 담요를 펼쳐 아내와 내 무릎을 덮었다. 릴리가 내게 다리를 걸쳤다. 아내가 편안해 보였다. "이렇게 있으니까 좋다." 릴리의 어깨를 감싸 내 쪽으로 당겨 안으며 말했다. 릴리도 그렇다고 답했다. 긴장을 풀고 제이크는 물론 한 주간 겪었던 모든 일을 머릿속에서 지우고 싶었던 나는 TV를 켰다. 제이크나 릴리가 제이크에게 저지른 일 외에 무엇이든 다른 것을 생각하려고 진심으로 노력했다.

다만 운이 없었다.

평화가 한 시간쯤 지속되었을까. 중간 광고 시간에 10시 뉴스 브리핑이 등장했다. 숨도 못 쉴 정도로 놀라고 말았다. 우리는 말을 잃었고, 물을 마시던 릴리는 사레가 들려 물이 코로 역류했다. 아내가 손으로 코를 감쌌다. 소매로 아내를 닦아주었다.

TV에 등장한 영상은 광활한 우듬지를 비추고 있었다. 헬리콥터나 드론으로 촬영한 듯 하늘 위에서 비춘 모습이었다.

심장을 내려앉게 만든 것은 영상이 아니라 앵커의 멘트였다. 입이 벌어졌다. 우리는 천천히 고개를 돌려 서로를 바라봤고, 거울을 보고 있는 듯 똑같은 표정을 지었다. 우리는 동시에 다시 TV 화면으로 고개를 돌렸다.

영상 하단에 자막이 등장했다. 랭리 우즈에서 시체 한 구 발견.

니나

잠금장치도 새로 달고 차고 비밀번호도 바꿨음에도 다음 날 아침이 되자 여전히 엄마를 집에 혼자 두고 출근하는 것이 불안했다.

또한 아무리 노력해도 누군가 우리 집에 들어왔다는 생각을 머릿속에서 지우기가 어려웠다. 강박적으로 떠올랐다. 그 생각에만 매달렸다. 그리고 지금은 누군가 침입했다는 것만이 문제가 아니라 제이크의 총이 없어졌고 제이크도 사라진 상태였다. 우리 집에서 온종일 엄마가 얼마나 무방비로 노출되어 있었는지를 떠올렸다. 누군가 또 집에 침입하려 한다면 엄마가 뭘 할 수 있을까? 스스로 어떻게 지킬 수 있을까? 지난번처럼 운이 좋지 않다면?

엄마에게 나쁜 일이 벌어질지도 모른다고 생각하자 속이 울렁거렸다. 병가를 내고 엄마와 함께 있을까 했지만 그래 봤자 하루를 모면하는 것뿐이었다. 평생 그럴 수는 없었다.

잠에서 깨자마자 엄마 방으로 향했다. 문이 살짝 열려있었다. 손으로 문을 밀어 활짝 연 나는 조용히 걸음을 옮겨 손님용 침대로 다가갔다. 엄마는 이불을 목까지 덮은 채로 모로 누워 깊이 잠들어 있었다. 나는 몸을 숙여 엄마의 어깨에 손을 올린 후 조심스럽게 엄마를 흔들어 깨웠다. "엄마." 작게 속삭였다. "저예요." 뒤척거리던 엄마는 눈을 떠 내 얼굴을 바라봤지만, 엄마의 눈에 내가 어느 정도나 정확하게 보일지 알 수 없었다. 엄마는 황반변성 증상을 두고 중심 시야가 흐려져서 시선을 두는 대상이 잘 보이지 않는다고 설명했었다. 한 번씩 엄마가 내 눈을 똑바로 응시할 때면 그 눈빛에 담긴 따뜻함과 엄청난 예리함이 나를 알아본다는 느낌이 드는 순간도 있었다. 잠에서 깬 엄마는 나를 알아봤다. 내 눈을 바라봤다. 이것이 내게 새로운 활력을 주었다. 아직 엄마가 나를 완전히 잃은 것은 아니라는 사실에 희망이 차올랐다.

"무슨 일이니?" 엄마가 몸을 일으키며 물었다. 해가 뜨기에는 이른 시각이라 아직 밖은 어두웠다. 창밖이 캄캄했다. 방 안에 들이치는 유일한 빛은 복도의 불빛뿐이었다.

엄마를 걱정시키고 싶지 않았기에 이렇게만 말했다. "아무 일도 없어요." 나는 침대 끝에 몸을 앉혔다. 엄마의 손을 잡았다. "제가 좀 있다 출근해야 되잖아요, 엄마. 그래서 말인데. 오늘 엄마 집에 모셔다드리고 출근하려고요. 거기 계시다가 학교 끝나고 제가 엄마를 다시 모시고 집에 같이 들어오면 될 것 같아요."

"왜 그렇게 해야 하는 건데?" 엄마가 물었다.

"엄마가 이 집에 혼자 있지 않는 편이 좀 더 안심될 것 같아서요."

"왜?" 엄마가 다시 물었다. "나한테 무슨 일이 생길 것 같아서 그래?"

"그런 일은 있으면 안 되죠. 다만 며칠 전에 우리 집에 누가 들어왔었잖아요, 엄마. 그래서 엄마가 혼자 있지 않았으면 해서요."

엄마는 미간을 찌푸렸다. "아니야. 그럼 네가 너무 번거로워, 니나." 나한테 부담을 주고 싶지 않은 엄마가 이렇게 말할 거라고 예상했다. "괜찮을 거야."

"전혀 번거롭지 않아요." 엄마를 안심시켰다. "엄마가 다른 곳에 계시는 게 제 마음이 훨씬 나을 것 같아요. 엄마가 여기 혼자 계시면 온종일 엄마 걱정을 할 테니까요. 제가 엄마 집에 모셔다드릴 수 있게 해주세요. 제가 부탁드리는 거예요."

이렇게 말하자 엄마는 내 말에 따라주었다. 엄마는 이불을 걷어내고 두 다리를 땅에 내려놓았다. "그편이 네 마음이 편하다면 그렇게 하자."

출근길에 엄마를 집에 데려다주었다. 차로 그리 오래 걸리지는 않았다. 엄마의 단층집이 자리한 거리에는 거의 다 비슷하게 생긴 작고 낡은 집들이 모여있다. 엄마가 오랫동안 산 동네였다. 이웃 주민들도 모두 알고 있다. 엄마가 믿는 분들이다. 내가 학교에 있는 동안 이 집에 있는 편이 더욱 안전할 터였다.

엄마를 집 앞에 내려주었다. "들어가면 곧장 문 잠그세요." 집으로 걸어가는 엄마 뒤에 대고 열린 차창 너머로 말했다. 엄마가 문 앞에서 열쇠를 찾느라 애를 먹었지만, 결국 문을 열고 들어가 방충문을 닫았다. 나는 차를 돌리며 엄마를 바라봤고, 유리섬유 방충문 너머로 엄마의 얼굴은 어둑했고 일그러져 보였다.

한 블록을 채 지나기도 전에 분 경관에게서 오전에 경찰서에 들를 수 있느냐는 전화를 받았다. "출근하셔야 한다는 거 압니다. 오래 걸리진 않을 겁니다." 그가 약속했다.

나는 경찰서로 향했다. 경찰서 앞에 나와있는 분 경관을 만난 나는 불안함을 느끼며 그에게 물었다. 내 목소리에서도 불안이 묻어났다. "무슨 일인가요? 제이크에 대해 뭔가 알아낸 것이라도 있나요?"

"안타깝게도 없습니다. 아직은요."

분 경관의 뒤를 따라 경찰서 안쪽, 책상들이 가득한 공간을 가로질러 그의 자리로 향했다. 그는 자신의 의자 옆에 마련된 작은 의자로 나를 안내하고는 커피를 마시겠는지 물었고, 나는 고개를 저으며 거절했다.

"그럼 무슨 일인가요? 제게 하실 말씀이 무엇이죠?"

"헤이스 부인에게 몇 가지 물어볼 게 있어서요."

"저한테요?"

"네."

"뭔가요?"

"그게, 제가 부인의 지인 몇 분을 만나봤습니다." 그가 말했다.

"그런데요?" 분 경관이 내게 무언가를 알려주려, 사건에 대해 바뀐 정보를 알려주려고 부른 것이 아니라 질문을 하려고 불렀다니. 갑자기 무언가 이야기가 달라지고 있다는 느낌이 덮쳐왔다. 경계심이 높아졌다. 그가 누구와 대화를 나눴는지, 그들이 나에 대해 무슨 이야기를 했는지 궁금했다. 분 경관은 제이크 부모님을 만났을 터였다. 두 분이 나를 어떻게 생각하는지는 전혀 모른다. 제이크의 부모님은 그리 정이 많거나 다가가기 쉬운 스타일이 아니었다. 그래도 나를 좋아는 하셨다. 다만 제이크의 부모님이 결혼 상대를 결정할 수 있었다면 내가 아들의 짝으로 선택했을 만한 여자인지는 모르겠다.

"최근에 부인과 닥터 헤이스 사이에 갈등이 있었다는 이야기가 들려서요."

그는 담백하게 말했다. 비가 온다는 예보가 있었다고 말하는 것처럼, 커피에 크림을 넣느냐는 질문처럼 대단히 사무적인 말투였다. 그의 말에 숨이 멎을 것 같았다.

"갈등이요?" 놀라움에 입이 벌어졌다.

"네. 갈등이요. 충돌. 부부싸움."

"저도 **갈등**이 무슨 뜻인지는 알아요, 경관님. 그저 경관님이 물어보셔서 놀란 것뿐이죠. 제이크가 실종된 지 일주일하고도 반이나 지났고, 그 사이에 누군가 우리 집에 침입하는 사건도 있었어요. 그런데 지금 제이크와 제가 부부싸움을 한 적이 있느냐고 묻는 건가요? 우리가 싸웠다고 해도 그게 왜 중요한지 모르겠네요."

"두 분이 사이가 안 좋은 와중에 남편분이 실종된 겁니까, 헤이스 부인?" 그가 물었다.

나는 대답하지 않았다. "결혼하셨나요, 분 경관님?" 대신 이렇게 묻자 그는 대답하지 않고 나를 바라보기만 했다. "결혼하셨다면 아실 거예요. 부부는 싸울 때가 있어요. 누구나 그렇죠. 자연스러운 일이에요. 별일 아니라고요."

"남편이 떠날 거라고 생각했습니까, 헤이스 부인?"

"경관님은 그렇게 생각하시는 거예요?" 내가 물었다. "제이크가 저를 떠난 거라고요?"

"제 질문에 답을 좀 해주시겠습니까?"

의심을 받고 있었다. 제이크에게 벌어진 일이 내 잘못인 것처럼 느껴졌다. "지금껏 한 번도 거짓말을 한 적이 없습니다, 경관님. 처음부터 저는 제이크가 저를 떠난 것일 수도 있다고 말했어요. 다만 그때는 제이크가 출근도 하지 않았다는 것을 몰랐을 때였죠. 저는요, 제이크가 저를 떠난 거라면 왜 직장도 그만둔 건지 그게 이해가 안 돼요. 그 사람한테는 일이 전부라고요."

"혹시 남편이 외도를 한다고 생각해 보신 적 있습니까?" 그가 물었다.

"남편이 외도를 하고 있었나요?" 분 경관이 내가 모르는 무언가를 아는 건가 싶었다.

"그 질문은 제가 했습니다."

"제이크가 바람을 피우는지 제가 어떻게 알겠어요?"

"그럴지도 모른다는 생각은 해보신 적 있습니까?"

그런 생각을 해본 적이 있나? 있었다. 그가 외도 중이라는 증거는 하나도 없었지만 말이다. 그저 제이크가 나에 대한 사랑이 식었던 것일 수도 있다. 다른 여자 때문은 아닐지라도 제이크가 내게서 거리를 두는 것이 느껴졌고, 침대로 다가가면 그가 내게 등을 돌리며 나를 밀어냈던 날들이 있었다.

"대답해야 하나요?" 내가 물었다.

"그런 건 아닙니다. 대답을 해야만 하는 건 아니지만, 그래 주시면 도움이 될 것 같습니다. 제 질문에 답하고 싶지 않은 이유가 있으십니까, 헤이스 부인?"

"경관님께서 물으시는 사안이 사적인 문제인 데다 제 남편이 지금 어디 있는지와는 무관한 듯해서요. 저는 경관님께서 제 남편을 찾는 데 집중해 주길 바랄 뿐이에요. 남편과 제가 싸웠는지나 제가 남편의 외도를 의심하고 있었는지가 아니라요. 저희 부부가 갈등을 겪고 있었다고 말한 지인이 누구인가요?" 내가 물었다.

"제가 어디서 정보를 얻었는지는 딱히 밝히고 싶지 않군요."

"말씀해 주지 않겠다는 건가요?"

"말하고 싶지 않습니다. 다만 하나 말씀드리자면 이런 말을 해준 사람이 한 사람은 아니었습니다. 공통적으로 나온 이야기였어요."

제이크가 부모님과 동생에게 내 이야기를 한 것인지 궁금해졌다.

나는 분 경관을 응시했다. 그도 나를 마주 바라봤다. 침묵이 이어지자 내가 물었다. "질문이 다 끝났으면 그만 일어나도 될까요?"

분 경관이 천천히 고개를 끄덕였다. "그럼요, 헤이스 부인." 그가 말했다. "잡혀오신 게 아니니까요. 언제든 나가실 수 있습니다."

그의 말을 곱씹었다. 나는 자리에서 일어났다. 가방을 어깨에 걸치고 나가려는 데 그가 물었다. "그냥 묻는 건데요, 닥터 헤이스가 만약에 외도 중이었다면 어떠시겠습니까?"

"네?" 내가 되물었다.

"놀라실까요? 화가 나실까요?"

"당연히 화가 나겠죠." 내가 답했다. "남편이 바람을 피운다는 사실을 알고도 화가 나지 않을 여자가 있을까요?"

제이크에게 무슨 짓을 저지를 만큼 화를 낼만한 사람인지 가늠해 보려는 듯 분 경관이 나를 살폈다.

그가 입을 열었다. "실종자 보고서를 보면 실종 전에 부인과 닥터 헤이스가 다툼을 벌였다고 말씀하신 기록이 있던데요. 무슨 일로 다투셨던 겁니까?"

그의 질문에 답하지 않았다. 대신 이렇게 물었다. "제가 제 남편을 어떻게 한 거라는 말씀을 하는 건가요, 경관님?" 그에게 답할 기회를 주지 않았다. 나는 말을 이었다. "남편이 사라지고 지금까지 그 사람을 찾는 사람은 저뿐이었어요. 그리고 이제는 누군가 우리 집에 침입했고요. 지금 벌어지고 있는 일들은 단순한 부부싸움 이상이라고요. 경관님께서 본인이 해야 할 일을 하길, 제 남편을 찾아주길 바랄 뿐입니다." 나는 시계를 확인했다. "지금 안 가면 학교에 늦겠네요."

몸을 돌려 그에게서 멀어지며 제이크와 내가 무슨 일로 싸웠는지는 경찰이 상관할 바가 아니라는 생각을 했다.

고개를 떨군 채로 주차장을 향해 빠른 속도로 걸음을 옮기던 나는 어찌 된 일인지 내가 남편 실종 사건의 유력한 용의자가 되어있다는 사실을 깨달았다.

크리스티안

릴리가 아침 식사를 마치는 동안 나는 릴리를 위해 차에 시동을 걸어 놓으려고 나갔다. 시동이 걸리기까지 시간이 좀 걸렸다. 처음 시도했을 때는 엔진이 돌아가지 않았다. 날씨 탓이었다. 하룻밤 사이에 날이 추워져 이맘때의 중서부 평균 기온보다 떨어져 있었다. 간밤에는 4도 아래를 밑돌았고, 앞으로 며칠간 밤 기온이 영하로 내려갈 거라는 보도가 있었다. 다시 한번 시도하자 이번에는 차에 시동이 걸렸다.

"몇 분 동안 엔진 예열 좀 할게." 집에 들어와 아내에게 말했다. 릴리는 싱크대에서 커피잔을 헹구고 있었다. 간밤에 잠을 잘 자지 못한 아내는 늦잠을 자고 말았다. 나와 마찬가지로 아내는 밤을 거의 새웠다. 뉴스에서 시체가 발견되었다는 소식만 전해진 탓이었다. 나머지는 우리의 상상으로 채워졌다. 열심히 상상하다 보면 불면증이 찾아오기 마련이다. 나는 새벽 2시가 되어서야 잠이 들었다. 무례한 침입자처럼 새벽 5시에 알람이 울렸다.

나는 아내 뒤로 다가갔다. 아내의 등을 쓸어내렸다. "그 생각은 이제 그만해. 당신 코트 어디 있지? 오늘 날씨가 추워."

"옷걸이에." 아내가 말했다. 릴리의 목소리에서 떨림이 느껴졌다. 아내가 흐느끼고 있었다. 싱크대에 컵을 내려놓고는 손등으로 코를 훔쳤다.

"여보." 아내의 몸을 돌렸다. 눈을 맞췄다. 아내의 눈이 부어 있었다. 발그스름해져 있었지만 충혈은 안 되어있었다. 아내가 학교에 도착할 즈음이면 벌겋게 부어오른 눈은 가라앉아 있을 것 같았다. 사람들이 알아채지는 못할 터였다. 나는 엄지로 아내의 뺨에서 눈물을 닦아냈다. 거짓말이 아니고서야 할 수 있는 말이 없어 나는 아무 말도 하지 않았다. 대신 아내를 끌어안았다. 아내의 몸에 팔을 두르고 으스러질 만큼 꼭 안았다. 아내의 코트를 가져와 입혀주었고, 아내는 집을 나섰다.

학교를 마친 후 릴리는 회사에 있는 내게 전화를 걸어 차에 시동이 걸리지 않는다고 이야기했다. "크리스티안. 시동을 걸려 했는데 차가 꼼짝도 안 해."

"당신 어디야?" 내가 물었다.

"차 안에 앉아있어."

"알겠어." 시계를 확인했다. 다행스럽게도 오후에 예정된 회의가 내일 아침으로 미뤄진 덕분에 오후에는 시간이 비었다. "몇 가지 일만 처리해 놓으면 퇴근할 수 있어. 가서 내 차에 배터리 연결해서 시동 걸어볼게. 당신이 내 차 타고 집에 가고 당신 차는 내가 고쳐 놓을게. 배터리가 방전된 걸 거야. 잠깐 교실에 가있어. 거기서 기다려. 밖은 춥잖아."

릴리는 알겠다고, 교실에서 채점하고 있겠다고 답했다. 퇴근 후에 아내가 얼마나 피곤한지, 집에 얼마나 가고 싶어 하는지 잘 알기 때문에 아내를 기다리게 하는 게 마음에 걸렸다.

가능한 한 빨리 회사에서 나왔다. 릴리의 고등학교로 차를 몰았다. 주차장에서 아내의 차를 발견해 기어를 파킹에 두고 시동을 껐다. 아내에게 학교에 도착했다는 문자를 보내고 후드를 열기 위해 아내 차로 향하는데 누군가 다가오는 발소리가 들렸다. "어떻게 이렇게 빨리 나왔어." 그렇게 말하며 뒤를 돌았다. 하지만 릴리가 아니라 니나 헤이스였다.

그녀가 말했다. "안녕하세요, 크리스티안. 긴가민가했어요. 여긴 어쩐 일이에요?"

"니나." 아무렇지 않은 척하려 애썼다. 니나를 만난 것이 놀랄만한 일은 아니었지만 그저 만나지 않기를 바랐다. 릴리는 도대체 매일같이 니나의 눈을 바라보며 어떻게 아무렇지 않은 척을 하는 것인지 알 수가 없었다. 나는 릴리의 차 후드 앞에 섰다. 2도어 쿠페형인 릴리의 차는 내 차보다 작았고, 아이가 태어나면 새 차가, 패밀리카가 필요할 터라 그 전까지만 탈 예정이었다. "릴리 차가 시동이 안 걸려서요. 제 차에 배터리 연결해서 시동 걸어보려고 왔어요."

니나가 미소를 지었다. "릴리의 구세주네요. 크리스티안이 온 걸 릴리가 알아요? 제가 불러드릴까요?"

"아니에요. 릴리도 알아요. 문자 보냈거든요."

"그렇군요." 이렇게 답하는 그녀에게 제이크에 관한 이야기를 물어야 한다는 것을 알았다. 새로운 소식이 있는지, 제이크에게 연락이 왔는지 물어야 한다는 것을 알고는 있지만, 도저히 그럴 수가 없었다. 랭리 우즈에서 시체가 발견되었다는 소식을 니나도 들었는지 궁금했다. 알고 있을 수도 있고 아닐 수도 있다. 나와 릴리에게는 경찰이 시체를 찾았다는 소식이 이 세상의 전부처럼 느껴졌다. 내 머릿속은 그 생각으로만 가득 찼다고 해도 지나치지 않았다. 시체가 발견되고 누군가 살해당하는 일은 항상 벌어지지만 대부분 사람들은 잘 몰랐다.

갖고 있던 열쇠로 릴리 차의 잠금을 풀었다. 차 문을 당겨 연 다음 후드 레버를 당기고, 차 앞쪽으로 돌아가 래치 레버를 누르고, 후드를 연 후 지지대로 받쳤다. 니나가 자리를 뜨길 바라며 그녀를 등진 채로 움직였다. "저기요, 크리스티안." 그녀가 말했다.

"네?"

"지난번에 집에 찾아갔을 때 제가 혹시 무례했다면 사과하고 싶어서요. 제이크 일로 제가 지금 상태가 말이 아닌데, 괜히 크리스티안에게 화풀이한 것 같아 미안했어요. 그럴 의도는 없었어요."

나는 그녀를 바라봤다. "전혀요, 니나. 무례하지 않았어요."

"아니에요. 제가 무례했어요." 그녀가 말했다.

"저는 못 느꼈는걸요. 설사 그랬다고 해도 충분히 그럴만한 상황이고요. 제이크 일로 니나가 힘든 시간을 보내는 데 릴리도 저도 마음이 정말 안 좋아요. 이런 일이 생겨서 정말 유감입니다. 제이크가 얼른 집에 오길 바라고 있어요. 그런데 릴리에게 들었는데 어머님께서 제이크를 봤다고요. 적어도 제이크가 어디 다친 곳 없이 괜찮다는 건 알아서 다행입니다." 니나를 지나친 나는 점퍼 케이블을 가지러 내 차로 향했다. 전자키를 누르자 트렁크가 열렸다.

"이 차가 크리스티안 차예요?" 트렁크가 서서히 올라가는 모습을 바라보며 니나가 물었다.

"네." 내가 답했다. "제 차예요." 점퍼 케이블로 손을 뻗었다. 니나가 내 차로 다가왔다. 그녀가 점점 더 가까워져 오는 것이 느껴졌고, 점퍼 케이블을 챙긴 후 일어선 나는 니나가 순간 이상한 눈빛으로 내 차를 바라보는 것이 눈에 들어왔다. 주차된 차들 사이를 비집고 들어가 차 보조석 쪽으로 다가간 니나는 몸을 숙여 차 안을 들여다보고 있었다. 그녀는 반사되는 빛을 차단하기 위해 눈 주위로 손 그늘을 만들고는 보조석을 한참 뜯어봤다. 그것도 아주 오랫동안. 천천히 대시보드와 가죽 시트를 살피고는 뒷자리로 시선을 옮겼다.

입안이 말라 왔다. 왜냐하면 뒷좌석 바닥에, 누구도 보지 않을 거라고 생각했던 뒷좌석 아래쪽에 피 묻은 릴리의 옷이 담긴 봉지를 처박아 두었기 때문이다. 릴리의 옷이 담겨있다 해도 제대로 보이지는 않았고―차 안 바닥은 동굴처럼 캄캄했다―사실 그저 봉지일 뿐이었다. 식료품이 담겨있을 수도 있고 쓰레기가 있을 수도 있는 그냥 봉지였다. 내용물은 무엇이든 될 수 있었다.

다만 죄책감은 사람의 마음을 장악해 비이성적인 생각과 행동을 하게 만들기도 했다.

자칫 이성을 잃고 니나가 봉지를 응시하는 것이라고, 나나에게 불투명한 봉지의 내용물을 꿰뚫어 볼 능력이 있다고 생각할 뻔했다.

"차종이 뭐예요?" 그녀가 물었다. 학교는 비교적 차량 통행이 많은 거리에 자리하고 있었다. 그 때문에 도로에서 전해지는 소음이 컸다. 니나와 나는 교통소음과 싸워야 했다. 우리는 소음 너머로 목소리를 높여야 했다.

나는 목 뒷부분을 매만졌다. "차 사려고 알아보는 중이에요?" 차에 꽂힌 니나의 시선을 분산시키려고, 상황을 가볍게 넘겨보려고 했다. 내 차는 혼다였다. 니나는 테슬라를 몰았다. 그녀가 새 차를 고민하는 중이라 해도 내 차를 고려할 리가 없었다.

그녀는 마침내 차 안에서 시선을 떼고 자세를 바로 하며 가볍게 웃었다. "아니에요." 살짝 고개를 젓는 그녀의 분위기가 순식간에 달라져 있었다. "아니요. 그런 건 아니에요."

"괜찮은 차죠." 나는 말을 이었다. "6년째 타고 있어요. 16만 킬로미터를 넘게 탔지만 처음 이 차를 받았을 때처럼 여전히 잘 나가죠. 일반적으로 해야 하는 정비 외에는 따로 손이 많이 가지도 않고요. 시중에 나온 중형차 중에 가장 믿을만한 차 중 하나로 꼽혀요."

니나는 무표정한 얼굴을 했다. "새 차를 알아보고 있는 건 아니에요, 크리스티안."

"네. 그렇군요. 저기 테슬라가 니나 차죠?" 멀찍이 보이는 모델 Y를 향해 고갯짓하며 물었다. 그녀가 끄덕였다. "저 차는 어때요?"

"마음에 들어요." 그녀가 답했다. "제가 가고 싶은 곳에 데려다주거든요."

더는 말이 없었다. 나는 트렁크를 쾅 닫았다. 내 차 운전석으로 가서 몸을 기울여 래치 레버를 당겼다. 차 앞으로 향한 나는 후드를 열고 지지대로 받쳤다. 점퍼 케이블에 달린 빨간 클립을 릴리의 차 배터리에 연결한 후 내 배터리에 꽂는 동안 니나는 아무 말 없이 지켜봤다.

릴리가 왜 이렇게 안 나오는 걸까?

"사실은요, 크리스티안." 니나의 목소리에 고개를 들어 그녀를 바라봤다. 그녀는 어깨에 멘 핸드백을 고쳐 멘 후 눈가의 머리를 정리했다. "릴리와 아침을 먹었던 날, 제이크가 집에 온 게 아니었어요."

그 순간 모든 것이 달라졌다. 순식간에 몸이 뻣뻣해졌다. 허리를 편 나는 고개를 돌려 학교를 바라봤지만 내 뒤에 자리한 주차장은 텅 비었고 육중한 학교 문은 고요했다. 밖의 풍경이 문 유리에 고스란히 반사된 탓에 릴리가 문 앞 어딘가에 있다 해도 보이지 않을 것 같았다.

"저는…… 저는 이해가 잘 안 되는데요." 니나를 돌아봤고, 니나는 다시 한번 내 차를 살피고 있었다. "그날 제이크가 집에 온 게 아니라니요? 릴리한테 그렇게 들은 것 같은데."

"아니었어요." 그녀가 말했다. "제이크가 아니었어요. 다른 사람이었어요."

"다른 사람이라니, 무슨 말이에요?"

"엄마가 착각하셨어요. 누군가 우리 집에 침입했던 거였죠."

나는 헛기침을 했다. "그걸 어떻게 알았나요?" 내 질문에 그녀는 이웃집 현관 카메라에 누군가 집에 침입하는 장면이 찍혔다고 설명했다.

"어떤 남자가 차고 문으로 들어왔더라고요." 그녀가 말했다. "비밀번호를 알고 있었어요."

"세상에, 니나. 니나도 어머님도 다치지 않아 다행이네요."

나는 니나의 시선을 피하고자 후드 안에 머리를 숙인 채 검은색 케이블 클립을 내 배터리에 연결했다.

심장이 아플 정도로 빨리 뛰었다. 끝났다. 니나는 집에 침입했던 사람이 나라는 것을 알고 있다.

니나는 말을 이었다. "안타깝게도 화질이 그리 좋지 않았어요. 영상을 경찰서에 제출했지만 경찰도 침입자의 얼굴이 정확하게 보이는 사진을 추출하기는 어려울 것 같아요." 그녀의 말이 이해되기까지, 내가 마침내 입을 열기까지 잠깐의 시간이 걸렸다. 니나의 말이 사실이라면 그녀는 누군가 집에 침입한 것은 알지만 침입자가 나인 것은 모른다는 소리였다.

"정말 끔찍한 일이군요. 그 사람이 뭔가를 훔쳐 갔나요?"

"제가 아는 한은 없는 것 같아요."

"경찰은 뭐라던가요?"

"그 남자의 신원을 확인할 수 있을지 기술팀에서 영상을 보고는 있지만 너무 기대는 말라더군요. 화질을 선명하게 해서 남자의 얼굴을 제대로 나오게 할 수는 없는 것 같아요. 다만 영상에 차도 나왔었는데요." 니나는 손으로 내 차를 쓸어내리면서 말했고, 나는 그녀를 등진 채 릴리 차 후드의 금속 지지대 중 한 곳에 마지막 클립을 연결했다. 나는 다시 한번 학교 문을 확인했다. 여전히 릴리의 모습이 보이지 않았다. "이 차랑 비슷해 보였어요. 이 차종이 뭐라고 했죠, 크리스티안?" 좀 전의 질문에 답하지 않은 내게 그녀가 다시 물었다.

"혼다요. 어코드. 그 차 번호판은 안 보였어요?" 내가 물었다.

"네. 영상에 잘 안 나왔어요. 다만 이 차랑 아주 비슷한 4도어 중형 세단이었어요. 검은색이요."

"인기 있는 차긴 하죠." 내가 말했다.

상황이 갈수록 악화되었다. 어느새인가 니나는 핸드백에서 핸드폰을 꺼내 영상을 재생한 후 영상 속 차와 내 차를 비교하려 했다. 어느 모로 보나 완벽히 똑같은 두 차를 말이다.

"저기요, 니나." 화제를 전환했다. "학교에서 나올 때 혹시 릴리 못 봤어요?" 릴리가 와주어야 했다. 릴리와 함께 이곳을 떠나야 했다. 내 차가 지금 이곳에 서있는 것도, 그래서 니나가 영상 속 차와 내 차가 완벽히 같다는 것을 눈치채는 일이 벌어지는 것도 마음에 들지 않았다.

"아니요."

"왜 이렇게 오래 걸리는지 궁금해서요."

"원하시면 제가 확인해 볼 수 있어요." 의례적으로 한 말 같았다. 그녀는 지금 당장 하겠다는 뜻이 아니라 핸드폰으로 하려던 일을 하고 난 뒤에 확인해 주겠다는 뜻이었다.

"가능할까요? 그래 주면 정말 고맙겠어요. 정비소가 몇 시에 닫는지를 몰라서요. 배터리를 오늘 밤에 교체하고 싶거든요."

"그럼요." 그녀는 이렇게 답했고, 나는 어쩔 도리 없이 그곳에 서서 니나가 핸드폰을 만지며 영상을 찾는 모습을 지켜봐야 했다. 영상을 찾은 니나는 내가 볼 수 있도록 핸드폰을 내밀었다. "보세요. 비슷하지 않아요?"

마른침을 삼켰다. 마지못해 나는 핸드폰을 건네받았다. 사진을 들여다봤다.

예상대로 내 차가 찍힌 사진을 마주했다. 영상이 아니라 영상을 캡처한 사진이었고, 그녀의 집 앞 거리에 주차된 내 차를 확대한 사진이었다.

니나의 말이 맞았다. 화질이 조악했다.

관심 있게 보는 척했다. "세상에, 정말이네요." 얼마나 비슷한지 보는 것처럼 내 차를 살폈다. "비슷하네요."

니나가 말했다. "그러니까요." 그녀가 나를 바라봤고 나는 그녀가 내게서 무엇을 보는지, 무슨 생각을 하는지 궁금했다. 그녀는 핸드폰을 챙겨 핸드백에 넣었다. 그녀는 정말 언짢다는 표정으로 말했다. "오늘 연락을 받고 경찰서로 불려 갔어요. 그들은 제가 제이크에게 무슨 짓을 했다고 생각하는 것 같더라고요."

다시 한번 침을 삼켰다. 입이 말랐다. 미간을 찌푸린 나는 내심 니나가 어디까지 알고 있는 것인지, 그녀가 제이크에게 무슨 짓을 했을 수도 있다고 경찰에게 알린 사람이 릴리라는 사실을 알고 있는지 궁금했다. "말이 안 되잖아요, 니나." 차분한 목소리로 말했다. "니나가 제이크한테 뭘 어떻게 했다는 건데요?"

니나가 어깨를 으쓱해 보였다. "저도 모르겠어요." 또 한 번 그녀가 나를 빤히 바라봤고, 다시 내 차를 한 번, 나를 한 번 번갈아 쳐다보는 그녀의 시선에 숨이 막힐 지경이었다. "릴리가 어디에 있는지 보고 올게요." 그녀는 이렇게 말하고는 나를 지나쳤다.

"고마워요. 진심으로요." 나는 이렇게 말했다. 그녀가 주차장을 가로질러 학교로 향하는 모습을 지켜봤다. 나는 차에 몸을 기댔다. 니나는 학교 건물에 이르지 못했다. 그녀가 학교에 도착하기 전에 육중한 유리문이 열리더니 릴리가 밖으로 나왔다. 두 사람이 대화를 나누는 모습이 눈에 들어왔다. 둘은 함께 주차장으로 걸어왔다.

얼마 후 땀에 젖어 덜덜 떨리는 손으로 릴리의 차를 몰고 정비소로 향하던 나는 좀 전의 대화를 몇 번이나 머릿속에 재생했다. 니나가 무슨 말을 했는지, 그 말을 할 때 어떤 표정이었는지 집요하게 분석했다.

문제는 니나가 현관 카메라에 찍힌 차와 내 차가 단순히 비슷하다고 생각하는 것인지 아니면 영상 속 차가 내 차가 맞다고 대놓고 이야기한 것인지 가늠이 되질 않았다.

니나

언젠가 분명 크리스티안의 차를 본 일이야 있겠지만, 오늘 오후에 처음으로 마주한 것만 같은 기분이었다.

그의 차를 지나쳐 주차장을 나서며 사진을 찍어두었다. 그와 릴리는 배터리 점프를 하느라 바빴다. 차 사진을 몰래 찍으려 하지는 않았음에도 두 사람은 알아채지 못한 눈치였다. 이제 그의 차 사진과 현관 카메라 영상의 캡처 사진을 모두 갖고 있는 나는 두 사진을 번갈아 보며 차를 비교했다. 두 이미지 속 차가 내 눈에는 똑같이 보였다. 똑같은 차 같았다. 영상 속 차의 색이 좀 더 흐리게 보였지만 현관 카메라는 주변 밝기에 영향을 받았고 그날은 해가 거의 없다시피 한 날이었으니 충분히 그렇게 보일 수 있었다. 차의 색은 무시하기로 하고, 모양과 매끈하게 빠진 형태, 길이를 중점적으로 비교했다.

뒤차가 경적을 울렸다. 앞에 보이는 신호가 파란불로 바뀌어

있었고 내가 차들을 막고 있었다. 바로 출발해야 했음에도 마지막으로 한 번 더 사진을 확인한 뒤 핸드폰을 내려놓고 교차로를 가로질렀다.

크리스티안이 왜 우리 집에 왔던 걸까?

또 한 번 신호가 걸리자 다시 핸드폰으로 손을 뻗었다. 그래선 안 된다는 것을, 집에 가서 봐야 한다는 것을 알았지만 도저히 기다릴 수가 없었다. 확인해야만 했다. 우리 집에 침입한 남자의 사진을 열었다. 그의 모습을 캡처해서 저장해 둔 사진도 있었다. 멀리서 찍힌 모습이라 확대할 때마다 남자의 얼굴과 형체가 흐릿해졌다. 눈에 띄는 특징이 없었다. 도로 폭이 넓고 거리가 멀어 카메라에 제대로 잡히지 않았기에 머리색, 모자나 셔츠에 적힌 글자 같은 것들이 전혀 보이질 않았다. 그나마 확인할 수 있는 것은 체형 정도였는데, 캡처 사진 속 남자는 크리스티안처럼 키가 크고 마른 편이었다. 이런 이미지는 법정에서는 설득력을 얻을 수 없겠지만 내게는 충분한 근거가 되었다.

조악한 이미지를 뚫어지게 바라봤다. 크리스티안이 떠올랐다.

다만 크리스티안 스캇이 왜 우리 집에 몰래 들어온 건지는 알 수가 없었다.

뒤에서 아까와 같은 차가 이번에는 길게 경적을 울렸다. 분노한 여성의 얼굴이 백미러에 비쳤다. 부드럽게 교차로를 지나자 뒤차 여성은 차선을 변경해 나를 앞서 나갔다.

분 경관에게 알려야 하나 고민했다. 내 머릿속에 떠오른 생각을 알리고 싶었지만 아무런 근거도 없이 끼워 맞추는 것처럼 느껴지기도 했다. 어제까지만 해도 나는 영상 속 남성과 차에 대해 아는 바가 없었다. 하지만 내가 제이크를 어떻게 했을지도 모른다고 분 경관의 의심을 산 지 하루도 채 지나지 않았는데 갑자기 모든 것을 알게 된 것이다. 증거나 동기를 제대로 밝히지 못한다면 분 경관은 내가 혐의를 다른 사람에게 돌리기 위해 지어내고 있다고 생각할 터였다.

내가 정말 상황을 끼워 맞추고 있는 거라는, 어떻게든 답을 찾고 싶었던 나머지 크리스티안이라고 넘겨짚는 거라는 생각도 들었다. 크리스티안이 우리 집에 몰래 들어올 이유가 없었다. 다만 엄마 집으로 차를 몰며 조금씩 어쩌면 그일 수도 있다는 생각이 들었다. 예전 차고 비밀번호를 릴리가 알고 있으니 가능한 일이라는 생각이 점차 강해졌다. 릴리가 예전에 고양이를 돌봐준 적이 있었다. 제이크와 내가 없을 때 릴리가 우리 집을 드나든 적이 있었다.

엄마는 집에서 나를 기다리고 있었다. 외투를 입은 엄마는 바로 나올 준비를 마치고 현관 옆에 난 작은 창을 내다보고 있었다. 차에서 내려 집으로 다가가자 엄마는 문을 열어 나를 안으로 맞이했다. 항상 립스틱을 바르는 엄마는 차를 타고 우리 집으로 돌아가는 길임에도 화장기 없는 얼굴에 코랄색 립스틱을 바른 입술을 꼭 다문 채로 내 앞에 서 있었다.

"준비 마치셨어요?" 억지로 미소를 지어 보였다.

"왜 그러니, 니나? 무슨 일이야?"

"아무것도 아니에요." 이렇게 넘기려고 했다.

"기분이 안 좋아 보이는데." 엄마는 이렇게 말했고 나는 아마도 내 몸짓에서 티가 났나 보다고 생각했다.

엄마를 지나쳐 집 안으로 들어갔다. 엄마는 문을 닫았다. 나는 소파 팔걸이에 몸을 앉혔다. "오늘 아침에 경찰서에서 연락이 왔었어요. 출근길에 잠시 들러달라고요. 제이크에 대한 소식을 전해주려는 거라 생각했는데 사실상 저를 심문하는 자리였어요, 엄마. 제가 제이크를 어떻게 했다고 생각했나 봐요."

"이런, 세상에." 엄마가 말했다. 엄마는 내 머리를 쓰다듬었다. "그런 일을 겪었다니. 속이 많이 상했겠구나."

"그랬어요. 그러고는 퇴근 후에 제 친구 릴리의 남편을 학교에서 마주쳤어요. 릴리 차에 문제가 생겨서 남편이 도와주러 왔더라고요. 그런데요 엄마. 그 사람 차를 보게 됐는데, 제가 섣불리 판단하는 것일 수도 있지만, 현관 카메라 영상 속 차랑 똑같았어요. 아무리 생각해도 크리스티안이랑 우리 집에 침입했던 남자랑 너무 닮았어요."

"그 남편이란 사람이 너와도 친구일 텐데 왜 그런 짓을 하겠어?"

나는 고개를 저었다. "저도 모르죠."

엄마는 크리스티안을 본 적이 없었다. 릴리를 만난 적도 없었지만 내가 릴리에 대한 이야기를 엄마에게 한 적은 있었다. 우리 집에 들어온 남성을 현관 카메라보다 더욱 정확하게 본 사람은 엄마가 유일했다. 그 남자가 들어왔을 때 엄마가 집에 있었으니까. 그 남자를 약 3미터 거리에서 본 것이었다. "제가 사진을 보여드리면 그 사람을 알아보실 수 있겠어요?" 내가 물었다.

"한번 노력은 해볼 수 있을 것 같구나." 엄마가 말했다.

나는 핸드백에 손을 넣어 핸드폰을 찾았다. 릴리는 소셜 미디어를 그리 열심히 하는 편이 아니었지만 내 사진첩에 릴리와 제이크, 크리스티안과 내가 찍힌 사진이 있었다. 우리가 마지막으로 만났던 음식점에서 종업원이 찍어준 사진이었다. 그날 밤 우리는 모두 술을 마셨고, 특히나 릴리와 나는 술에 취해 붉어진 얼굴로 활짝, 환한 미소를 짓고 있었다. 우리는 고개를 맞댄 채 서로에게 기대고 있었다. 조명이 최악이었다. 잘 나온 사진이라고 볼 수 없었다. 넷이서 함께 사진을 찍으려면 몸을 다닥다닥 붙여야 했던 터라 남자 두 명이 릴리와 내 뒤에 서기로 했다. 제이크는 웃고 있었지만 카메라가 아닌 다른 곳을 보고 있었다.

엄마에게 크리스티안 사진을 보여주었다. 나는 사진 속 그의 얼굴을 응시했다. 크리스티안은 이목구비가 뚜렷한 편이었다. 짧고 어두운 금발에 날렵한 코, 눈 사이는 좁은 편이었고 눈동자는 파란색 아니면 초록색으로 빛났다. 크리스티안은 수줍음이 많거나 내향적인 성격은 아니었지만, 제이크처럼 말수가 많은 편도 아니었다. 믿을 수 있으며, 다정하고, 친절한 딱 그런 전형적인 옆집 남자 같은 스타일이었다.

시력이 안 좋은 엄마에게 이 사진을 내미는 것이 무례하다는 생각이 들 정도였다. "이 사람 맞아요, 엄마?" 엄마는 시야 중심부의 맹점을 피해, 그 너머로 어떻게든 보려고 애쓰는 사람처럼 한참 뚫어지게 사진 속 얼굴을 뜯어보고 살펴봤다.

엄마는 내가 듣고 싶은 말은 무엇이든 해주는 사람이었다.

"그래, 니나. 맞는 것 같아. 이 사람이었던 거 같아." 엄마가 이렇게 말했지만 사실 엄마는 집에 온 사람이 제이크라고 확신했었다. "이 사람이 뭣 때문에 그런 거야?" 엄마는 그날 우리 집에 왔던 사람이 크리스티안이 분명하다고 결정을 마쳤다는 듯 물었다.

나는 고개를 가로저었다. 너무도 당황스러웠다. 크리스티안이 우리 집에 몰래 들어올 이유가, 내게 이런 짓을 할 이유가 하나도 짐작되지 않았다. "저도 모르겠어요." 말하면서도 한편으로는 정말 크리스티안이었는지, 그랬다면 그가 원하는 것을 찾았을지 의구심이 들었다. 그가 우리 엄마나 나를 해치고 싶어 하는 사람처럼 보이지 않았다. 하지만 내가 어떻게 확신할 수 있을까?

갑자기 누구를 믿어야 할지 혼란스러웠다. 릴리는 믿어도 될까?

엄마가 내 마음을 알아챘다. "오늘 밤은 여기서 보내는 게 어떻겠니?" 엄마는 이제 마음을 좀 놓으라는 듯, 우리 집에 돌아갈 생각에 불안함을 느끼는 것이 마땅하다는 듯 나를 따뜻하게 바라보며 물었다. 집에 갈 생각을 하니 불안해졌던 게 사실이다. 엄마 뒤편 블라인드 사이로 들어온 노을이 거실을 물들였다. 카펫 위로 줄무늬를 그리며 번져 나가는 금빛 물결이 엄마의 뒤를 환하게 비추었다. "당분간 너희 집에 가지 않으면 어떨까? 네가 이곳에 있다는 걸 아는 사람이 아무도 없잖아, 니나. 누군가가 너를 찾고 있다 해도 네가 여기 있는 줄은 모를 거야. 누군가 네 집에 다시 온다 해도 여기에 있으면 마주칠 수 없을 거야."

제이크와 내 집을, 너무도 크고 공허한 집을, 쓸모를 잃은 방이 가득한 그 집을 떠올렸다. 보안 시스템은 아직 며칠 더 기다려야 설치할 수 있었다. 엄마와 나를 지킬 제이크의 총도 없는 상태였다. 엄마의 집은 작은 단층집이다. 침실 세 개와 욕실 두 개가 다였다. 딱히 매력적인 구석이 없는 집이다. 28평이 채 되지 않는 이 집은 지극히 평범하고 아무런 특징도 없다. 내가 싫어하는 인테리어는 모두 갖추고 있다. 바닥 전체에 깔린 카펫과 작은 크기의 창들, 어수선한 분위기까지 말이다. 폐쇄형 구조라 모든 방에 벽이 세워진 구분된 형태였다. 전부 다 분절된 느낌이었다.

그런데도 엄마와 함께 이곳에 서있으니 마치 진짜 집처럼 느껴졌다. 홈메이드 쿠키와 어린 시절의 크리스마스가 떠오르는 공간이었고 이 집 안에서 나는 안전하다는 느낌을, 사랑받는다는 기분을 느꼈다.

"네." 나는 고개를 끄덕이며 말했다. "좋은 생각인 것 같아요. 엄마가 괜찮다면 그러고 싶어요. 부담을 드리고 싶지는 않지만 지금 당장 우리 집에 가는 것이 좋은 생각인지는 잘 모르겠어요."

"오, 얘야." 엄마가 말했다. "네가 내게 부담이 되는 일은 결코 없단다."

해가 지고 있었고, 엄마와 나는 함께 차고로 향했다. 현관을 나서자 하늘이 점차 어두워지고 있었다. 엄마가 차고 문을 열었고, 우리는 차고 하나를 제대로 밝히지도 못하는 싸구려 백열등 아래로 들어섰다. 해가 지자 날이 선선해졌고 또 한 번 비 오는 밤을 알리는 바람이 불기 시작했다.

우리는 차고에 있는 보관함들을 옆으로 밀고 쓰레기통들을 차고 한쪽으로 치워 공간을 만들었다. 엄마가 지켜보는 동안 나는 한가운데 주차되어 있던 엄마의 차를 옆으로 옮겨 대었다. 엄마가 시력이 안 좋아지기 전인 몇 달 전에 마지막으로 운전하고 주차한 것이었다. 그런 뒤 우리가 만든 자리에 내 차를 주차했다.

엄마는 더듬거리며 차고 문 버튼을 눌렀고, 우리는 차고 문이 닫힐 때까지, 내 차가 시야에서 보이지 않을 때까지 진입로에 서서 지켜봤다.

이곳은 안전하다. 지금은 그 누구도 나를 찾아낼 수 없다.

크리스티안

"니나가 정확히 뭐라고 그랬어?" 릴리가 물었다.

"현관 카메라 영상 속 차와 내 차가 비슷하다고." 내가 답했다.

"당신 차라고 의심하는 것 같았어?"

"모르겠어."

"크리스티안. 의심한다 해도 그것만으로는 당신에게 문제가 생기진 않을 거야. 직감보다 더 확실한 무언가가 필요할 테니까."

"맞아. 당신 말이 맞아, 릴리." 아내의 말을 믿어보려 했다.

이후 며칠간 시신에 대한 소식이 전해지는 속도는 고통스러울 정도로 느렸다. 인터넷 검색을 했다. 소식을 기다리며 집착적이고 강박적으로 뉴스를 봤다. 그런데도 사실상 알아낸 것은 거의 없었다. 릴리와 나 외에는 그 시체에 대해 말하고 생각하는 사람이 단 한 명도 없는 것만 같았다. 현재로서 우리가 알고 있는 사실은 랭리 우즈에서 하룻밤 캠핑을 하던 청소년 단체가 이른 아침에 시신을 발견했다는 것뿐이었다. 당연하게도 시신은 삼림 보호 구역 내 그리 알려지지 않은 깊은 곳에서 발견되었다. 당시 청소년 단체는 비밀스러운 폭포를 찾고 있었다. 뉴스가 전해지기 전까지만 해도 아무도 그 존재를 모를 만큼, 사람들이 진입하기 아주 어려운 곳에 자리한 폭포였다. 숨어있는 폭포였다. 꼭 숲이 그 주변 땅을 있는 그대로 지키기 위해 사람들이 찾지 못하는 곳에 숨겨 놓은 것 같았다. 청소년 단체도 폭포는 찾지 못했지만 폭포보다 훨씬 기억에 남을만한 무언가는 찾았다. 아이들은 시체를 목격했던 일을 평생 잊지 못할 것이다.

아직 시체의 신원이 밝혀지지 않았다. 그날 밤 뉴스에 시체와 유해란 단어가 번갈아 등장했던 탓에 정확히 무엇이 발견된 것인지는 알 수 없었지만, 나는 이미 확신하고 있었다. 제이크가, 아니면 제이크였던 무언가가 발견된 것이 분명했다. 릴리가 공원에서 그를 마주친 지 일주일을 훌쩍 넘어 거의 2주가 되어가고 있었다. 이 기간에 부패가 얼마나 진행되었을까? 그에 관해 아는 바가 없었고 알고 싶지도 않았지만, 죽은 지 얼마 되지 않을수록 끔찍한 모습일 거라는 사실만은 알고 있었다. 지금쯤 원래 크기의 두 배쯤 팽창한 몸에 구더기가 들끓고 있을 터였다. 중요한 건 이것이 아니었다. 중요한 문제는 시체의 신원이 확인되어 제이크의 이름이 발표되면 모든 것이 달라질 거란 사실이었다. 그렇게 되면 제이크는 더는 실종자가 아니었다. 사망자가 되는 것이다. 사람들은 그가 왜 죽었는지, 그에게 어떤 일이 있었는지 궁금해하기 시작할 것이다. 검시관이 부검을 진행할 것이다. 곧 두개골 골절을, 릴리가 돌로 내려친 흔적을 발견할 것이다. 둔기에 의한 외상이었다는 발표가 나올 것이다. 어떻게 알 수 있는지는 모르지만 검시관들은 살인과 자살, 사고사의 차이를 분명히 알고 있었다.

"시체의 신원이 밝혀지면." 릴리가 말했다. "니나는 제이크가 숨진 장소를 알게 될 거야. 내가 삼림 보호 구역에 갔었던 사실은 니나가 이미 알고 있잖아. 기억나?"

물론 기억한다. 어떻게 잊겠는가? 시체가 발견되었다는 소식을 처음 들었을 때부터 그 생각이 머리에서 떠나지 않았다. 릴리가 그곳에 있었다는 사실을 사람들이 알고 있고 머지않아 제이크도 그곳에 갔었다는 사실을 알게 되리라는 것을.

"어쩌면 제이크가 아닐 수도 있어." 긍정적으로 생각하려 애썼다. "그 숲에서 죽은 사람들이 한둘이 아니잖아."

릴리가 나를 바라봤다. 시체는 두말할 것도 없이 제이크였다.

"그렇다고 당신이 제이크에게 무슨 짓을 했다고는 연결할 수 없을 거야, 릴리. 사람들이 많이 다니는 곳이잖아. 우리가 갔을 때도 얼마나 붐볐는지 기억하잖아. 주차 자리를 찾기도 어려울 정도였어. 누구든 갈 수 있는 곳이야. 누구든 할 수 있는 짓이고. 누구든 제이크를 해칠 수 있다고. 그 브레이디인가 그 사람일 수도 있고."

"짐이야." 릴리 동료의 남편이자 그날 그곳에서 릴리를 본 사람이었다.

"그래. 짐 브레이디. 그 사람도 제이크에게 무슨 짓을 할 수 있지."

"짐 브레이디가 제이크에게 왜 그러겠어?"

"그 사람은 그러지 않았겠지. 그냥 생각나는 대로 떠들어 본 거야. 합리적 의심을 만들어 보자는 거지." 우리에게 필요한 것이 그것이었다. 합리적 의심. "어쩌면 제이크가 자기 혼자 그랬을 수도 있어. 미끄러지는 바람에 넘어져서 머리를 부딪쳤을 수도 있고." 전에 물었지만 명확한 답을 듣지 못했다. 그래서 다시 물었다. "릴리, 돌로 제이크를 몇 번이나 내리쳤었어?" 한두 번이라면 두개골 골절은 사고사로 보일 수도 있다. 그 삼림 보호 구역에는 발이 걸려 넘어질 만한 것들이 많고, 바위나 콘크리트처럼 머리를 다칠만한 요인도 많았다. 어렸을 때 학교 친구 중한 명이 자전거에서 떨어져 머리를 도로 연석에 부딪혔다. 그때만 해도 헬멧을 쓰는 아이들이 없었다. 그 친구가 자전거에서 떨어질 때 나도 그 자리에 있었다. 핸들 위로 날아가 바닥에 떨어지는 장면을 목격했다. 친구는 자리에서 일어나 바지에 묻은 먼지를 털어내고는 다시 자전거에 올랐다. 나는 친구를 보며 웃음을 터뜨렸다. 거기 있던 친구들도 다 웃었다. 그 친구도 웃어넘겼고, 친구의 미소 덕분에 이후 내 죄책감이 조금은 덜어졌었다. 우리는 간식을 사 먹으러 상점에 갔다. 친구는 자신이 멀쩡한 줄 알았다. 여섯 시간 후 그 친구는 죽었다.

"글쎄, 몇 번 그랬던 것 같아." 릴리가 말했다. 시체가 나타난후 릴리는 눈에 띄게 몸을 떨며 불안해했다. 어젯밤에도 잠을 자지 못했다. 밤새 아내가 뒤척이는 것이 느껴졌다. 아내는 자면서 '그만해', '안 돼' 같은 말을 중얼거렸고 무의식 상태에서 흐느끼는 바람에 아내를 흔들어 깨우고 괜찮다고 말해주어야 했다. 아내를 진정시키기 위해 등을 문질러주며 잠에서 깬 아내의 곁을 지키느라 나도 꽤 오랜 시간 깨어있었다.

"두 번 정도였던 거 같아, 아니면 여섯 번 정도였던 거 같아?" 아내에게 물었다.

"두 번은 넘었던 것 같은데." 릴리는 울음을 터트릴 것 같았다. 아내가 괴로울 걸 알기에 이 이야기를 꺼내고 싶지 않았다. "그게 잘 모르겠어, 크리스티안. 그냥 몸이 반응했어. 나도 모르게 말이야. 내가 무슨 짓을 했는지조차 기억나지 않지만 나중에 그가 피를 흘리는 것을 보고 내가 돌로 내려쳤다는 것을 알았어."

릴리가 그에게 저항하는 모습을 상상할 때면 통제 불능의 난폭한 무언가가 머릿속을 점령했다.

"알겠어." 내가 말했다. 이 정도만 알아도 된다. 바라던 답변은 아니었지만 어쨌든 조금이라도 알게 돼서 다행이다. "어디를 내려쳤던 것 같아? 여기쯤?" 내 이마를 가리키며 물었다. "아니면 여기?" 이번에는 뒤통수를 짚었다. 두개골 기저부는 뼈가 단단하고 골절을 일으키기가 어려운 부위라 더욱 치명적일 수 있다. 두개골 기저부 골절이 일어나면 가망이 없는 것이나 마찬가지다. 내 초등학교 친구가 바로 이 경우에 해당했다. 도로 연석에 떨어졌을 때 친구는 뒤통수를 바닥에 찧었다.

릴리가 어깨를 으쓱했다. "둘 다였을 수도 있어." 아내가 말했다. 아내는 어느 부위였는지 떠올려보려 했지만 이내 고개를 저었다. "잘 모르겠어, 크리스티안. 정말 모르겠어. 너무 순식간에 벌어진 일이라 그냥 몸이 반응했어."

"하지만 당신에게 달려드는 상황이었다면." 나는 논리적으로 접근했다. "제이크는 당신 정면에서 다가왔을 거야, 그렇지? 그럼 당신은 아마 여기를 내려쳤을 테고." 나는 이마를 가리키며 말했다.

릴리는 그때를 떠올려보려 애를 썼다. 나는 조용히 기다렸다. 아내에게 생각할 시간을 주었다. 당시의 상황을 슬로 모션으로 다시 한번 재생하는 눈빛이었다. 아내의 표정이 달라졌다. 기억이 떠오른 것이다. 번뜩, 무언가를 기억해 낸 얼굴이었다. "이마였던 것 같아. 그러자 그 사람이 뒤를 돌았어. 그대로 걸어서 그 자리에서 벗어났어. 나도 왜 그런 생각이 들었는지는 모르지만 그것으로 끝일 거라고, 다시 나를 공격하지 않을 거라고 믿을 수가 없었어. 그래서 다시 한번 그를 내려쳤어. 여기쯤을." 아내는 두개골 뒤쪽을 가리켰다. "제이크가 뒤를 돌더니 눈을 크게 뜨고는 쓰러졌어."

그런 상황은 예상하지 못했다. 아내는 등을 보이며 그 자리를 벗어나는 제이크를 내려친 것이었다.

아내를 탓할 수는 없다. 아내는 두려움에 빠져있었으니까. 사람들이 다니는 산책로에서 최소 400미터 떨어진 곳이었고, 그가 되돌아와 다시 아내를 해하지 않을 거라는 보장도 없었다.

아내는 제이크를 확실하게 제압해야 했다.

"그렇게 끝난 거야?" 내가 물었다. "그다음에 돌을 떨어뜨리고 도망친 거야?"

"아마도." 아내는 애매하게 답했다.

"아마도라니, 무슨 뜻이야?"

"나도 모르겠어, 크리스티안. 정말 모르겠어. 정확히 기억이 안 나."

아내가 흥분하고 있었다. 두 눈에 눈물이 고였다. 울음이 터질 것 같은 정도를 넘어서 있었다. 기억해 내지 못하는 자신이 원망스러운 것이었다. 끊임없이 물어대는 내가, 잊고 싶은 기억을 집요하게 파고드는 내가 원망스러운 것이었다. "알겠어." 아내를 당겨 안으며 말했다. "괜찮아, 여보. 괜찮아."

만약—그곳을 벗어나던 제이크를 돌로 내려치고—그 이후에도 가격이 있었다면 그건 제이크가 쓰러진 후 벌어졌을 것이다. 이렇게 따지면 최소 세 번의 가격이었다. 하나는 이마, 하나는 뒤통수, 마지막 하나는 제이크가 바닥에 쓰러졌을 때. 이렇게 되면 사고사 판정을 기대하기 어렵다. 넘어져서 머리의 각기 다른 부위 세 곳을 부딪칠 확률이 얼마나 되겠는가?

"크리스티안." 나와 시선을 맞추려 릴리가 몸을 뗐다.

"응?" 아내를 내려다보며 물었다. 우리는 거실에 있었다. 불은 꺼둔 상태였다. 유일하게 켜져있는 TV 속 뉴스는 이제 전 세계에서 벌어지는 온갖 소식을 전하고 있었다. 제이크 일에 비하면 하등 중요해 보이지 않는 이야기들을 말이다. 이 세상에 다른 소식들이 있을 수 있다니. 믿을 수가 없었다. 내 머릿속은 제이크와 릴리의 일로만 가득했다.

TV의 환한 빛이 릴리의 뺨에 반사되자 어쩐지 아내의 얼굴이 섬뜩하게 일그러져 보였다. "아는 변호사 있어?" 아내의 목소리가 갈라져 나왔다. 릴리는 너무도 왜소해 보였고 겁에 질려 보였다.

릴리에게 차마 내색은 하지 못했지만 마찬가지로 두려움에 빠져있던 나는 괜히 과장되게 곧장 답했다. "우리는 변호사 필요 없어."

"우리는 필요 없지." 아내가 말했다. "그런데 나는 필요할지도 몰라, 크리스티안. 체포될지도 모르니까."

"당신이 체포되는 일도 없을 거야."

"자기가 그걸 어떻게 알아?"

"경찰이 왜 당신을 체포하겠어?"

"내가 그 사람을 죽였으니까." 이제 아내는 참지 않고 어깨를 떨며 눈물을 쏟았다.

"그 말 좀 그만해." 날카롭게 말이 나갔다. 릴리에게 신경질 낼 생각은 전혀 없었다. 릴리에게 그런 적은 처음이었다. 아내가 이 일에서 무사히 빠져나가고 싶다면 말을 조심해야 한다는 생각 때문에 날 선 말이 나갔다. "두 사람이 같은 시간, 같은 장소에 있었다는 것만으로는 아무것도 밝힐 수 없어. 당신과 제이크가 같이 있는 걸 본 사람도 없잖아. 당신에게는 제이크를 살해할 동기가 없다고. 나 좀 봐, 릴리." 아내의 뺨을 감싸 나와 시선을 맞추도록 했다. 아내의 화장이 번지기 시작했다. 두 눈 아래 검게 번진 자국이 생겼다. "당신이 그곳에 있었던 것은 맞아. 하지만 당신은 제이크를 본 적 없는 거야. 무슨 말인지 알겠어?" 내가 묻자 아내가 살짝 고개를 끄덕였다. "그럼 이렇게 말해봐. '나는 삼림 보호 구역에서 제이크 헤이스를 본 적이 없다'라고."

릴리가 내 말을 따라 했다. "나는 삼림 보호 구역에서 제이크 헤이스를 본 적이 없어."

진짜처럼 들리지 않았다. 아내는 나보다도 거짓말을 못한다.

지난 열흘간 인터넷 검색에 상당한 시간을 들였다. 사법제도와 포렌식, 살인사건 수사에 관해 내가 원했던 것보다 훨씬 많은 것을 알게 되었다. 부검이 진행되면 검시관은 제이크의 신원과 사인만 밝히지 않을 터였다. 살인 사건으로 결정이 난 후에는 살인자의 지문과 DNA를 수색하기 시작한다. 시체는 귀중한 정보를 담고 있다. 제이크의 사체에서 릴리의 머리카락이나 릴리 옷의 섬유 조직, 혈흔이 나올 수도 있었다. 릴리도 당시 피를 흘렸고, 그것도 내가 아내의 팔에 소독약과 항생제 연고를 발라야 할 정도로 적지 않은 양을 흘렸다. 아내의 피가 제이크에게 묻었을 수도 있다. 릴리의 지문도 나올 수 있었다. 교사인 릴리는 지문이 등록되어 있었다.

경찰이 릴리를 찾기란 너무도 쉬운 일일 터였다.

니나

어린 시절 썼던 침대에서 눈을 떴다. 트윈 사이즈의 작은 침대라 침대 끝으로 다리가 나왔고 매트리스에 내 몸이 꽉 들어찼다.

아주 오랫동안 쓰지 않은 침대였다. 어젯밤 엄마가 내가 잠들기 전에 플란넬 침대 시트를 세탁해 준 덕분에 엄마의 니트 파자마와 양말을 신은 나는 따뜻하고 포근한 침대 위에 누울 수 있었다. 침대에 눕자마자 잠이 들긴 했지만 자주 깼고 정신 사납고 말도 안 되는 꿈에 시달렸다. 악몽을 꾸었던 것 같다. 언뜻 잠에서 깨었을 때 침대 끝에 앉아 따뜻한 손으로 내 머리카락을 쓰다듬으며 나를 어르던 엄마의 모습이 흐릿하게 기억났다. "쉬. 그래. 그래. 이제 괜찮아. 다시 자자." 어쩌면 꿈이었을지도 모른다. 밤사이 비가 내렸다. 침대 위로는 채광창이 나있다. 밤 동안 꽤 오랜 시간 빗줄기가 채광창을 두드렸고, 내 꿈에서는 어린아이가 드럼을 치는 소리처럼 울렸다.

주말이 금방 끝났다. 그동안 엄마와 나는 집 밖을 나가지 않았다. 그럴 필요가 없었으니까. 2박 3일 동안 우리는 집 안에 숨어있었다.

월요일 아침, 알람에 눈을 뜨자 아직 밖이 어둑했다. 이제 일어나 출근 준비를 해야 했다. 엄마에게서 옷을 빌려야 했다. 고양이를 집에 혼자 둔 것이 마음에 걸렸지만 고양이들은 혼자서도 잘 지내는 성격이다. 사료 자동 급식기와 급수기도 있다. 제이크와 내가 집을 비웠을 때도 아무런 문제가 없었다. 우리가 이틀 이상 집을 비울 때만 고양이를 돌봐줄 사람을 구했다. 오늘 밤 집에 가서 고양이를 살펴보고 한 주 동안 지낼 짐을 챙겨올 예정이었다.

침대에서 일어나 욕실로 향했다. 엄마는 내가 입을만한 옷가지를 욕실에 챙겨두었다. 샤워실은 침대처럼 내 기억보다 작게 느껴졌다. 낮에 볕이 들도록 1980년대 스타일의 유리블록 창이 나있었다. 반투명의 두툼한 유리블록 창문은 사생활을 보호할 뿐 아니라 채광에도 좋았다. 이론상으로는 밖에서 볼 수 없는 창이었다. 하지만 지금 내가 피해망상에 사로잡힌 상태라 샤워실에 알몸으로 서있는 모습이 마당에서 보이지 않을 거라고 믿기가 어려웠다. 잘은 보이지 않는다 해도 말이다.

나는 혹시나 하는 마음에 욕실 불을 끄고 어둠 속에서 샤워를 했다. 출근 준비를 마친 후 집에서 나와 차를 몰고 학교로 향했다. 릴리와 마주치지 않으려 일찍 출발했다. 지금은 릴리를 보고 싶지 않았다. 릴리에게 무슨 말이 튀어나올지 모르니까.

내가 쓰는 교실은 교직원 주차장을 마주하고 있다. 교실에 들어선 나는 창가에 서서 릴리를 기다리며 주차장을 지켜봤다. 학교에 도착한 릴리는 우아하게 차에서 내려 학교 건물을 향해 걸음을 옮겼다. 혼자였다. 검은색 점프슈트에 플랫 슈즈를 신고 자기 몸만 한 가방을 든 릴리는 아름다웠다. 워낙 작고 여리여리한 탓에 가방이 릴리의 몸만 했다. 오늘은 머리를 한쪽으로 땋아 내렸다. 한쪽 어깨 아래로 땋은 머리를 내린 그녀는 너무도 청순해 보였다. 저것이 진짜 릴리의 모습일지 아니면 내가 모르는 무언가가 더 있을지 궁금해졌다.

* * *

5교시 영어 수업 시간이었다. 교실 앞 내 책상에 기대 수업을 했다. 아니 수업에 집중하려 애썼다.《로미오와 줄리엣》을 읽는 소리가 교실에 울려 퍼졌다. 학생들에게 배역을 정해주었다. 몇몇 아이들은 지루함을 이기지 못하고 게슴츠레한 눈으로 반쯤 졸고 있었다.《로미오와 줄리엣》을 좋아하지 않는 학생들이 많았다. 아이들에게 셰익스피어는 지겹고 난해한 대상이었다. 아이들 탓을 할 수는 없었다. 초기 근대 영어*는 고등학생들에게 어렵게 느껴질 수 있었다. 그래서 낭독을 시키고 내가 어떤 의미인지를 설명해 주는 식으로 수업을 했다. 다만 오늘은 내 정

* 1500년경 이후의 영어.

신이 다른 곳에 팔려있어 나는 있으나 마나 한 존재였다. 아이들이 엉망으로 낭독하는 셰익스피어의 작품을 들으며 나는 아무 쓸모가 없는 것처럼 느껴졌다. 기껏해야 아이들의 발음을 교정해 주는 정도가 다였다. 그조차도 하지 않을 때는 멈칫거리고 더듬대는 아이들을 보면서도 입을 꾹 다물었다. 글을 읽는 매디슨 키에프를 제외하고 교실은 조용했다. 줄리엣을 맡은 매디슨은 그 유명한 발코니 장면에 등장하는 대사를 읊고 있었다.

한창 수업이 진행되는 중에 내 핸드폰이 울렸다. 수업 시간에 핸드폰은 보통 내 책상 서랍에 넣어두었다. 보통은 무음이었지만 오늘은 깜빡했다. 학교에서는 교칙에 따라 엄격하게 핸드폰 사용이 금지되었고, 무엇보다 내가 앞장서 세운 교칙이었다. 순간 교실의 분위기가 달라졌고 흥분하기 시작한 아이들은 울리는 핸드폰이 내 것이라는 것을 알고는 신이 나서 어쩔 줄 몰라 했다.

"우우우우, 헤이스 선생님." 아이들은 학교가 끝난 후 남으라며 으름장을 놨다.

나는 핸드폰을 확인했다. 경찰 전화였다. 받아야 하는 전화였다.

"분 경관님." 아이들의 야유를 무시한 채 귀에 핸드폰을 바짝 댔다. 교실은 전화가 잘 터지지 않아 복도로 나가야 했다. 교실에서 조금씩 멀어진 나는 늘어선 파란색 로커를 지나 복도 끝 창가로, 좀 더 조용하고 수신 상태가 나을지도 모를 곳으로 향했다. "저한테 하실 질문이 더 남았나요? 제 지인들을 더 만난 건가요?" 빈정대고 싶은 마음을 참지 못하고 물었다.

"아닙니다." 그가 말했다. "지금으로서는 부인께 더 묻고 싶은 건 없습니다. 남편분의 차를 찾았다는 말씀을 드리려 전화했습니다."

"아." 숨을 토했다. 분 경관에게서 어떤 이야기를 듣게 될 거라 예상했는지는 나도 모르지만 이런 소식은 아니었다. 창문에 손을 대고는 고개를 창에 기댔다. 순간 열이 오르고 어지러워 서늘한 유리에 기대야 했다.

제이크의 차라니. 제이크의 차를 발견했다니.

좋은 소식이었지만 조금의 위안도 되지 못했다. 오히려 끔찍한 소식이었다. 제이크가 차도 없이 어디에 있는 걸까?

"어디서 찾으셨나요?" 그에게 물었다. 우리 교실이 순간 시끌벅적한 소란에 휩싸이는 소리가 뒤편에서 울렸다. 고개를 돌리자 우리 교실에서 전해지는 소음을 듣고 확인차 복도로 나온 라이언이 보였다. 멀리서 나를 빤히 바라보던 그는 걸음을 옮겨 우리 교실로 향했고, 보초병처럼 문간에 서서 아이들을 지켜봤다. 효과가 있었다. 아이들이 곧장 조용해졌고 그에게 고마움을 느꼈다.

"호텔에서요." 전화기 너머로 분 경관이 설명했다. "브릿지뷰에 있는 호텔이요."

"남편 차가 왜 거기에 있죠? 남편도 거기 있었나요? 남편도 찾은 건가요?"

"아니요. 남편분은 없고 차만 있었습니다."

호텔. 제이크의 차는 브릿지뷰의 호텔에 있었다. 브릿지뷰는 우리 집보다 도심에 훨씬 가까운 위치였다. 내가 아는 바로는 남편의 지인 중에 그 근처에 사는 사람은 없었다. 남편이 그곳에 갈 이유가 없었다. 도대체 차는 왜 브릿지뷰에 있고, 남편은 차 없이 어디로 사라진 걸까?

"제가 차를 가지러 가도 될까요?"

"네."

호텔 주소를 물었지만 그는 이렇게 답했다. "차는 호텔에 없습니다. 견인되었어요."

"어디로요?"

차가 호텔 주차장에 일주일 넘게 방치되어 있자 호텔 측에서 투숙객 차로 등록되지 않은 남편의 차를 견인했다고 분 경관이 설명했다.

"제이크가 투숙객이 아니었다면 차가 왜 그곳에 있었나요?"

"저희도 모르겠습니다. 알아보고 있어요, 헤이스 부인. 다른 사람 이름으로 투숙했을 수도 있지만 확실하지는 않습니다. 지금 호텔로 경찰 한 명이 출발했습니다. 소식이 또 오는 대로 연락드리겠습니다."

"지금 제이크 차는 어디에 있나요?" 내가 물었다.

그는 제이크 차가 견인되어 차량 보관소에 있다고 설명했다. 내가 가서 인계받을 수 있다고 말했다.

"알겠습니다." 보관소 위치를 묻자 경관은 주소를 알려주었고, 나는 주소를 외워놨다가 펜과 종이를 찾은 후에야 받아 적었다. "오늘 오후에 찾으러 갈게요." 내가 말했다. "가능한 한 빨리요."

분 경관과 통화를 마치는 나를 라이언이 지켜보고 있었다. 이 상황을 이해해 보려던 나는 정신이 하나도 없는 상태로 복도를 따라 걸음을 옮겼다. 나를 향해 다가오던 라이언을 복도 중간에서, 끝없이 펼쳐진 바다처럼 파란 로커의 중간 지점 어디쯤에서 마주했다.

"괜찮아요?" 그는 너그럽고도 따뜻한 표정으로 고개를 살짝 기울이며 물었다.

나는 그를 바라봤다. 숨을 쉴 수도, 마땅한 단어를 찾을 수도 없던 나는 고개를 저었다. 마침내 입을 뗐다. "경찰이 제이크 차를 찾았어요."

"제이크 차를 찾았다니, 무슨 말이에요?"

라이언에게 하지 못한 말들이 너무도 많았다. 며칠 전 학교 주차장에서 제이크가 나를 떠났다고 그에게 설명한 것이 마지막이었다. 순식간에 너무도 많은 일이 벌어진 탓에 그간의 사정을 그는 모르고 있었다. "제가 말하지 못한 이야기가 많아요." 왜인지 몰라도 죄책감이 느껴졌다. 제이크와의 일을 라이언에게 밝혀야 할 의무는 없었다. 그런데도 내 차에 추적기가 부착된 것을 발견한 날 주차장에서 그에게 솔직하게 제이크 일을 이야기했던 순간이, 내 팔꿈치로 전해지던 라이언의 따뜻하고도 부드러운 온기가, 그렇다면 그는 정말 한심한 인간이네요 하고 말해주던 그가 떠올랐다. "알고 보니 남편이 저를 떠난 게 아니었어요. 제가 잘못 알고 있었어요. 남편에게 무슨 일이 벌어진 거였어요."

그가 걱정스러운 얼굴로 미간을 찌푸렸다. 그는 고개를 기울였다. "남편에게 무슨 일이 생겼다고요?"

"그러니까 남편은 지금 실종 상태예요. 경찰에 실종 사건 접수도 했어요. 지금 경찰이 그를 찾고 있어요."

"세상에, 니나. 끔찍한 일이네요. 남편 차는 어디 있었어요?" 그가 손을 뻗어 내 어깨를 부드럽게 쥐고 말했다. 라이언의 두 눈에 걱정이 어렸다. 따뜻한 눈빛이었다. 그는 내가 답하길 기다려주며 귀를 기울였지만, 나는 어두운 상상에 빠져버렸다. 나는 차와 함께 발견되지 않은 제이크를 두고 최악의 상황을 떠올렸다. 그가 어디에 있든 돈도 핸드폰도 이제는 차도 없는 상태였다.

"브릿지뷰에 있는 호텔이요." 낮게 깔린 내 목소리에서 절망감이 느껴졌다.

"브릿지뷰요?" 그가 물었다. "남편분이 브릿지뷰에 있는 호텔에서 뭘 하고 있었던 거예요?"

"나도 모르겠어요. 경찰 말로는 남편이 투숙객으로 등록되어 있지는 않았다는데, 어쩌면 가명으로 머물렀을지도요." 거의 사정하는 듯한 말투가 나갔다. "가명으로 호텔에 투숙할 이유가 뭘까요, 라이언?"

그는 무언가 말하려 입을 뗐다. 하지만 그가 말을 하기 전에 우리 교실에서 다시 한번 소란이 전해졌다. 다행이었다. 정말 답을 듣고 싶은 것인지, 제이크가 호텔에서 누군가를 만났을지도 모른다는 이야기를 듣고 싶은 것인지 알 수 없었으니까. 나는 고개를 돌려 열린 교실 문을 흘끗 쳐다봤다. 교생 선생님이 교실에 있었지만 학생들을 잠재우려던 그의 노력은 아무런 효과도 없었다.

"들어가 봐야겠어요." 내가 말했다.

내 팔을 붙잡는 그의 손길이 느껴졌다. "태워드릴까요?" 내가 걸음을 떼기 전 그가 물었다.

"차량 보관소까지요?"

"네."

"아니에요." 고개를 저었다. "제 차 있어요. 제가 운전해서 가면 돼요."

그가 부드럽게 짚어주었다. "남편분의 차를 인계받으면 차 두 대를 직접 몰고 올 수는 없잖아요. 니나, 제가 데려다줄게요."

"아." 나는 시선을 내렸다. "제가 멍청했네요. 그걸 생각 못 했어요." 차량 보관소에 도착해서야 혼자서 두 대를 몰고 올 수 없다는 사실을 깨달을 뻔했다.

"멍청하다니요. 제가 데려다줄게요."

"마음은 정말 고마워요. 하지만 괜찮아요." 내가 말했다. "그런 일까지 부탁할 수는 없어요. 택시 부르면 돼요."

"무슨 그런 말을요. 제가 갈게요." 그가 결론을 내듯 말했다. "그런 곳, 좀 무서울 수도 있거든요." 내 안전은 걱정하지 않았다. 그저 제이크의 차를 당장이라도 가져오고 싶은 마음뿐이었지만 그에게 이런 이야기를 해가며 실랑이할 필요가 없다는 생각에 잠자코 있었다.

"알겠어요. 고마워요. 정말로요."

남은 일과를 잘 버텨 마무리한 후 라이언과 함께 각각 차에 올라 우리 집으로 향했다. 그가 기다리는 동안 나는 차고에 차를 주차한 후 현관 옆 보관함에 있는 제이크 차의 스페어 키를 가지러 집 안으로 들어갔다. 엄마에게 전화를 걸어 이유는 밝히지 않은 채 좀 늦을 것 같다고 알렸다. 엄마를 걱정시키고 싶지 않았다.

라이언의 차에 탄 나는 좀처럼 가만히 앉아있질 못했다. 손에 닿는 것은 전부 만지작거리며 초조해했다. 그가 라디오를 켰고, 조용하고도 차분한 음악이 차 안에 깔렸다. "차 인계받는 데 필요한 건 다 챙겼어요?" 그가 물었다.

"그런 것 같아요." 내가 답했다. "차 열쇠, 차량 소유증, 자동차 등록번호요. 제가 혹시 잊은 게 있을까요?"

"없는 것 같네요. 면허증도 있죠?"

"네."

"모든 게 다 잘될 거예요, 니나." 내가 걱정에 휩싸여 있다는 것을 알았기에 그는 이렇게 말해주었다. 고마웠다. 하지만 정말 그럴지 라이언이 알 수는 없었다. 모든 것이 잘될 수 있을지는 그가 알 수 없는 일이었다.

"라이언 말이 맞으면 좋겠네요." 나는 이렇게 말했다.

우리는 한동안 말이 없었다. 별로 말하고 싶은 기분이 아니었다. 나는 창밖을 내다보며 스쳐 지나가는 바깥 풍경을 바라봤다. 저 멀리, 다른 생각에 빠진 나는 제이크와 브릿지뷰의 호텔을 떠올렸다. 제이크는 왜 그곳에 갔을까?

라이언이 입을 뗐다. "남편과 무슨 일이 있었는지 좀 더 일찍 말해주지 않아 사실 좀 놀랐어요." 차량 보관소가 있는 방향으로 고속도로를 탔다. 도시 외곽에 자리하고 있는 보관소에 가까워질수록 저 멀리 고층 건물들이 레고 블록처럼 작아졌고, 우리 앞에는 쭉 뻗은 도로만이 자리하고 있었다.

그가 상처받았다는 것이 목소리에서 느껴졌고, 또 한 번 나는 그에게 말하지 못한 데 죄책감이 들었다.

사과의 말을 전했다. "미안해요, 라이언. 일부러 그런 건 아니었어요. 저는 제이크가 정말 저를 떠난 줄 알고 있었거든요. 상황이 달라진 지 정말 며칠밖에 안 됐어요."

"뭐가 달라졌는데요?" 그가 물었다.

"지난 토요일에 엄마가 집에서 본 사람이 제이크인 줄 알았는데, 착각하신 거였어요. 제이크가 아니었어요. 우리 집에 누군가 무단 침입을 했어요. 그것도 무섭지만, 무엇보다 2주간 제이크를 본 사람이 아무도 없다는 사실이 더 무서워요. 남편은 핸드폰도 신용카드도 사용하지 않았고, 계좌에서 돈도 인출하지 않았어요. 어디서 지내는지, 살아있기는 한 건지조차 모르는 상태예요."

"맙소사." 그가 말했다. "니나, 정말 유감이네요." 그가 곁눈으로 나를 바라봤다. "일찍 말해주었다면 좋았을 텐데요. 지난 며칠간 니나 혼자 그 모든 일을 감당했을 생각을 하니 마음이 안 좋네요."

"혼자는 아니었어요. 엄마가 계시니까요." 내가 말했다. "경찰도요. 경찰이 제이크를 찾고 있어요."

"그래도요." 그가 말을 이었다. "제가 뭐라도 도울 일이 있었을지도 모르잖아요. 남편분을 찾는 데 도움을 줄 수도 있었고요." 그는 잠시 말을 멈췄다 다시 입을 뗐다. "저와는 뭐든지 말해도 괜찮다는 걸 니나가 안다고 생각했어요."

"알아요." 곧장 말이 나갔다. 빠른 속도로 말이 쏟아졌다. "이야기하려고 했어요. 일부러 그런 건 아니었지만, 지금은 제 한 몸 추스르기에도 너무 정신이 없어요. 언짢게 생각하지 말아요." 내가 말했다.

라이언이 손을 뻗었다. 그가 안심하라는 듯 내 무릎을 손으로 감쌌다. "니나." 그가 누그러진 목소리로 말했다. "언짢지 않아요. 제 감정이 어떻다는 이야기가 아니에요, 니나. 니나를 생각해서 그러는 거예요. 그저 제게는 언제든 의지해도 된다는 걸 니나가 알았으면 해요. 저한테는 뭐든 털어놔도 돼요. 니나 곁에는 언제나 제가 있어요."

힘이 되는 말이었고 실제로 그랬다. 처음에는 이렇듯 친절한 말과 인정 어린 마음이 고맙게 느껴졌다. 눈물이 차올랐고 순간 감정이 북받쳤다. "고마워요. 제게 얼마나 큰 힘이 되는지 몰라요. 정말로요."

하지만 잠시 후 그의 손을 내려다보니 그는 손을 치우지 않고 있었다. 여전히 내 무릎 위였다. 엄마의 원피스를 입은 나는 갑자기 짧은 원피스 길이가 의식되었다. 내가 엄마보다 키가 큰 탓이었다. 엄마 집에서 이 원피스를 입고 거울을 봤을 때 간신히 무릎을 덮을 정도였다. 전혀 문제가 없다고, 조금도 야하지 않다고 생각했었다. 10대 학생들, 특히나 남학생들과 함께 지내는 만큼 옷차림을 늘 신경 썼다. 앉았을 때는 어떨지를, 원피스가 허벅지까지 올라올 수 있다는 것을 생각하지 않았다. 사실 학교에서는 앉아있는다 해도 책상에 다리가 가려지니 당연했다. 누군가 내 다리를 볼 일이 없었다.

"남편이 어디에 있을지 짐작 가는 곳이라도 있어요?" 라이언이 물었다. 내 무릎을 쓰다듬고 있었다. 엄지로만 살짝살짝 피부를 스치는 교묘한 손길이었다. 다리를 꼬고 싶었지만 그랬다가는 치마가 더 말려 올라갈 것 같아 참아야 했다.

"글쎄요." 목이 바짝 말라 말을 하기가 어려웠다.

"누구와 문제가 있었다거나, 직장에서 무슨 일이 있었던 건 아니고요?"

"그런 건 아닐 거예요."

"남편이 브릿지뷰에 갈만한 이유도 생각나지 않고요?"

메여오는 목으로 침을 꿀꺽 삼켰다. "안 나요." 그의 시선이 내 허벅지에 쏠려있는 것을 의식하며 과감하게 라이언을 쳐다봤다.

내가 바라보는 것을 알아챈 그는 허벅지에 둔 시선을 떼어 내 눈도 깜빡이지 않고 얼굴을 뚫어지게 쳐다봤다. 손은 여전히 치우지 않고 있었다. 목에서 맥박이 동동 뛰는 소리가 울렸고,

나는 무릎이 문 쪽으로 향하도록 순간 몸을 돌렸다. 몸을 따라 시선도 돌렸다. 창밖을 내다봤다. 라이언은 무릎에서 손을 뗐지만, 그의 손이 허공에서 잠시 머물렀다. 콘솔에 팔꿈치를 기댄 그가 다시 내 무릎으로 손을 뻗을지 말지 망설이는 모습을 곁눈질로 보았다.

시간은 느리게 흘러갔다. 긴장감에 숨을 쉴 수가 없었다. 한 번은 실수지만 두 번은 의도적인 거였다.

하지만 그가 생각을 고쳤다. 손을 거둔 그는 두 손 모두 핸들에 올려놓았다. 나는 그가 어떠한 의미가 있어 신체적 접촉을 한 것인지, 아니면 내가 지나친 의미 부여를 한 것인지, 호의적인 제스처일 뿐인데 힘든 시기를 보내고 있는 내가 너무 예민하게 반응한 것인지 생각이 많아졌다.

차 안이 정적에 휩싸였다. 차 안은 진공 상태가 되었고 1분 동안 둘 다 입을 열지 않았다. 그때 앞차가 급정거를 했다. 앞이 아니라 나를 바라보고 있던 라이언은 미처 상황을 보지 못했다. 앞차가 급히 멈추는 것을 확인한 그는 급브레이크를 밟았고 간신히 앞차와 접촉 사고를 면했다. 그의 잘못은 아니었다. 사고가 난 것이든 아니면 사고를 구경하느라 정체가 생긴 것이든, 더 앞에 벌어진 일로 앞차가 차를 갑자기 멈춘 탓이었다. 안전벨트가 확 조여들었다.

"미안해요." 당장은 시선을 도로에 고정한 채 그가 말했다.

"라이언 잘못이 아닌데요, 뭘. 앞차가 너무 갑작스럽게 섰어요."

그가 곁눈으로 내 옆얼굴을 뜯어봤다. 그의 시선을 느낄 수 있었다. 나는 그가 있는 방향으로 흘깃 시선을 주었다. 라이언의 눈이 내 시선을 붙잡았다. 친절함과 풍부한 감정이 느껴지는 눈이었지만, 처음으로 가식적이고 불쾌한 무언가도 느꼈다. 차들이 움직이기 시작했고 안전벨트도 느슨해졌다. 라이언이 시선을 돌리며 나를 놓아주었다. 안도감이 순식간에 밀려들었다. 나는 곧장 원피스를 잡아당겨 아래로 내렸다.

고속도로를 벗어나 2차선 도로로 접어들자 승용차보다 세미트레일러 트럭이 더 많이 보였다. 누구도 입을 열지 않은 채 정적 속에서 도로 위를 달렸다. 마침내 자갈이 깔린 주차장이 나왔고 입구 옆 표지판에는 '차량 보관소'라는 글자와 전화번호가 적혀있었다.

라이언이 주차장으로 차를 몰았다. "여기서 세워줘도 돼요." 트레일러인 차량 보관소 사무실을 가리키며 말했다.

"주차 먼저 할게요." 그가 말했다. "같이 들어가요."

그랑 함께 가고 싶지 않았다. 갑자기 혼자 있고 싶은 마음이 간절해졌다.

"아니에요. 제발 그러지 마요." 그에게 말했다. "저 괜찮아요."

"그러지 말아요, 니나." 그는 운전석에서 몸을 앞으로 기울이며 차량 보관소를 살폈다. "여기 분위기 좀 봐요. 혼자 들어가게 둘 수는 없어요."

"혼자가 아니에요." 주차장에 직원이 보여 이렇게 말은 했지만, 언뜻 보아하니 전과자는 아닌지 의심스러운 행색이었다. 속도를 줄이던 라이언이 차를 세웠다. 나는 그가 주차할 여지를 주지 않았다. 곧장 문을 열고 차 밖으로 발을 내디딘 나는 상체를 그의 쪽으로 살짝 기울이며 말했다. "진심으로 저는 괜찮아요. 라이언 정말 고마웠어요. 이제 가보세요. 이따 봐서 괜찮을 때 문자 보낼게요."

나는 차 문을 쾅 닫았다. 몸을 돌려 걸음을 옮겼다. 라이언이 이제 가보라는 내 말을 무시한 채 여기서 날 기다리는 일은 벌어지지 않기를 바랐다. 공회전 중인 엔진 소리에 귀를 기울였고, 마침내 타이어가 자갈을 밟으며 나아가는 소리가 들리자 마음이 놓였다. 고개를 돌린 내 눈에 주차장에서 벗어나 도로에 올라탄 그의 차가 보였다. 잔뜩 헤집어진 자갈 사이로 먼지가 일며 시야가 가려졌다.

나는 숨을 몰아쉬었다. 긴장이 풀렸다. 내 무릎을 만지던 그의 손이 아직도 생생했다.

차량 보관소는 공업 지역의 특색이 물씬 풍기는 철도 선로 사이에 자리하고 있었다. 열차들이 지날 때면 주변 공기가 들썩였고, 제이크의 차를 기다리는 동안 열차가 몇 번이나 지나갔다. 새카만 연기를 하늘로 뿜어대는 인근 공장들에서 나오는 유황 비슷한 고약한 냄새가 공기에서 묻어났다.

내 주변으로 망가지고 고장 난 차들이 언뜻 세어도 수백 대는 될법했다. 차주가 버렸거나 경찰에게 압수된 차들이었다.

차를 인계받는 데는 아무런 문제가 없었지만 보관료와 견인 비용까지 천 달러 가까이 지불해야 했다.

경찰이 제이크의 차를 이미 조사했다. 경찰의 설명에 따르면 버려진 자동차는 조사하는 것이 기본이었고 따라서 영장은 필요하지 않았다. 경찰 측은 우려가 될만한 정황은, 살인의 정황은 찾지 못했고 또한 제이크의 행방을 알려줄 단서도 찾지 못했다.

마침내 마주한 제이크의 차는 무척이나 더러웠지만 이곳과는 전혀 어울리지 않는 모양새였다. 차를 보고 놀라 숨을 들이마신 나는 차 문을 열고 제이크가 앉아있어야 할 운전석에 몸을 앉혔다.

혼잡한 퇴근길을 뚫고 집으로 차를 몰았다. 집까지 오는 내내 내 뒤를 따라오는 것 같은 뒤차 헤드라이트를 의식하고 있었다. 뒤차를 떼어낼 수 있길 바라며 방향 지시등을 켜고 차선을 변경했지만, 뒤차 또한 내가 한 그대로 지시등을 켜고 나를 따라 차선을 바꿨다. 본능적으로 액셀에서 발을 살짝 떼었다. 시속 100킬로미터에 가깝던 속도가 80킬로미터로 떨어졌다. 답답함을 이기지 못한 뒤차가 추월하기를 기다렸지만 그런 일은 벌어지지 않았다. 뒤차 또한 속도를 줄였고, 내가 다시 속도를 높이자 마찬가지로 속도를 높였다. 뒤차 운전자의 얼굴은 제대로 보이지 않았고 나를 놓치지 않을 정도의 간격을 꾸준히 유지했다.

내가 빠져야 할 출구가 가까워지고 있었다. 출구를 지나치기 직전에야 방향 지시등을 켜고 차선을 변경해 고속도로에서 나왔고, 램프 구간에 접어들어 속도를 낮췄다. 뒤차도 내가 하는 걸 그대로 따랐다. 점점 더 당황스러운 마음에 도로보다는 백미러를 확인하는 때가 더 많아졌고, 결국 차가 도로 가장자리로 벗어나며 요철 처리된 노면에서 소음을 일으켰다. 깜짝 놀란 나는 떨리는 손으로 핸들을 돌려 차로로 돌아갔다. 고속도로에서 나오자마자 왕복 4차선 간선도로를 탔다. 다시 한번 신호를 켜고 왼쪽 차선으로 이동했다. 백미러로 확인하자 차 세 대를 사이에 두고 따라오던 그 차는 또 나를 따라 차선을 변경하며 픽업트럭 뒤에 섰다.

앞에 차들이 서행하다 멈췄다. 어디서 그런 배짱이 나왔는지는 모르겠다. 차도 많았고 이렇게 증인이 많은 곳에서는 내게 해를 가할 수 없을 거라는 생각 때문이었을 것이다.

정지 신호를 확인하고 기어를 파킹에 두었다. 차 문을 열고 밖으로 나왔다. 반사적인 행동이었다. 생각하지 않았다. 몸이 저절로 움직였다. 나도 모르는 새 차에서 나와 도로 위에 서있었다. 주변이 도로 소음으로 귀가 먹먹할 만큼 시끄러웠다. 소음과 차가운 공기에 정신이 아찔해졌고, 바람에 치맛단이 올라갔다. 손으로 치마를 정리했다.

차 문을 열어둔 상태였다. 믿을 수 없다는 듯한 운전자들의 시선을 받으며 나는 도로 끝을 따라 뚜벅뚜벅 걸으며 신호가 파란불로 바뀌길 기다리는 그 차로 향했다.

운전자 얼굴을 확인할 필요가 없었다. 어느 정도 가까워지자 그 차를 알아볼 수 있었다. 예상했다. 그런데도 막상 그의 얼굴이 시야에 들어오자, 옆얼굴만 보이는데도 욕지기가 치밀었다. 손에 든 것인지, 무릎에 내려놓은 것인지는 몰라도 그는 핸드폰을 들여다보는 것 같았다. 그는 내가 무슨 짓을 저질렀는지 보지 못했고, 나는 그의 차 옆에 서서 그를 지켜보고 있었다.

차로 다가갔다. 손바닥으로 창문을 탕탕 두드렸다. 깜짝 놀라며 곧장 고개를 드는 그의 얼굴로 내 그림자가 드리워졌다. 그는 충격을 받은 듯 표정이 바뀌었다. 난 죄책감과 충격을 가리려 웃음을 터뜨렸다.

내 뒤편에 놓인 신호가 파란불로 바뀌었는지 오른쪽 차선의 차량들이 움직이기 시작했지만 내 차로 가로막힌 왼쪽 차선은 꼼짝도 하지 못하고 있었다. 누군가 경적을 울리자 순식간에 자동차 경적소리가 여기저기서 울려 퍼졌다.

라이언이 신호를 확인했다. 그는 오른쪽 차선의 차들이 움직이는 모습을 바라봤다. 그가 창문을 내렸다. "여기서 뭐 하는 거예요, 니나?" 잘못한 사람이 나라는 듯 그가 물었다. 이상한 사람을 바라보는 듯한 시선으로 나를 바라봤다.

"뭘 하느냐고요? 그럼 당신은 뭐 하는 건데요?" 내가 반문했다.

"도로를 막고 있잖아요, 니나." 내가 도로를 막고 있다는 것을 정말 모르고 있다고 생각한 건지 이성적인 사람인 척 말했다.

"차 좀 어떻게 해요." 누군가 차창 밖으로 소리쳤다.

"날 따라오는 건가요, 라이언?" 그는 아니라고 답했다. 그는 집에 가는 길이었고 우연히 마주친 것이라는 말도 안 되는 소리를 지껄였다. "거짓말하지 마요." 소리를 지르다시피 말했다. "아까부터 계속 백미러로 지켜봤다고요. 날 따라오고 있었잖아요. 왜 그런 거죠? 왜 거짓말하냐고요."

라이언이 마지못해 인정했다. 그의 태도가 달라졌다. "걱정이 돼서 그랬어요, 니나. 거기에 그렇게 혼자 두고 온 게 마음에 걸려서요. 집에 무사히 도착하는지 확인하고 싶었어요." 즉 차량 보관소 주차장에서 나온 라이언은 내가 그곳을 나올 때까지 어딘가에 숨어서 나를 지켜본 것이었다.

"집에 도착하면 문자 보내겠다고 말했을 텐데요."

그가 어깨를 올렸다 내렸다. "제가 니나를 걱정한다고 화낼 건 없잖아요. 저는 그저 좋은 친구가 되고 싶을 뿐이에요, 니나."

"그럼 날 좀 내버려둬요." 내가 말했다. "좋은 친구가 되고 싶다면 따라오지 말라고요."

나는 뒷걸음질 치며 그에게서 멀어졌다. "잠깐만요, 니나. 좀 멈춰봐요." 그가 말했다. 나는 아무런 대꾸도 하지 않았고 걸음을 멈추지도 않았다. 몸을 돌려 달리기 시작한 나는 문이 열려 있는 차에 올랐다. 왼쪽 차선에 있던 차들은 내 차를 추월해 나가려 방향지시등을 켜고 차선을 변경했다. 그냥 지나가는 운전자들도 있었지만 몇몇은 내 차에 대고 경적을 울렸다. 바로 뒤차도 나를 앞서 나가자 차 두 대의 간격만큼 벌어졌다. 라이언의 차가 백미러에 곧장 들어왔다.

그의 차가 출발하길 기다렸다. 백미러를 쳐다본 지 한참이 지나자 결국 그는 차선을 변경해 나를 앞서 나갔다. 그의 차 미등에 시선을 떼지 않았고, 마침내 그의 차가 혼잡한 도로로 자취를 감췄다. 그제야 나는 차를 출발했다.

집에 도착한 후에도 몸이 떨렸다. 차고에 차를 주차했다. 6시가 넘었다. 이제 짐을 챙기고, 고양이를 살핀 뒤 엄마 집으로 향해야 했다. 해는 지평선 아래로 살짝 내려앉아 있었고 하늘은 강렬한 오렌지빛으로 물들었다. 차고 문이 완전히 닫힐 때까지, 주변에 아무도 없고 내가 안전하다는 사실이 확인될 때까지 기다렸다가 차에서 내린 후 내 나름대로 차 안을 수색하기 시작했다. 곧 무언가를 발견하고는 충격에 휩싸였다.

* * *

"어젯밤 일에 관해 이야기 좀 할 수 있을까요?" 다음 날 아침, 라이언이 물었다. 그는 늘 그렇듯, 평소와 다름없는 날이라는 듯 도로 연석에 서있었지만 결코 평소와 같을 수 없었다. "전화했었는데요."

그가 전화했다는 것은 나도 안다. 7시에서 10시 사이에 네 번이나 전화가 왔었다. 그는 끈질겼다. 어젯밤 그와 대화를 나누고 싶지 않았기에 음성 사서함으로 넘어가게 두었다. 그뿐만 아니라 내 신경은 다른 곳에, 제이크의 차에서 발견한 물건에 쏠려있었다. 나중에야 음성 메시지들을, 나와 통화가 되지 않자 점차 흥분에 휩싸이던 목소리를 들었다.

"그러고 싶지 않아요. 그냥 어제 일은 없었던 것으로 하면 안 될까요?" 이렇게 묻고는 그를 피해 걸음을 옮겼다.

하루가 느리게 흘러갔다. 릴리와 대화를 나눠야 했지만 단둘이서만 이야기를 나눌 기회가 필요했기에 일과가 끝날 때까지,

모두가 떠날 때까지 기다렸다가 릴리의 교실로 향했다. 그녀의 교실에 도착하자 책상에 앉아있는 릴리가 보였다. 잠시 머뭇거리며 열린 교실 문 너머로 그녀를 지켜봤다. 릴리는 종이 뭉치를 들여다보며 채점을 하고 있었다. 긴 머리카락이 얼굴을 가리고 있어 그녀의 얼굴도 눈도 제대로 보이지 않았다. 어찌할 수 없을 정도로 분노가 일었지만 비단 분노만은 아니었다. 슬픔과 불신도 있었다. 나는 마음을 가다듬었다. 애를 쓰며 감정을 억눌렀다. 지난 몇 년간 나는 릴리에게 정말 좋은 친구였다. 내가 사람을 잘 본다고 생각했지만, 그녀와 친구가 된 것은 분명 판단 착오였다. 이제야 알았다. 그녀는 보이는 모습과 다른 사람이었다.

손등으로 열려있는 문을 똑똑 두드리자 그녀가 고개를 들었다. "니나." 그녀는 미소 지었지만 눈은 웃고 있지 않았다.

"안녕, 릴리." 교실로 들어섰다. "지금 시간 괜찮아?"

릴리는 괜찮다고 말했다. 잠시 쉬고 싶었다고, 일을 쉴 수 있어 좋다고 답했다.

"별일 없지?" 내가 물었다. 마지막으로 릴리와 대화한 것이 릴리의 차에 문제가 생겨 크리스티안이 도와주러 왔을 때였다.

"그럼요. 아주 좋지는 않지만 그럭저럭 괜찮아요. 안 그래도 한번 찾아가려고 했는데요. 제이크에 관해 무슨 소식은 없었는지 묻고도 싶었고요. 미안해요." 그녀가 말했다. "더 좋은 친구가 되어주지 못해서요. 이놈의 입덧은 정말. 아무리 입덧이 심하다 해도 변명이 될 수는 없지만요."

"아니야, 괜찮아." 손을 내저으며 말했다. "입덧이 아주 힘들다는 이야기는 들었어."

"정말요. 정말 끔찍해요." 이렇게 말한 릴리는 이내 입덧보다 남편을 잃은 것이, 아니면 남편이 어디에 있는지 모르는 것이 더욱 끔찍한 일일 수 있다는 데 생각이 미치자 당황해했다. "미안해요, 니나. 제가 실언했어요."

"너무 눈치 보고 미안해하고 그러지 않아도 돼, 릴리."

그녀가 펜을 내려놨다. "요즘 어떻게 지내세요? 제이크 소식은요?"

"제이크 일도 좀 있긴 한데, 오늘은 그 이야기를 하러 온 건 아니야. 릴리에게 줄 게 있어서." 내가 말했다.

"저한테요?" 그녀가 물었다. "뭔데요?"

주머니에 손을 넣었다. 그것을 움켜쥔 손을 꺼내 손바닥을 펼쳤다. 손 위에는 작은 진주가 달린 은색 링 귀걸이가 놓여있었다.

"제 귀걸이예요?" 릴리가 물었다.

"응." 내가 답했다.

릴리는 기뻐서 어찌할 줄 몰라 했다. 얼굴이 밝아졌다. 귀걸이를 찾아 무척이나 기뻐 보였다. 의자를 밀며 곧장 자리에서 일어난 그녀는 책상 모서리를 돌아 나와 나를 향해 다가왔다. 내 손에 든 귀걸이를 자기 손으로 감싸 쥐고는 내 어깨를 잡아 끌어당기며 어색하게 한 번 안았다. "귀걸이 찾아줘서 정말 고마워요, 니나."

"릴리에게 중요한 귀걸이잖아. 잃어버렸을 때 엄청 속상해했고."

"몇 년 전에 크리스티안이 결혼기념일 선물로 준 거였거든요." 그녀가 이미 말해 알고 있는 내용이었다. "잃어버린 줄 알았어요. 다시 찾을 수 있을 줄 몰랐어요."

릴리가 나를 향해 미소를 지었다. 귀걸이를 쥔 손을 자신의 가슴께에 갖다 대었다. "정말 고마워요. 너무나요." 릴리가 몸을 돌렸다. 의자에 다시 몸을 앉혔다. 내가 그 귀걸이를 어디서 찾았는지는 묻지 않았다. 어디서 찾았는지 궁금해할 거라 생각했는데, 어쩌면 이미 알고 있는지도 모른다. 그녀는 다시 채점을 시작해야겠다는 듯 펜을 쥐었다.

"어디서 찾았는지 안 물어봐?" 그녀에게 물었다. 릴리가 고개를 들었다. 내 얼굴을 살폈다.

"복도나 복사실에서 찾았을 거라고 생각했어요." 아니란 것을 알면서도 그녀는 그렇게 말했다. 힘의 균형을 맞추겠다는 듯 그녀가 천천히 자리에서 일어났다. 그러고는 팔짱을 꼈다. 화이트보드 옆에 선 그녀는 나와의 간격을 유지한 채 잠시 시간을 끌었다. "아니에요?" 내게 물었다.

나는 고개를 저었다. "아니야, 릴리. 복도나 복사실에서 발견한 게 아니야."

릴리는 묻기 두려워 보였지만 이제 와 묻지 않는 것도 이상하다고 생각했는지 입을 열었다. "어디서 찾았어요?"

어젯밤, 차량 보관소에서 집으로 돌아온 후 제이크 차를 살피다 얼마나 놀랐는지 모른다. 제이크의 차 안을 뒤지면서도 내가 무엇을 찾고자 하는 건지 알 수 없었다. 그저 경찰이 놓쳤을지도 모를 아주 사소한 무언가를, 제이크의 마지막 날이나 그의 실종에 관한 단서가 될만한 무언가를, 상점 영수증같이 별 의미는 없지만 그가 어디에 갔었는지를 알려줄 무언가를 찾으려 했다.

하지만 대신 제이크의 차 뒷좌석 바닥에서 그 귀걸이를 발견했다. 처음에는 누구 귀걸이인지 몰랐다. 내 것인 줄 알았다. 차고가 어두웠고, 귀걸이가 제대로 보이지 않았다. 귀걸이를 챙겨 차 밖으로 나온 후 불빛에 비춰 보았다. 릴리의 귀걸이란 것을 곧장 알아봤다. 은색 링 귀걸이야 딱히 특이한 것이 없었지만 진주는 달랐다. 소박하지만 요즘에도 유행하는 스타일의 예쁜 귀걸이였고, 링이 워낙 심플해 작은 진주가 돋보였다.

너무도 당황스러운 나머지 차고에 그대로 서서 입을 벌린 채 귀걸이를 바라보기만 했다. 호흡이 가빠졌다. 순간 차고 안이 너무 덥게 느껴졌고 숨을 쉬기 어려웠다.

귀걸이가 왜 여기 있는 것인지, 어쩌다 릴리의 잃어버린 귀걸이가 내 남편의 차 뒷좌석 바닥에 떨어져 있는 것인지 의아했다.

내가 생각할 수 있는 이유는 단 하나였다. 릴리가 제이크의 차에 탔다는 것. 차에 탄 것이 아니라면 어떻게 귀걸이가 차 안에 있을 수 있을까?

내가 상상하는 그런 상황은 아닐 거라고, 아무런 악의가 없는 상황이었을 수도 있다고 생각했다. 가령 릴리의 차가 고장 난 채 도로 한편에 서있는 것을 발견하고 제이크가 집에 데려다준 것일 수도 있다고 생각하려 했다.

하지만 지금, 내 질문에 릴리의 얼굴이 창백하게 질리는 것을 보고 확실히 알았다. 그녀는 말을 더듬고 횡설수설하며 우물거렸다. 자신의 목숨을 부지해 줄 거짓말 하나 생각해 내지 못하고 있었다.

크리스티안

매일을 마치 새해 전야처럼 두근거리는 기대감 속에 보냈다.
다만 기대하던 그 일이 벌어진 후에는 축하를 주고받지는 않
겠지만 말이다. 곧 시체의 신원이 제이크라는 것이 드러날 것
이다. 모두가 그가 어디서 발견되었는지를 알게 될 것이고, 그
가 죽었다는 사실도 알게 될 것이며, 머지않아 누가 그를 죽였
는지도 밝혀질 것이다. 시체의 신원을 확인하는 데 시간이 걸리
고 있었다. 검시관이 바쁜 것일 수도 있고, 부패로 인해 지문을
채취하기가 어려운 것인지도 모른다. 그의 신원이 밝혀지지 않
기를 바랐다. 그러면서도 한편으로는 언제 모든 것이 밝혀질까,
하는 기대감에 너무도 괴로웠다.

오늘 오후, 회사에 있던 나는 퇴근 중인 릴리의 전화를 받았
다. 업무 시간에 전화를 거는 일은 아내답지 않았다. 아내는 혹
시나 내가 바쁠까 봐, 나를 방해할까 봐 보통 문자를 보냈다. 통

화할 수 있어? 이런 문자를 보내고는 내가 전화하길 기다렸다.

내 자리에 앉아 고객의 이메일에 회신하고 있는데 핸드폰이 울렸다. "응." 전화를 받으며 이렇게 물었다. "무슨 일 있어?"

릴리가 말했다. "귀걸이를 찾았어."

아내의 말을 이해하는 데 잠시 시간이 걸렸다.

"내가 선물해 준 그 귀걸이?" 아내에게 물었다. 그렇다면 좋은 소식이었다. 그날을 자주 떠올렸다. 거실 의자에 앉아있던 릴리가 제이크가 자신에게 무슨 짓을 했는지 털어놨던 그날, 릴리는 제이크 이야기에 앞서 귀걸이를 잃어버렸다고 고백했었다. 정말 미안해. 하나를 잃어버렸어. 내게 중요한 일이라도 된다는 듯 아내는 울면서 말했다. 릴리는 귀걸이를 잃어버려 무척이나 속상해했다. 나도 그랬지만 릴리만큼은 아니었다. 그 귀걸이는 릴리가 정말 좋아하는 귀걸이였고, 우리에게 상징적인 의미도 큰 물건이었다. 결혼 5주년을 의미했다. 결혼한 부부의 20퍼센트는 5년 안에 이혼한다. 그래서인지 5주년이 기념할 만한 대단한 일처럼 느껴졌다. 나는 미신은 믿지 않았다. 아내가 그 귀걸이 한쪽을 잃어버린 것에 어떠한 의미가 있다고는 생각하지 않았다. 그래도 그 귀걸이를 아내가 얼마나 아꼈는지, 아내에게 얼마나 큰 의미였는지 잘 알았기에 찾아서 정말 다행이었다.

"응." 릴리가 이렇게 말은 했지만 어쩐지 기분이 가라앉아 있는 것 같다는 생각을 떨칠 수 없었다. 아내의 대답은 너무도 짧았고 그 의미가 아리송했다.

"정말 잘됐다." 아내를 설득하려는 듯이 말했다. "누가 찾았어?"

"니나가."

"어디 있었어?" 내가 물었다. 전화 건너편이 잠잠했고, 나는 잠시 전화가 끊겨서 릴리가 내 질문을 못 들었다고 생각했다. 그래서 다시 물었다. "귀걸이가 어디 있었어, 릴리? 니나가 어디서 찾았는데?"

릴리가 입을 열었다. "제이크 차에서."

얼굴이 해쓱해졌다.

메일을 쓰며 통화를 하던 중이라 온전히 집중하지 않고 있었다. 핸드폰을 어깨에 고이고는 양손으로 자판을 치고 있었다.

그 순간 두 손이 자판 위에서 얼어붙었다. 타이핑을 멈췄다. 조용히 통화하기 위해 한 손으로 핸드폰을 들고 자리에서 일어나 사무실 문을 닫았다.

"이런." 문을 닫았다 해도 바깥에 있는 사람들에게 들릴지 몰라 목소리를 낮췄다. "자세히 이야기 좀 해봐, 릴리. 제이크 차에 있었다고? 니나가 제이크 차는 언제 찾은 거야?"

사무실 벽이 내게 다가오며 점점 좁아지는 것처럼 느껴졌다.

"어제. 경찰이 전화했대. 불법 주차 차량으로 보관소로 견인되어 있었나 봐."

"나한테 아무 말 없었잖아."

"나도 몰랐어. 오늘 니나한테서 들은 거야."

"니나가 정확히 뭐라고 했어?"

"차 때문에 경찰이 전화했다고. 보관소에 가서 차를 인계받았고. 어젯밤 집에 와서 차를 살펴보다가 귀걸이를 발견했다고."

이야기가 너무 빠르게 전개되고 있었다. 상황을 따라잡기가 어려웠다. 패닉에 빠지지 않으려고, 어떤 상황인지 이해해 보려고 애를 썼다. 머지않아 제이크의 차가 발견되리라는 데는 이견이 없었다. 그건 알고 있었다. 릴리도 예상했어야 했다. 차가 그 호텔에 영원히 있을 수는 없는 일이니까. 우리의 목표는 그 차를 영원히 눈에 띄지 않도록 숨기는 것이 아니라, 릴리가 목격된 장소이자 제이크가 사망한 장소에서 치우는 것이었다.

나는 자리에 앉았다. 이제 뻔한 질문을 해야 했다. "당신 귀걸이가 어쩌다 제이크 차에 있었던 거야, 릴리?"

릴리가 말했다. "모르겠어. 나도 모르겠어, 크리스티안." 전화였지만 아내의 머리가 바쁘게 움직이는 모습이 그려질 정도였다. "생각해 봤는데, 어쩌다 당신한테 딸려갔던 귀걸이가 당신이 제이크 차를 옮겼을 때 떨어진 거 아닐까? 아니면 내가 제이크한테 그러고 난 다음에 그 사람이 다시 차로 어떻게 돌아갔었고, 그때 귀걸이를 그가 갖고 있어서, 그래서……."

아내의 목소리가 작아졌다. "그래서?" 그가 차에 갔다가 다시 숲으로 돌아가서 죽었다니. 불가능했다. 말이 안 되는 시나리오다. 굳이 왜 그렇게 하겠는가? 그뿐만 아니라 제이크가 차로 용케 돌아갔다고 해도 당시 릴리의 옷에 묻은 피의 양을 보면 차에도 혈흔이 남아있어야 했다.

"모르겠어. 아닐 거야. 말이 안 되잖아."

"그 귀걸이가 당신 건지 니나가 어떻게 아는 거야?" 내가 물었다. "당신 귀걸이가 아니라는 말은 안 해봤고?"

"안 했어, 크리스티안. 니나랑 거의 매일 마주치는 데다 내가 항상 하고 다니는 귀걸이잖아. 니나가 그 귀걸이를 알아. 귀걸이 한쪽을 잃어버렸을 때도 내가 이야기했었거든. 하나가 없어졌다고 알려준 사람이 니나였어. 내가 거짓말했다면 더 이상하게 보였을 거야."

아내의 말을 곱씹어 생각했다. "그래. 당신 말이 맞아, 릴리." 진심이었다. "거짓말 안 하길 잘했어. 당신이 거짓말한다는 것을 알면 니나가 더 의심스럽게 생각했을 거야. 그래서 당신은 뭐라고 했어? 당신 귀걸이가 제이크 차에서 나온 걸 어떻게 설명했어?"

"아무 말도 안 했어." 그 귀걸이가 릴리 것이라는 사실을 알고 충격받았을 니나의 표정은 지금 내 얼굴과 그리 다르지 않을 것이다. "이유라고 들만한 게 없었어. 제이크 차에 있었다니 이상한 일이라고만 했어. 설명할 수가 없었어. 그냥 대화 주제를 바꿔서 제이크 차를 찾아서 너무 다행이라고. 운이 좋으면 경찰이 제이크도 금방 찾아낼 수 있을 것 같다고 말했어."

이건 좋지 않았다. 대단히 안 좋았다. 릴리의 잃어버린 귀걸이가 어쩌다 제이크의 차에서 발견되었는지 합당한 이유를 단한 가지도 생각해 낼 수가 없었다. 릴리의 말처럼 귀걸이가 내코트든 어디든 붙어있었던 게 아니고서야 말이다. 그날 엄청나게 조심했었다. 장갑도 꼈다. 카메라를 피하려고 사전 조사도 마쳤다. 만반의 준비를 했지만 의도치 않게 무언가를 남기고 올 수도 있다는 것은 예상하지 못했다.

"니나가 경찰서에 갈까?" 릴리가 물었다.

"가서 뭐라고 하겠어? 제이크 차에서 당신 귀걸이가 나왔다고? 그게 어쨌는데?"

아내에게 거짓말하는 것이 아니었다. 그것으로는 아무것도 입증할 수 없었다. 그냥 귀걸이일 뿐이니까. 다만 귀걸이로 의심의 문이 열렸다. 귀걸이는 퍼즐의 한 조각이다. 니나가 내 차를 알아본 것 역시 퍼즐의 한 조각이다. 니나가 너무 많은 퍼즐 조각을 찾아낸다면 그림의 형태가 나타나기 시작할 것이다.

"지금 귀걸이는 어디 있어?"

"나한테 있어."

"니나가 당신한테 준 거야?"

"응."

"좋네. 잘됐어." 이게 왜 잘된 일인지는 나도 정확히 알 수 없었다. 하지만 증거물이 다시 릴리의 손안에 들어왔다는 데 마음이 놓였다.

다만 어쩌다 귀걸이가 제이크 차에서 나온 건지는 아직도 이해가 가지 않는 지점이었다.

니나

크리스티안과 릴리의 집은 막다른 길에 자리했다. 두 사람의 집은 골목 내 가장 끝에 위치해 있다. 나는 길이 막힌 도로 끝, 주택은 하나도 없는 대신 나무만 무성한 곳에 차를 주차했다. 지나다니는 차 한 대 보이지 않았고, 즉 지금 이곳에는 나 혼자뿐이었다. 시동을 끄고 차 안에 앉아 어둑한 잡목림 사이로 두 사람의 집을 응시했다. 현관등이 켜져있었다. 노란 불빛 아래 현관은 따뜻하고 편안하며 아늑하게 느껴졌지만, 그 집 현관에 가서 노크하고 안으로 들어갈 생각은 아니었다.

어둠 속에 앉아 지켜보기만 했다. 블라인드 안쪽으로 누군가의 움직임이 보였고, 그것으로 두 사람이 집에 있다는 것을 알았다. 두 사람의 모습이 정확히 보이는 것은 아니었다. 그저 창문가를 오가는 그림자들만 보였다.

제이크가 외도하는 것 같다는 의심이 들었던 적은 평생 딱

한 번뿐이었다. 신혼 때였다. 저녁을 먹으러 나간 우리는 음식점에서 그의 동료 한 명을 우연히 마주쳤다. 그 여성은 제이크 병원의 수술팀 의료진이었다. 말로 표현할 수 없을 정도로 아름다운 여성이었다. 숨이 막힐 정도로 예뻤고, 살면서 남편이 누군가의 앞에서 긴장감에 제대로 말도 못 하는 모습을 본 것은 그때가 유일했다. 나도 남편에게 그 정도의 마법을 부린 적이 없었다. 당시 제이크는 그 여성이 능력과 성실함을 갖췄을 뿐 아니라 착하고 붙임성도 있어 함께 일하는 것이 즐겁다는 식의 이야기를 내게 했었다. 그런 미인이 단순히 얼굴만 예쁜 게 아니라 그 모든 장점을 갖췄다는 데 나는 큰 충격을 받았었다.

제이크는 그날 밤 음식점에서 맹세코 그 여성에게 작업을 건 것이 아니었다고 설명했다. 그냥 친근하게 대했을 뿐이라고 말했고, 나도 그러려니 넘어가긴 했지만 정말 그의 말을 믿었는지는 모르겠다. 아이러니한 점은 제이크가 바람을 피우고 있을지도 모른다고 생각하면서도 그에게 별로 화가 나지 않았다는 것이다. 나는 그 여성에게 분노를 느꼈다. 그 여자가 얼마나 바닥이기에 유부남을 사귀는지 궁금했고, 우리 엄마와 내게서 내 아버지를 빼앗고 우리의 삶을 망쳐버린 그 여자를 떠올렸다. 한번은 제이크 병원에도 찾아갔었다. 주차장에 주차하고는 차 안에 앉아 그 아름다운 수술팀 의료진이 나오기를 기다렸고, 마침내 그녀의 모습이 보이자 그녀가 사는 아파트까지 따라가 또다시 주차장에서 지켜보며 이 여자의 삶을 어떻게 망칠까 상상했었다. 여러 방법이 떠올랐다. 실제로는 그 무엇도 행하지 않았다. 내가 마음만 먹으면 그 여자에게 끔찍한 일들을 할 수 있다고 상상하는 것만으로도 마음이 충분히 풀렸다.

내 친구였기에 릴리를 향한 분노는 그에 비교할 수 없을 정도로 깊었다.

릴리 때문에 제이크가 날 떠난 걸까? 아니면 외도 사실을 알게 된 크리스티안이 제이크에게 무슨 짓을 한 걸까?

나는 운전석에 앉아있었다. 크리스티안과 릴리의 집 현관문이 느닷없이 열렸을 때 핸드폰에 뜬 시계는 저녁 9시 28분을 가리키고 있었다. 나는 자세를 바로 했다. 크리스티안이 문간에서 주변을 살폈다. 그가 거리를 내다보는 모습을 보고 처음에는 들킨 줄 알았다. 크리스티안이 집 밖으로 나오는 것을 지켜보았다. 릴리 없이 혼자였다. 몸을 돌려 문을 당겨 닫은 그는 현관등 아래서 스포트라이트를 받은 것처럼 환하게 빛났다. 불빛 덕분에 청바지와 후드티를 입고 손에는 비닐봉지를 든 그의 모습이 훤히 보였고, 그는 봉지를 든 채 현관 계단을 내려와 진입로 끝에 자리한 쓰레기통으로 향했다.

크리스티안이 가까워지자 나는 몸을 낮췄다. 어둠 속에 가려져 있다 해도 내 차와 그의 간격이 9미터도 채 되지 않았다. 현관등이 진입로까지는 비추지 않았기에 스포트라이트에서 벗어난 그는 아까만큼 잘 보이지 않았다. 이제 그는 실루엣만 보였다. 어두운 거리와 한 몸이 된 그의 형체를 간신히 알아볼 정도였다.

크리스티안은 내 예상과 달리 쓰레기통에 봉지를 버리지 않았다. 쓰레기통을 지나쳐 거리로 나온 그가 비닐봉지를 손에 든 채로 방향을 틀어 길가를 따라 내려가는 모습을 흥미진진하게 지켜봤다. 꼼짝도 안 하고 앉아 앞 유리를 내다보며 점점 멀어져 가는 그의 모습이 작아질 때까지 지켜봤다. 어찌나 한참을 걸어가는지 그의 실루엣조차 보이질 않았다. 호기심을 이기지 못하고 그를 뒤따르기로 마음먹었다. 차에서 잠시 기다린 나는 차 문을 열었을 때 불이 들어오지 않도록 실내등 스위치를 눌렀다. 눈에 띄고 싶지 않았다. 차에서 내린 후 조심히 문을 밀어 닫았다. 소리가 나지 않도록 했다. 내가 차에서 내렸다는 것을 크리스티안이 눈치채지 않게 하려고 문을 닫은 후 잠시 미동도 없이 서 있었다.

어둠이 나를 휘감았다. 밤공기가 서늘했다. 공기에서 가을의 냄새가, 죽어가는 생명이 풍기는 흙 내음이 느껴졌다.

크리스티안이 사라진 방향으로 조용히 걸음을 옮겼다. 크리스티안과 릴리가 사는 동네는 나무가 무성했다. 팔처럼 흔들리는 나뭇가지들이 거리에 드리워져 있었다. 집들은 오래되었고 인도는 없었으며, 가로등은 드문드문 자리해 길에는 빛이 닿지 않는 어둠이 길게 늘어졌다. 지면도 울퉁불퉁하고 팬 곳이 많았다. 자칫 발이 걸려 넘어지는 일이 없도록 걸음을 조심해야 했다. 크리스티안이 보이지 않았다. 계속 걸음을 옮기며 그의 발소리를 추적하려 귀를 기울였지만, 들리는 것이라고는 서늘한 바람에 떨어진 낙엽들이 뒹구는 소리뿐이었다.

순간 방충문이 낮게 삐걱거리며 열리는 소리가 등 뒤 어딘가에서 들려 화들짝 놀랐다. 뒤를 돌아보자 문이 쾅 하고 닫히는 소리가 들렸다. 릴리일까. 릴리가 나를 본 것일까. 아니면 크리스티안을 찾으러 릴리가 밖으로 나온 것일까. 나는 텅 빈 거리 한가운데에서 걸음을 멈추었다. 내 뒤쪽으로 자리한 집들을 천천히 살펴봤다. 릴리가 아니었다. 누군가 근처 집에서 나온 것이었다. 성냥에서 피어오른 불꽃과 담배 끝에 매달린 호박색 불빛이 아니었다면 누가 거기 있다는 사실조차 알 수 없을 터였다.

나는 다시 몸을 돌렸다. 계속 걷다 보니 저 멀리 야트막한 경사로를 오르는 크리스티안이 순간 눈에 들어왔다. 근처에 강이 있어 이 지역은 완만하게 경사져 있다. 그때 갑자기 약 9미터에서 12미터 높이의 언덕 위에 선 크리스티안이 환한 가로등 불빛을 받으며 모습을 드러냈다. 그러다 이내 경사로 아래로 내려간 그는 다시 어둠 속에 몸을 숨겼다.

나는 조용히 길을 건넜다. 건너편 잔디밭으로 간 나는 그를 따라잡으려 보폭을 넓혀 성큼성큼 걸었고, 덕분에 숨소리가 거칠어졌다. 가급적 숨을 참으며 작게 쉬고 어둠과 침묵 속에 몸을 숨기려 애를 썼다.

가로등 불빛에 크리스티안의 모습이 다시 한번 눈에 들어왔다. 멀리서 그가 걸음을 멈추고 누군가의 집 앞 진입로에 서 있는 모습을 지켜봤다. 그는 주변을 휙 둘러봤다. 목적지에 이른 것이었다.

크리스티안과 릴리의 집 쓰레기통과 마찬가지로 그 집 쓰레기통도 진입로 끝에 놓여있었고, 그곳으로 크리스티안의 발걸음이 향했다. 당황스러웠다. 나는 의아함을 느끼며 그가 쓰레기통 뚜껑을 열고 들고 있던 비닐봉지를 집어넣는 모습을 지켜봤다. 그런 뒤 그는 천천히 뚜껑을 내렸다. 소리가 나지 않도록 뚜껑을 살포시 닫았다. 다시 한번 주변을 둘러본 그는 그곳을 벗어나 온 길을 되돌아가기 시작했다. 조금의 여유도 두지 않고 좀 전보다 빠른 걸음으로 집으로 향했다. 건너편에 내가 있다는 것조차 전혀 의식하지 못한 채 지나쳤다. 나는 숨도 쉬지 않고 죽은 듯 기다리다 크리스티안이 가고 나서야 조용히 길을 건넜다.

크리스티안이 좀 전에 서있던 집으로 향했다. 쓰레기통에 다가가 뚜껑을 들어 올렸다. 핸드폰 손전등을 켜 안을 들여다봤다. 쓰레기통이 거의 다 차있는 터라 손을 깊이 넣지 않아도 크리스티안이 버린 봉지를 집을 수 있었다.

비닐봉지를 꺼내고는 쓰레기통 뚜껑을 천천히 닫았다. 봉지 입구에 매듭이 지어져 있었다. 매듭을 풀어보려 했지만 쉽게 되지 않아 비닐봉지를 챙겨 차로 가져갔다.

차로 돌아온 나는 매듭을 풀려고 했다. 얼마 후 인내심을 잃고는 손톱으로 봉지를 뜯었다. 찢어낸 틈으로 손을 집어넣어 내용물을 꺼냈다. 차 안이 어두웠다. 지금보다 더 눈에 띌지 모를 위험을 감수하고 시동을 켤 마음은 없었다. 흐릿한 불빛 속에서 어떻게든 내용물을 파악해 보려 했다. 잘 보이지 않았다. 손끝으로 느껴볼 수밖에 없어 손가락으로 천을 더듬거리며 촉감에 의지해 형태를 파악해 나갔다. 단추와 레이스가 느껴졌다. 차에 올랐을 때 터치스크린이 켜졌고, 거기서 흘러나오는 얼마 안 되는 빛에 내용물을 하나씩 비춰봤다.

지금 내가 보고 있는 것이 무엇인지 내 눈과 머리는 바로 이해하지 못했다.

천에 남은 적갈색 얼룩의 정체를 파악한 순간. 누군가 손등으로 운전석 차창을 낮게 두드리는 소리에 놀라 비명을 질렀다.

크리스티안

집으로 돌아오는 길에 누군가 나를 뒤따르는 듯한 느낌을 받았다.

육감인지, 무슨 소리를 들은 것인지, 내 의식이 알아채지 못할 정도로 언뜻 무언가를 본 것인지. 정확히 어떤 이유로 그런 느낌을 받았는지는 알 수가 없었다. 밤은 대체로 조용했다. 고요했다. 가만히 있자면 주택가 건너편에서 강을 따라 걷고 있는 사람의 소리가 희미하게 전해질 정도였다. 말소리가 들리더니 하이톤의 웃음소리가 이어졌다. 아이들이었다. 아득하고도 무디긴 해도 멀리 떨어진 도로의 차 소리도 들렸다. 개가 짖는 소리에 이어 길 건너에서 뛰쳐나온 토끼 한 마리가 내 앞으로 쏜살같이 지나갔지만 그게 다가 아니라, 그보다 가까운 곳에 희미하고도 흐릿하지만 집요하게 내 주변을 머무르는 다른 무언가가 있었다.

그게 무엇인지는 알 수가 없었다.

뒤를 돌아보지 않았다. 계속해서 걸음을 옮겼다. 내 죄책감 때문일 거라고, 내 양심의 소리일 뿐이라고 넘겼다. 릴리와 내가 사는 집은 도로 끝에 자리하고 있다. 외등이 켜져있었지만 집 너머로는 암흑이었다. 지금 릴리는 씻고 잘 준비를 할 터였다. 오늘 저녁에는 아내와 이야기를 별로 나누지 않았다. 니나와의 대화 이후 두려움에 빠진 릴리는 내내 조용했다. 우리가 경험하는 스트레스 수준이 최고치를 경신했다.

진입로를 따라 걸어 들어갔지만 집에 가지는 않았다. 집 옆쪽으로 빙 둘러 현관등 불빛이 닿지 않는 어둠 속에 숨어 기다렸다.

어디선가 불어온 서늘한 바람에 머리카락이 들썩였다. 그때 가로등에서 쏟아지는 한 줄기 불빛 아래서 한 여성이 걸어 나왔고, 산책하거나 개를 산책시키는 이웃일 거라는 생각과 달리 니나 헤이스의 얼굴이 서서히 눈에 들어왔다. 그녀의 머리칼과 얼굴을 확인하고는 심장이 거세게 뛰기 시작했다. 그녀의 몸 아래쪽으로 시선이 떨어지던 찰나 손에 들린 봉지가 보였다. 릴리가 제이크에게 한 일의 증거를 없애려고 조금 전 길 아래편의 쓰레기통에 버리고 온 봉지가 눈에 들어왔다. 누군가 발견할까 봐 우리 집 쓰레기통에 버리고 싶지 않았다.

머리가 바빠졌다. 니나가 나를 지켜보고 있었던 거다. 내 뒤를 밟은 거다. 그녀는 혈흔이 묻은 릴리의 옷이 담긴 봉지를 갖고 있었다. 봉지를 챙겨 떠날 생각인지 우리 집 진입로를 지나처 곧장 걸어가는 니나가 믿기지 않아 지켜봤다. 차 문이 열리고 닫히는 소리가 아니었다면 도로가 막힌 지점에 차를 댔다는 것도 몰랐을 터였다.

봉지를 챙겨 가게 둘 수 없었다.

저렇게 가게 됐다가는 지금껏 릴리와 내가 한 모든 일이 허사가 되고 만다.

생각하지 않았다. 몸이 반응했다. 의식적인 행동이 아니었다. 집 옆에 몸을 숨기고 니나를 지켜보던 나는 그 봉지를 다시 찾을 수만 있다면, 니나가 그 안의 내용물을 보는 것만 막을 수 있다면 정말 무슨 짓이든 하겠다는 마음이 들었다. 곧장 진입로로 걸어나갔다.

어둠 속에 서있는 니나의 테슬라로 향했다. 차에서 고작 서너 걸음 떨어져 있었다. 근육이 팽팽해졌다. 순간 모든 것들이 아주 명료하게 느껴졌다. 감각이 예민하고 날카로워졌다. 정신이 극도로 예리해졌다.

봉지를 연 니나가 그 안에 든 것들을 꺼냈다.

너무 늦었다. 이미 내용물을 본 것이다.

내 안의 무언가가 차갑게 식어가는 것을 느끼며 창문을 두드렸다. 도로 끝인 이곳은 길이 좁아지며 살짝 휘어져 있다. 나무들이 에워싸고 있어, 안전하고 따뜻하며 아늑한 가정집의 불빛들이 까마득하게 느껴지는 곳이었다. 뒤는 바리케이드로 막혀 있고, 그 너머에는 나무들 외에는 아무것도 없다. 나무들을 헤치며 나아가면 강이 나온다. 수심이 대단히 깊지는 않았다. 약 2미터가량 될까. 굽이굽이 느리게 흐르는 강이었다. 지금 내가 선 곳에서도 흐르는 강물 소리가 들렸다.

내 노크에 니나가 고개를 돌렸다.

아주 잠깐 폭풍전야 같은 고요가 내려앉았다.

그 찰나의 순간, 나는 어느새 문손잡이로 손을 뻗고 있었다. 내 의식이 몸을 벗어난 것만 같은, 통제할 수 없는 그런 행동이었다. 반사운동에 가까웠다. 차 문이 열리자 순간 니나의 무릎 위에 헤쳐진 봉지가, 충격과 공포가 어린 니나의 얼굴이 실내등 아래 훤히 드러났다.

내 손이 차 안으로 불쑥 들어갔다. 니나의 옷을―재킷의 칼라인지 깃인지 뭔지도 모를 것을―손으로 그러잡고 밖으로 당겨 그녀를 끌어냈다. 그녀는 "크리스티안.", "무슨 짓이야.", "도대체 무슨 짓을 하는 거야?" 소리치며 내 몸을 밀어내며 저항했다.

지금 이 순간 내 머릿속에는 좀 전에 벌어진 일을 없었던 것으로 만들어야겠다는 생각뿐이었다. 니나가 그 봉지를 갖고 있었다. 안에 무엇이 들었는지도 보고 말았다. 그녀가 알게 되었다. 봉지 안의 내용물은 아무도 알아서는 안 되었기에 모두 없던 일로 만들어야 했다.

니나가 비명을 질렀다. 그녀는 저항하려 했지만 힘이든 의지력이든 내가 그녀보다 강했다. 그녀를 힘으로 제압했다. 가죽 의자에 앉아있던 그녀는 맥없이 끌려 나왔다. 두 발로 땅을 디디지 못하고 옆으로 떨어졌다. 나는 떨어지는 그녀를 잡아주거나 충격을 막아주려 하지 않았다. 엉덩이를 바닥에 세게 부딪힌 그녀는 아프다는 듯, 화가 난다는 듯, 내가 몸을 일으켜 세워줘야 한다는 얼굴로 나를 올려다봤지만 이내 내 표정을 확인하고는 얼굴이 달라졌다.

"제발요." 그녀가 사정을 해왔다.

나는 발로 그녀의 등을 걸어찼다. 비명을 지른 니나는 바닥에 등을 대고 쓰러졌고, 나는 그녀의 몸 위에 올라탔다. 두 다리 사이에 그녀의 몸을 가두자 그녀는 엉덩이를 들썩이고, 등을 활모양으로 꺾고, 손바닥으로 내 턱을 밀어내고, 발을 구르고, 몸에 힘을 주며 버둥거렸다. 내가 양손으로 그녀의 입과 코를 빈틈없이 막아 세게 누르자 그녀의 눈이 커졌고, 내 무게에 짓눌려 꼼짝도 하지 못한 채 숨쉬기 위해 발버둥 쳤다. 절망과 공포에 빠진 그녀는 양손으로 내 팔목을 잡고 몸을 들썩였다. 니나는 몸부림쳤고, 나는 사람이 산소 부족으로 쓰러지기까지, 사망하기까지 얼마나 걸릴지 생각하며 머릿속으로 숫자를 셌다.

5초. 10초. 20초. 30초.

니나가 저항했고 그 와중에 용케도 내 손을 자기 얼굴에서 떼어냈다. 등을 활처럼 꺾은 그녀는 숨을 급히 들이마시며 헐떡였다.

미처 생각하기도 전에 양손이 다시 그녀의 얼굴로 향했다. 그녀의 얼굴을 감쌌다. 손에 힘을 주고 얼굴을 꽉 움켜쥐었다. 더는 입이 막혀있지 않은 니나는 소리를 지를 수 있었고, 이제 목이 터져라 필사적으로 비명을 질러대고 있었다. 그 입을 막아야 한다는 생각밖에 없었다. 제발 저 입을 좀 닥치게 만들어야 한다고. 릴리가 듣기 전에 이 여자를 조용히 시켜야 한다고. 이 여자를 막아야 한다고. 무릎과 정강이로 파고드는 자갈을 느끼며 그녀의 머리를 힘껏 들어 올리자 그녀의 목과 상체가 들렸고, 목을 앞으로 당기며 추진력을 얻어 머리를 땅으로 세게 내려쳤다.

다시 한번 그녀의 얼굴을 들어 올렸다. 니나의 손이 내 양 팔뚝을 그러잡았다. 손톱이 파고들 정도로 세게 잡았다. 그녀는 이제 내가 무슨 짓을 하려는지 알게 된 것이다. 무슨 일이 벌어지려는지 알고 있다. 내게 저항하려 했지만 성과는 없었다. 나는 그녀의 머리를 잡아 바닥에 내리쳤다. 머리가 콘크리트에 부딪히며 낮고도 둔탁하며 소름 끼치는 소리가 울렸다. 그녀의 몸이 움찔하더니 뻣뻣해졌고, 필사적인 비명은 극히도 근원적이고도 원시적인 신음으로 잦아들었다. 그녀의 몸이 죽어가는, 생명이 서서히 꺼져가는 소리였다. 내 팔뚝을 잡고 있던 니나의 손에서 힘이 빠졌다. 그녀의 손이 양옆으로 축 늘어지며 바닥으로 떨어졌다. 이제 끝을 내야 했다. 그녀를 숲으로 끌고 가 그곳에서 죽음을 맞이하도록 버려둘 수 있었지만, 자칫 그녀가 거리로 기어 나와 도움을 요청할 위험도 있었다.

마무리를 지어야 했다. 끝을 내야 했다.

니나의 머리를 들었다. 저항이 줄어든 만큼 머리를 더 높게 들어 올릴 수 있었다. 그녀는 조금도 저항하지 않았다. 내 아래 있는 니나는 여전히 움직거리고 있었지만 아까처럼 몸부림을 치거나 발을 구르지는 않았다. 벌레처럼 좌우로 느리게 꿈틀거리릴 뿐이었다. 그녀가 신음 소리를 냈다. 목을 가누지 못하는 아기처럼 그녀의 머리가 뒤로 처졌다. 머리가 뒤로 축 늘어진 니나는 정신이 몽롱한 와중에 반쯤 닫힌 눈꺼풀로 어떻게든 내게 시선을 맞추려 애썼고, 그녀의 머리 아래로 어둠의 웅덩이가 번져나갔다. 그녀의 머리를 잡고 있는 손가락 사이로 피가 느껴졌다.

니나의 머리를 땅에 내리쳤고, 이번에는 그녀의 신음 소리가 희미한 숨소리로 잦아들었다. 그녀의 눈가를 가린 머리칼을 정리하고 부드럽게 머리를 감싸들어 올렸다. 그녀는 의식을 잃었다. 평화로워 보일 정도로 고요하게 눈을 감고 있었지만, 아직은 죽지 않았다. 아이를 침대에 눕히듯 머리를 조심스럽게 바닥에 내려놓고 그녀의 죽음을 기다렸다.

쓰러져 있는 그녀의 위에서 손과 무릎으로 몸을 지탱한 채 그녀가 죽어가길 기다리는 그 순간, 참을 수 없는 조급함을 느꼈다.

오늘 밤 그녀의 시체를 강에 던진다면 내일 오전쯤, 여기서 남쪽으로 얼마 떨어지지 않은 야트막한 강기슭의 갈대밭에서 발견될 터였다.

하지만 어디다 묻는다면 시간을 좀 벌 수 있었고, 적어도 릴리와 내가 이곳을 떠날 말미를 얻을 수 있었다.

여기까지가 차창을 두드리는 내 노크에 니나가 고개를 돌리며 고요함과 정적이 찾아든, 그 찰나의 순간에 내 머릿속을 스친 생각이었다. 핸드폰 손전등으로 차 앞좌석을 비추자 충격과 경악에 사로잡힌 그녀의 얼굴이 섬뜩하게 번뜩였다.

그녀를 어떻게 죽여야 할지 생각 중이었다. 상상하고 있었다. 차창 너머로 손을 뻗어 그녀의 목을 부러뜨리든, 차에서 끄집어내어 머리를 콘크리트 바닥에 찧든, 어떤 방법으로 죽일 것인지. 죽인 후 시체를 어떤 식으로 처리할지 상상하고 있었다.

그녀를 향해 창문을 내려보라는 제스처를 취했다. 망설이던 그녀는 결국 창문을 내렸다.

"크리스티안." 그녀가 마침내 입을 열었다. 나를 봐서 놀랍다는 듯이, 내 집을 염탐하는 중이 아니었다는 듯이 목소리 톤이 높아졌다.

"여기서 뭐 해요, 니나?" 내가 물었다.

니나가 눈을 깜빡였다. 내 눈을 탐색했다. "저는…… . 저는 이제 가려던 참이었어요." 그녀가 말했다. 그녀가 브레이크를 밟고 차에 시동을 걸었다.

"뭘 이렇게 서둘러요, 니나." 열려있는 창문에 손을 얹었다. "보아하니 제 물건이 니나에게 있는 것 같군요."

"이게 뭐예요, 크리스티안?" 가쁜 숨을 내쉬며 절박한 목소리로 물었다. "이거 피인가요?"

니나가 입술을 깨물었다. 그녀의 눈이 가늘어졌고 호흡이 빠르고 얕아졌다. 그녀가 최악을 상상하고 있다는 것을, 제이크의 피라고 짐작한다는 것을 알 수 있었다. 그녀의 생각이 옳았다. 퍼즐 조각을 — 릴리의 귀걸이, 내 차, 혈흔까지 — 맞추던 그녀는 어쩌면 제이크가 잘못되었을 수도 있다는 결론에 도달한 것이다.

무슨 일이 있었는지 말해줄 수도 있었다. 진실을 밝힐 수도 있었다. 제이크가 릴리를 공격했고 릴리는 스스로 지키기 위해 그에게 반격한 것이라고. 릴리가 제이크를 죽이지 않았다면 제이크가 릴리를 죽였을 거라고 말이다.

"아기요." 그 대신에 본능적으로 이 말이 튀어나왔다. "아기가 잘못되었어요."

그러고는 곧장 이 말을 취소하고 싶었다.

이런 말을 입에 올리는 내가 싫었다. 괜한 입방정으로 내 운명을 시험하는 것 같았지만, 달리 할 수 있는 이야기가 없었다. 뭘 어떻게 해야 할지 모르겠다. 릴리가 아이를 낳을 30주 후도, 릴리의 배가 점차 부르기 시작할 3주 후조차도 생각하지 않고 있었다. 그저 지금 이 순간만, 니나와 나 우리 둘 다 살 수 있는 방법만 생각했다.

나는 살인자가 아니다. 그녀를 죽이고 싶지 않았다.

"거짓말 마요."

"거짓말이 아니에요." 내가 말했다. "왜 내 뒤를 쫓은 거죠, 니나?"

그녀의 표정이 굳었다. "릴리와 이야기해야겠어요. 릴리를 만나야겠어요." 그녀가 말했다.

"릴리는 지금 누구를 만날 상황이 못 돼요. 마음이 좀 힘들어서요."

"제이크는 지금 어디 있어요? 제이크를 어떻게 한 거죠?" 그녀가 날카로운 목소리로 물었다. "그 영상에서 당신 차를 봤어요, 크리스티안. 당신인 걸 안다고요. 당신이 우리 집에 들어왔었단 것도 알아요. 제이크한테 무슨 짓을 한 거죠?" 그녀가 다시 물었다.

"아무것도요." 내가 답했다. "난 제이크한테 아무 짓도 하지 않았어요. 당신 남편이잖아요, 니나. 그가 어디 있는지는 당신이 잘 알지 않아요?"

그러자 그녀가 이렇게 물었다. "아기 때문에 생긴 혈흔이었다면 왜 그 봉지를 집 쓰레기통에 버리지 않은 거죠? 왜 다른 집에 숨긴 거예요?"

"우연이라도 릴리가 보게 될까 봐요. 릴리가 상심이 크거든요." 나는 이렇게 답했다. "충분히 짐작하겠지만요."

처음 유산을 했을 때 릴리가 가장 힘들어했다. 몇 주나 눈물을 쏟았었다. 엄청난 희망과 낙관에 빠져있던 우리는 가능성 있는 또 다른 결말이 있을 수도 있다는 생각은 전혀 하지 못했다. 우리는 9개월 후 건강한 아기가 태어날 거란 단 하나의 결말만 생각했다. 이후 몇 번의 유산이 이어지며 릴리는 우리의 운명을 받아들인 사람처럼, 전보다 덜 괴로워하는 것처럼 보였지만 매번 조금씩 내면은 죽어갔다.

"당신 말 안 믿어요." 그녀가 말했다.

"믿고 싶은 것만 믿어요. 난 거짓말하는 게 아니니까요, 니나. 나는 제이크한테 아무 짓도 하지 않았어요."

나는 열린 차창 너머로 손을 뻗었다. 니나는 움찔하며 몸을 뒤로 물렀다. 거리는 조용했다. 10시가 다 되었을 터였다. 릴리는 혼자 집에 있었다. 아내에게 금방 다녀오겠노라고 말했었다. 내 계획보다 시간이 훨씬 늦어진 터라 아내가 나를 궁금해하며 밤거리를 내다보고 있는 것은 아닌지 궁금했다. 이 거리에 사는 사람들은 곧 잠자리에 들 터였다. 집 안 불이 꺼지기 시작해 거리가 더 어두워졌다.

무슨 짓을 하는지 멀쩡한 정신으로 완벽히 인식하고 있는 나는 양손을 모두 창 안으로 뻗었다. 니나는 나를 피해 시트 깊숙이 몸을 묻었다. "그만해요, 크리스티안." 그녀는 내 손을 쳐냈다. 니나의 목까지 약 7센티미터쯤 될까. 그녀는 의자에 몸이 갇힌 상태였다. 주도권은 차 밖에 서있는 나에게 있었다. 힘과 높이에서 내가 유리했다. 그녀의 목을 조르는 일은 무척이나 쉬울 터였다.

하지만 나는 살인자가 아니다.

니나의 무릎 위에 놓인 릴리의 옷이 든 봉지를 잡아 끄집어 냈다. 뒤늦게야 니나가 나를 막으려 했다. 그녀의 손이 봉지 끝을 잡았지만 손쉽게 떨쳐냈다.

후에 나는 그녀를 그렇게 보낸 일을 후회하게 될까? 이런 생각이 들었다.

니나

운전을 하며 분 경관에게 전화를 걸었다. 그는 전화를 받지 않았다. 그가 전화를 받을 거라고 생각하지 않았던―늦은 시간이었다―나는 메시지를 남겼다. 곧장 그에게서 전화가 걸려 왔다. 좀 전에 있었던 일을 그에게 설명했다. 절망에 빠져있는 것이나 다름없었다.

"스캇 부부의 집에서 뭘 하고 계셨던 겁니까, 헤이스 부인?" 그가 물었다.

"크리스티안과 릴리를 보러 간 거였어요."

"하지만 스캇 씨의 뒤를 쫓았다고 좀 전에 말씀하셨잖아요. 왜 그러신 겁니까?"

"그가 뭔가를 꾸미는 것처럼 보였거든요. 그 봉지에 뭐가 들었는지, 그 사람이 그 봉지로 뭘 하려는 건지 궁금했어요. 크리스티안이 제 남편을 죽였을지도 모르겠어요, 경관님. 봉지 안에는 곳곳에 혈흔이 묻은 누군가의 옷가지가 들어있었어요."

"지금 그 옷이 든 봉지는 어디 있습니까? 제게 가져와 줄 수 있나요?"

"저한테 없어요. 크리스티안이 가져갔어요. 크리스티안에게 그 봉지에 관해 물어보세요." 이렇게 말은 했지만 크리스티안이 이미 그것을 처리했을 것 같았다. 그가 이미 없앴을 거고, 그러면 분 경관이 확인할 수 있는 증거 또한 없는 셈이었다.

하지만 그 피. 피가 너무도 많이 묻어있었다.

"그 사람과 말씀을 나눠보세요. 크리스티안 스캇에게 확인해보세요. 누가 우리 집에 무단 침입했던 지난 토요일 오전에 그가 어디에 있었는지 물어보시라고요."

전화 건너편이 잠시 조용해졌다. 분 경관은 느긋하게 말을 전했다. "집에 무단 침입했던 사람이 스캇 씨라고 말씀하고 계신 겁니까, 헤이스 부인?"

"그 사람 차가 혼다 어코드예요. 제가 드린 영상 속에 등장하는 차와 아주 비슷해요. 제발요. 화질이 좋지 않다는 건 알지만 그래도 일단 그와 이야기를 한번 해보세요. 우리 집에 누군가 무단 침입을 했던 지난 토요일 오전에 어디 있었는지 물어보세요. 혈흔이 묻은 옷이 든 봉지도요. 실종된 내 남편 차 뒷좌석에서 그 사람 아내의 귀걸이가 나온 이유도요."

집에 돌아왔을 때 엄마는 화가 난 채로 나를 기다리고 있었다. 나는 그간 있었던 일을 엄마에게 설명했다.

엄마는 두 팔로 나를 꼭 안아주었다. "그래선 안 됐어, 니나."

엄마가 머리를 쓰다듬으며 말했다. "자칫 네게 무슨 일이 벌어졌을 수도 있었다는 생각 안 해본 거야?"

"죄송해요." 엄마는 안고 있던 팔을 풀었다. "한심한 짓이었어요. 알아요."

"네게 무슨 일이라도 생기면 나는 정말 어찌해야 할지를 모르겠다. 떨고 있구나, 니나." 정말 몸을 떨고 있었다. 격렬하고도 통제할 수가 없는 떨림이었다. 엄마는 양팔로 나를 감싸고는 물었다. "추운 거니? 집 온도를 좀 높여줄게."

"아니에요. 추운 건 아니에요." 내 몸을 떨리게 하는 것은 추위가 아니라 공포였다.

엄마는 따뜻하고도 너그러운 눈빛으로 나를 바라봤다. "오늘밤에는 엄마랑 같이 자면 어떨까?" 내 얼굴을 감싸며 엄마가 말했다. "그렇게 할래?"

고개를 끄덕인 나는 내 트윈 침대에서 베개를 챙겨 엄마의 방으로 향했고, 서른여덟 살이나 먹은 다 큰 성인임에도 어렸을 적 악몽을 꾸거나 무서울 때 그랬던 것처럼 엄마와 나란히 퀸 사이즈 침대에 누웠다. 엄마 곁에서 한결 안심되었고 무슨 일이 벌어진대도 엄마와 함께라면 괜찮을 것 같았다.

하지만 엄마가 잠에 빠졌을 때 나는 잠들지 못했다.

* * *

다음 날 아침, 출근 준비를 마치고 주방에 나가자 엄마가 식탁 위에 차려놓은 아침 식사가 눈에 들어왔다.

"뭐라도 먹고 가야지, 니나." 아침을 거르려는 나에게 엄마가 말했다.

"못 먹어요, 엄마. 배가 안 고파요." 커피를 따르며 엄마에게 말했다.

잔에 커피를 따르는 손이 떨리는 것을 엄마가 알아챘다. 어젯밤 이후로 떨림이 멈췄던 적이 없었던 것 같다. "이것 좀 봐, 니나. 네 손. 지금 너 괜찮지 않아. 오늘 하루 집에서 쉬는 게 어떻겠니?"

"안 돼요. 출근해야 해요." 이렇게 말했지만 학교에 가서 릴리를 마주할지도 모른다는 생각만으로도 정말 몸이 아픈 것만 같았다. 눈을 깜박이는 그 짧은 순간에도 차창에 비치던 크리스티안의 얼굴이 떠올랐다. 열린 창으로 뻗어오는 그의 손이 보였다. 피가 보였다.

엄마는 커다란 전망창 앞에 앉아 내가 차를 빼는 모습을 지켜봤다. 아직 밖은 어두웠고, 집 안 조명이 뒤에서 엄마를 비추었다. 나 없이 엄마가 괜찮을지 걱정이었다. 내가 없을 때 엄마에게 무슨 일이라도 생기면 어떡하지?

엄마를 쳐다보는 데 정신이 팔려있었다. 어젯밤에 있었던 일을 생각하며 엄마가 창에서 멀어지길, 다른 사람들 눈에 띄지 않는 집 안쪽으로 들어가 있기를 바랐다.

길을 제대로 보지도 않고 차를 움직였다. 무턱대고 후진하느라 무섭게 달려오는 차를 보지 못했다.

신경질적으로 울리는 경적 소리에 정신이 번쩍 들었다. 본능적으로 브레이크를 꽉 밟았다. 아직 그 차를 확인하지는 못했지만 창 너머로 보름달처럼 커진 엄마의 눈이 보였다. 상대 자동차는 주택가에서는 지나치게 빠른 속도인 시속 약 55킬로미터에서 65킬로미터로 돌진하며 아슬아슬하게 나와 충돌을 피했고, 그 광경을 지켜보던 엄마는 손으로 입을 막았다. 내 잘못도 있었다. 이 차가 너무 빠르게 달린 것은 맞았지만 어쨌거나 나는 이 차가 지나간 후에 도로에 진입하는 게 맞았다.

심장이 무섭게 뛰었다. 몸이 떨렸다. 상대 차가 지나가길 기다렸다. 엄마에게 손을 흔들어 나는 괜찮다고, 다 괜찮다고 알렸다. 하지만 나는 전혀 괜찮지 않았다.

나는 심호흡을 한 번 한 후 다시 액셀을 밟았다.

아직 오전 7시도 채 안 되었지만 벌써 오늘 하루가 아주 불길하게 흘러갈 것만 같은 느낌이었다.

* * *

교실 문 유리창을 노크하는 소리가 들렸다. 7교시 수업 시간 중간이었고 나는 교실 앞 화이트보드 앞에 서서 수업에 집중하려 최선을 다하고 있었지만, 오늘은 컨디션이 너무 안 좋았다. 생각이라는 것을 할 수가 없었다. 자꾸만 피가 아른거렸다. 차창 건너편에 있던 크리스티안의 무표정한 얼굴을 지울 수가 없었다. 아기가 잘못되었거든요. 그는 차갑고도 냉정하게 말했다. 그가 내게서 봉지를 낚아챘고, 그렇게 빼앗긴 봉지 안에 무엇이 들어있었는지 제대로 보지도 못했으며, 뭐가 진실이든 그를 믿을 수가 없었다. 그의 말처럼 정말 배 속 아기의 피였을까? 아니면 제이크의 피였을까? 복도에서 릴리나 라이언을 마주칠까 두려워 온종일 교실에만 있었다. 밥도 먹지 않았다. 화장실을 갈 생각도 하지 않았다.

"헤이스 선생님." 누군가 날 불렀다. 교실 뒤쪽 자리에서 손을 든 학생이 내 시선을 끌기 위해 손을 흔들었다. "헤이스 선생님, 누가 왔어요. 샌더스 교장 선생님이요."

교실에 정적이 흘렀다. 아이들의 시선이 향한 쪽을 따라 나도 시선을 옮겼다. 노크하던 손을 내려 몸 옆에 가져다 두고는 문에서 한 발짝 물러난 교장의 얼굴이 유리창 너머로 보였다. 유리창을 사이에 두고 우리의 시선이 마주쳤다. 몇 초간 나를 마주 바라보던 교장은 잠시 후 침울한 얼굴로 눈길을 돌렸다.

교실 뒤쪽에 앉은 누군가가 책을 떨어뜨리는 소리에 몸을 움찔했다. 교장에게서 시선을 돌려 땅에 떨어진 책을 바라보자 책을 떨어뜨린 학생이 재빨리 일어나 주웠다. 몸을 일으킨 여학생은 나를 보며 말했다. "죄송합니다." 나는 고개를 끄덕였다.

어딘가 대단히 예사롭지 않은, 세상의 끝을 암시하는 것만 같은 그런 순간이었다. 교실 창문 밖으로 구름 하나가 해를 삼키며 빛을 가렸다. 조도를 낮춘 것처럼 교실 안이 어두워졌다. 유리 너머로 샌더스 교장을 확인한 아이들은 자신들 때문에 교장 선생님이 온 것일까 봐 걱정하며 숨을 죽였다. 교장은 학생이 큰 문제에 휩싸였을 때만, 그것도 단순히 화장실에서 몰래 담배를 피우는 그런 종류가 아니라 정학이나 퇴학처럼 심각한 결과로 이어지는 문제일 때만 직접 교실로 찾아왔다. 아이들은 서로 힐끔대며 이번에는 누구 때문일지 우리 반 가장 심각한 문제아 두 명을 살폈다. 교실 뒤편, 양 끝에 앉은 두 아이는 거의 얼어붙어 있었다. 사실 반 아이들 전부가 죄책감을 느낄만한 짓을, 교장의 등장을 두려워할 만한 행동을 한 것처럼 반응했다. 인간의 본성이었다.

하지만 나는 직감적으로 알 수 있었다.

샌더스 교장은 학생들 때문에 온 게 아니다. 나 때문에 온 것이다.

"잠시만." 나는 숨을 토했다. 문으로 향했다. 문 건너편에서 샌더스 교장은 내가 다가오는 모습을 지켜보고 있었다. 그가 고개를 들고는 따뜻한 미소를 지었다.

나는 문을 열었다. "니나. 방해해서 미안합니다." 그가 말했다.

"무슨 일 있나요, 샌더스 교장 선생님?" 복도로 나가 문을 반쯤 닫고는 그에게 물었다.

샌더스 교장은 그리 다가가기 쉬운 사람은 아니었다. 자신의 본분을 잊지 않으려는 듯 항상 무표정한 얼굴에 무심하게 굴었다. 열일곱 살 고등학생의 온갖 변명에 속아 넘어가지 않으려면 그럴 수밖에 없었다. 그런 그가 지금 내 어깨에 손을 올리고 시선을 낮춰 내 눈을 들여다보며 부드러운 목소리로 나직하게 말했다. "제 사무실에 니나를 찾아온 사람이 있어요. 가보세요. 학생들은 제가 맡겠습니다."

"하지만……."

"여기 일은 하나도 걱정할 것 없어요. 괜찮을 겁니다. 가보세요."

나는 고개를 끄덕였다. 사형장으로 향하는 죄수처럼 복도를 걷는 나는 그마저도 혼자였고, 사형장으로 터덜터덜 걷는 내 곁을 지켜줄 교도관조차 없었다. 마지막 순간에 내 형을 사면해달라고 애원해 볼 사람도 없었다. 복도는 텅 비어있었다. 닫힌 문 너머의 학생들은 고요했고, 꼭 시간이 멈춘 것만 같은, 이 우주에 살아있는 사람은 나뿐인 것만 기분이었다.

교장실에 도착하자 분 경관이 제복을 입은 또 다른 경관과 함께 있었다. 분 경관이 모자를 손에 들고 있는 모습이 눈에 들어왔고, 나는 교장실 안으로 들어갔다. 그가 말했다. "헤이스 부인. 이쪽으로. 앉으시지요." 바깥에서 누군가 교장실 문을 천천히 닫았다. 몸을 돌렸지만 이미 늦었다. 문이 닫히는 것은 보지 못했지만 걸쇠가 달칵이며 제자리를 찾아 들어가는 소리만 들렸다.

나를 위해 의자 하나가 뒤로 나와있었다. 교장실 정중앙, 분 경관을 마주 보는 자리였다.

"괜찮습니다." 그 의자에 앉지 않는다면 그다음 일을 피할 수 있다는 듯이 굴었다. "서있을게요."

분 경관은 단도직입으로 말했다. 그는 완곡한 어법을 쓰지 않았다. 시간을 끌지도 않았다. 내가 가장 두려워하던 일이 벌어졌다. 제이크가 사망했다고 그가 말했다.

"며칠 전 시체를 한 구 발견했고, 검시관이 좀 전에 부군인 제이크의 시체가 맞다고 확인해 주었습니다. 정말 유감입니다, 헤이스 부인."

머릿속이 하얘지며 정신이 희미해지고 아득해졌다. 나는 마음을 바꿔 의자에 앉아야 했고, 팔걸이를 양손으로 꽉 움켜잡고는 천천히 의자에 몸을 앉혔다.

"괜찮으십니까, 헤이스 부인? 뭘 좀 가져다드릴까요? 물을 드시겠습니까?"

"아니요. 남편을 어디서 찾으셨나요? 왜 좀 더 일찍 알려주시지 않았나요?"

"이런 경우에는 가족에게 알리기에 앞서 신원이 확실한지를 먼저 확인해야만 합니다. 이해하시겠지만 절대로 실수가 있어서는 안 되는 일이라서요." 내 질문에 그가 답했다.

"어떻게 사망했나요?" 내가 물었다. 그의 설명을 들으며 목이 조여들어 숨을 쉴 수가 없었다. 감당할 수가 없었다. 죽기 전 마지막 순간에 제이크가 겪었던 일을 상상조차 할 수가 없었다.

교장실을 나온 후 나는 망연히 팸을 지나쳤다. "세상에, 니나." 팸이 떨리는 손으로 내 손을 따뜻하게 쓸어내리고는 손으로 입을 가린 채 흐느꼈다. 누군가 내 교실에 가서 소지품을 챙겨 왔고 나는 마네킹처럼 가만히 서서 사람들의 손길에 이끌려 재킷에 팔을 집어넣고 가방을 멨다. 사람들의 시선이 느껴졌다. 청중들이 있었다.

교무실 바로 옆에 자리한 학교 입구에 사람들이 몰려있었고,

교감이 학생들을 교실로 들여보내고 인파를 정리했다. 경찰이 와있어 다들 호기심을 참지 못하는 눈치였다. 경찰이 왜 온 것인지 궁금해했다. 이들은 얼굴과 눈이 벌겋게 부어오른 채 울고 있는 팸과 사람들의 부축을 받는 나를 보고 나름의 추측을 해나갔다. 속삭임이 들렸다. 사람들은 손으로 입을 가린 채 속닥였다. 나지막한 속삭임이, 소음이 복도를 가득 메웠지만, 전부 아득하게만 느껴졌고 지금 이 상황이 내가 아니라 꼭 다른 사람의 일처럼 아무런 생각도 들지 않았다.

현관으로 향하는 내 양옆을 분 경관과 함께 온 또 다른 경관이 지켰다. 학교 출입구에는 유리로 된 문 네 개가 달려있었다. 분 경관이 문을 열어주기 위해 앞장섰다. 문이 열리기 전 유리에 반사된 복도가 얼핏 눈에 들어왔다. 릴리가 비쳤다. 인파 뒤편에 숨어 몸은 거의 보이지 않았지만, 키가 큰 누군가에게 기대어 고개를 삐죽 내밀고 내가 떠나는 모습을 지켜보고 있었다.

분 경관이 문을 열자 획 바람이 불어왔다. 나는 걸음을 멈추고 천천히 몸을 돌려 릴리를 마주했다. 릴리와 내 시선이 마주쳤다.

내 눈에 들어온 그녀는 슬프거나 안타까운 표정이 아니었다. 그녀는 두려워 보였다.

* * *

차를 몰고 집에 도착하자 창에 달린 얇은 커튼 너머로 나를 기다리는 엄마의 모습이 꼭 베일을 쓰고 있는 것처럼 보였다.

차고에 차를 대고 비틀거리는 걸음으로 현관으로 향했다. 학교에서 곧장 오는 길은 아니었다. 그전에 분 경관을 따라 경찰서에 들렀다. 제이크의 시체를 보여줄 거라 생각했지만 그의 옷과 신발로 신원 확인을 대신한 덕분에 시체를 마주하는 일은 피할 수 있었다. 제이크에게 벌어진 일과 숲에서 며칠이나 방치된 그의 얼굴을 떠올리며 과연 제대로 바라볼 수 있을지 자신이 없었다. 죽은 그의 몸에서 벗겨냈다고 생각하니 그의 옷가지만으로도 아주 괴로웠다. 분 경관이 집까지 데려다주겠다고 했지만, 내가 운전해서 갈 수 있다고 말하며 그의 제안을 거절했다. 분 경관은 꺼려 했지만 결국 내가 혼자 가도록 해주는 한편, 다른 경관 한 명이 차로 내 뒤를 따르며 내가 집에 무사히 도착하는지 확인했다.

경찰들에게 크리스티안과 릴리에 관해 내가 아는 모든 이야기를 전했다. 짐 브레이디를 만나보라고, 제이크가 랭리 우즈에 갔던 날 릴리를 그곳에서 목격했다는 이야기를 그에게서 들을 수 있을 거라고 말했다. 릴리를 음해하려고 내가 지어내는 말이 아님을 알게 될 것이라고 설명했다.

엄마가 현관문을 열었다. 내가 들어갈 수 있도록 엄마가 한 발짝 뒤로 물러났다. "오, 니나. 얘야. 무슨 일이니?" 엄마가 팔을 활짝 벌렸다. 나는 바로 엄마 품으로 향했고, 엄마는 팔을 둘러 나를 안아주었다. 엄마의 단단한 품이 느껴졌다. 엄마는 굳건하고도 흔들림 없이 내 무게를 받아냈다. 엄마에게 온전히 몸을 기댄 채 품에 안기자 그간 참아왔던 감정들이 순간 밀려들었다. 그 순간, 모든 감정들이 쏟아져 나왔다. 제이크는 없다. 제이크는 죽었다. 두 눈에 차오른 눈물이 뺨을 따라 떨어졌고, 나는 말도 할 수 없을 정도로 눈물을 쏟았다. 엄마는 처음에는 아무 말도 하지 않았다. 나를 안고만 있었다. 엄마는 내 머리를 쓰다듬어주었다. 어렸을 적 친구와 싸웠을 때, 남자친구와 헤어졌을 때 괴로워하는 나를 달랬던 것처럼 말이다. 그럴 때면 엄마는 내 트윈사이즈 침대에 몸을 말고 옆으로 누워 팔로 내 어깨를 감싸고는 모든 게 다 잘될 거라고 말해주었고, 나는 엄마의 말을 믿었다.

"경찰이 제이크를 찾았어요. 제이크가 죽었어요, 엄마." 흐르는 눈물에 눈이 따끔거렸다. "제이크는 이제 없어요."

엄마의 손길은 따뜻하고 한결같았고, 엄마의 차분한 목소리는 진정제와 같았다. "그래, 애야. 그래."

그날 밤 이불을 걷어주고 여며주는 엄마의 손길을 느끼며 침대에 누운 나는 제이크를 생각했다. 내 남편과 함께했던 마지막 몇 달간, 우리 둘 다 불만에 차 있었다. 불행하지는 않았지만 그렇다고 행복하지도 않았다. 늘 그랬던 것은 아니다. 우리가 더할 나위 없이 행복한 때도 있었다.

그날 밤 제이크 꿈을 꿨다. 제이크를 부르며, 그의 이름을 외치며 잠에서 깼다. 하지만 그는 오지 않았다. 내게 와준 사람은 엄마였다. 제이크도 없는 지금 내게 마음을 써주는 이 세상에 남은 유일한 사람은 엄마뿐이었다.

크리스티안

사무실에서 나왔다. 우리 회사가 있는 10층짜리 건물은 외부 디자인 때문에 근처에서 단연코 가장 눈에 띄는 건물 중 하나다. 포스트모던 풍의 건물 디자인은 독특하고 멋졌다. 파란색에 외벽이 경사진 이 건물은 주변의 땅딸막한 베이지색 건물들과는 차원이 달랐다. 돋보였다.

1층으로 향하는 엘리베이터를 탔다. 우리 사무실은 8층에 있다. 이제 막 5시를 지난 터라 엘리베이터 안에는 빨리 집에 가고 싶어 하는 사람들로 거의 만원이었다. 내가 가장 먼저 엘리베이터에 탄 터라 안쪽에 자리하고 있었고, 다시 말해 내가 가장 마지막으로 내리게 될 것이란 뜻이었다. 건물 뒤쪽으로 주간 고속도로가 나있었다. 8층에서 내려다보면, 오후 시간을 지나면서부터 막히기 시작하는 도로가 5시에 가까워질수록 정체가 심해지는 상황이 한눈에 들어왔다. 지금 시간이면 주간 고속도로는 주차장과 다름없었다.

한 남성과 아이가 엘리베이터에 탔다. 어린아이를 안은 남자는 내 바로 앞에 서 있었다. 남성은 내게 등을 보인 채 엘리베이터 문을 마주하고 있었기에 내 쪽에서는 그의 어깨에 기댄 아이 얼굴이 보였다. 아이에게서 시선을 뗄 수가 없었다. 무척 귀여웠다. 엘리베이터가 내려가는 동안 아이 덕분에 불안했던 마음이 가라앉았다. 그리 좋은 하루를 보내지 못했다. 릴리의 옷이 담긴 봉지를 처리했음에도 혈흔이 묻은 옷이 머릿속에서 떠나지 않았다. 봉지 안의 내용물을 알고 있는 니나를 그냥 보낸 것이 계속 후회가 되었다.

어린아이는 기껏해야 두 살 정도로 보였고 어쩌면 언젠가, 릴리와 내가 운이 좋다면 그리 멀지 않은 미래에 나와 내 아이도 이런 모습을 하고 있지 않을까 상상했다. 아이를 향해 미소 짓자 이를 드러내며 수줍게 웃은 아이가 아빠의 목에 매달려 얼굴을 숨겼다.

아이 아빠가 나를 돌아봤다. "아이가 수줍음이 많아서요." 아이를 대신해 사과하듯 말했다.

"괜찮습니다." 그에게 말했다.

엘리베이터가 1층에 도착했다. 문이 열리자 사람들이 일제히 엘리베이터에서 내렸다. 나는 로비를 가로질러 회전문으로 향했다.

집으로 가는 길에 릴리에게 전화를 걸었지만 받지 않았다. 아내가 혹시라도 잠이 들었다면 깨우게 될까 봐 음성 메시지도,

문자도 남기지 않았다.

집에 도착하자 릴리는 거실에 있었다. 내 예상처럼 자고 있던 것은 아니었다. 아내는 창문가에 서서 뒷마당을 바라보고 있었기에 내게는 뒷모습만 보였다. 아내가 차고 문이 열리는 소리를 들었는지 내가 집에 들어오는 소리를 들었는지는 알 수 없었다.

릴리의 신발이 문 앞을 막고 있었다. 재킷은 가방, 열쇠 꾸러미와 함께 주방 아일랜드 식탁에 놓여있었다. "여보." 아내의 신발을 피해 들어온 나는 바닥에 가방을 내려놓고 아일랜드 식탁에 몸을 기댔다. "오늘 하루 잘 보냈어? 전화했었는데."

릴리는 대꾸가 없었다. 가사 상태에 빠진 사람처럼 가만히 서서 창문만 내다보고 있었다.

"릴리?" 그녀를 불렀다. 주방을 가로질러 거실로 걸음을 옮겼다. 아내에게 다가간 나는 어깨에 손을 올리고는 아내가 무엇을 보고 있는지 확인하기 위해 뒷마당으로 시선을 보냈다. 늘 그렇듯 아름답고 평화로운 풍경이 펼쳐져 있었지만, 그 외에는 딱히 보고 있을만한 대상이 없었다. 밖은 고요했다. 산책로를 걷는 사람도 없고 아무도 없었다. 강은 잔잔했고 하늘에는 구름이 껴 날이 흐렸다. "무슨 일 있어?" 나는 아내의 어깨를 부드럽게 당겨 나와 눈을 맞추도록 했다.

릴리의 안색이 창백했다. 갈색 머리칼이 길게 늘어져 아내의 얼굴을 감쌌다. "그 사람 죽었어." 아내의 목소리가 차갑고 냉정했다. "경찰이 신원을 밝혀냈어."

릴리의 말이 귀로 전해졌지만 뇌에서 그 정보를 처리하지 못하고 있었다. 뇌가 더디게 돌아갔다.

본능적으로 이런 질문이 나갔다. "누구?" 이미 누구인지 알면서도 말이다.

시체가 발견된 후로 이렇게 되리라는 것을 알고 있었으니 충격받을 만한 일이 아니었다. 그럼에도 엄청난 충격으로 다가왔다. 그날이 오늘일 줄은 예상하지 못했다.

"제이크."

"언제?"

"오늘."

"니나가 알려준 거야?"

고개를 저은 릴리는 더듬더듬 말을 토해냈다.

"교사들이. 학교에서. 다들 이 이야기만 해."

"제이크가 죽었고 시체의 신원이 그라는 걸 다른 교사들이 어떻게 알아?"

"경찰 때문에." 릴리가 말했다. "니나를 찾아서 경찰이 학교에 왔어. 니나가 울었어. 경찰과 니나의 대화를 누군가 들었나 봐. 경찰이 제이크 사망 소식을 전했어. 경찰이 그를 찾아냈어." 릴리의 턱이 떨렸다. 나는 아내의 몸을 당겨 안았다. 아내에게 팔을 두르자 그 순간에는 아내도 그대로 있어주었다. 그 순간에는 아내도 내게 몸을 기대어 내가 안아줄 수 있게, 위로해 줄 수 있게 해주었다.

그러다 갑자기 아내가 몸을 떼어내며 말했다. "니나가 날 쳐다봤어, 크리스티안." 순간 아내의 목소리가 달라졌다. 좀 더 단단하고 단호한 말투였다.

내가 물었다. "당신을 쳐다봤다니, 무슨 소리야?"

"니나가 학교를 나설 때 나도 그 자리에 있었거든. 니나가 경찰과 함께 학교 건물을 나서는 모습을 지켜봤어. 나는 니나 등 뒤에 있었어. 니나가 날 볼 줄 몰랐어. 그런데 니나가 갑자기 걸음을 멈추는 거야. 그러고는 몸을 돌렸어. 니나가 나를 똑바로 응시했어." 양옆에 경찰을 두고 로비를 지나 학교를 떠나던 니나가 자신이 지켜보고 있으리라는 것을 미리 알고, 고개를 돌려 자신의 얼굴을 뚫어지게 응시하던 그 눈빛을 잊지 못하겠다는 듯, 아내는 몸을 떨었다.

"당신에게 뭐라고 했어?"

"아니." 릴리가 말했다. "그냥 쳐다만 봤어."

어느 쪽이 더 나쁜 건지 판단이 안 섰다. 그녀가 무슨 말을 했다면 더욱 나빴을까, 아니면 아무 말도 하지 않은 쪽이 더욱 최악인 걸까.

그러더니 릴리는 너무도 일상적인 어투로, 저녁 메뉴가 오븐에 있다고 말하듯, 회사에서 별일 없었느냐고 묻듯, 단조로운 톤으로 말을 이었다. "경찰이 곧 올 거야." 고개를 휙 돌린 나는 눈을 가늘게 뜨고 창 너머를 바라보며 경찰이 이미 집 앞에 와 있는지 살폈다.

릴리는 내게 등을 돌렸다. 나와는 반대로 뒷마당으로 시선을 옮긴 아내는 자신의 운명에 체념한 듯 아무것도 없는 창 너머를 내려다봤다.

"릴리?" 부드럽게 그녀의 이름을 불렀다.

"어?"

"경찰이 학교에 몇 시쯤 왔었어?" 경찰이 우리 집에 오기까지 시간이 얼마나 남았을지 계산해 보려 했다. 시체의 신원을 확인한 그들은 제이크가 어디에서 죽었는지도 알게 되었다. 제이크가 사망한 날 그 현장에서 릴리를 본 목격자도 있다. 우연이라고 보기에는 너무도 절묘하지만, 사실 경찰이 갖고 있는 것들은 대부분 정황 증거였다. 이것으로 상황을 유추할 수밖에 없었다. 경찰은 추측밖에 할 수 없다. 짐 브레이디가 실제로 릴리가 제이크를 돌로 내려치는 모습을 목격했다거나, 경찰이 제이크의 혈흔과 릴리의 지문이 묻은 돌을 찾아냈다거나 하는 식의 직접적인 증거는 없다. 릴리가 그곳에 있었고 어쩌면 무슨 짓을 벌였을지도 모른다는 의심이 들 수는 있겠지만, 합리적인 의심을 넘어서 릴리가 그를 죽였다는 사실을 입증할 만큼의 증거를 갖고 있는 것은 아니었다. 경찰에게는 그럴만한 동기가 없다. 살해 도구도 없다.

나는 헛된 약속을 했다. "괜찮아." 이렇게 말하며 릴리의 양어깨를 부드럽게 쥐고는 그녀의 목덜미 근처에 머리를 기대며 그녀의 향을 들이마셨다. "다 괜찮을 거야."

그녀를 위해서 한 말인지 아니면 나를 위해서 한 말인지는 알 수 없었다. 내 품에서 아내의 몸은 경직되어 있었다. 아내는 말이 없었다. 내가 거짓말하고 있다는 것을 알고 있었다.

두 손을 아내의 배로 가져갔다. 뒤에서 아내를 안은 나는 배 속에서 자라는 내 아이에게 팔을 둘렀다. "잘 해결할 수 있어." 이렇게 말하고는 아내를 안은 채 그 자리에 한동안 서서 뒷마당 이 점차 어둠에 잠기는 모습을, 바람에 흩날리는 구름을, 희미 한 달이 구름 뒤에 몸을 숨겼다 한 번씩 모습을 드러내며 강 너 머에서 떠오르는 모습을 바라봤다.

릴리를 처음 만났던 때가 떠올랐다. 릴리와 대학에서 미적분 강의를 함께 들었다. 릴리는 수줍음 많고 조용한 편이었지만, 놀라울 정도로 똑똑했다. 아무도 못 푸는 문제를 혼자 풀 수 있 을 정도였다. 아내를 처음 본 순간부터, 학기 첫날 강의실에 들 어섰을 때 책상에 앉아 무언가를 들여다보는 그녀를 본 순간부 터 사랑에 빠졌다. 당시 아내의 머리는 지금보다 더, 말도 안 될 정도로 길었다. 캐러멜색의 긴 머리칼이 책상까지 닿아있었다. 내 시선을 느꼈는지 릴리가 고개를 들었다. 우리의 시선이 마주 쳤고, 그 순간 내가 완전해진 기분을 느꼈다.

릴리를 창가에 두고 나는 걸음을 옮겼다. 인터넷을 뒤지며 소 식을 확인했다. 아직 올라온 것은 없었다. 기다려야만 했고, 그 시간이 고문과도 같았다. 기다리는 것이 너무도 싫었다. 지금 당장 알고 싶었다.

얼마간의 설득 끝에 마침내 릴리가 창가에서 멀어졌다. 우리 는 불안한 기대 속에 저녁을 보냈다. 가만히 앉아있을 수가 없 었다. 노력은 해봤지만 이내 자리에서 일어나 몸을 움직이고, 할 일을 찾아 헤맸다. 집 안을 서성였다. 거리에서 주행 중인 차

소리가 날 때마다 릴리나 나를 잡으러 온 경찰인 것만 같았다. 현관 앞 어둠 속에 선 채로 경사진 길을 따라 헤드라이트 불빛이 이리저리 움직이며 다가오는 모습을 지켜봤다. 우리를 급습하러 다가오는 차를 보며 숨을 죽였다. 올 게 왔다고, 우리의 끝이 시작되었다는 생각이 들었다. 하지만 매번 차는 우리 집에 이르기 전에 다른 집 앞에 섰고, 그제야 잔뜩 긴장한 턱과 몸에 힘이 빠졌다. 숨을 쉬었다. 릴리 옆으로 가서 앉았지만 멀리서 차 소리가 들리면 다시 현관 앞으로 갔다.

주의를 딴 데로 돌리기 위해 무엇이든 했다. 릴리도 나도 먹지 않을 저녁을 차렸다. 그런 뒤에는 몇 년은 안 닦은 그릇을 대하듯 설거지에 열심히 매달리며 냄비를 철 수세미로 박박 문질러 불안한 마음을 해소했다.

우리가 하는 말이라고는 자기합리화에 급급한 이야기들뿐이었다. "짐 브레이디가 랭리 우즈에서 당신을 봤다고 해서 달라지는 건 없어. 그거로는 아무것도 입증할 수 없다고.", "정당방위에 의한 살인이야, 릴리. 당신은 정당방위를 한 거라고. 정당방위 살인은 형사상의 범죄가 성립하지 않아. 좋은 변호사를 찾으면 돼. 최고의 변호사를." 말을 하는 사람은 주로 나였다. 릴리의 눈은 생기도, 영혼도 느껴지지 않고 텅 비어있었으며 안색은 창백했다. 아내에게 뭐라도—크래커 몇 조각이라도—먹여보려 했지만 아내는 먹으려 하지 않았다. 아내에게 뭐라도 마시게 하고 싶었다. 물 한 잔을 가져다주었다. 물을 건네받은 아내는 고마워했지만 커피 테이블에 물잔을 내려놓고는 손도 대지 않았다.

그러다 어느 순간엔가 나는 이렇게 말했다. "내가 했다고 할게, 릴리. 짐 브레이디가 나를 못 봤을 뿐이지 나도 거기 있었을 수 있잖아." 그런 뒤 말을 이었다. "당신 혼자 한 일이 아니야. 우리가 함께한 일이라고. 릴리, 기억해? 보니와 클라이드처럼." 아내가 미소 짓길 바라며 한 말이었지만 실패했다. 살짝 고개를 끄덕이는 아내가 무엇에 동의한 것인지 알 수 없었다. 우리가 함께 저지른 일이라는 것인지 아니면 아내가 저지른 잘못의 책임을 내가 지겠다는 데 고개를 끄덕인 것인지 헷갈렸다.

나는 소파에 앉은 릴리의 옆으로 몸을 앉혔다. 멍하게 TV를 응시하니 기다리던 뉴스가 나왔다. 헤드라인 뉴스로 랭리 우즈에서 발견된 시체의 신원이 밝혀졌다는 소식이 전해졌다.

릴리의 무릎 위에 놓인 손을 바라봤다. 손톱을 내내 뜯더니 한 곳에서 피가 나고 있었다. 나는 그녀의 손을 잡았다. 얼음장 같았다. 열을 내려고 손으로 아내의 손을 감싸고 문질렀다.

지금 이 순간이 마치 지구 종말 영화 속 한 장면 같았다. 소행성이 지구로 충돌해 오고 우리는 곧 죽게 되리라는 것을 알고 있다. 얼마 남지 않았다. 단지 시간문제일 뿐이다.

다시 TV 화면을 바라보자 제이크의 사진이 등장했다. 니나가 제공했을 사진이었고, 핸드폰으로 사진첩을 뒤지며 경찰에게 줄 사진을 고르는 니나의 모습을 떠올렸다. 힘든 시간을 보내고 있을 니나를 생각해 본 적은 처음이었다. 지금껏 릴리와 내 생각만 했었고, 일하던 중 제이크가 죽었다는 소식을 경찰에게서 듣게 된 니나를 상상하니 순간 울컥한 기분까지 들었다.

사진 속 제이크는 보트에 올라있었다. 파란 강물이 그를 에워싸고 있었다. 사진 속 제이크는 무척이나 편안하고 친근한 얼굴을 하고 있었고, 환한 미소를 짓는 이 남성에게서 그날 숲에서 내 아내를 향해 사납게 달려들던 정신병자를 떠올리는 것이 힘들었다. 동일인이라고 생각하기가 어려울 정도였다.

TV 화면에 랭리 우즈의 주차장에서 생중계하는 리포터가 등장했다. 저녁 시간이었다. 여성은 암흑 속에 서있었지만 카메라 조명 덕분에 그녀 뒤로 숲이 보였다. 리포터의 중계가 이어졌다. "시체는 이 지역의 신경외과 의사인 서른아홉 살 제이콥 헤이스로 밝혀졌습니다. 닥터 헤이스는 어제 아침 머리에 총상을 입고 숨진 채로 발견되었고…….."

사레가 들렸다. 리포터의 얼굴 외에는 모든 것이 희미해졌다. 그녀의 얼굴 외에는 아무것도 보이지 않았다. 귀에서 이명이 울렸다.

"저게 무슨 말이야?" 혼잣말이나 다름없는 질문을 했다. 리모컨을 찾아 손을 더듬거렸다. 리모컨은 릴리와 나 사이에 있었다. 리모컨을 잡았지만 손이 너무 떨린 나머지 바닥에 떨어뜨렸다. 바닥에서 튕겨 오른 리모컨에서 분리된 건전지들이 커피 테이블 아래로 굴러 들어갔다. 몸을 숙인 나는 바닥에서 건전지들을 낚아채고는 작은 용수철이 달린 뒷면 건전지 칸에 밀어 넣었다. 건전지 칸 뚜껑을 달칵, 하고 닫았다. 뉴스를 되감기 했다. 소파 가장자리에 앉아 TV 쪽으로 몸을 기울이며 리포터의 중계를 다시 한번 들었다.

"닥터 헤이스는 어제 아침 머리에 총상을 입고 숨진 채로 발견되었고……."

총상이라니.

내 옆에 앉은 릴리는 맥이 빠진 것처럼 보였다. 믿을 수 없다는 표정으로 아내를 바라봤다. 아내는 속이 메스껍다는 듯, 한쪽 팔로 배를 지그시 누르며 몸을 숙이고 있었다.

입이 벌어졌다. 눈이 번쩍 떠졌다. 나는 손으로 이마를 문질렀다. 내가 방금 들은 내용을 이해해 보려고 도리질을 쳤다.

머리에 총상을 입었다니.

조심스럽게 아내에게 물었다. "총상이라니 무슨 뜻인지 알아?"

릴리는 모르겠다는 듯 고개를 저었다. 아내의 목에서 무언가 치밀어 오르는 소리가 들렸다. 아내는 울음인지 신음인지, 무언가를 참아보려 손으로 입을 막았다. 아내는 고개를 가로저으며 혼잣말 같은 소리를 내질렀다. "아니야, 아니야, 아니야."

"대답해, 릴리." 전보다 단호한 말투가 나갔다. "총상이라니 무슨 뜻이냐고."

"나도 몰라." 릴리가 말했다. 아내가 고개를 돌려 나를 바라봤다. 크게 떠진 두 눈에는 눈물이 차오르고 있었다. 아내가 아까보다 세차게 고개를 내저었다. 격렬한 도리질에 휘날리는 머리카락이 아내의 얼굴을 때렸다.

"돌로 죽인 거였잖아. 총을…… 총을 쏜 거였어, 릴리?"

아내를 향해 믿을 수가 없다는 듯 말했다.

"내가…… 내가 돌로 제이크를 죽인 게 맞아." 아내는 단호하게 말했다. "내가 그랬어. 저 리포터 뭔가 잘못 알고 있는 게 분명해, 크리스티안. 다른 뉴스랑 섞였거나, 검시관이 실수를 한 걸 거야. 저 중 누군가 착각한 거라고." 아내가 내 손을 잡았다. "당신은 내 말 믿어줘야 해."

나는 아내를 빤히 바라봤다. 가운데 가르마를 탄 머리가 보였다. 도드라진 광대뼈와 작은 이마, 둥글고 큰 눈은 일본 애니메이션 속 등장인물을 떠올리게 했다. 나는 아내의 눈을 사랑했다. 짙은 색의 따뜻한 갈색의 두 눈을 볼 때마다 진실함과 선량함을 마주했다.

하지만 만약 그 눈 속에서 내가 미처 보지 못한 것들이 있다면?

나는 이렇게 물었다. "뉴스 리포터나 검시관이 틀렸던 적이 있어?"

릴리의 입이 벌어졌다.

무언가 짓누르듯 가슴께가 무거워졌다. 숨을 쉬기가—충격인지 공포인지—무거운 무언가를 밀어내며 폐를 확장하는 것이 너무도 힘들었다.

금속성의 기분 나쁜 맛이 입안에 감돌았다.

5분 전으로, 아무것도 몰라 행복했던 그때로, 아내가 내게 진실을 말했을 거라고 믿었던 그때로 돌아갈 수만 있다면 하고 바랐다.

니나

욕실에서 나오자 복도에 엄마가 서있었다. 엄마가 거기 있을 거라 전혀 예상치 못했다. 몇 분 전 욕실로 들어갔을 때만 해도 엄마가 자고 있다고 생각했다. 심지어 욕실에서 나온 후에도 엄마를 발견하지 못하고 부딪힐 뻔했다. 엄마의 목소리에 우뚝 자리에서 멈췄다. "어디 나가려고?" 엄마의 질문에 깜짝 놀라 가슴께로 손이 올라갔다.

"엄마. 놀랐어요. 주무시는 줄 알았는데." 내가 말했다.

"어디 가는 거니?" 엄마가 다시 한번 물었다.

"출근이요." 엄마에게 답했다.

"얘야." 자장가처럼 달콤한 목소리로 엄마가 말을 이었다. "출근을 어떻게 하니. 제이크가 죽었는데. 넌 지금 상중이야. 애도 중이라고. 오늘 네가 출근을 할 거라고 생각하는 사람은 아무도 없을 거야."

제이크가 죽었다는 사실은 잊지 않았다. 그저 바쁘게 지낸다면 슬픔의 손아귀에서 벗어날 수 있지 않을까, 슬픔이 나를 놓아주지 않을까 하는 생각뿐이었다.

제이크의 사망은 하나의 마침표였다. 지난 몇 주간 벌어진 일들의 해결이자 끝이었다. 그것이 내게 안도를 주었다. 이제 제이크가 어디 있는지 알고 있다. 더는 그를 찾아다니지 않아도 된다.

내가 아는 거의 모든 사람들이 보낸 문자와 전화로 핸드폰 알림이 쉬지 않고 울렸다. 애도를 표하는 전화나 문자를 하지 않는 유일한 사람은 릴리였고, 이것이 하나의 방증이었다. 때로는 진실은 우리가 하는 말이 아니라 하지 않는 말에 담겨있다.

그날 오후 엄마는 내게 다가와 조심스럽게 말했다. "니나, 네가 준비가 되면 처리해야 할 일들이 있단다. 장례식장에 가서 제이크 장례식을 준비하고 관도 골라야 해. 병원에 전화해서 제이크 사망 소식도 전해야 하고, 생명보험사에도 연락해야 해." 엄마가 우리라고 말해줘서 고마웠다. 나 혼자가 아니다. 엄마와 내가 같이 이 일들을 처리할 것이다. 다만 지금으로서는 제이크의 시체는 살인사건 증거였기 때문에 당장 장례식을 치를 수 없었다.

"지쳐 보이는구나, 니나." 엄마는 손을 뻗어 내 머리카락을 쓸어주며 말했다. "오늘은 아무것도 하지 않아도 돼. 잠깐 침대에 눕는 게 어떻겠니. 눈도 좀 붙이고. 할 일들이야 언제 하든 상관없는 일들이잖니."

엄마 말이 맞았다. 제이크가 죽었다는 사실은 변하지 않을 테니까. 언제 하든 상관없는 일들이었다.

크리스티안

그날 밤 릴리가 잠에 든 후, 나는 총을 찾아 집 안을 뒤졌다.

불은 켜지 않았다. 아내를 깨우는 위험은 감수하고 싶지 않았다. 열 걸음도 채 떨어지지 않은 곳에서 릴리가 잠들어 있는 침실부터 뒤졌다. 서랍장을 살짝 열었지만 그 소리에 릴리가 깨지 않았는지 확인하느라 두 눈은 릴리에게 향해있었다.

손이 들어갈 정도로만 서랍을 열고는 아내의 옷 위아래에 손을 넣어 서랍 구석구석을 더듬었다. 아내의 옷가지들만 손끝에서 느껴졌고, 첫 번째 서랍을 천천히 닫은 후 두 번째 서랍을 열었다. 릴리의 옷 서랍장은 5단이다. 가장 아래 서랍부터 뒤지기 시작한 나는 아래쪽 서랍을 뒤질 때는 들킬 거라는 불안감이 덜했다. 위 칸으로 올라가며 허리를 펼수록 눈에 띄기 쉬운 자세가 되었다. 내가 뭘 하고 있는지 릴리에게 들키고 싶지 않았다.

네 번째 서랍을 열었을 때 릴리가 버둥거렸다. 물 밖으로 던

져져 숨을 쉬지 못하는 물고기가 지느러미를 파르르 떨어대는 것 같았다. 다리와 발 주변으로 하얀색 시트가 엉클어졌고, 나는 아내가 힘들어하는 모습을 지켜봤다. 아내는 자면서 알아들을 수 없는 말들을 중얼댔다. 조심스럽게 서랍을 닫는데, 릴리가 침대에서 벌떡 일어나 앉았다. 초점이 없는 아내의 눈은 아직 의식이 돌아오지 않았다고 아직 잠에서 깨지 못한 상태로 악몽을 꾸고 있다고 말하고 있었다.

아내에게 다가갔다. 아내의 어깨를 살포시 밀며 다시 침대에 눕히자 아내는 본능적으로 옆으로 누워 무릎을 말아 안았다. 이불을 덮어주고는 그 옆에 바로 누운 나는 아내가 고른 숨소리를 내며 잠에 빠지기를 기다린 후, 침대에서 일어나 하던 일을 재개했다. 얼마 후 남아있던 서랍 두 칸도 모두 확인했다. 침대 옆에 있는 탁자를 살폈다. 화장대도 확인했다.

아래층으로 내려가 집 안 이곳저곳을 둘러봤다. 서랍과 수납장 안도 들여다봤다. 의자를 챙겨와 우리 둘 다 한 번도 손댄 적 없던 부엌 찬장 위도 확인했다. 바닥에 설치된 통풍구 뚜껑도 전부 열어봤다. 커다란 꽃병 속 꽃 아래쪽도 살폈다. 아무것도 찾지 못했다.

총을 찾지 못했다.

하지만 내가 총을 못 찾았다고 해서 우리 집에 총이 없다는 뜻은 아니었다.

릴리의 출퇴근용 가방이 차고 문 옆 바닥에 놓여있었다. 갈색 가죽으로 된 토트백은 교과서와 노트북이 들어갈 정도로 컸다. 나는 가방이 있는 곳으로 향했다. 가방 옆에 쭈그리고 앉아 지퍼를 열었다. 가방 안 양쪽 그리고 가방 바깥쪽에도 주머니가 달려있었다. 몇 년 전 생일 선물로 이 가방을 선물했을 때 주머니가 많다며 아내가 마음에 들어 했다. 가죽 가방 안으로 손을 넣어 단단하고 차가운 금속과 비슷한 무언가를 찾아 책, 지갑, 열쇠 꾸러미를 더듬었다.

뒤쪽에서 바스락거리는 소리가 들렸다.

"크리스티안." 아내였다.

자리에서 일어나 천천히 고개를 돌린 나는 눈을 깜빡이며 어둠에 눈을 적응시켰다.

뒤에 서있는 릴리가 보였다. 내게서 열 발자국쯤 떨어진 창가에서 아내는 어슴푸레한 달빛을 받으며 서있었다. 허벅지까지 내려오는 하얀색 얇은 가운을 걸쳤지만 빛이 거의 들지 않아 아내가 반투명한 형체처럼, 마치 유령처럼 보였다. 긴 머리를 늘어뜨린 채였다. 엉킨 머리카락이 얼굴로 쏟아져 내려 눈이 앞머리에 거의 다 가려졌지만 아내는 신경도 쓰지 않았다. 아내의 흰자위만 간신히 보였다. 아내는 손을 등 뒤에 숨긴 채 고개를 비스듬히 기울였다.

나는 아내의 모습에 매력과 공포를 동시에 느꼈다.

"내 가방에서 뭘 찾는 거야, 크리스티안?" 아내가 물었다. 뭔지는 정확히 몰라도 소위 마음을 어루만지는 목소리와는 정반대의 목소리였다. 감미롭고도 달콤한 톤이었지만 위안이나 치유를 전해주는 그런 어조는 아니었다. 내가 아는 한, 아니 내가

415

느끼는 한 어딘가 불길한 구석이 있는 목소리였다.

릴리가 다가왔다. 내 시선은 보이지 않는 아내의 손에 쏠려있었다.

정당방위로 누군가를 돌로 내려쳐 죽이는 일이야 어쩔 수 없이 벌어지는 일이다. 하지만 삼림 보호 구역으로 총을 가져가는 것은 사전에 누군가를 해치거나 죽이겠다는 의도와 계획이 필요한 일이다. 누군가를 냉혹하게 살인하겠다는 뜻이었다. 릴리가 제이크를 해칠 생각으로 그곳에 간 거라면 제이크가 그곳에 올 거라는 걸 릴리도 알고 있었다는 말이다. 그렇게 되면 두 사람이 같은 시간에 그곳에 있었던 것은 우연이 아니다.

어쩌면 제이크가 릴리를 외딴길로 유인해 숲으로 데려간 것이 아닐지도 모른다. 어쩌면 릴리가 제이크를 유인한 것일지도.

여기까지 생각이 미치자 아내에 관해 믿었던 모든 것들이 의심스러워졌다.

"알아야겠어." 나는 숨을 몰아쉬었다. "제이크에게 총을 쐈어, 릴리?"

릴리는 아무 말 없이 나를 빤히 바라봤다.

"그런 거야?" 다시 물었다.

"마음이 아프네, 크리스티안." 마침내 입을 연 아내는 곧 울음이 터질 듯 떨리는 목소리로 말했다. 잘 보이지도 않는 아내의 얼굴에서 고통이 보였다. 아내의 미간에 깊은 주름이 잡혔다. 입꼬리가 아래로 내려가 있었다. 한 걸음 더 다가온 아내의 발걸음이 어찌나 가볍고 무게감이 느껴지지 않는지 자칫 공중에 떠있는 게 아닌가 하는 생각이 들 정도였다. "내가 정말 그런 짓을 했을 거라고 생각하는 거야?" 좀 더 다가온 아내는 내가 마음만 먹으면 닿을 거리에 있었지만, 나는 팔을 양옆에 늘어뜨린 채 움직이지 않았고 아내의 손은 여전히 등 뒤에 있었다.

12시간 전이었다면 아내의 질문에 대한 대답은 '아니'일 것이다. 따뜻하고 사랑스러운 내 아내가 누구의 머리에 총을 쏠 수 있다고 생각하지 않았다.

"대답해." 흔들림 없이 침착한 목소리를 내려고 애썼다. 귀에서 심장 소리가 울렸다. 입으로 숨을 쉴 때마다 가슴이 오르락내리락했다. "당신이 제이크를 쐈어?"

"아니야." 아내는 등 뒤에 두었던 텅 빈 손을 내게 뻗었다.

아내가 까치발을 했다. 아내는 내게 몸을 기대왔지만 내 몸은 딱딱하게 굳어있었다. 아내는 내 목에 팔을 둘렀다. "안아줘." 아내는 내 귓가에 간절하게 애원하며 속삭였다. "안아줘, 크리스티안. 나 지금 너무 무서워." 아내는 내 어깨에 얼굴을 기댔다. 아내의 눈가가 젖어들어가는 것이 느껴졌다. 동동 뛰는 아내의 심장이 가슴께에서 느껴졌다. 아내의 허리로 팔을 두르자 질감이 느껴지지 않을 정도로 얇은 나이트가운이 손바닥에 닿았다. 아내를 반짝 들어 안았다. 아내를 침대에 눕히고 아내가 잠이 들 때까지 안아주었다.

나는 밤새 잠들지 못했다. 잠든 릴리의 모습을 지켜봤다.

그러다 침대에서 나와 침실 한편에 놓인 안락의자에 앉아 아내를 바라봤다.

마침내 천천히 해가 떠오르고 있었다. 햇볕이 우드 블라인드 사이를 비집고 삐죽 들어왔다. 몇 분쯤 흐르자 빛이 점점 더 번지기 시작했다. 처음에는 목재 바닥을 비추던 햇살은 릴리가 이불에 폭 덮여 자는 침대 위로 올라갔다. 얼굴을 비추는 햇살에 릴리가 환한 빛에 휩싸였다.

그제야 나는 침대로 돌아갔다. 아내를 마주하고 누운 나는 순식간에 향수에 젖어 오늘 경찰이 오는 것인지, 한 침대에 누워 내 옆에서 자는 아내를 깨우는 마지막 아침이 될지 생각했다. 우리 둘 다 출근은 생각도 하지 않고 있었다.

릴리는 다시 침대에 누운 나를 감지한 모양이었다. 물론 아내는 내가 침대를 벗어났었다는 사실은 몰랐지만 말이다. 아내는 침대의 흔들림을, 내 무게에 적응하는 매트리스의 움직임을 느꼈다. 아내가 잠에서 깼다.

떨리던 아내의 눈이 떠졌고 이어 자신을 바라보는 내 시선을 마주했다.

"뭘 그렇게 보고 있어?" 잠에서 덜 깬 아내는 우리의 현실을 잊은 듯 행복하게 미소 지었지만 그것도 잠시, 이내 기억이 돌아오자 미소를 거두었다.

"당신 보고 있었지." 아내에게 말했다.

릴리가 내게 기대왔다. 나는 손을 뻗어 아내의 허리를 쓰다듬었다.

"할 말이 있어, 크리스티안." 내 목에 대고 아내가 속삭였다.

나는 몸을 뒤로 물려 아내를 바라보며 물었다. "뭔데?"

릴리가 몸을 일으켜 앉자 나를 내려다보는 자세가 되었다. 무슨 이야기인지는 몰라도 아내는 말을 해야 할지 망설였다. 아내가 창가로 고개를 돌리며 시간을 끌었고 나는 아내의 턱에 손을 대고 내 쪽으로 부드럽게 당겨 눈을 맞추게 했다.

"무슨 일인데, 릴리? 무슨 말을 하고 싶은 건데?"

아내가 입을 열었다. "당신이 내가 무슨 말을 해도 날 사랑하는 마음은 절대 변치 않을 거라고 했었잖아. 그 말 진심이야?"

고개를 끄덕였지만 내 안에서 무언가 달라져 있었다. 릴리도 달라져 있었다.

"당신한테 거짓말했어." 아내가 말했다. "그날 있었던 일, 내가 말했던 것과 달라."

"그랬구나." 길게 늘어뜨려 대꾸하는 동안 심장이 점차 빨리 뛰기 시작했다. "그럼 무슨 일이 있었던 거야?"

"날 여전히 사랑해 줄 거야, 크리스티안?" 아내의 눈이 붉어지며 눈물이 차올랐고, 코를 훌쩍이기 시작했다. "내가 끔찍한 일을 저질렀대도?"

심장이 멈췄다. 나는 몸을 일으켜 세우고 아내의 옆에 앉았다. "무슨 일을 저지른 거야, 릴리? 뭘 한 거야?"

릴리가 내게 해준 이야기는, 좋지 않았다. 하지만 내가 상상했던 상황과는 또 다른 종류의 최악이었다.

누군가 칼로 내 가슴을 찌르고 가슴에 박힌 칼 손잡이를 돌려 후벼 파는 것만 같았다.

만약 한 번이었다면, 자제력을 잃고 그 순간에 휩쓸려 딱 한 번 벌어진 일이었다면, 제이크가 아내를 유혹했다거나 반강제적으로 벌어진 일이었다면, 아내가 술에 취해 정신을 잃은 상황이었다면 덜 괴로웠을까.

하지만 다섯 번이다. 내가 물었을 때 아내는 다섯 번이라 답했고, 다섯 번이면 너무도 많았다. 다섯 번은 자발적이고 의도적이며, 결혼한 남녀의 혼외정사라는 점을 생각하면 사전에 세심한 계획을 거쳐 이루어져야 하는 일이었다. 즉흥적으로 벌어진 일이 아니다. 생각하고 고려해야 할 것들이 많았다. 자신이 사랑을 약속한 배우자에게 걸리지 않는 방법 같은 것들 말이다.

"뭐라고 말 좀 해. 제발." 아내가 애원하며 아랫입술을 꽉 물었다.

릴리를 쳐다볼 수가 없었다. 제이크의 손이 아내를 또 아내의 손이 그를 어루만졌다는 사실을 머리에서 지울 수가 없었다. 구역질이 올라올 것만 같았다.

침대에서 일어나자 릴리가 손을 뻗었다. 등을 돌린 채 걸음을 옮겨 아내의 손이 닿지 않는 곳에 섰다. "어떻게 시작된 일이야?" 내가 물었다.

"그게 중요해?"

"응. 중요해. 나한테는." 등 뒤의 릴리는 말이 없었다. 나는 몸을 돌려 아내를 응시했다. "말 안 할 거야, 릴리? 설명 정도는 내게 해줘야 한다고 생각 안 해?"

세상 모든 외도처럼, 그렇게 시작되었다. 처음에는 별다른 의도가 없이 말이다. 그들은 몇 번 우연히 마주쳤고 커피 한잔하게 되고. 그러다 다음번에는 그리 우연하지 않게 마주쳤다.

"왜 그랬어?" 물었다. "날 사랑한다고 생각했는데, 릴리."

"맞아. 세상 무엇보다 사랑해, 크리스티안."

지금 이 순간만큼은 그 말을 믿기가 어려웠다.

"어디서 그랬어?" 내가 물었다. "여기야? 우리 침대에서?"

"아니야." 릴리가 단호하게 말했고, 아내가 하는 말 중에 어쩌면 내가 유일하게 믿을 수 있는 말일 것 같았다. "여기는 아니야."

"그럼, 어디?" 아내가 침을 삼켰다. 아내의 목이 움직거리는 것이 보였다. "호텔에서 만났어?" 인내심을 잃고 마구 내뱉었다. "제이크 차? 제이크 부부네 집? 어디야, 릴리?"

아내의 표정으로 내가 답을 말했다는 것을 알 수 있었다. 릴리는 제이크와 니나의 집에서 그와 섹스를 했다.

"도대체 어떻게?" 어이가 없었다. 혐오스러웠다.

"니나 어머니한테 니나가 필요할 때가 많아. 가게며 교회며 모셔다드려야 할 일도 많고. 어머니가 외로워했어. 혼자 지내셔서 니나에게 거의 전적으로 의지하고 계셔. 그래서 제이크가 화가 났어. 니나 어머니는 항상 니나가 같이 있어주길, 곁에 있어주길 바랐고 니나는 어머니의 요구를 따랐어. 하지만 니나가 어머니와 있는 동안 제이크는 집에 혼자 있어야 했어."

나는 고개를 저었다. 나는 그런 것을 물은 게 아니었다. 내가 원하는 답이 아니었다. "내 말은 당신이 친구에게 도대체 어떻게 그런 짓을 할 수 있냐는 거였어. 어떻게 나한테 이럴 수가 있어?"

릴리는 울기만 했다.

"집으로 돌아온 니나에게 당신과 제이크의 모습이 발각되지 않을 거라는 건 어떻게 확신했어?" 내가 물었다.

"제이크가 핸드폰으로 니나의 위치를 확인했어. 니나가 어디에 있고 또 언제쯤 집에 올 건지 제이크가 알고 있었어."

"제이크가 니나 위치를 추적한 거야?" 믿을 수가 없어 웃음이 터졌고 곧바로 웃음을 거두었다. 아내를 향해 미간을 찌푸렸다. "미쳤네, 릴리. 진짜 미쳤다고." 머리를 쓸어 넘기며 그 주말의 오후들을 떠올렸다. 릴리는 일이 있다고 나갔지만, 내게 말한 것처럼 장을 보러 가거나 요가 수업을 들은 게 아니라 제이크를 만나기 위해 몰래 빠져나갔던 그 오후들을 말이다. 릴리는 니나가 어머니를 돌보러 자리를 비운 사이에 혼자 집에 남은 제이크를 만나러 간 것이었다.

릴리에게 물었다. "그날 랭리 우즈에서 정확히 무슨 일이 있었던 거야? 사실은 우연히 제이크를 마주쳤던 게 아니지?"

"응." 아내가 인정했다. "내가 거기서 만나자고 했어. 더는 그 사람과 관계를 이어가고 싶지 않았어, 크리스티안. 내가 함께하고 싶은 사람은 당신뿐이야." 릴리는 침대 위에서 무릎을 꿇었다. 손을 뻗어 내 셔츠를 한 움큼 잡아 자신 쪽으로 당겼다. "내가 실수했어. 멍청한 짓을 했어, 크리스티안. 내가 잘못했어. 몇 주나 후회했지만 제이크한테 이제 관계를 정리하고 싶다는 말을 어떻게 해야 할지 몰랐어. 없었던 일로 할 수 있다면, 애초에 시작조차 하지 않았다면 하고 얼마나 바랐는지 몰라. 그날 삼림 보호 구역에서 제이크에게 만나자고 했어. 내가 할 말이 있다는 것만 알았지 무슨 일로 만나자고 하는지 제이크는 몰랐어. 제이크한테 그 사람과 내가 하던 게 뭐였는지는 몰라도 이제 다 끝났다고 말했어. 내가 함께하고 싶은 사람은 당신뿐이라고도 말했어. 그랬더니 그가 화를 냈어, 크리스티안. 불같이 성을 냈어. 이성을 잃었어. 나를 쓰러뜨리고는 창녀라고 부르며 내가 온갖 신호를 보내며 자신을 꾀었다고 말했어. 너무 무서웠어."

아내는 눈물을 흘리며 털어놓았고, 아내를 안쓰러워할 이유가 없었음에도 조금은 마음이 안 좋았다. "나는 패닉에 빠졌어." 아내가 말을 이었다. "그 뒤에 벌어진 일은 내가 말했던 그대로야." 아내가 맹세하며 그러니 좀 도와달라고 말했고, 나는 웃음을 터뜨렸다. 웃음이 나올만한 상황이 전혀 아닌데도 정신이 나간 사람처럼 웃어댔다. 자신이 말했던 그대로라니. 이 말이 웃겼다.

나는 미간을 찌푸렸다. "나한테 거짓말했잖아, 릴리."

"몇 가지는, 그래. 맞아. 하지만 전부 거짓말은 아니었어. 제이크가 날 죽일 것 같았고, 시야 한편에 돌이 보였어. 돌을 집으려고 손을 뻗었어. 땅에서 파낸 돌로 제이크를 내려쳤어. 멈출 수가 없었어. 계속해서 돌로 내려쳤어. 그가 날 막으려 했어. 둘이서 몸싸움을 벌이다 결국 그가 쓰러졌고 나는 도망쳤어. 하지만 크리스티안, 우리 아기의 목숨을 걸고 맹세코 난 그 사람을 쏘지 않았어." 아내가 내 손을 꼭 붙들며 이야기하는 와중에 아래층에서 초인종 소리에 이어 누군가 문을 두드리는 소리가 들렸고, 겁에 질린 릴리의 눈이 커졌다.

"제발 날 믿어야 해, 크리스티안." 사정하던 아내는 갑자기 찌릿한 통증이 전해지는 듯 배를 움켜잡고 몸을 숙이며 신음했다. "나는 그 사람을 쏘지 않았어." 두려움과 통증으로 아내는 손톱이 내 손에 박힐 정도로 꽉 움켜쥐었고, 내 피부 위로 자국이 남았다. "분명 다른 사람이 쐈어."

니나

라이언이 벌써 세 번이나 전화했다. 음성 메시지 세 개와 문자 두 통을 남겼다. 그는 내가 괜찮은지 알고 싶어 했다. 필요한 것은 없는지 알고 싶어 했다. 결국 플로리스트에게 연락해 내게 꽃을 보낸 사람의 이름을 알아낸 분 경관에게서 이야기를 들었다. 범인은 라이언이었다. 놀랄만한 일도 아니었다.

"제발, 니나." 마지막 음성 메시지에서 그는 사정했다. 그의 목소리에는 안타까움과 더불어 다른 무언가가 섞여있었고, 그것이 정확히 뭔지는 몰라도 나를 불편하게 만드는 것만은 분명했다. 불쾌해져서 자리에서 일어나 엄마 집의 창가로 다가가 커튼을 모두 닫았다. "걱정이 돼서 그래요. 니나가 이 시간을 이겨내는 데 제가 어떻게 도울 수 있을지 알려줘요. 언제든 제가 있다는 거 잊지 마요."

여기까지 들은 후 핸드폰 연락처에서 그를 찾아 차단했다. 이제 그가 전화를 걸어도 핸드폰이 울리지 않을 것이고 메시지를 보내도 알림이 오지 않을 것이다. 다만 그를 차단하기 전에 그가 남긴 문자 두 통 중 하나를 읽고 말았다. 어디 있어요, 니나?

엄마의 주소는 전화번호부에 등록되어 있다.

라이언은 지금 내가 집에 있지 않다는 것을 안다.

그가 나를 찾아내는 것은 결국 시간문제인 것 아닐까.

* * *

하루 그리고 이틀이 지났다. 배우자가 죽으면 특히나 배우자가 살해당한 거라면 해야 할 일이 많았다. 엄마와 나는 장례식장에 가서 경찰에게 시신을 인계받은 후 진행될 제이크의 장례식을 준비했다. 나는 관을 골랐다. 묘 터도 정했다. 병원과 제이크의 진료실에도 전화해 소식을 전한 나는 수화기 너머에서 흐느끼는, 얼굴도 모르는 사람들을 달래주어야 했다. 엄마가 다시 알려준 덕분에 생명보험사에도 연락했다. 사망보험금 청구 절차를 시작하기 위해서는 서류를 작성하고 제이크의 사망 진단서 사본을 전달하고, 보험금 지급을 요청해야 했다. 처리해야 할 일이 너무나 많았고 엄마가 있어 다행이었다. 엄마가 아니었다면 아무것도 처리하지 못했을 터였다.

누군가 내 몸을 가르고 장기를 뜯어낸 것처럼 속이 텅 빈 것 같았다. 경찰관들이 찾아와 끝도 없이 질문을 해댔지만, 사실 상황은 비교적 명백했다. 릴리가 한 짓이었다. 릴리는 아니라고 말했지만 그녀가 범인이다. 릴리는 제이크와의 외도를 자백했고, 제이크가 사망한 채로 발견된 장소에서 그와 다툼을 벌였다고 인정했지만 총을 쏜 사람은 결코 자신이 아니라고 한사코 주장했다. 릴리는 본인이 그러지 않았다는 사실을 입증하기 위해 경찰에 거짓말 탐지기 수사를 요청했지만, 거짓말 탐지기가 늘 정확한 것도 아니고 법정에서 실제 증거로 인정받는 경우도 적었다. 탐지기 결과, 릴리가 제이크를 쏘지 않았다고 나온다 해도 나는 그 결과를 믿지 못할 것 같았다.

경찰은 살인죄로 릴리를 체포했다. 보석 심리가 열리기 전까지 48시간 동안 릴리는 교도소에 갇혀있었고, 나는 릴리가 평생 교도소에서 나오지 않길 바랐다. 보석금이 100만 달러로 책정되었다. 영장을 받은 경찰이 총을 찾기 위해 릴리의 집을 대대적으로 수색했다는 이야기를 들었다. 총은 나오지 않았지만 제이크가 사망한 후 릴리가 총을 처리할 시간은 충분했다. 어딘가에 총이 있을 터였고 그곳이 어디인지는 릴리와 크리스티안이 알 것이다.

하지만 총이 없다 해도 릴리를 유죄로 만드는 불리한 증거들이 많았다. 짐 브레이디가 그곳에서 그녀를 목격했다. 검시관이 작성한 보고서에 따르면 제이크의 몸에서 릴리의 피와 침, 피부 세포와 머리카락 같은 물적 증거가 나왔다고 한다.

거의 매일 밤 나는 온갖 방법으로 릴리의 인생을 철저히 부숴버리는 상상을 했다.

우울함에 빠져 무엇에서도 기쁨을 느끼지 못했다. 늘 피곤했다. 잠을 자는 것 외에는 아무것도 하고 싶지 않은 나를 엄마는 내버려뒀지만, 한 번씩 동굴같이 어두운 내 방에 들어와 블라인드를 열었고, 그럴 때면 나는 빛을 극도로 싫어하는 뱀파이어처럼 얼굴을 찡그리며 몸부림쳤다. 엄마가 방을 나가면 나는 다시 블라인드를 닫고 이불 속으로 기어들어 갔다.

내가 우리 집에 돌아갈 수 없는 상황은 아니었다. 경찰이 우리 집에서 해야 할 일들은 모두 마쳤고, 이제 집은 온전히 내 것이 되었다. 하지만 그곳에 돌아가고 싶지 않았다. 제이크가 다시는 집에 오지 못한다는 것과 릴리와 제이크가 그곳에서 무슨 짓을 벌였는지를 알게 된 이상, 그 집에 머물고 싶지 않았다.

"집을 파는 것도 방법이야." 음식을 입에 대지도 않는 내게 엄마는 아기를 대하듯 침대 옆에 앉아 계속해서 수저로 음식을 떠먹여 주며 이런 이야기를 했다. "아니면 이 집이랑 그 집을 모두 팔고, 다른 곳으로 이사해 함께 지내는 방법도 있고." 마음에 들었다. 제이크가 없어진 지금, 이 지역에 굳이 머물 이유가 없었던 우리는 어느 곳으로 떠날지 이런저런 상상을 했다. 이제 나를 사랑하는 사람은 엄마뿐이다. 내게 남은 사람은 엄마뿐이다.

"상황은 좀 그렇지만." 어느 날 밤인가 침대에 누운 내 옆에 앉아 엄마가 말했다. "이런 생활이 좀 좋기도 해. 옛날로 다시 돌아간 것만 같아." 사실이었다. 내 남편이 죽었다는 사실에도 불구하고 옛날로 돌아간 기분이었다.

어느 날 오후 나는 엄마의 소파에 앉아 거실 창에 달린 하늘하늘한 커튼 너머로 바깥을 바라보고 있었다. 엄마는 이불을 빨아야 한다며 나를 침실에서 내쫓았다. 엄마가 나를 침실 밖으로 나가게 할 구실을 만들었다는 것은 알고 있었지만 나름 효과가 있었다. 몇 시간 침실을 나와있는 것만으로도 기분이 좀 나아졌다. 기분을 전환할 요량으로 샤워도 했다. 깨끗한 옷으로 갈아입었다.

창밖을 내다보는 데 집배원의 트럭이 다가오는 것이 보였다. "우편물 챙겨 올게요." 갑자기 신선한 공기를 마시며 몸을 좀 움직이고 싶다는 생각에 엄마를 향해 외쳤다. 현관 밖으로 한 발 내딛고는 뒤로 손을 뻗어 현관문을 당겨 닫았다. 햇볕에 눈이 부셨다. 어두운 집에서만 며칠 지내다 보니 해가 너무 밝게 느껴졌다.

주변을 살피며 우편함으로 향했다. 엄마가 사는 동네는 1970년대에 머물러 있었다. 집들이 비교적 작았고, 드문드문 2층짜리도 보였지만 대부분은 엄마 집처럼 단층이었다. 전체 부지가 31평을 갓 넘는 엄마의 집은 가장자리가 갈색으로 마무리된 노란 벽돌집이었다. 집 외관은 지난 40년간 그리 변하지 않았다. 오래된 동네라 나무들은 전부 커다란 성목이었지만 나무 자체가 그리 많은 것은 아니었다. 마을을 조성하기 전에 땅을 전부 밀었기 때문이라고 생각했다.

주변 경계를 늦추지 않고 진입로를 따라 걸어나갔다. 거리는 놀라울 정도로 조용했다. 이상할 정도로 고요했다. 주변에는 사람 한 명 보이지 않았다. 아이들은 전부 학교에 가있었다. 사실 나도 학교에 있어야 했다. 공식적으로 경조 휴가는 끝난 상태였고 지금은 무급 휴가를 받은 것이었다. 학교로부터 4일의 휴가를 받았고 또 남편의 죽음을 애도할 시간으로 4일이 주어졌다. 흥미로운 것은 고용주가 경조 휴가를 보장해야 한다는 법은 없었다. 전에는 몰랐던 내용이지만 이제는 알게 되었다. 내가 속한 학구에서 제공한 4일의 휴가는 꽤 후한 편이었다. 4일 동안 장례식을 준비하고, 친구와 지인에게 연락을 돌리고, 가능하다면 시신을 묻고, 사망 진단서를 떼고, 사망보험금을 청구하고 그 사이사이 애도도 해야 한다. 나흘은 결코 충분하지 않았지만, 아무리 많은 시간이 주어져도 충분하다고 느낄 수 있을지는 모르겠다. 학교로 돌아가고 싶었지만 사람들이 나를 어떤 시선으로 바라볼지 상상이 되질 않았다. 엄마는 서두를 것 없다고 말했다. 돈이 걱정되었지만 엄마는 제이크가 남긴 재산이 많고 사망보험금도 나올 것이기에 걱정할 것 없다고 앞으로 몇 년은 괜찮을 거라고 말했다.

릴리는 보석금을 내고 풀려났지만 법원이 제시한 조건상 나와는 어떠한 소통도 할 수가 없었다. 릴리가 아직 연락을 취해오지는 않았지만 앞으로도 그러지 않으리란 법은 없었다.

나는 우편함으로 다가갔다. 검은색 작은 문을 열어 손을 넣은 후 우편물을 꺼냈다. 하루치라고 보기에는 우편물 양이 많았다. 지난 며칠간 엄마가 우편물을 챙기지 않은 것 같았다. 지난 며칠 동안 하루하루가 어떻게 지나갔는지 기억이 나질 않았다.

우편물들을 획획 넘겨보며 확인했다. 그중 봉투 하나가 내 눈을 사로잡았고 진입로를 지나 현관으로 가는 길에 우뚝 걸음을 멈추고 그것을 바라보았다. 봉투에는 **교통 신호 위반 통지서**라고 적혀있었다.

보통 때라면 엄마에게 온 우편물을 열어보지 않았겠지만 엄마가 운전하지 못하는 상황이었기에 열어볼 수밖에 없었다. 엄마가 차량을 소유하고는 있었지만 아직 팔지를 못해서 갖고 있는 것뿐이었다. 현재 엄마 차는 차고에 가만히 들어앉아 먼지를 뒤집어쓴 채로 처분되기를 기다리고 있는 처지였다. 누군가 실수를 한 것 같았다.

집으로 들어와 손가락을 봉투 입구 사이에 밀어 넣었다. 봉투를 뜯어내다 여의치 않자 찢어버렸다. 열린 틈으로 내용물을 꺼낸 후 종이를 펼쳐 천천히 읽어 내려갔다.

위반 사실 통지. 과태료 부과서의 제일 위에는 이렇게 적혀있었다. **교통 신호 위반 단속 시스템**이라는 글자가 눈에 들어왔다. 단속 카메라로 잡아 과태료 부과서를 우편물로 보낸 것이었다. 착오였을 거라고 생각했지만 이내 엄마 차가 찍힌 흐릿한 사진 두 장이 보였다. 위반 전후를 찍은 사진에는 정지 신호에 좌회전하는 엄마 차가 보였다. 엄마 차의 뒤쪽을 확대한 또 다른 사진에는 차량 제조사와 모델, 번호판까지 찍혀있었다.

누군가 엄마 차를 빌렸거나 차고에서 훔쳐 난폭하게 차를 몰았을 거라는 생각이 들었지만, 부과서 하단 구석의 네 번째에 있는 저화질 흑백 사진 하나가 보였다. 신호등 위에 달린 카메라로 찍은 사진에는 전면 유리창 너머로 핸들에 턱이 살짝 가려진 엄마의 얼굴이 보였다.

위반 일자: 9월 17일
위반 시각: 오후 2시 18분

위반 장소도 나와있었다. 처음에는 그리 대수롭지 않게 생각했다. 신호를 어디서 위반했는지는 중요하지 않았다. 다만 그보다 더 큰 문제는 엄마가 운전할 정도의 시력이 결코 아닌데도 운전을 했다는 거였다. 엄마는 도대체 무슨 생각으로 운전을 했던 걸까?

자칫 엄마가 죽을 뻔할 수도 있었다. 혹은 다른 누군가를 죽였을 수도 있었다.

복도 끝에서 걸어오는 엄마의 발소리가 들렸다. "뭐 반가운 편지라도 있어?" 코너를 돌아 나온 엄마는 내가 있는 거실로 와 걸음을 멈췄다.

"글쎄요." 고개를 돌려 엄마를 바라봤다. "아직 안 봤어요."

걸음을 옮겼다. 엄마가 서있는 거실 한가운데로 향했다. 과태료 부과서는 빼고 나머지 우편물을 엄마에게 건넸다. 우편물을 받아 든 엄마는 시선을 내려 봉투들을 빠르게 살폈다. 봉투 겉면의 글자를 읽는 엄마를 지켜본 지 5초 그리고 10초가 흘렀다. 엄마의 눈동자가 왼쪽에서 오른쪽으로 움직이다 글자를 볼 만큼 시력이 좋지 않다는 사실이 뒤늦게 떠올랐다는 듯 눈동자의 움직임을 멈췄다.

엄마의 시선이 천천히 정면으로 향했다. 나와 눈이 마주쳤다. 헛기침한 엄마는 노력했지만 역시 안 된다는 듯 고개를 저었다.

내게 우편물을 다시 내밀며 말했다. "어디서 온 우편물인지 엄마한테 네가 그냥 말해줄 수 있을까, 니나? 엄마가 눈이 잘 안 보이잖니. 글자들이 전부 흐릿하게만 보이는구나."

"그럼요. 죄송해요, 엄마. 제가 생각이 짧았어요." 엄마에게서 우편물을 받아 전기 사용료, 케이블 요금 통지서를 휙휙 넘겼다.

"그런데, 그건 뭐니?" 엄마가 내 손에 들린 봉투를 가리키며 물었다.

"과태료 부과서가 왔어요, 엄마." 순간 몸이 확 달아오르고 공기가 답답하게 느껴졌다. "정지 신호 어겼다고요."

엄마는 반박하려 들지도 않았다. 사진 속 여성이 자신이 아니라고 주장하지 않았다. 누가 봐도 엄마였으니까. 내가 말하길 기다린다는 것처럼 가만히 서있을 뿐이었다.

"엄마 아직 운전할 수 있어요?" 내가 물었다.

엄마는 어깨를 으쓱했다. "컨디션이 좋은 날도 있고 나쁜 날도 있어." 엄마는 이렇게 넘어가 보려 했다. 하지만 내가 알기로는 황반변성은 퇴행성 불치병이다. 진행을 늦출 수는 있어도 나아질 수는 없기에 하루하루 증상이 같거나 악화된다.

"엄마가 운전을 할 수 있을 거라고 생각 못 했어요. 그래서 어디 가야 할 때 내가 필요했던 거라고요."

"자주는 안 해." 엄마가 말했다. "거의 안 한단다. 식료품점에서 뭘 좀 사와야 했었어, 니나. 넌 학교에 있었고. 급한 거였어."

"그렇게 급하게 필요했던 게 뭐였어요?" 주말마다 엄마를 마트에 모시고 가서 장 보는 일을 도왔기 때문에 이렇게 물었다.

엄마가 말을 바꿨다. "그렇게 급했다는 건 아니야. 그런 뜻이 아니었어. 널 귀찮게 하기 싫었다는 거지. 네가 퇴근하고 우유를 가져다주러 올 것까지는 없잖아."

"우유라니. 그렇게 필요했다던 게 그거였어요? 우유요?"

"베이킹 중이었어. 만들어 놓은 게 아까워서 그랬어."

"하지만 지금껏 저한테는 눈이 안 좋아 운전을 할 수 없다고 했잖아요."

"그래서 지금 무슨 말을 하려는 거니, 니나?" 엄마가 물었다. 내가 아무 대꾸도 하지 않고 빤히 쳐다만 보자 엄마는 다시 물었다. "내가 거짓말을 한다고 생각하는 거니? 지금껏 널 속였다고? 병원에 나랑 함께 다녔잖아, 니나. 의사가 검사도 했고 진단도 내렸잖니." 그랬다. 엄마 말이 맞다. 의사가 엄마의 동공을 확장시킨 뒤 팔에 조영제를 주사했다. 혈관을 통해 눈에 도달한 조영제로 황반 밑 혈관의 누출을 확인하는 검사였고, 실제로 혈관이 새는 것을 발견했다.

하지만 엄마의 시력을 검사할 때는 의사는 암슬러 격자 검사를 시행했다. 엄마의 대답에만 전적으로 의존하는 검사를 진행했던 터라 어쩌면 엄마는 내가 생각했던 것만큼 시력이 나쁜 게 아닐지도 모른다는 생각이 들기 시작했다. 엄마는 독립적인 편이었지만 의사에게서 황반변성 진단을 받고 나서는 거의 하룻밤 새 내가 없이는 생활이 안 될 정도가 되었다. 이전에는 몇 주나 얼굴을 못 보고 지냈을 때도 많았다. 그래서 내가 자유 시간을 자신이 아니라 엄마와 보내는 데 제이크가 크게 언짢아했다.

하지만 병을 진단받은 이후로는 엄마와 이틀 이상 안 보고 지낸 적이 거의 없었고, 엄마를 못 보는 날이 길어질 때면 항상 내가 엄마에게 가봐야 할 일이 생겼다.

"솔직히 말하자면." 엄마가 말을 이었다. "내가 운전을 하지 말았어야 했어. 봤잖니? 정지 신호도 못 보고 지나가는 거."

"더 조심해야 해요. 엄마가 다치는 일이 벌어졌을 수도 있고 다른 사람을 다치게 했을 수도 있잖아요."

엄마를 두고 그 자리에서 벗어나 햇빛이 들지 않는 어두운 복도로 걸음을 옮기던 나는 교통 신호 위반 일자가 제이크의 사망일과 같다는 생각을 멈출 수가 없었다.

방에 들어와 핸드폰으로 지도를 켰다. 엄마가 신호를 위반했던 교차로를 입력했다. 지도를 확대했다. 엄마가 우유를 구매하는 식료품점은 넉넉잡아 집에서 1.6킬로미터 거리였다. 날이 좋을 때는 엄마가 걸어서 다녀오기도 하는 곳이다.

엄마가 신호를 어긴 교차로는 집에서 24킬로미터 넘게 떨어져 있었다. 교차로 위치를 확인한 나는 몸이 굳어버렸다. 뻣뻣하게 굳은 채 침묵했다. 숨도 쉴 수 없었다. 갑자기 내 몸이 존재하지 않는 것 같았다. 몸도 마음도 무감각한 상태가 되었다.

엄마가 지나친 신호등은 제이크의 병원에서 두 블록 떨어진 곳에 있었다. 과태료 부과서에 첨부된 사진들을 다시 확인했고, 그중 정지 신호에 좌회전하는 사진을 자세히 들여다봤다.

엄마 앞에 있는 차가 다는 보이지 않아도 제이크 차라는 것을 알아보기에는 충분했다. 그날 제이크가 어디를 가는 길이었는지는 몰라도 엄마가 그를 따라갔었다. 엄마는 제이크를 못마 땅해했다. 그리고 그 사실을 그리 숨기지도 않았다.

불가능한 일이라고 생각했다. 엄마는 사람을 죽이기는커녕 해치지도 못할 거라고 생각했다.

하지만 그러고 보면 나는 릴리도 그런 짓을 벌일 수 있는 사람이라고 생각하지 않았다.

* * *

엄마는 나에 관한 것이라면 무엇이든 알고 있었고, 거기에는 금고 비밀번호도 포함이었다.

혹시 모를 응급상황이나 제이크와 나 모두에게 무슨 일이 생길 때를 대비해 금고 여는 법을 아는 사람을 한 명 두는 편이 신중한 처사라고 생각했다. 우리는 금고에 현찰을 보관했다. 사회보장 카드와 금융 관련 서류들, 여권과 유언장을 보관하는 장소였다. 그리고 그곳에 총도 보관했다.

엄마는 차고 비밀번호도 알고 있었다. 내 업무 일과도. 내가 언제 집을 비우는지 아는 엄마는 내가 없을 때 집에 들어와 충분히 총을 챙길 수 있었다.

엄마가 잠이 든 밤, 나는 할 수 있는 만큼 집 안을 뒤지며 제이크의 총을 찾아다녔다. 찾을 수가 없었다. 다음 날 엄마가 샤워하고 있을 때 엄마의 방을 수색했다.

욕실에서는 여전히 물소리가 들렸고, 나는 벽에 걸린 열쇠 걸이에서 엄마의 자동차 키를 챙겨 재빨리 차고로 향했다.

차고 문을 열었다. 차 문을 열고 운전석에 앉았다. 먼저 글로브 박스와 센터 콘솔을 살펴본 후 시트 아래로 손을 최대한 넣어 쓸어보기도 했다. 엄마가 샤워를 마치고 나와 나를 찾기까지 얼마나 시간이 남았는지 알 수 없었기에 빠르게 움직였다.

차 안에서 버튼을 눌러 트렁크 문을 열었다. 차에서 내려 뒤쪽으로 간 나는 트렁크를 뒤졌지만 성에 제거기와 점퍼 케이블 등 잡동사니 외에는 아무것도 보이지 않았다.

스페어타이어가 보관된 트렁크 바닥 매트를 들어 올렸다. 그 안을 확인하고는 몸서리를 치며 뒷걸음질 쳤다.

이내 아침으로 먹은 음식물이 역류했다. 너무도 갑작스러웠다. 조금의 경고 같은 것도 없었다. 토사물을 막아보려고 손으로 입을 막았지만, 결국 허리를 숙인 채 차고 바닥에 속을 게워내고 말았다. 스페어타이어 보관함에 있는 총을 본 탓이었다.

억지로 몸을 일으켜 바로 섰다. 다시 차로 다가갔다. 총을 집어 들었다. 총을 쥔 채로 이리저리 살피다 총구를 위쪽으로, 내 얼굴을 향해 겨누었다.

총을 잡아본 것이 처음은 아니었지만 총신을 마주한 건 처음이었다.

제이크가 죽기 전 마지막으로 본 장면이 이것이었을까.

이 총신 안 어딘가에 자리한 탄환과 공 그리고 이를 제어하는 스프링 장력을 떠올렸다. 방아쇠만 당겨지면, 공이만 풀리면 끝이다. 탄약의 추진제가 연소하고 탄환이 팽창하면 발사된 총알은 빠르게 회전하며 곧장 내 얼굴로 날아들 터였다.

총알이 얼굴을 뚫을 때 제이크는 어떤 기분이었을까?

멀리서 문이 열리는 소리가 들렸다. 시야가 조금씩 넓어졌다. 엄마가 나온 모양이었다. 내가 고개를 드는 것과 동시에 엄마가 휙 놓아버린 덧문이 쾅 소리를 내며 닫혔다. 짧게 난 콘크리트 보행로를 걸어오는 엄마는 열려있는 차고와 차 트렁크 뒤에 선 내게 시선을 고정했다. 머리칼이 젖은 엄마는 궁금하다는 듯 고개를 살짝 기울였다.

"날이 추워지고 있어, 니나." 엄마가 카디건을 여미며 소리쳤다. "외투도 안 입고 있구나, 애야. 안으로 들어오렴. 우리 같이 따뜻한 코코아 마시면서 몸 좀 녹이면 어떻겠니."

떨리는 손으로 총을 쥐었다. 총을 엄마에게 보여주었다. 내가 총을 찾은 것에 별로 놀라지 않았다는 듯 엄마는 아무런 동요도 감정도 보이지 않았다.

목소리가 떨렸다. "무슨 짓을 한 거예요, 엄마?"

엄마는 이 일을 목격한 이웃들이 없는지 주변을 살피고는 입을 열었다. "들어가자, 니나. 들어가서 이야기하자."

엄마의 뒤를 따라 보행로를 지나 집으로 들어가는 내내 입안에서 여전히 토사물 맛이 느껴졌다. 열린 트렁크도 차고 바닥의 토사물도 그대로 두고 나왔다. 총은 내 손에 있었다.

주방에서 엄마가 주전자에 물을 채우고 가스레인지에 올린 뒤 가스 불을 켜는 모습을 지켜보자니 속이 메슥거렸다. 엄마는 찬장을 열어 머그잔 두 개를 꺼냈다. 내게 등을 보인 채로 말했다. "제이크는 바람을 피우고 있었어." 따뜻한 코코아 한 잔이면 다 괜찮아질 거라는 듯, 엄마는 팬트리로 가서 스위스미스 코코아 가루와 마시멜로 봉투를 챙겼다.

나는 엄마 건너편에 멀찍이 떨어져 나긋나긋하게 움직이는 엄마의 뒷모습을 바라봤다.

"알아요." 낮게 중얼거렸다. 구역감이 밀려오는 것 같았다. 싱크대로 향했다. 찬물을 틀었다. 잠시 물을 틀어놓고는 이내 차가운 물을 손에 받아 얼굴을 적셨다. 입을 헹구고 싱크대에 물을 뱉어냈다. 엄마는 몸을 돌려 내가 하는 양을 지켜봤다. "어떻게 알았어요?" 젖은 얼굴로 허리를 펴고 서서 엄마에게 물었다.

엄마는 내게 수건을 건넸다. "엄마들은 원래 다 안단다. 내가 처리해 준 거야, 니나. 너에게는 제이크가 없는 편이 더 나아."

"정확히 뭘 어떻게 한 거예요?"

"숲속으로 제이크를 따라갔어. 제이크를 미행했던 게 처음도 아니었고. 뭘 하고 다니는지 알아야 했거든. 널 위해서 말이야. 제이크가 저지른 행동에 대해서 책임을 물을 사람이 필요하잖아. 그날 오후에 제이크와 그 여자 사이에 일어난 일을 지켜봤지. 그 여자가 도망친 후 제이크에게 일어나라고 했어. 총을 겨눈 채로, 움직이라고, 숲속 더 깊은 곳으로 가라고 해서 거기서 죽였어. 네 아빠가 바람을 피웠던 거 기억하니, 니나? 네 아빠는 떠나면서 우리에게서 모든 것을 앗아갔었잖아. 알고 있지? 기억하지?"

나는 고개를 끄덕였다. 담즙이 역류했고 또 구역질이 나올 것 같았다. 나는 싱크대에 몸을 숙인 채로 엄마의 이야기를 들었다. "그 일 이후로 집세를 낼 수도 없었어. 그래서 내가 그토록 싫어했던 이 작은 집으로 이사했고 그러고도 대출금을 갚지 못할까 봐, 은행에 집을 뺏기게 될까 봐 늘 전전긍긍했지. 이 집을 잃게 될까 봐, 우리가 노숙자가 될까 봐 항상 걱정이었어. 네 아빠는 양육비를 부담해야 마땅했지만 한 번도 그러지 않았고. 위자료도 마찬가지였어. 나는 야간 근무를 해야 했지. 먹고살려면 시간이 될 때마다 추가 근무도 해야 했고. 난 내가 겪었던 일을 네가 겪지 않길 바랐어."

나는 경악한 채 싱크대를 짚고 몸을 일으켰다. 손등으로 입을 닦았다. 엄마가 내 팔을 잡아주려 손을 뻗었다. 엄마의 손을 피하며 뒷걸음질을 쳐 핸드폰을 가지러 갔다. "제 몸에 손대지 마요." 엄마에게 말했다.

"지금 뭘 하려는 거니?" 식탁 위에 놓인 핸드폰을 낚아채는 나를 보며 엄마가 물었다.

"경찰에 신고할 거예요. 전화해서 엄마가 무슨 짓을 벌였는지 다 말할 거예요."

엄마는 슬퍼 보였고, 마음을 다친 듯 보였다. "정말 그럴 생각은 아니지? 난 네 엄마야, 니나."

"못 할 것 같아요?" 내가 물었다. "엄마는 내 남편을 죽였어요."

"널 위해서였어, 니나. 넌 제이크가 없는 편이 훨씬 잘 살았을 거야. 생각해 보렴." 엄마가 말을 이었다. "그 큰 집도 네 차지가 되었고 조금 있으면 제이크 사망보험금도 받게 될 거야. 앞으로 부족함 없이 살 수 있어. 게다가 니나, 그 여자가 네 남편이랑 외도를 저지르고 있었잖니. 미칠 것 같지 않니? 화도 안 나? 그 여자도 본인이 한 짓에 벌을 받아야 한다고 생각하지 않아? 그 여자만 아니었어도 이런 일은 벌어지지 않았을 거라고."

미칠 것 같았다. 화가 났다. 내가 아픈 만큼 릴리도 아프길 무엇보다 바랐다. 릴리가 고통받길 바랐다. 그녀가 사랑하는 모든 사람에게서 멀어져 홀로 교도소에 갇히길 바랐다.

하지만 제이크를 죽인 사람은 릴리가 아니었다.

"눈이 안 보인다는 것도 거짓말이었어요, 엄마? 그래야 내가 엄마를 돌볼 테니까? 그래야 우리가 같이 있을 시간이 많아지니까?"

"거짓말이 아니었어." 엄마는 반박했다. "너도 의사 선생님 말씀 들었잖아, 니나. 같이 있었잖아."

"하지만 우리가 생각했던 것만큼 눈이 안 보이는 건 아니잖아요. 혼자 운전해서 식료품점에 다녀올 수 있는 정도고요." 외할머니가 황반변성을 앓았었다. 엄마가 할머니를 모시고 병원에 다녔다. 엄마는 실제보다 시력이 안 좋은 것처럼 보이려면 의사와 내 앞에서 무슨 말을 해야 하는지 정확히 알고 있었다.

"언젠가 시력을 잃게 될 거라고 의사가 말했잖니."

"네, 언젠가요. 하지만 지금은 아니고요."

"지금까지 늘 우리 둘뿐이었어, 니나." 엄마가 어르듯 말했다. "지난 몇 달간 함께 보낸 시간이 내게 얼마나 특별했는데. 내가 너를 얼마나 그리워했는지 깨달았단다."

"무슨 말이에요, 엄마? 저는 항상 엄마 곁에 있었어요."

"아니야, 아니었어. 넌 제이크와 함께였지. 결혼하고 엄마는 완전히 잊어버렸잖니."

"안 그랬어요. 그런 적 없어요." 내가 말했다.

"이런, 그랬단다. 네가 일부러 그런 건 아니겠지만 그래도 사실은 사실이야. 내가 얼마나 외로웠는지 아니? 같이 저녁을 먹자고, 쇼핑을 가자고 몇 번이나 이야기했는데 넌 네 남편과 있느라 바빠서 그래줄 수가 없었잖니?"

"그럼 제게 왜 말을 하지 않았어요? 엄마가 어떤 상태인지 왜 말하지 않았어요? 왜 거짓말했어요?"

"네가 내 말을 들어줬을까?" 엄마의 질문에 그랬을 거라고 말하면서도 정말 그랬을지, 외롭다는 말이 시력을 잃었다는 진단과 내게 똑같은 힘을 발휘했을지는 나도 자신할 수 없었다. 시력을 잃어가는 엄마라면 내가 많은 시간을 엄마와 함께 보내는 것 외에는 다른 선택권이 없었다. "정말 그랬을까? 아니면 네 남편이 우리 사이를 떼어놓는 것을 두고 보고 있었을까?" 엄마는 이미 답을 알고 있다는 듯이 물었다. 아무 말도 하지 않았다. 엄마말이 맞으니까. 엄마가 시력을 잃는 게 아니었다면 엄마 곁에 있어야 한다는 의무감을 이렇게까지 느끼지 않았을 테니까.

엄마가 말했다. "핸드폰 내려놓으렴, 니나."

손에 든 핸드폰을 내려다봤다. 이미 화면을 밀어 올려 잠금을 해제한 핸드폰의 키패드를 가만히 내려다보며 망설이고 있었다. 분 경관에게 전화를 걸어 엄마를 신고하면 되는 일이었다.

하지만 엄마가 수감생활을 이겨낼 수 있을지 모르겠다. 엄마의 조직 검사 결과가 나왔다. 3일 전 의사의 연락을 받았다. 너무 정신이 없기도 했고, 아직 용기가 나질 않아 엄마에게 말을 꺼내지 못했다. 종양 세포는 악성으로 나왔다. 엄마는 유방암이었다. 암이 이미 림프샘이나 간, 뼈로 전이되었을 가능성이 컸다. 아직은 확실치 않았다. 뼈 스캔과 CT 촬영과 같은 영상 검사를 몇 차례 진행하며 암이 퍼졌는지, 얼마나 퍼졌는지를 확인해야 한다. 곧 수술과 방사선 치료를 시작해야 할 것이고, 수술과 방사선 치료를 받는다 해도 사망할 가능성이 있다. 만약 엄마가 유방암 4기라면 예후가 아주 좋지 않았다. 유방암 5년 생존율은 약 20퍼센트 정도로, 다시 말해 엄마가 5년 후에도 살아있을 가능성이 겨우 5분의 1의 확률이라는 뜻이었다. 엄마가 그 시간을 교도소에서 보내는 것은 원치 않았다. 병든 제소자들에 대한 글을 읽은 적이 있는데, 좋은 치료는커녕 치료 자체를 받지 못하는 경우도 있었고, 독방에서 사망하기도 했으며, 이들은 이 세상에서 보내는 마지막 몇 년을 햇빛 한번 보지 못하고 보냈다.

순식간에 너무 많은 일이 벌어지고 있었다. 따라갈 수가 없었다. 생각할 수가 없었다.

엄마를 올려다봤다. 엄마가 다가와 손으로 내 얼굴을 감쌌다. 엄마의 목소리가 누그러졌다. "널 위해서는 못 할 게 없어, 니나. 그걸 네가 알아줬으면 좋겠어. 엄마는 네게 뭐가 가장 좋을지, 항상 그것만 생각했어."

엄마의 손을 피했다. 엄마의 손이 닿지 않을 곳으로 자리를 옮겼다. 핸드폰의 최근 통화 목록 속 분 경관의 이름을 내려다 봤다. 엄지가 그의 이름 위를 맴돌았다.

엄마가 말했다. "널 지키기 위해서 제이크에게 그런 짓을 한 거였어. 제이크는 결국 널 떠났을 거야, 니나. 그 여자가 아니었 어도 다른 여자 때문에라도. 네게서 모든 것을 앗아가고 아무것 도 남기지 않은 채 떠났을 거야."

엄마 말이 사실일지 알 길은 없다. 제이크가 날 떠났을까? 제 이크가 내게서 모든 것을 빼앗고 떠났을까?

엄마는 괴물이 아니다. 괴물 같은 끔찍한 일을 저질렀지만 엄 마는 괴물이 아니다. 아직 엄마가 되지 못한 나는 잘은 모르지 만, 엄마의 사랑에는 한계가 없다는 이야기를 들은 적이 있었다.

"사랑한다, 니나." 엄마가 말했다. 엄마가 날 사랑한다는 것은 나도 알고 있었다. 나도 엄마를 사랑했다.

엄마가 아프지 않았다면 상황이 달라졌을지도 모른다. 하지 만 엄마가 교도소에서 죽어가는 것만은 견딜 수가 없었다.

심호흡을 했다. 핸드폰의 화면이 아래로 가도록 뒤집어 식탁 위에 올려두었다. 핸드폰를 그곳에 두고 걸음을 옮겼다.

크리스티안

8개월 후

엄지로 뺨을 부드럽게 어루만지며 잠을 깨웠다. 잠시 후 떨리던 눈꺼풀이 열리며 진한 갈색의 눈이 내 얼굴을 이리저리 들여다봤다. 미소에 심장이 터져나갈 것만 같았다.

몸을 숙여 아이의 겨드랑이 사이로 손을 넣은 후 침대에서 들어 올렸다. 벨라는 이제 생후 두 달이 되었다. "옷 갈아입고 엄마 보러 가자." 아이에게 말하자 아이가 잇몸을 드러내며 활짝 행복한 미소를 지었다. 아이의 목을 받쳐 안아 기저귀 교환대에 눕히자 아이가 작은 발을 신나게 움직였다. 참을 수가 없었다. 아이의 발을 만졌다. 작고 하얀 발가락을 간지럽혔다. 아이의 발에 입을 맞췄다.

아이의 발을 이렇게나 좋아하게 될 거라고는 한 번도 생각해

본 적 없었다.

벨라의 기저귀를 새것으로 갈고 옷을 입히는 동안 릴리를 보러 갈 때마다 드는 후회에 시달렸다. 릴리를 보고 있기가 힘들었다. 그녀를 쳐다보는 것이, 그녀가 얼마나 변했는지를 확인하는 것이 힘들었다.

벨라를 데리고 아래층으로 내려가 창가를 내다보자 흐르는 강으로 갑자기 몰려든 거위 떼가 보였다. 벨라에게 보여주고 싶어 창 가까이 데려갔지만, 지금 아이의 개월 수에서는 아직 시야가 흐릿하고 몇십 센티미터 앞의 물체만 겨우 볼 수 있었다. 벨라의 눈에 거위 떼가 보일 리 없었지만, 내 얼굴을 바라보며 또 한 번 미소 짓는 아이를 보며, 나는 아이가 나를 보고 있다는 것을 알 수 있었다. 심장이 녹아내렸다.

차고 문으로 향했다. 몸을 숙여 문 옆에 놓인 카시트에 벨라를 조심히 앉히고 떠날 준비를 했다. 기저귀 가방에 젖병과 분유, 기저귀, 물수건, 공갈젖꼭지 등 아이에게 필요할 만한 물건을 전부 챙겼다.

아이를 혼자 키우게 되리라고는 한 번도 생각해 본 적이 없었다.

카시트를 팔에 걸치고 집을 나섰다. 걸음을 옮기는 동안에도 아이를 바라보며 아이가 릴리를 너무도 많이 닮았다는 생각을 했다. 벨라가 태어났을 당시 모른 척할 수가 없었다. 어쨌거나 아이는 내가 키울 생각이었다. 내 아이처럼 사랑해 줄 수 있다는 생각이 들었다. 하지만 아이가 태어나자마자 친자 검사를 받왔고, 아이의 지나치게 넓은 이마가 나에게서 물려받았다는 것이 확실해졌다. 한 치의 의심 없이 내 딸이었다.

벨라를 뒷좌석에 앉힌 다음 차에 올라타 시동을 걸었다.

릴리가 먼저 와있었다. 한시라도 빨리 아이를 안아보고 싶은 마음에 릴리는 항상 먼저 와서 우리를 기다렸다. 벨라와 떨어져 있는 시간이 무척이나 괴로웠을 것이다. 지난 몇 주간 벨라가 릴리와 지낼 때마다 괴롭기는 나 또한 마찬가지였다. 릴리에게 아이를 보내는 날이었다. 아이가 아직 제 엄마에게 간 것도 아닌데 벌써 보고 싶어졌다.

나는 릴리의 차 옆에 주차했다. 차에서 내렸다. 릴리가 우리를 기다리는 공원 벤치로 걸음을 옮겼다. 우리가 만남의 장소로 택한 공원은 꽤 멋졌다. 호수와 놀이터, 휴게시설과 산책로가 마련된 널찍한 곳이었다. 사람이 너무 붐비지도 그렇다고 릴리와 벨라, 나 이렇게 셋만 덩그러니 있을 정도로 한산하지도 않았다. 놀이터에서 노는 아이들이 보였다. 호수를 따라 난 산책로를 거니는 가족들도 보였다.

우리가 다가가자 릴리가 자리에서 일어났다. 포옹하려 가까이 가자 그녀는 짧은 순간이었지만 선뜻 내게 몸을 기대왔다. "잠깐 시간 괜찮아?" 그녀가 물었다. 릴리의 머리가 짧아져 있었다. 여전히 길었지만 겨우 어깨를 넘길 정도의 길이였다. 아내에게 머리가 예쁘다고 말하다가 나도 모르게 손을 뻗어 만질 뻔했다. 오래된 습관은 고치기가 어려웠다.

그녀의 옆에 앉아 벨라가 자는 동안 대화를 나눴다. 벨라는 차만 타면 잠에 들었다.

"니나 어머니가 최근에 출소했다는 이야기를 들었어." 해가 나고 따뜻했지만 바람이 부는 탓에 릴리는 벨라가 덮고 있는 담요를 꼼꼼하게 여며주며 말했다. 나는 고개를 끄덕였다. 니나의 어머니가 출소했다. 나도 들은 소식이었다. 니나 어머니의 건강이 빠르게 악화되는 바람에 형 집행 정지 처분을 받았다는 이야기를 들었다. 암 치료를 거부한 니나 어머니의 건강은 누구도 예상하지 못했을 정도로 빠르게 나빠지고 있었다. 주거가 제한되어 죽을 때까지 여생을 집에서만 보내야 했다.

"니나 소식은 들은 거 있어?" 내가 물었다.

릴리는 고개를 저으며 없다고 답했다. "연락을 해보려 한 적도 없어. 그냥 니나를 놓아주는 편이 가장 좋을 것 같다고 생각했어." 나는 고개를 끄덕였다. 릴리 생각이 옳은 것 같았다.

대화가 몇 분 더 이어졌다. 별로 중요하지 않은 이런저런 이야기를 나눴다. 릴리는 여전히 교사 일을 하고 있었지만, 다른 고등학교로 옮긴 상태였고 지금은 여름 방학이라 앞으로 두 달간 출근하지 않는다. 전에 있던 학교 사람들 다수와는 연락을 끊었지만 아직 연락하는 사람들에게서 니나가 겨울 방학 후 학교에 복귀했다는 소식을 들었다. 니나의 복직과 동시에 남자 교사 한 명이 사직했는데, 학기 중에 교사가 그만두는 것은 계약 위반이었기에 소식을 들은 릴리는 깜짝 놀랐다. 니나와 친한 교사인 것 같았다. 두 사람 다 영어 교사였다. 자세히는 모르지만 릴리는 뭔가 사연이 있을 거라고 짐작했다.

릴리가 일은 어떠냐고 물었고, 나는 좋다고, 늘 똑같다고 답했다. 절대 변하지 않는 것들도 있다.

"그럼, 이만." 몇 분 후 자리에서 일어나며 말했다. 이제 헤어지자는 신호였다.

릴리가 먼저 움직였다. 그녀가 바닥에 놓인 유아용 카시트를 들고 벨라와 함께 떠나는 모습을 지켜봤다. 한 주 동안은 아이를 못 볼 터였다. 두 사람이 멀어지는 모습을 지켜보며 마치 둘이 내 심장을 뜯어내어 가지고 가는 것만 같은 기분을 느꼈다.

릴리는 채 몇 걸음 가지 못하고 멈춰서 뒤를 돌았다. 커다란 참나무 그늘에 선 그녀의 머리카락이 따사로운 산들바람에 흩날렸다.

"내가 생각을 해봤는데." 그녀가 머리카락 한 올을 귀 뒤로 넘기며 말했다. "언제 당신이 우리 집에 와서 같이 저녁을 먹으면 좋을 것 같아." 그녀는 침을 삼켰다. 릴리의 목울대가 움직이는 것이 보였고 그녀가 이 말을 꺼내기까지 얼마나 용기를 냈을지도 알고 있었다. 만날 때마다 거의 매번 물어봤으니까. 그리고 나는 그때마다 비슷한 대답으로 넘어갔다.

"생각 좀 해봐도 될까?"

그녀가 어색하게 미소를 지었다. 그러고는 고개를 끄덕였다.

어쩌면 나는 머지않은 언젠가, 그 말에 알겠다고 대답하며 그녀를 깜짝 놀라게 할지도 몰랐다.

다정하고 잔인한 '사랑' 이야기

이 책의 원제는 《Just The Nicest Couple》이다. 처음 이 원고를 받고 제목을 확인한 후에는 당연히 주인공 커플이 'the nicest'와는 거리가 멀 것이라고 생각했다. 겉으로 보기에는 완벽해 보이지만 가정불화에 시달리는 쇼윈도 부부가, 아니면 끔찍한 범죄를 함께 저지르며 감쪽같이 사람들을 속이는 부부가 머릿속에 그려졌다. 하지만 내 추측은 보기 좋게 엇나갔다.

적어도 부부 중 한 사람은 사랑에 진심이었다는 점에서 그렇다. 크리스티안은 진심으로 아내인 릴리를 사랑했으며, 머리부터 발끝까지 아내의 모든 것에 애달파하는 남자였다. 작중 크리스티안의 행동은 모두 아내 릴리를 위한 것이었다. 거칠고 잔인하기까지 한 상상을 했을지언정 크리스티안은 니나에게도, 제이크에게도 직접적인 위해를 가하지 않았다. 남자는 그저 사랑하는 여자를, 배 속의 아이를 지키기 위해 필사적으로 움직였을

뿐이다. 같은 피해자라도 니나보다 어쩐지 크리스티안에게 마음이 가는 이유가 여기에 있을 것이다.

소설은 제이크의 실종과 이후 드러나는 외도가 큰 비중을 차지하며 전개되다 어느새 비뚤어진 모정의 이야기로 향한다. 어떤 이유로도 정당화될 수는 없지만, 제이크가 외도를 시작하게 된 데는 니나 모친도 일부 기여하지 않았을까 하는 생각이 든다. 어쩌면 제이크는 진심으로 외로움을 느꼈는지도 모른다. 아내의 사랑을 아내의 모친과 양분해야 한다는 패배감, 상실감 같은 감정을 말이다. 니나의 어머니는 젊은 시절, 남편이 외도로 집을 나간 후 홀로 딸을 키우며 악착같이 살아온 인물이다. 추가 근무를 마다하지 않고 일을 하면서도 집 대출금을 내지 못해 모녀의 보금자리를 빼앗길까 불안해한다. 소설에서 나온 실마리는 이 정도지만, 니나의 이야기를 통해 모친의 성정을 짐작할 수 있는 부분이 여럿 등장한다.

혼자의 몸으로 아이를 키우는 워킹맘임에도 딸이 친구와 다퉜을 때, 결별을 경험했을 때면 함께 침대에 몸을 말고 누워 달래던 엄마. 무슨 일이든 혼자 해내던 엄마. 마르고 꼿꼿한 체형에 항상 립스틱을 바르는 엄마. 사위에 대한 미움을 숨기지 않던 엄마. 사위의 죽음 후 큰 집과 사망보험금을 계산하던 엄마. 모친에게는 딸이 전부였고, 딸이 잘됐으면 하고 바라는 그 마음은 어느새 제이크를 향한 증오로 번진다. 누군가 그의 잘못을 처단하고 죗값을 치르게 해야 한다는 생각에서 그치는 것이 아니라, 사도라도 된 듯 제이크의 얼굴에 충격을 가하는 모습을 상상하면 어딘지 섬뜩해진다. 딸에게 버림받았다는 좌절감 때문인지, 아니면 딸에게 그런 식으로라도 복수를 하거나 영원히 죄책감을 안겨주고 싶었던 건지 그 속내는 알 수 없지만, 마지막에 암 치료를 거부한 채 죽음을 기다리는 모습 또한 해당 캐릭터의 성격을 잘 보여주는 부분이었다는 생각이 든다. 하지만 설사 위대한 모정이라 할지라도 상대를 향한 사랑이라는 명목 하에 모든 것을 용서받을 수는 없다.

지금껏 여성의 실종에 관한 소설을 썼던 작가는 어느 날 갑자기 남성의 실종에 관심이 갔다고, 한 인터뷰에서 밝혔다. 남성의 실종이라는 큰 틀을 잡은 후 저자는 크리스티안의 시점으로 이야기를 써나가기 시작했다. 크리스티안의 이야기를 반쯤 완성했을 때 니나의 이야기를 집필하기 시작하며 그렇게 전작들과는 달리 단 두 명의 화자만 등장하는 소설을 완성했다. 저자는 주제만 잡은 뒤 이야기를 써나간 후 플롯과 반전은 글을 쓰는 과정에서 자연스럽게 탄생하도록 두는 편이라고 설명했다. 내 예상과 달리 저자는 다수의 화자가 등장했을 때보다 크리스티안과 니나라는 두 명의 목소리로만 소설을 끌고 나가는 것이 더 까다로웠다는 소회를 밝혔다. 거울에 비추듯 크리스티안의 이야기에 맞춰 니나의 서사를 풀어갔고, 이 과정에서 독자들이 두 화자의 심경과 상황에 공감할 수 있는 지점을 마련하는 것이 쉽지 않았다고 말했다. 저자의 고민 덕분에 독자는 등장인물의 이야기를 읽으며 자신이 실제로 경험한 일이 아님에도 어쩐지 알 것만 같은 공감에 휩싸인다. 부부싸움 후 상대를 향한 의도적인 무관심이나 앙심보다는 고요한 척력만이 가득한 집안의 공기와 불행을 예감한 니나가 텅 빈 학교 복도를 걸으며 형 집행실로 불려가는 사형수의 마음 같다고 고백하는 장면. 심지어 크리스티안의 손아귀 안에서 생명을 잃어가는 니나의 모습은 마치 내가 그 모습을 눈앞에서 보고 있는 듯한 착각이 들게 한다. 줄어든 화자만큼 서사의 풍성함에 신경 쓴 저자의 노력이 느껴졌다.

메리 쿠비카의 소설은 늘 그렇듯, 소설 안에서 최선의 권선징악과 해피엔딩을 선사한다. 릴리는 살인자라는 죄까지 뒤집어쓰지 않았고, 니나의 모친은 법의 심판을 받았다. 니나가 남편의 외도와 거짓된 우정의 진실을 알게 되는 부분에서는 카타르시스를 느꼈다. 그리고 무엇보다 릴리가 낳은 아이가 제이크가 아니라 크리스티안의 아이라 안도했다. 마지막 장면에서, 그토록 사랑했으면서도 어쩌면 지금도 사랑하면서도 릴리를 쉽사리 받아주지 않는 크리스티안의 태도 또한 내게는 해피엔딩처럼 느껴졌다. 모친의 과오를 바로잡고자 한 니나의 용기가 내게는 해피엔딩이었다. 해피엔딩이란 결국 모두가 행복해지는 결말이 아니라, 모든 것이 제자리를 찾아가는 결말일 것이다. 그 과정에서 누군가는 회복할 수 없는 상처를 받게 될지라도 말이다.

2024년 여름
신솔잎

밤은 눈을 감지 않는다

초판 1쇄 발행 2024년 7월 25일
초판 2쇄 발행 2024년 8월 27일

지은이 메리 쿠비카
옮긴이 신솔잎
펴낸이 김문식 최민석
총괄 임승규
책임편집 명지은
기획편집 이혜미 조연수 김지은 김민혜
　　　　　 신지은 박지원 백승민
마케팅 조아라
디자인 배현정

펴낸곳 (주)해피북스투유
출판등록 2016년 12월 12일 제2016-000343호
주소 서울시 성북구 종암로 63, 5층 (종암동)
전화 02)336-1203
팩스 02)336-1209

© 메리 쿠비카, 2024
ISBN 979-11-7096-219-9　03840